INK 文學叢書 008

悠悠家園

黃皙暎◎著
陳寧寧◎譯

啊！我們如何能紀錄這小小的玫瑰呢？
猛然盛開在眼前深紅耀眼的玫瑰
啊！不是我們尋覓到玫瑰
我們到來時，玫瑰已經盛開
玫瑰在綻放之前，任誰都不曾期待
玫瑰在盛開之際，任誰都不曾相信
啊！不曾出發，卻已抵達目的地
然而所有的事物不就如此嗎？

——布萊希特

【自序】二十世紀與我

一九四三年我出生於日本佔領的長春，我認爲之後法西斯勢力被社會主義與資本主義兩大陣營的戰略合作擊潰，世界各地漸次退居爲被直接統治方式的帝國主義外形、而實質上依然被先前宗主國經濟政治軍事鎖鏈所綑綁，美國取代日本降臨韓國，冷戰、革命、內亂、軍事獨裁、貧困、彈壓等答辯了這一時代週遭世界的生存。日本投降之後我們在平壤住過一段日子，南北分裂政權進駐，我們跟隨父親到他的工作地點南方居住，一進入初中，韓戰爆發，自歐洲到亞洲，資本主義和社會主義的防線佈置完成，因此得以完成冷戰體制的基本架構。

南韓政權以反共親美爲基本理念，度過幾次關卡，也使得軍事獨裁得以延續。一九六〇年四月的學生革命抗爭，我曾參加示威隊伍。我自幼躲在大人們的身後，目睹同族相互殘殺慘劇，長大後成了與既有秩序正面衝突的第一個世代；我們稱之爲「四月世代」或者「韓文世代」，意指自殖民地解放後接受母國語的世代，也是近代以來，克服普遍價値上的民主主義與被冷戰分裂國土，知道原貌而成長的人們。

大學時期，在反對韓日會談和軍事政府抗爭中，我也未缺席，以致進入軍中後被拖去越南戰場，我父親那代被日本徵去搞大東亞共榮圈，我們這一代被美國徵去搞冷戰時代的PAX Americana 有何不同，我搞不懂！

韓戰五十週年後，歷經南北高峰會談、六一五共同宣言，我們仍未能找出這戰爭的眞正本質，我們仍處於分裂狀態的「停戰體制」中，外國學術界據稱充分討論後，對韓戰的某一觀點爲親共容共，更嚇人的是此觀點出自高居總統的政策諮詢委員長，去年又是越戰終戰二十五周年，越南十九世紀被法國佔領爲殖民地，經日本、中國再回歸爲法國殖民地後，演變爲抗法獨立戰爭，由於美國介入一分爲二，北以胡志明爲中心的獨立運動志士們主導，南以有如日本滿洲溥儀的僞政權爲幌子，建立以保大領導的王朝，首任總統吳廷琰，政府官僚出身，其後軍事政權的歷代總統都出身於法國殖民地軍隊，政權初期以反官僚、反貴族爲中心，持續暴力與腐敗，南方的自由主義知識分子或抗法戰爭的獨立運動家、先進的社會主義人士組成「南越民族解放前線」從事抗爭。因此歷經百餘年，對抗法國帝國主義的直接支配，與美國帝國主義的干涉支配，求取越南民族的獨立。

美國在世界各地遂行勝利的戰爭，卻在韓半島、越南半島初嘗敗績。在韓半島及時消耗了第二次世界大戰剩餘的部分武器，較之太平洋戰爭整個區域，整個過程所用的武器更多，東京的美國遠東司令部甚至喊出「把韓半島回歸到石器時代」。

美國在越南一個月投入二十億美元的軍備、十萬噸砲彈，正如美國報紙報導「一種SF戰爭」，韓戰終結後，實驗人類破壞技術能達到極致的先進戰爭，至於能燒毀一切東西的汽油彈更是韓戰以來最普遍常見的。另一方面，韓戰中，日本的細菌戰人員和資料，整個被美國吸收使用，這也不是新聞了，例如類似黑死病的「流行性出血熱」或在世界學會已登記有案的「炭疽熱病毒」的殘存。在亞洲正大光明地使用日內瓦協定國際禁止使用的非人道的殺傷武器，在空中爆炸後破片又再度爆開，鈉針碎片頃刻橫飛，插入人身的特殊砲彈、用以謀殺數百萬生靈的生化彈、各種毒氣，還有有名的枯葉劑被灑滿叢林、村落以及停戰線。

我被拉到越南，退伍後復歸文壇，跟維新政權對上了，我一邊去工廠農村的現場操作，一邊停留在全羅道和光州，參加了現場民眾運動，並在八〇年參加光州抗爭。接著台灣、菲律賓、泰國、印尼等地也掀起民眾抗爭，八〇年代的亞洲就是六〇年代歐洲的翻版。

我親身體驗光州事件之後，立場更加激進，我寫過行動劇劇本、製作過油印物、寫過歌詞，也組織了文宣隊，還有建立叫做「自由光州的聲音」地下廣播團隊，每個月製作卡帶並發行全國。經歷了光州事件以後，在柏林展開了第三世界文化祭，一邊在德國、美國、日本等地建立文化運動組織，一邊和流亡海外人士們見面，我在那個時候發現「北韓」，她是以另一型態存在的地方。因緣際會，網羅南北韓、海外的統一活動組織，在籌建「祖國統一泛民族聯合」的過程中，我訪問北韓卻歷經了流亡和被逮捕的命運，而我流亡在外時偏偏碰上社會主義解體以及資本主義社會體制重疊在一起了。

關於《悠悠家園》

「悠悠家園」這個題目較之於肯定的意思，其實是一種理想國的逆說，科技發達，生產力提高，會使財富增加，人性的自由和平等也會獲得保障的種種想法，是由西方傳播到全世界。資本主義和社會主義陣營想法不同，彼此描繪各自的理想國，不管階級身分財產多寡的平等的共同體，人們靠著資本技術的擴大，生活更為富饒、並且從貧困及疾病解脫了的世界近在眼前，可是社會主義圈崩潰，美國主導世紀初與世紀末的世界化整編過程之中，我們面對著辛酸的幻滅。生態界正在被無情的破壞，另外宗教和人種掀起的局部戰爭和內亂，經歷過殖民統治，把未來一直寄託於現代化的第三世界，愼重一次地經歷過獨裁、反抗、挫折又再度被飢餓爲貧困所纏身，資本主義因爲社會主義陣營的沒落而獨霸，另一方面，用常識來判斷也知道已經顯現了不安終末的徵候，只有把希望寄託在不確定的重整。我不認爲馬克思的主張已經完成了，他曾經一度視之爲基礎的上層結構的所有事物，迄今仍繁茂地延伸著，這個世界度過了舊秩序的隧道，向著茫茫無際的新世紀大平原邁進移轉。

也許有人認爲本書的結構和主題，可能出自我脫離韓國社會十年，而產生的「創作主題」危機，然而我並未對此以小市民的日常言語加以補充。我在亡命生活中，親身體驗世界的改變，也獻身於國土分裂的抗爭、並在「牢獄」之中度過現實，我在「裡面和外面」冷靜客觀地目睹南韓社會「慾望明滅過程」，而《悠悠家園》這本書便是這份報告書。我要說的「主題危機」又是另外的一個意義，有如西歐社會資本主義的開化深化的三百餘年後，六○年代末期到達危機狀態，我們也在三十年間汲汲完成開發獨占與資本主義的近代化，同時與其他亞洲國家經歷相同的事物，尤其是遲到的短暫的思想解禁、適時而至的社會主義圈的崩潰、理念上的缺口，使我們當時需要兩種的反省。

其一，過度的乖離偏向要求的組織、獻身、犧牲、義務、規律、集團等等的價值之下，我們理所當然追求的個人、精神層面，感情、私生活、日常生活、自由等等受到了壓制，需要回顧正視。其二，現在我們都體驗了身心輕鬆，但虛無或有意鬆懈是不行的。

九○年代的韓國文學，喪失了敘事能力，轉而朝向私小說如身邊雜記化、片段化、感性化，我總覺得它是對八○年代的乖離偏向的反動力，在此空隙尙有後現代幽靈進入。評論界瀰漫著「你們還寫那些老舊的寫實主義嗎？」（其實Realism的這個名詞從日本的寫實主義改爲「現實主義」，還是八○年代初期的事）我被隔絕像一個死掉的人，從監獄中俯望世界，整體跟單一不能分離，遑論民主的一些原則，主觀跟客觀，多元主義都感受到尊重，我們之所以反對法西斯，就是爲了個人最尊重的生存與幸福的目的，我從內心要克服八〇、九〇年代的乖離偏向，十三年來用這種心情寫出《悠悠家園》，可是我還是希望這本書能成爲八〇年代追求「明天會更好」世代的精神面描寫的鎮魂曲。

針對本書是第三人稱或第一人稱的爭論，我始終認爲如果是客觀的第三人稱的話，那眞可以說是老舊的寫實主義產品，在這裡吳賢宇和韓允姬就是屬於複合式的人稱，彼此是他人也是自我，在他們各自的經驗還有所屬的社會跟人生的情況下是第三人稱，他們敘述思考同一事物人物的時候，他們跨越主客觀的世界，可以這樣比喻——音色不同的樂器以合奏爲中心的協奏曲。

吳賢宇的「監獄」和韓允姬的「世界」只是世紀末世界的表象，而不是另一個現實，重獲自由的過程是長期犯、他們的家屬，以及我們一起經歷過的現實。某位評論人士誤解了《悠悠家園》的書名，這個書名不是吳賢宇在逃亡過程中和韓允姬一起躲起來的「野尖山」，《悠悠家園》是意指我們在本世紀初夢想的、並且也是長久以來人們所定下的觀念場所（樂園）。有人說社會主義的革命就是「布爾喬亞世界體系之中設下七十多年的絆腳石」，從帝國主義和解放戰爭掙脫過來的「世紀末最後一塊分裂的土地之中」，反問著八〇年代的反省意味。

「野尖山」反而是在這種意味之中，用非現實的方式遠離獨裁壓抑的「避難處」，反過來說，我們連那種空間都喪失了，這是我們個人的夢想、私生活、也是愛情，吳賢宇在他珍惜可是卻讓他受辱的避難處尋找悠悠家園，又到外面的世界，十八年之中回不來，

韓允姬在尋求建構悠悠家園的過程中，喪失了某種貴重的東西。帝國主義的近代，社會主義和資本主義互相殘殺的文明的母性，這個母性，不是具體的女性本身，而是和解、調和、相生、慈愛，我們使之疲憊至死的「生存之美」之類的。盧森堡要求把鳥隻歌詠牢窗春天的歌聲雋刻在自己的墓碑，

當成鬥士不屈不撓的鬥爭遺言，這一段被韓允姬引用在日記裡。至於引用德國版畫家克特[1]，也是要表現雄性動物所造成近代東亞的地獄。

韓允姬的父親、她初戀愛人出世主義的畫家、限於理念至終不能溫和表現自己的宋榮泰，還有在獄中至死都不放手的吳賢宇的利己信念等等，逆說著我們怎能找不到「悠悠家園」。

所有評論人士忽略了韓允姬的獨白文體，在最後一次會面回來，轉爲冷淡的敘述體，然後臨死前，恢復最初語氣說一定要回「野尖山」，她走進個人獨立世界，正如羅莎始終不容納列寧的計劃。她去尋找「悠悠家園」，在柏林，她遇到了兩個人物，挫折畫家的未亡人克萊恩夫人和生態專家李熙洙。他們兩人都是革命被變調、挫折之後，而成了現在的面貌，一人在他最憎恨的量變化象徵的高速公路上，因超速而車禍致死，另一人則孤獨酗酒被送進療養院。

最後，吳賢宇終於出獄，回到野尖山五天，則是爲了確認往日的避難處並非他的一個羞恥，以及他所珍惜的平凡生活理念。

本書引用了布萊希特於一九五四年寫的〈啊！我們如何能紀錄這小小的玫瑰呢？〉從納粹時期開始逃亡，自北歐經歷俄美國定居於東柏林，東柏林封鎖之中，挨過勞工蜂起，被恣意鎮壓，有如親眼目睹其幻滅，布萊希特於晚年才寫如此少量的抒情詩。他曾是史達林統治時期的前衛派，受到蘇聯影響的東柏林並非「悠悠家園」，而是「並未期待的一朵玫瑰」的生命世界，他把這類詩篇稱之爲「布各夫悲歌」，書尾附加的詩句，出自〈我親愛的人們〉，這是他敘事劇中的歌曲；歌詠與現實世界游離的虛妄，我之所以引用「玫瑰」詩句，是因爲我經歷過的北韓深處的糾葛，而書尾引用的詩句，也許是表示我對兩次「喪失家人」妥善解決的意願。

注釋

1 克特(Kathe Kollwitz，1867–1945)，女版畫家。

一

遠處傳來了腳步聲。

眞像是一個信心十足的人踩在水泥地上的聲音。

沒錯，一定是値班主任來做最後一次的巡視。

聽到站崗人員此起彼落的報告口令，他一定要通過兩道鐵門，才能到達我們這邊的房舍，我把緊緊裹住肩膀的棉被推開，坐了起來，鑽出被窩，清晨的冷空氣拂過我的背脊，我脫掉睡覺時套在厚毛襪上的腳套，再脫掉用襪子拼縫的帽子。在囚衣的左右胸口，各繡著房舍和房間號碼、以及被編列的號碼，一千四百四十四號是我長久以來的姓名，我幾乎忘記自己眞實的姓名，何時有了這個姓名的呢？每逢點召時，都被人確認，收到信件時、接受會面時、在作業場時、或者被辱罵體罰時，掛在胸前的號碼反覆印證著我存在的事實。

我踩著矮腿書桌起身，碰倒遮掩日光燈的紙，在這裡任何時間都是白晝的延續，我違反了囚犯二十四小時必須被監視的規定，反正白天陽光進不來。我把泡麵紙箱拆開，貼上漂亮的信紙，套住日光燈，在塑膠燈罩貼上膠布吊起來，燈罩的上方牽一根線，綁著一根削尖的木筷，如此做了塊擋光板，可以拉高或放下使用，當然囉！點召或被查房時，這類的變通裝置一定得拆除，房間裡的物品都是我和室友們空閒時一點一滴建造出來的。

我疊了棉被，把它和墊被堆放在腳底，再把卡其色的海棉墊折成三折，整理好四角當成坐墊，我打算今天不用冷水擦身。昨天我的房間被關閉之後，我挑了幾件想保存的東西，放進兩個盥洗用品的袋子裡。

我站起來，像平日一樣伸了一個懶腰，伸展雙臂，把手掌貼在左右牆壁，用力推擠，水泥牆壁籠罩著白色的氣息，我整夜吐出來的氣息，在天花板凝聚成一片水滴。鋪上了我的床墊後，這個房間的空間剩下兩尺的長度，寬度則離我的腳底一步；稱之爲油漆筒的廁所門前擺了水桶，它上方的牆面，掛著可以放置私人用品和餐具的三個塑膠托盤。

水桶裡結了冰塊，早上我朝著臉盆倒了三瓢水，擦拭了光禿禿的臉頰、下巴和脖頸。昨天我得到使用許可後，要了一桶熱水，混合冷水後用溫水洗了澡。

牢房理髮廳的領班是個過了中年、要蹲十五年的老鳥，根據牢裡的說法：任何人蹲超過十年都會變成一隻溫馴的羊。理髮廳的人說他幹過列車強盜，追問入獄的罪名在這裡是個禁忌，他的詳細來歷便不得而知了，他已經蹲了十三年，不久前才出外參觀過。理髮時我們之間維持著禮貌，他曾經在全國獄中美髮競技大會中得到金牌獎，理髮前他照例不問怎麼理，理髮廳中不論是誰都知道我是政治犯。

我給您稍微整理一下！

他小心翼翼地整理了耳根的頭髮，我一坐定便閉上眼睛不說話，他則低頭輕聲問道：

是明天吧？

大概是。

他動著剪刀不再說話。不知他從哪裡弄來香噴噴的面霜，在我的下巴和臉頰厚厚地塗上一層，並且揉搓了一番，一如社會上的慣例：用乾毛巾輕輕拭乾我的脖頸和耳根。

好了。

謝謝。

道謝後正待起身時，他輕輕按下我的肩頭，一如剛才的輕聲，說道：

吳先生，我能不能爲您祈禱一下子？

他讓我一時驚慌失措，我既非基佛天教人，亦從未祈禱過。囚犯們互相取笑彼此爲所謂基佛天教人，就是因爲基督教、佛教、天主教等各教的教徒們爲了感化囚犯，常提供一些吃的來辦宗教集會，每當囚犯們出席這些集會，便隨時更改宗教和教派。我一時想起我們那漫漫深淵的孤獨，牢房理髮廳的領班將會透過我的記憶到獄外，因爲我會一直想起他的祈禱。

可以嗎？

他雙手握住我的手。

主啊！這裡有一位弟兄服滿了十八年刑期，即將重返社會。請求主把他在這裡經歷過的種種深埋在他心底，請求主在他重返社會後繼續照顧他，一如在此把他照顧得很健康，賜予他未來的日子希望和喜樂。此外，請求主讓他懂得感謝微小事物、享受謙虛幸福的生命，最重要的讓他不要忘記留下來的我們。奉耶穌基督之名，阿門。

我從書桌上掏出《玉篇》[1]，翻動內頁，拿出我藏匿的私有財產：手掌般大的鏡子。這是我和牢裡的清潔工交換來的，我忘了換給他泡麵還是牛奶糖，每本厚書裡，我都藏匿了這類寶物。《聖經》裡，我則夾帶在廁所水泥牆將罐頭蓋磨成手指般大的刀，用它削水果或切泡菜吃，牆壁上插信封的紙袋裡，最後一個信封裡有梳子。

我面對鏡子抬起頭來，鏡中五十歲的漢子一臉漠然，耳際的白髮向上蔓延，嘴角佈滿皺紋，眉間和眼角也看得見細紋，我無法理解鏡中臉孔後一片漆黑的背景，漆黑的背後又是什麼呢？眞的會有所謂的外面世界嗎？逝去的時間已經截斷我生命的什麼部分？我不想回顧。我梳了頭髮，髮絲像褪色的絲線，無精打采地向旁傾倒，被日光燈一照，閃爍著白光。

鐵門被打開，門閂的聲音讓人起雞皮疙瘩，樓下走廊傳來皮鞋聲，我很快地把書、鏡子、梳子放回原位，規規矩矩地坐在墊子上。

接著聽到二樓打開門閂的聲音、鐵窗碰撞鐵柱的聲音。在値勤員報告人數之後，値勤主任的腳步聲越來越小，可能他踩在牢房走廊長長的墊子上。主任靜悄悄地走到我的房前，在兩三尺大小的視察口露了臉，只能模糊地看見他的輪廓。

一千四百四十四號今天要出去吧？

是的。

我向主任簡略地答了話。

超過四點鐘了……開門啦！

每天清晨運動時間聽到門閂輕脆的聲響之後，房門便轟隆一聲被打開，走廊方向的空間好像整個被納入狹窄的牢房。

請帶著行李出來。

我猶豫不決地背對他。

你該回家啊！

家？啊，對了……

我拎起床頭兩個綑綁好的包袱，然後拿起房門上方托盤中洗得乾乾淨淨的白膠鞋，擺在門外走廊，伸出腳，我站在牢房外，我的房間是倒數第二間，每隔一個房間，就住著像我一樣的政治犯，我知道他們沒有睡著，正在等著我，我正要往走廊底走的時候，主任在我的背後說：

走這邊！

轉身之際我不自覺地大喊道：

吳賢宇現在要出去，祝各位健康！

霎時走廊掀起一陣騷動。

吳先生好走！

吳先生受苦了！

吳兄好走！出去替我問好！

我早知你有這麼一天的，快走吧！

主任嘖嘖稱奇，不耐煩地拍拍我的肩頭，我轉身走向背後的階梯，負責的輔導官抓著我的手說：

吳先生好走，不要再進來了！

眞的，麻煩您太多了。

我像流逝不回的時間一般，從走廊轉身消失。主任和我默默地走到鐵門前，剛才通過的鐵門在我們的背後關上了，往辦公處走廊中間還有一道鐵門，我曾經來往於其中的醫療室、保安科、會客室、還有教務科數千次，這些單位一個個地在我背後消失了。

我們終於進入第三道鐵門。走過鐵門就是辦公處前的一塊空地，這裡大概就是每天輔導官們主持朝會的運動場。我仰望尙未破曉的漆黑天空，有冰涼的東西掉落下來，是雪，那是纖細碎屑的雪，我經常都這樣走在戒護官之前一步，像一隻訓練有素的畜牲，搞定了方向，爬上辦公處的階梯，朝右手邊進去。

一進保安科辦公室，突然，我被陌生的暖氣籠罩，火焰竄升的暖爐上，水壺的水正沸騰大叫。値班科長躺坐在迴轉椅裡，他把翹在對面椅子的腳放下，慢慢地起身。

啊……一千四百……吳賢宇……你今天出獄嗎？

他低頭瞄了一下手錶之後，張開手掌指著剛才翹腳的椅子說：

請坐這邊！

我向暖爐旁他的位置走近，僵硬地行了一個禮。

啊，坐！昨天和所長面談了吧？

是的……

其實是今天零時以後釋放你的，因爲保護人和交通工具的關係，會拖一點時間。

領留置品了嗎？

科長問站在我背後的主任。

昨天他外甥帶來了衣服，就在這裡。

外甥？那麼他一定在附近過夜。

其實他昨晚來過電話，說最晚五點鐘會到達大門口。

聽說他來了，我的一顆心便開始悸動，我好幾年才見到這小孩一次，最近的一次是兩年前，大概是因爲他要去當兵，和妹妹一起來的。我剛進來的時候，他只有五歲大，我看著他成長過程，來證實我的鐵窗歲月。這裡一成不變的景色，讓人分不清是哪一年，我靠著一些小事件，像樹木的年輪刻印在我的記憶之中。比方說我早晚餵食的貓咪小黑死的那年、八十歲楊姓老人整晚哭著不要出去的某個秋天、而在汽鍋室伙夫釋放一週前因鼾聲大作地睡著卻呼吸困難死掉的那天……這些事件讓我記憶每個歲月。

來，請過來看看。

主任把皮箱和文件信封放置書桌上，叫喚我。我坐在烈焰竄升的煤油爐旁，幾乎快窒息了，便一個箭步地起身向書桌過去，主任一打開皮箱，最先映入眼簾的就是一雙黑皮鞋，不結帶、潤滑尖削的鞋頭，在燈光下閃閃發亮，看來像精緻的工藝品，而不像套在腳上的東西；還有看起來暖烘烘的毛內衣和外衣，以及過往歲月中從未見過的皮帶，及尚未撕掉標籤的幾件新內衣和幾雙襪子。

請換衣服。

我如同剝殼般地把囚衣脫掉：脫掉內襯棉衣，外型笨拙的上衣，當初大家說像共軍制服而互相取笑；再脫掉不繫皮帶用手指般長的繩子操縱下襬的褲子；把脫了線的毛線內衣脫掉。此刻我只剩汗衫內褲了，卻不覺得冷，反而是汗水正在散發。

慢慢來，時間很充裕。

我像接受身體檢查般脫得精光，衣服依序疊好堆放在腳前，再來則從內衣開始，換上新的，穿上汗衫長褲、繫上皮帶，整個人鬆了一口氣，然後低頭看筆挺的褲管，啊！我穿上和官員們一樣的打褶長褲，穿上皮鞋一看，腳顯得太小，好像被褲管遮蓋住，最後套上暖烘烘又寬鬆的外衣，脫下來的衣服在我腳前堆積成舊衣堆，而白膠鞋則有如死者的遺物被整整齊齊地擺在上面。

吳先生是天生一副好衣架。

呵……呵……眞像我們所長的派頭。

主任和科長各說了一句，我默默地把兩個包袱放進皮箱，主任從信封裡掏出錢幣：來，這是留置金、這是清單……這邊大概是留置品。

我把錢幣一把疊起來，放進外套暗袋。

算算看對不對，不要以後說我吞掉了。

啊……可以了。

主任把留置品倒進塑膠籃子，其中有一枚樹葉花紋鏤空的金戒指、妹妹寄來的幾封信、母親過世前的相片、還有褪色皺巴巴的皮夾，我打開皮夾的中央看看，貼著一張泛黃照片的住民登錄證，照片中的我留著很笨拙的長頭髮，眼睛瞪得大大的，看了住址讓我想起先前北漢山山腳開滿迎春花的舊居，我再打開皮夾另一角有暗扣的一層，我屏息片刻，心情仍按捺不住，我知道我記得，離家時母親所給的觀音佛像，以及名片般大小的一張照片在裡面，打開皮夾，還是觀音佛像和照片，再按下按扣，闔起皮夾，我不喜歡回想什麼了，我把皮夾放進另一邊的口袋，把戒指套在無名指上時，想起她的手指、聲音、穿著尖頭膠鞋的雪白小腿……「你看！一定是一朵最先開的菜松花。」那時她用微微沙啞的聲音說，然後手指向我嘴邊擺擺，「噓，你看了嗎？蘋果樹下鳥兒飛了過來……」此時電話鈴聲響了。

喂？你是大門，知道了。

主任放下聽筒，問值班的科長說：

他們說有家屬來大門。

吳賢宇，請來這裡。

科長推來一張表格。

正在辦理釋放手續，還有吳先生是保安觀察對象，回家後一個禮拜內，要向管區警察署申告，知道嗎？

科長站起來向我伸出手要握手，

恭喜你被釋放自由了，希望你當一名充實的社會人士。

他敬禮，我也恭敬地回禮，我和主任一起走出行政大樓，細雪紛飛中，主任仰望天空嘀咕著：

你要走遠路，不知道路況怎麼樣？

我們經過大門一角的小門，再走向教導所外見得到籬笆的哨所，武裝隊站哨所前的空地，有一輛開著大燈的自用車，到了哨所，主任停下腳步對我說：

來，從此開始就是俗世，再見，讓我們後會有期吧。

他和我一內一外地道別了，我換手提著皮箱，進入了塵世。

車門被打開，模樣像外甥的人跳出來，快步從對面走過來。

舅舅……

他先用力地擁抱我說：您受苦了。

哪裡，我過得還算好。

他掏出塑膠袋中的豆腐在我臉前晃，您請用，母親說您一定要吃。

豆腐，那是迷信。

現在開始，要像別人一樣才行。

我聽得懂，那是姊姊的一片眞心，豆腐很冰、很淡、很硬，不能下嚥，外甥幫我打開車子後門。

您在後座就舒服地睡睡。

我抱著見識豪華大宅的心情環顧車子內部，外甥發動車子，經過教導所前面進入國道，國道上成排亮著燈的車子川流不息，車子這麼多，他掏出一個轉換機模樣的東西，就開始通話。

媽媽嗎？舅舅剛才出來了，我陪他上路了，對了，他很健康，是，是，我交給舅舅了。

他把東西遞過來給我，我覺得怪怪的而搖著手拒絕。

喂，這是什麼東西。

手機，您不要擔心，和電話一般的東西。

我接過手機這個玩意兒，貼近耳朵。

喂，

賢宇嗎？你吃苦了，我們多久沒見面了？老天，怎麼會這樣？你眞的被放了嗎？

是的，我正在路上。

姊姊接不下話，放聲大哭。

好，好，見了面我們再好好聊，趕快回家。

好，待會見。

我淡淡地回答，外甥打開收音機，傳出年輕女播音員明亮的嗓音和輕音樂，我尚未恢復空間的差異感，向外俯望，漸漸疲倦了。

從此要花三個小時的時間，今天路況不好的樣子。

窗外飄來的細雪碰到車子融化滴了下來，窗框染上一層層痕跡，上了高速公路，耳朵嗡嗡的噪音漸漸遠了，好像只有我一個人在山裡，聽到了從山下遙遠地方傳來都市的聲音，我好像多年在單人房中養成的本能防禦，連座車疾駛而過的速度感都不能感受，而沉沉睡著了。

舅舅請起來了。

車子停住，我打量著周圍情景。

請在這裡的休息站休息再走。

我不想離開外甥的身邊太遠，走進清晨便有人潮的休息站。

我可以去一趟廁所嗎？

外甥回頭看看莫名其妙地笑了。

當然了，舅舅現在自由了。

我還沒有自信在這大空間毫無阻礙地行走，只好原地不動，外甥看出來便牽著我的手走，去了化妝室之後，我把手碰觸水龍頭要洗手，這種玩意我從未使用過，有點心慌，我對所有事物都感到陌生，不懂怎麼使用這個勾爪的手柄，外甥輕輕地向上一扳，打開水，再向旁邊斜一斜，就把角度調得剛剛好，我才知道這手柄不是簡單的東西。尤其讓我搞不懂的是既不用手巾，又不用衛生紙，一個把手弄乾的器具，不知按什麼地方，就會有熱風出來。我走出教導所一個半鐘頭前，並不覺得沒有自信過現今生活，然而在這可稱得上是文化表皮的化妝室裡，向外走出一步，我突然陷入無力感，不知如何伸展手腳。他看出來了嗎？

您這裡稍坐一下，您還不會餓吧？

不要緊，我本來在裡面就不吃早餐。

母親幾天前就準備了，回家再吃飯好了，您不喝什麼飲料或茶嗎？

我一臉茫然地環顧周圍椅子上的人在吃什麼東西。飲料吧？

就吃那個吧！

什麼？熱狗嗎？

不，霜淇淋。

我看過某個年輕女人一點一點地舔尾巴的部分，結果尾巴尖尖，捨不得霜淇淋周圍。外甥雙手舉著咖啡和霜淇淋回來。

您很久沒吃到這個吧？

大概有十一年了吧。

在哪裡吃的？

嗯，出來社會參觀的時候，輔導官請吃過一次。

我接過霜淇淋像女生一樣動動舌頭，舔一舔，口中一邊融化成冷冷液體。像圖畫一樣的窗邊，飄著小花，窗邊飛揚著小花印染的窗簾，充滿阿勃勒的香鬱，更有趣的是，在戰爭爆發的逃難日子裡，猶記行商買賣的媽媽塞進床頭那美國果凍的香味，紅、黃、藍、紫、綠，還有最具異國風味的深藍色果凍的獨特香味，那是什麼香味呢？我很清楚往彼岸過去的所有東西，刻骨銘心地懷念。

破曉時分，天色濛濛，雪也停了，高速公路的街燈熄了，只有來往的車子大燈像猛獸眼睛開亮，我想現在我們正往舊日山川風貌的漢城近郊移動，我的感觸也隨著天色漸漸地覺醒而開始熟悉周圍的事物，我這時也摸著外套胸前口袋掏出了皮夾。

我像盲人點字閱讀般摸著皮夾而猶豫了片刻，對了，當時母親健在，平安符上沾著母親的焦躁苦心和淚水，科學人士會斥問平安符算什麼爲何不把它扔掉的這套邏輯，我現在不想把它扔掉，反而用手指撫摸一番再放著收好，名片般大小的相片還在，我掏出指尖碰到附在皮夾底層中的相片。

我隨身帶著快二十年的小東西，都起化學反應泛黃了。相片中的她不笑，髮梢有點白濛濛地向旁垂下，圓額、內雙眼皮、長形眼、顴骨，固執緊閉的唇，依舊給我很深的印象，我內心不自覺地說出好久不見了，十年前幾度通信，移監之際便斷了訊息，那些信也都不見了，直系親屬之外不准會面、不准通信、報平安通通不行，尤其是閱覽親友的信件之後都要歸還，這照片可能是被捕時就放在皮夾裡被當成是留置品了。每逢換季歸還墊被或領冬衣時，我會去留置品倉庫，我很清楚這照片的安寢之處，鑽孔的鋁板像書櫃一層層隔間，貼著像狗牌一樣受刑人號碼的空間裡，淹沒受刑主人生存和貼身的物品，分類擺放，還有後跟歪斜磨損的破皮鞋，沾著它的主人走遍陌生街道小巷的泥巴，還有沾著馬格利酒漬的褪色作業服和眼鏡盒、破損得像抹布的一件件夏季睡衣、厚厚的登山靴、各種帽子、戒指項鍊手錶之類的隨身物品，它們主人被捕的時刻，就像靜止死去的記憶被粗繩綁在一堆。

我也曾經把她的信抄下來隨身帶著，卻在移監留置品及體檢時弄丟了，當然，我都記得了，最後一行是怎麼結尾的呢？

我在野尖山都會遇到你的，我們還住在那裡。

咦，可能是前文和後文顛倒了，我仍舊把她的照片放在母親的平安符後面，闔起皮夾。

舅舅，我們現在進入漢城了。

車子走走停停，進入漢城關卡，我對這一帶很熟，以前因爲組織問題，要奔波南部各地而搭高速巴士進進出出，大門比先前寬了，車陣無奈地在爬行。

過了奧林匹克大道之後，我們和上班的車潮反方向便能開足馬力了。看到汝矣島，水泥叢林正在新江隔岸冒出來，我小時候夏天每天越過堤防去洗澡兼玩水的鬼岩水漥消失了，連大岩石都不見了。我還未坐牢的時期，洋襪山被爆破了，曾經幼穗挺拔的蘆葦叢、花生田也不見了，我想起和弟弟抓魚回來後，在堤防空地上坐著，我曾仰望晚霞映照的三角山，三角山和它山腳下的仁王山以及北嶽山由粉紅轉成紅色，進而紫色，天空轉向陰暗，直到弟弟喊餓之前，我都一直跨坐在堤防美軍部隊的微溫送油管上，偶爾在晚霞中，有從汝矣島機場起飛的教練機，像玩具一般閃亮地飛過。

姊姊住在新都市入口的公寓，我仰望二十層高的公寓，頭暈目眩，我緊跟著外甥穿梭在高聳的大樓之中，我和他搭電梯上了十五樓的玄關，一按電鈴，姊姊便跑出來，姊夫站在她身後，他一把拉著我抱著大哭。

唉呀，終於等到你來我們家的這一天了，怎麼搞的？

其實最後一次見到姊姊是一年前，在母親過世後前來通告，近年來她每年來會面一兩次，姊姊和姊夫都是大學教授，不是寒暑假或節日，都很難遠行，一進室內，見到姨媽和表兄弟們僵硬地在等候，我不像已恢復神智，雖然我也僵硬地笑著，搭訕寒暄，他們的聲音在我聽來覺得嗡嗡地不成話語，姊夫好像看出來便問我。

累了？休息吧。

你不吃飯嗎？

外甥替姊姊回答，舅舅在那裡也不吃早飯的。

好，那麼闔一闔眼再起來吧！

昨晚怎麼睡得著呢？快休息吧！

姊夫推了我的背一把，姊姊領我進了外甥的房間，房間太大了，床邊的空間讓我說不出地害怕，我朝牆轉身躺下，這是貼壁紙的牆面而非水泥牆，牆是我最熟悉的東西了，那片牆之中讓我腦海浮現出所有的畫面，我還記得監房中牆上的斑斑點點，還有天花板上的斑點，也經常讓我想起幼時躺在水邊草叢，仰望夏日的雲塊凝成了風，到處聚聚散散的形狀，再利用形狀編編故事。

我偶爾夢遺，出現過分辨不出臉孔的一些女生，某一日因夜晚迷糊地醒來，瞇眼看的話，一個全身濕潤像魚的女人直挺挺地俯望著我。她從哪裡來的呢？走出這個荒僻空間，在一無人跡的走廊徘徊一陣子，又重回到原地，在樓梯拐角處看到巴士總站的販賣部，十多歲的女生們吱吱喳喳地吃著東西，我走近，她們都不搭理我，店裡四十多歲女主人模樣的婦人看著我，她的臉黑黑的，我問她出口在哪裡，她卻用整條走廊都聽得到的呵呵聲音笑嚷著。

和我們住一住再走吧！幹嘛就要走了？

不見臉孔的婦人應是這棟房子的主人了，然而卻都沒出現熟人的身影，我多麼想念，以致在睡前費心地想，睡夢之中卻不易出現。

我下午很晚才醒來，家人要我把食物各嘗了一點，我嫌調味太重了，他們小心翼翼地對我，卻又想知道我是否舒坦，我無法長篇大論回答，老是只回答幾個字。好吃嗎？是。累嗎？不，就是用這種方式回答。

跟移民美國的弟弟通話許久，幾乎都是在談他自己的家人和事業，我只是聆聽，姨媽突然說出「這是你母親最後的心願」，攤開我的結婚問題，因為姊姊打圓場，才好不容易避開了這話題。我有如在呆滯且慢性疲勞中，度過放出來的第一天。連抓住門把時，自己的心裡都要先存著「我現在想要開門」的念頭，才能夠把門打開。

之後三晝夜，我只來往於外甥的房間和客廳，就這樣窩在姊姊家裡，姊夫與姊姊觀察我的健康情形，有些微異常的自閉症狀，除了第一天之外，我每天都只睡一兩個小時，到了清晨起床時，就有些不安，常常走到客廳裡，然後一直站在陽台上，注視著浴室鏡子，接著看到一個陌生的男子……外甥也曾帶我去樓下的商店、附近的澡堂，但是完全沒有一個人獨自外出的念頭。

我帶著家人收拾的內衣和盥洗用品，住進某大學的附設醫院做檢查，特別病房裡面有寫著我名字木牌的床一張、椅子兩張、沙發一張、電視、小冰箱、衛浴設備，但是我感覺就像進了牢房。獨處最初讓我覺得舒適安心，我總是乖乖地聽從醫護人員的指示，依照日程表來行動，不管是要餓一餐的時刻、要吃藥的時刻、被人帶著穿梭於醫院各大樓之間的時刻，幸好沒什麼大病，只是眼睛變差了許多，牙床壞到無法恢復原狀，臼齒全都完了，因為壓力和營養不良，精神科說長期的監禁而有了精神官能症，說我出現不眠、幽閉恐懼、厭惡和他人接觸或交談的症狀，輕微的話三四個月、嚴重的話則一年多，這些症狀才會漸漸消失。我再幾年就進入老年期，所以應該要維持精神的健康，每天不要忘記服用精神治療藥物兩次。

在醫院的一星期後，外甥在午餐時間打電話來，說跟母親已經到了附近，要我試著自己一個人外出看看，我沒有得到護士的允許，將身上的病患服換成自己的衣物，離開了大學醫院的區域，剛開始什麼事都沒發生。

道路分叉成好幾條，我隨便地走了中間的那一條，似乎是大學校門通往校園的中央大路，沒走幾步，我就知道走錯了，已經不能折回去，上學的人潮塞滿了道路，我像逆流而上的魚，偶爾撞到人的肩膀，有時閃身避開又會擋到另外一個人的路，有的學生會瞄我一眼，其他的則是躲得老遠。我看到遠處的校門，覺得只要到達那裡，痛苦就可以結束了，所以就故意慢慢地、不慌不忙地一步步走過去，我頭昏眼花地到了校門，巴士及卡車經過的時候，好像是衝著我來的，我抓住行道樹，站了一會後蹲下來，一陣噁心，吐出了一點酸水，只好坐在天橋的階梯，等待外甥來發現我。

舅舅怎麼了？哪裡不舒服嗎？

正根過來抓住我的手讓我起來。

嗯，有點頭昏……

讓您出門還是有點勉強。

我們到了姊姊在等的餐館，之後稍微鎮靜了一點。吃完了午餐，沿著後山的安靜小路回到醫院，正根對我說：

我應該要回辦公室了，舅舅待會晚上見。

好，好，有事的話就先走吧！

後山的空氣清新、澄淨、夾雜些寒意，一對喜鵲愉悅地叫著，飛到樹梢間，姊姊開口了。

你應該找個鄉下地方稍微靜養一下。

鄉下嗎……？

在裡頭有沒有聽說過韓老師的消息？

韓老師……妳是指誰呢？

韓，允，姬，你忘掉了嗎？

本來冰封的胸部似將蠕動，彷如溫水從腳底慢慢升上來，有一股開始解凍的感覺。啊，其實我沒有忘記，只是在害怕而已，害怕有什麼不好的消息，在牢中收到她最後一封信也是十一年前了，不是嗎？

我認識韓老師，她搬到忠清道以後就斷了聯絡。

姊姊的神色猶豫了片刻，然後看著我低聲地問。

你以前喜歡那個人嗎？

我沒有回答，只是低頭邊走邊用腳尖弄散櫸樹變成褐色的落葉，姊姊沒有再問，自己喃喃自語。

我有那個人的信。

寄給姊姊的信嗎？

很久了，差不多三年前……明天出院吧？

是的，如果早上檢查結果出來的話。

你姊夫明天會來接你，快進去吧。

回到醫院，換上病患服，吃了鎮定劑，躺在床上，開始想抽煙，將門鎖上接連抽了兩支，我轉身面向牆壁躺著，還沒有入睡。

在巴士裡面可以俯視到山腳底下，遙遠的那一邊擠滿著教會鐘塔、低矮的日式兩層建築物、韓式房屋的瓦屋頂、新社區洋房的村鎮，幽暗的暮色逐漸低垂，國土南端的盡頭，離海不遠，即使是冬天，風也還是暖暖的，竹林和山茶樹還帶著青綠，到達一個鄉下名字的「驛站」巴士停車場時，村鎮已被黑暗籠罩，中央街道的兩旁店鋪裡，有日光燈或是燈泡發出的白色光。我掏出皺巴巴的信封，映著商店的燈光確認了韓老師潦草的字跡，然後問在驛站等巴士的男子該怎麼走。從中央街走到藥局旁邊的三岔路，在那裡右轉，在對面可以看到警察局和教育廳，往女子高中的方向一直往上爬，就可以到守成里的入口。接著會看到磨坊，對面空蕩蕩的田間，有小鬼在玩元宵節的燈火，矮石牆綿延不斷的巷道，低聲私語輕笑的家族們，打開元宵應景的堅果吃，溫馨的聲響傳到小路邊上。剛升起的月光，石牆和巷道開始鮮明起來，我照著村人的指示，在石牆中間高聳的兩棵柿子樹下停下來。

您是哪一位？

從南部一字形的長房子右邊廚房中出來了一個女人。

女子高中的老師啊，她去串門子還沒回來。

我寫下了那一家的電話號碼。

我要說是誰來過了呢？

就說是朋友的哥哥。

我又再度回到來的路上，在之前經過就選好的故鄉茶房點了咖啡、也請小姐喝了雙花湯，一兩小時過後打了郵局的交換電話，告訴接線生號碼之後開始等待。

您就是學姐說過的那一位，我馬上出去。

她好像外出服都沒換就跑來了，頭髮似乎燙過，成爲半鬈曲的波浪狀，向旁邊梳開的頭髮，還沒燙過的蓬了起來。略施薄妝，雙排扣大衣的扣子沒扣，向兩邊掀開，裡頭穿的是淡褐色的兩件式洋裝。

您就是電話裡的那一位嗎？

是，是的。

我叫做韓允姬。

我調整了距離，嚥一口口水，說：

我叫……金……傳宇。

她的嘴角泛起淡淡的微笑。

當然不是本名吧。從這裡出去比較好。

允姬沒問我的意思，立刻去付茶錢，走到外頭去了，我怕跟丟，急急忙忙走下階梯，她已經嘟嘎嘟嘎地走向前面了，進到一條新的路，那是鄉下小酒店以及飯館林立的市場，她回頭確認我有沒有跟上，然後先進了一家小酒館。允姬坐在最角落的地方望著我，那是入口處看不太到的地方，我故意表現出從容的樣子，對她笑著說：

哪有女人走這麼快的。

允姬放低聲音回答：

你知道故鄉茶房是什麼樣的地方嗎？是警察局前面的茶房，那裡的客人有一半是警察，服務生也會把看到聽到的種種報上去。

我不知道。

你潛逃多久了？

從去年秋天。

累了吧。

其實也可以這麼說吧。

晚飯吃過了嗎？

我的第一條原則就是，不可以有一頓飯不吃。

那我們喝一瓶燒酒就走好了。

去哪？

今晚你住的地方，沒有別的地方要去吧？

我們默默地喝酒，下酒菜是生蠔以及醬湯。

廟底下那一帶有很多旅社，你去東柏莊好了，到明天下午我去的時候爲止，請你一直待著，如果我在那附近打電話，請你馬上出來，對了，身上有錢吧？

她從大衣口袋掏出了錢放在桌上，我就像在賭場中抓錢，用手指蓋住鈔票抓回來放進口袋。我坐上最後一班公車，允姬的身影在皎潔的月光下，顯得朦朧。

注釋

1 《玉篇》：字典。

二

出院之後，我又回到姊姊的高層公寓，我討厭這樣的住宅空間，簡直就跟監獄沒兩樣，當年的巷道無處可尋，只看得到汽車、柏油路、各種形狀顏色的人行道磚，我突然想起七八年前先出獄的一個朋友，打聽之後撥電話找他，剛開始他結結巴巴，我沉著地等待他恢復正常。

我們都已經聽說你出來了，我打過電話到漢城幾個地方，他們說先讓你休息一陣子……我們這裡已經準備好您住宿的地方，只要打通電話來，我們就會在這等你。

嗯，大家還好吧？

好啊，吃得飽、穿得暖……這世界變了很多。

他像老人一樣喃喃自語，以四十幾歲的人來說，他老了，周圍的朋友們幾乎都要五十多歲，已經過了一個世代，光州不再令人悸動了，之前只要想起這都市的名字，這兩個字的周圍就好像燃起了熊熊火焰，現在聽來只像是某個觀光地的名字罷了。只過了幾年呢？我點著下巴來計算，一年，兩年……十七年，十八年，十九年。還記得他們的臉龐嗎？在我心中，他們都還是未成熟、散漫的可憐青年，死過的人是永遠年輕的。

決定要去旅行後，打開從教導所帶回來的犯人用包袱，把裡面的東西隨意擺在房間中。裡頭有簡陋的內衣、冬季的毛衣、厚厚的毛襪、圍巾、毛手套、幾本書、以及一般囚犯做給我的手掌運動器具和金龜像。手掌運動器具是用香木棒子切成橢圓形，然後密密地釘上木頭針的東西，在手掌發冷的早晨，放在虎口揉揉捏捏，據說跟韓國的手指針灸插在手掌上的效果差不多，能避免凍傷，對血液循環也很好，我把這個用慣的東西放在虎口一下緊握一下放開。金龜像是獄方給的洗衣肥皂，精巧雕刻之後塗上亮漆做成的，希望在監獄裡能夠有好運，供在便器旁邊擱板上。一到了外面，這些東西簡陋而破爛，令人覺得淒涼。

這些東西全都要丟掉吧？

姊姊從我身後看我，拋出這句話。

以後吧……我是這樣想。

你是不是想去哪裡？

對，想跟以前的朋友見見面。

出去外面逛逛也好，你去的時候我們可能會幫你買棟房子。

房子？

有什麼不對？你現在開始準備過活了，也要娶個老婆，媽媽過世之前千交代萬交代的，她爲你的將來準備了一些東西。

那個，姊姊……妳知不知道韓老師的地址？

我不是說過了嗎？我有她的信。你還好吧……

姊姊坐了過來。

本來我想過一陣子再告訴你，那個人已經死了。

我的呼吸分成兩段，大大吸了一口，然後慢慢吐了出來。

一開始我只想把它放在抽屜裡頭，後來不知你何時才會出來，就打開看了。

我低下頭，盯著地板，姊姊悄悄起身，不久之後打開房門，遞給我一捆信。

不知道這樣好不好，本來想過一陣子再給你……

房門關了起來。我看到允姬那熟悉的圓潤字體，信封經過了好幾年，已經泛黃了。這是寄到姊姊中部小城某大學的信，姊姊的名字旁邊有括弧，裡面寫著「請轉交吳賢宇先生」，信總共有三封。一封是一九九五年十一月，之後是九六年二月，最後一封只寫著九六年夏。

賢宇，睽違多時又寫你的名字，有如呼喊已經不在世的名字一樣，讓人心痛欲裂。

是啊，你離開野尖山不知不覺已經第十五年了，奧運會那年我寄到教導所的信你收到了嗎？

以後你會知道，那是我最痛苦的時期，之後的五年間我到國外去了，託你的福，我很努力地畫畫，開了兩次個展之後，便放棄不再畫了，可以說厭倦了充斥商業氣息的產物，你就像掛在庫房石綿瓦屋頂上的冰柱，危險卻澄澈地掛在世上。

我不是你的妻子，也不是你的孩子，什麼都不是，信寄不到你的牢房吧？所以我想起了吳教授，我知道她學校的地址，你的學弟們說，你總有一天會得到減刑，世界已經變了，而有些人們也開始單方面地發現自己的錯誤了，雖然有些遲。沒犯錯那一邊的人會說：看吧，我說對了。啊，我所珍惜的你，你現在在想什麼呢？

我身體有些不舒服，雖然不嚴重，但還是去醫院做檢查。這是你常引用的一句話，現在我也把它拿來用，「在暴風雨的日子，時間還是繼續走。」今天風特別大，玻璃窗被吹得匡啷匡啷響的地步，在無數的日子裡，穿過你那狹窄窗户的白晝的風、雨和陽光，夜晚的月光、星光、鳥叫聲，和遠處人家的聲響，你一定聽得到。

我偶爾會夢到你，可是奇怪吧？你永遠是在野尖山看到的那個人，再怎樣要你說話你也不回答，我想要為你準備一些好吃的，匆匆忙忙跑到廚房，回來一看，陽台的門已經開了，玄關的門也敞開著，風吹進把窗簾掀了起來，你已經走掉了。有時候我們去海邊玩，你不是跟我說過：我們去沒有訊問所的漁村，補魚網、撈海草，過個幾天，晚上在灶孔裡烤馬鈴薯吃。望著海茫茫的水平線，回頭一看，你搖搖晃晃地走著山路，我叫了好一陣子，你始終不回頭，難道是你被監禁的靈魂嗎？

去醫院回來之後再寫信給你，不會有什麼事的，到你重回微塵的此岸生活中為止，我會這樣一直靜止的，我又會恢復勃勃生氣的。

一九九五年十一月　允姬

啊，我都嚇了一跳，到底我們相隔了多久的歲月。

來醫院的前一天寫信給你，我沒有忘記過你，一開始聽到有些吃驚，卻也不怎麼痛苦，我得的是癌症，已經擴散得很嚴重，就像緊繃氣球中的空氣跑出來一樣，身體也漸漸萎縮了，精神卻變得更清楚，一到令人厭煩的長夜，我就想起野尖山，所有事情都想過一遍，很滿足之後才能入睡，然後到了第二天晚上，再繼續塡補當中忘掉的事情。

你還記得嗎？在水果倉庫後面，黑夜涼颼颼的海藏竹田間廁所，那間木頭泥巴牆的柱子寬大的嚇人，令人覺得噁心的是，蟋蟀成群結隊地住在那裡，我們嬉嬉鬧鬧，上廁所的時候，木塊下的糞坑溝槽很深，某個半夜我因爲吃了西瓜拉肚子，還纏著你拿手電筒跟我一起走，讓我憶起童年往事，因爲我是長女，十歲以後自己去上廁所，或是跟著弟妹去守候門外，都要忍著害怕，爸爸那時經常喝醉酒，媽媽出去做生意，快要宵禁時才會回來。爸爸你還在嗎？嗯，我在外面看著呢。別擔心，慢慢上吧。爸爸，爸爸！我在這裡。就像小時候，我常常如此叫著你，你會說「害怕的話就打開門吧，吹吹涼風，又可以看星星。」我打開一條縫，星星眞的像灑著的金沙，啊，有流星，一道光微弱地延伸，然後消失在黑暗中，在醫院床上打了止痛針之後，才會鮮明地想起曾有過這樣的夜晚。

靜姬守在榻前已經第三個月了，她已經出嫁，生過兩個小孩。媽媽偶爾會來，她坐在對面不說話，只是哭，看了很煩，所以請她不要常常來，這封信是靜姬幫我寄的。

如果你在我身邊就好了，我的模樣很醜，反而也不錯。花就算凋謝乾掉了，也有一種褪色的美，身爲哺乳類的人類爲何悽慘地整個垮掉呢？

一九九六年二月　允姬

今天醫師來過，跟家屬們告知了些事。

我從靜姬哽咽的哭聲知道了一切，中午的時候，媽媽帶著牧師和兩位教友，你應該還是唯物論者吧？說這話不是要嘲弄你，我甚至覺得他們的信仰很令人喜愛，管他黑暗的後面，有什麼或沒什麼。

可是……可是，如果這樣的日子能延長的話，我還想跟你見一次面。

以前醫院庭園栽滿我從小熟悉的洋槐花，現在全都飄走了，清涼的綠蔭覆蓋了整個世上。離開那裡之後，我曾經畫過你年輕的容顏，後來又畫上我老的樣子，所以你看起來像是我兒子，嘻嘻。

我寫一條流行歌給你，「愛爲何總是無法勝過時間，愛爲什麼總是跟死亡如此相像。」很久以前我曾在佛經中讀過：人如果死去，最先消失不見，是所結下的情感這部分。你在那裡，而我在這外面共度了一個世界，歷經很多辛酸，但是我們跟這所有的日子都妥協和解了，再見，親愛的。

一九九六年夏，你的允姬

PS：姊姊在寫完信的第四天，於七月二十一日傍晚過世了。按照姊姊的遺言將她火葬，她過世之前跟我說：我要去野尖山了，如果遇見吳先生，轉告他一定要來，然後姊姊要我跟她承諾，不論什麼時候一定要將這消息傳給吳先生。

妹韓靜姬

在獨居牢房中忍耐，到後來，小小的感情都深藏起來，流露感情對生命活動完全沒有好處。起初開始忘記語言，常講的話到了眞的要說出來時，卻想不起來。記憶中消失的詞彙越來越多，最後連身邊人們的名字也忘記了，過了這階段，連眼前的日用品名稱也想不起來，所以開始有自言自語的症狀，常常對自己講話：你啊，現在到睡覺時間了！那個負責的傢伙太計較規定啦！甚至自己放個屁都會不斷一直嘀咕說：好臭，好臭！長期囚犯不太會哭或笑。在視聽覺教育時間看電影，大家摸黑哭個痛快，散場出來的時候，他們眼睛都紅腫充血，長期獨居囚犯的特徵在於感情的表現被剝奪了，主要原因是無法跟他人分享感情，失去了語言、忘記了感情，最後連回憶都漂白了。

我拿著信呆坐在房中，突然一怔，將信放回信封，再打開出門準備帶走的袋子裡層拉鍊，把信放進去，外甥今天也晚回來，姊夫跟我坐在客廳中，等著姊姊做晚餐，我們沒說什麼話，在沙發上隔遠遠地坐著，瞪著電視，電視上正在利用零碎的串場時間教烹飪，三十多歲的精明女子圍著圍裙，擺好廚房用具，開始做菜了。

這個時間我示範，男士們喝了很解渴開胃的湯給各位看看，明太魚湯在傳統上是許多地方知名的、我國代表性的醒酒湯。

這個女子把頭髮整齊地綁在後面，用蝴蝶形狀的髮夾把散落在臉旁的頭髮固定，適當地露出脖子，毛衣上裝飾著皺邊，圍著藍線條的圍裙，很端莊的主婦模樣，那是每一個家中普通妻子的模樣。

來，讓我們一起看一下材料。請各位先準備好明太魚脯、薑汁、磨碎的蒜頭、胡椒也請準備好，因爲我們要調味，請準備五十克牛肉，要使肉入味，所以請準備醬油一小匙，磨碎的蒜頭三大匙，胡椒粉跟麻油各一小匙，把一根細蔥切碎，準備一個雞蛋，再少許鹽就可以了。

看著這溫暖家庭的明太魚湯，眼眶卻熱了起來，眼淚滑下了臉頰，姊夫在旁問我什麼話，佯裝未見到我而點了一根煙，我靜靜地進了廁所，在大鏡子中看見了久違的影像，剪得短短的頭髮半白了，看起來很疲勞，眼睛充血紅腫，眼袋的皺紋形成深刻的陰影，脫下了囚衣，才看出自己的年紀，我用冷水洗了把臉，用毛巾擦了擦，把鼻涕吸進去再回到房間，姊姊和姊夫佯裝不知，不說話。

我用這種方式和韓允姬訣別了。

三

飛機徐徐降落。我並未把窗戶拉下來，我看著飛機場附近熟悉的國道兩旁上的樹木，遠處的市街籠罩著不知是煙還是霧的一片灰白。

出了機場，在候機室中等待的阿健猛地揮了揮手。

啊，大哥，這邊！

阿健，多久不見了呀！

我一把抱住了他，仔細地觀察他的臉。白髮從鬢角延伸到頭頂，眼角有許多魚尾紋，我們在拘留所中匆匆一瞥，他服完刑期先出來，他大約比我小了五六歲，我逃出了光州，他則是參加市民軍，後來進行地下活動，很久才被逮到，如果在道政府前面沒被殺死、沒被俘虜的話，阿健早就過著平順的生活了。鎮壓的第二天，阿健跑到我逃亡的山村去找我，他憔悴到雙頰深陷，穿著髒兮兮的襯衫，一把抓住我莫名地大哭，他說相運哥過世了，永俊要我先逃，後來一看中彈死了。唉，那天晚上，有若今生不能再相擁了，過了一個禮拜，每個人逃出來各自尋找藏身地，有的人冷嘲熱諷，有的人給他們錢，求他們到別的地方，也有的人家把他們當成多了一個家人，讓他們藏匿著。

車是古董，這是別人開過以後給我的。

阿健很珍視，將安全帶綁在肩上說：

大哥要去住的地方了嗎？

不，我們去看南洙吧。

阿健不走回市區的國道，轉了方向盤，喃喃地說：

應該往回走，路太塞了。

這裡也變了很多吧。

交通比以前的漢城更擁擠了，不管是哪個鄉下土包子也都買了車，擠得要命。

你現在比較會認路了吧。

我們不約而同地笑了。他現在很會找路，完全沒有塞到車，繞過了市中心，到了通往望月洞的閑靜郊外，到了無等山腳下，他停下了車。

大哥先待在車上，我去買一束花。

在三叉路的轉角有一間花店，我跟著阿健下了車，推開玻璃門進去，嗅到新鮮花草香的暖和濕氣，心情舒暢。看到玫瑰，以及不再嬌貴的滿天星、康乃馨、各色菊花，阿健不斷點著頭，心裡好像在數著什麼數字，然後買了四束花。

什麼花買這麼多。

眞的要買的話買不完的，光是跟大哥很好的小弟們就有好幾個吧？

我默默地聽從阿健的提議，走到前頭，天氣不冷，有風，很涼。阿健一路向我仔細地介紹，一面爬上通往山上道路邊的小丘。

這上面是非制度圈，下面是制度圈[1]，山背也是這樣上下分開的。

阿健立刻走到南洙面前，小酒瓶中插著枯萎的花，不知是誰帶來的，阿健好像跟身旁的人講話一樣，隨口喃喃說道：

「南洙哥，我來了，今天帶著賢宇哥一起來，想跟你說說心裡話。」

墳上的枯草在寒風中搖曳，過得如何……我心中開了口，南洙的臉上似乎露出嘴巴大張的笑容。

南洙因爲讀書會事件開始潛逃，迄今超過二十年了，他因爲其他的組織事件被關了十年，比我先出來，光州事件時，他已經在牢裡，他出來的時候，我卻又陰錯陽差地進了監獄。我們七〇年代就認識，他在南部的某個鄉下高中當老師並且準備留學，我們兩個都年輕、反對維新政權。我曾爲他唸過親手抄寫的葉塞寧的詩，那本舊筆記本現在想不起來跑到哪去了。

年邁的母親，您依然平安吧
我還活著，想念的母親
您所住的草屋中
那無法言喻的晚霞籠罩了大地嗎
我聽說了

您藏起了憂愁焦躁的心
爲了我勒緊了自己的胸膛
有時拿出過季的舊衣穿上
走到大馬路邊上

之後的句子模模糊糊地想不太起來，也許是：我現在在小酒館中，無名的先生，不要太擔心我被菜刀砍之類的。

春天過去了，向上爬的樹枝與藤蔓
覆蓋住我家小庭院
啊，要到何時你才讓我回去

想起了南洙離開漢城的那天晚上，我借住在鄉下房子的外房，把推窗推開，可以看到木廊台，在牆邊有一人合抱的櫸樹，風吹過來，樹枝搖曳的同時能聽到樹葉互相摩擦，如同波濤般的沙沙聲。我們關掉了燈，並肩躺著聽那櫸樹葉所發出的波濤聲，我看出南洙翻來覆去睡不著。

賢宇哥，我想起剛開始散發地下報導被抓、被銬著手銬挨打的時候，情報部某個職位很高的傢伙拿出我所寫的傳單要我唸一遍，我結結巴巴地唸完，他突然給我一巴掌說，這小兔崽子，我兒子也是上一流大學，你以爲他像你一樣無知所以什麼都不做嗎？然後掏出手槍抵著我的額頭，我全身無力地跪下了，事後想起來眞是丟臉。

南洙坐了起來，我也摸黑叼根煙抽了起來。

爲什麼睡不著呢？

南洙突然推開了窗戶，看著牆邊樹枝搖動的櫸樹。

我現在想要確實地戰鬥，軟弱只到今天爲止。

人不是要常常走，路才會出來，不是嗎？

可是還是有先去走的人。

清晨，南洙揹著破爛的袋子，將簡陋的內衣和幾雙沒洗的襪子塞進去，前往漢城的藏身處。我送他一程，鄰居的狗群都在吠叫，他遞了張紙條給我，那是拋棄了黨內所有職責和權力，出發前往玻利維亞的切寫給匹德爾的最後一封信，後面是切寫給他小孩談論前途。

我走向基順與相運冥婚的合葬墓。

他們被埋在下面制度化的五一八墓區，這裡是衣冠塚，所以我們再到下面看看。

我們跟其他幾個名字打了招呼，到下坡的五一八區域之後，有相運、永俊甚至最近才走的哲英的墓。哲英跟我不同，拷問最後敲到頭部，之後十九年流放在精神病院，他永遠活在那個時代，每當他那苦命的太太去會面，他老是問起那些已死的人好不好、今天道政府前面情況怎麼樣，他是精神病院獨居房中最後的市民軍。用大理石和象徵物裝飾的墓區看來是另一個枷鎖，南洙安息的溫馨、有許多人聚集的地方才是以前的那種共同墓地，連乾掉的草看來都特別柔軟。

晚上阿健帶我到了市區，市中心的風情沒有怎麼變，許多人已經聚在韓國定食餐館等我。

那過程冗長而形式，沒有留下什麼記憶，去第三攤的時候，我婉拒了，這是出獄之後第一次聚會，但是在第二攤結束的時候，已經有人在鬧事了，我只是隨便敷衍喝酒吧？席間的對話就像慢慢地拍、快快地放的畫面一樣，滑稽地溜過去。

良動的票子跳票了，現在無法收拾，你損失多少呢？

雖然只有一兩張，可是做人不可以這樣，幹完一票後跑掉，其他人該怎麼辦呢？

強旭跟德熙都當空降部隊謀得官位而聲名大噪，你卻連一筆錢都準備不出來，整天搞什麼協會、委員會、紀念事業，光管別人的事，到底在幹嘛？

唉，眞是頭痛，我根本不想扯上關係，去他的五一八紀念團體怎麼會這麼多？

人生是長的，而革命是短的，不是嗎？活著這整件事就是個侮辱啊。

還說別人，那你自己呢？好好修身齊家吧，不要搞其他的事情。

那是因爲大家都有得吃有得睡，活著很無聊，搞出病來。

不要只注重事業，也要去找找身邊那些人，幫助後輩們的生活，至少婚喪喜慶的時候露露臉吧。孝信怎麼會變成這樣？肝硬化到臉完全變黑爲止沒人理他，這算什麼共同體啊，奉漢哥爲什麼沒來？

還說別人，那你呢？共同體？政府開始補償，不知道幾年前就散掉了。

爲什麼見面的時候，只知道說彼此的壞話？

這就是人生嗎？爲何如此空虛痛苦？

想不起爲了哪句話，桌子被掀翻了，看到襯衫上被濺到的紅色辣椒湯汁，我是眞的在那裡，我被某人扶著，蹣跚地走上了旅社的台階，所有人都搖搖晃晃地搭上計程車或是由司機攙扶著上了車，有人因再度落單，逕自跑去巷口睽違已久的攤子再叫瓶燒酒來喝，他們在想什麼呢？應該跟酒醒後的我一樣空虛吧。清晨，有事業的朋友照規矩要一個女的照顧我，我大喊又踹門，那個女的抱怨之後跑掉了，我在馬桶裡吐了一陣。我穿著內衣，呆坐在床上，按照在牢裡的習慣喃喃自語。

在時間的洪流中沒有所謂的壯士。

電話鈴響了，響了很久我才去接。

我是奉漢，我從阿健那裡聽到消息，想跟你吃個中飯。

還是頭昏腦脹的……我現在就去。

你要保重身體，幹嘛這樣喝酒呢？

是那些傢伙發起的。

你在這要待幾天呢？

嗯……沒有計畫，但有些要去的地方。

不管怎麼樣，快點來吧，至少見個面。

奉漢是堅守原則的人，只要不是自己經手的事情就不太放心，奉漢對彼此的區隔像刀一樣銳利，很多人怨他缺德，他的人生完全被八〇年代的光州所攫住了，他在別人後房中躲了兩年，之後坐船偷渡出去，寫過詩的光原哥在逃亡時偶然遇見他，所以組織了一個小型的學習會，最終淪爲間諜團，光原哥坐了五年牢，最後跟南洙一樣因爲癌症死掉了，我對奉漢是半喜歡半厭煩，如果他生爲日據時代的職業革命家的話就好了，活這麼久雖然是大幸，可是他的傳說也因此告終了，他度過十年的亡命生涯，在歐洲跟美國建立了誠實的青年組織，他也許是停泊在海邊的廢船，儘管如此，一個人能奉獻一生的事有多少呢？我想起了這樣的歌詞。

在我的記憶中
我知道是有力量的

如同慢慢地在風中一點一點被毀壞的土山，模樣雖然改變了，但是我們竭盡心力想做的事情，跟當初想的不同，在世上留下了許多痕跡，那又怎麼樣，無法明瞭的日子還剩下那麼多。

這傢伙的半生已經被搓揉成了一塊爛抹布。

他很高興，打了招呼，第一句說出的是這樣的話：

我當然不錯啦！現在這都市也恢復到日常的生活了。

世上所有的火焰終有一天會熄滅，核心雖然還在，大部分已經被風吹走了。

你的健康怎麼樣？

還不錯啦，你呢？

身體不太好，以前罹患的肺病現在又開始惹麻煩了，我努力地練習丹田呼吸氣功。

你怎麼維生？

有各種各樣的方式解決，什麼時候看過我為吃飯擔心了？大哥你也應該找個地方好好休息幾個月，整理一下思緒，以後要怎麼過呢？

說的也是……該找個工作。

那大哥你怎麼樣呢？

當然要找個事做。

阿健沒說他的事嗎？

什麼事？

他太太過世了。

生了什麼病嗎？

奉漢似乎不太想講，把頭別過去看著街上。

是車禍。

眞是的……

聽說精神失常，跑了出去。

我們不說話了，他雙手捧起整碗的牛雜湯，低頭吹涼，喝完了湯水。我也不說話，一湯匙一湯匙配著飯吃，他緊抓湯碗的手指，看起來像鳥爪，指甲縫中藏了很細的泥垢。

我累了，這個都市在消耗所有的東西。

我要做做跟以前不同的事，別再搞什麼紀念事業了……

大哥，您有自己的路線嗎？

什麼路線？

我並沒有笑。

還有希望嗎？還有希望相隨嗎？那就是我的路線了。

要先好好生活，現在也沒人認識你，你什麼也不是，通緝不也結束了嗎？

所有人都在說謊……

我瞭解他即使回來故鄉，也跟其他人處不來，午餐吃完，我便想馬上離開他。

現在該走了，我還有要去的地方。

您去哪裡呢？

沒什麼……見到阿健的話，轉告他我已經走了，回來的時候可能順道去看他。

奉漢好像還想講什麼，但是我揮揮手，走向車道的方向，我搭上了計程車，他對我大喊。

保重身體。

去找允姬的那一天，我住進寺下村商街中一家韓式旅社。拉開糊著窗紙的拉門，走向木廊台再往下走幾步到溪谷，坡度很陡，流水聲特別大，入睡時，鼓膜嗡嗡作響，不久就習慣了。我逃亡已經五個月了，漢城原本是我活動的根據地，朋友多，要躲也容易，但也更危險。

奉漢是第二次換地方躲，當局以他爲頭號通緝犯，我跟他約在彌阿里兩邊各有一個出口的撞球場，那是人們出入頻繁的下午三四點，我假裝獨自在撞球，觀察著入口。不知權兄何時出現在我正後方記分板下的長椅子上，他很自然地拿起球桿，好像輪到自己一樣，打出了紅球。

奉漢哥出不來了，我阻止了他，他的照片到處都張貼著。

他絕對不能出現在同鄉的面前。

當然，我們在討論幾種方案，大概會出得去吧。

要出去囉……

不管怎麼樣，絕不能留在這裡。

從下一刻開始，我們就專心於撞球。兩盤都是我贏，他緊張卻比我平常打得好，我走下撞球場的樓梯，這時權兄跟我使個眼色。

大哥，不上廁所嗎？

我一言不發跟他進了廁所，看了鏡子，然後並肩小便，他遞了張紙條給我。

請你確認之後記起來，也不要忘記事後把它銷毀。

我先到了巷子裡，他不見了，奉漢藏在哪裡我心裡有了譜，在還沒戒嚴時，我們三個人預先看過幾個地方，看到最後一家之後，在市場一隅的算命攤算了命。老闆是個女巫，我們有些尷尬，圍著裝米的小盤子乖乖地坐下，有點神秘主義加上修道士調調的權兄說：我們算個命吧！我們拗不過他，女巫吃完飯一直在撇嘴、吸牙齒，我最先算，女巫突然用尖銳的聲音模仿小孩子，我只記得她說的一些話：

你不會有大患，會到很遠很遠的地方流浪，之後長時間患病不能動，再起之後便一直很好。

之後輪到奉漢。

你坐過牢吧？那時令尊過世了，令尊到現在還沒辦法到彼岸，到處漂泊，我在你的前面看到血流成河，如果要免去這個惡業，要做一套乾淨的衣服，在令尊墳前燒給他。

那時是八〇年三月或四月，我一直沒忘記「血流成河」這句話，我確認了他的字條：

久遠的日後，那些人的罪狀一定會顯露出來，但是需要時間，我們一定要活下來作證，不要急，好好保重自己，大哥躲藏的事我已經聯絡好了，希望你一定要安定下來。

我聽著潺潺水聲翻來覆去，元宵節的皎潔月光照亮了紙門，透過後院的推窗，隱約看到竹葉有韻致地晃動，也聽到簷角的風鈴聲，我頓時想起保護者——韓允姬老師，當初匆匆一瞥想不起來她的面貌，第二天好像是到廟裡去，然後再到林中小徑……啊，想起來了，在廟門聳立、有著松樹茂盛的小丘上，我坐在石頭上乘涼。岩石縫陰影籠罩的地方，有半融的殘雪流下清澈的水滴，有人來此郊遊，從小丘底下傳來竊竊私語，聽來是兩男一女的年輕人。其中一個男的唱歌，清脆的男高音，我來到昔日的小山崙，正如古詩人山川依舊的感嘆；那棵大松樹不見了。他們不經意唱出的歌聲讓我無法忘懷，就像老電影的情節一樣，女孩子的笑聲有如渠水衝擊般，他們接著唱了：晚上沿著牧場的路，和美麗的伊人一起回家，沿著牧場的路走著……我坐在松樹小丘上，直到天涼起風、午後很晚的時刻。唱歌的青年們早就下山了，當年我已過了三十歲，很羨慕他們的活力。

路過風雨中的陌生村鎮，透過窗子看到全家圍坐晚餐的愉快神情，我這個過路人瞄過一眼，走避人家的窗門或屋簷下，不然的話，就會聽到媽媽呼喊到田裡玩的小孩回家，俯望院子裡頭，遠遠地看到農家夫婦並肩坐在木廊台上，婦人摘了毛豆放進瓢子裡，丈夫則脫了沾泥巴的長靴，他不經意地看到陌生人走過牆外，狗亂吠了一陣，夜車朦朧的燈光從橋上呼嘯而過，車廂口閃過一個男人黑色的身影，從飛快轉輪中掉落了煙蒂，觀察對面客車的通路上有沒有什麼人出現，進入不見人跡的小旅社，門邊貼著捉拿通緝犯的海報，剩下光點明滅晃動的灰色畫面，婦人們在電視收播後倚牆睡著了，炕上貼的蠟紙被燒得一塊塊地，刺眼大紅的喀什米爾毯子攤開著，日光燈還發出「錚」的聲音，我在筆記簿上寫下弟兄們幫我弄到的身分證號碼，晚上發臭的襪子就不管了，外表重要！便把穿髒的外套洗好晾在窗框上，第二天早晨出門上路，重新開始生活，這個世界不會有什麼事發生的。

我憑著奉漢透過幾條線給我的地址去找韓老師，我決定如果苗頭不對就消失走人。黃昏時刻她來了，她在毛衣外加上羽毛衣，穿長褲，不像在附近上班的人，繫著小腰包，看起來比我更像是旅行的人，我在韓式旅館用柴火燒炕的房間裡小睡，睡夢中感到有人躡手躡腳而睜開了眼，腳步聲停在木廊台前，發出輕咳，拉門無聲地被打開了，我躺著把放在額頭的臂腕抬起，轉頭俯望門縫。

睡醒了嗎？

她把門開大一點，卻沒有進來，跨坐木廊台問我，我伸著懶腰一邊站起來。

請你帶著行李出來。

她只說了這句話，就把門關上了。我扣好上衣，穿上襪子，把旅行袋整理好，走了出去，她已站在旅館大門外面等了。

還沒吃晚餐吧？

對呀，午餐很晚才吃……

太好了，我肚子可是很餓。

四五個背著大背包的登山客成群往上走，我們走向商店林立的四河村底下，看到了巴士車站及一輛觀光巴士，市外巴士正待離去，車尾吐著煤煙，有三輛排班但不見司機的計程車。允姬說了：

我們搭車去個地方，不過要先吃飯吧？

餐廳裡沒有一個客人。

你一整天都做了什麼？

去廟裡逛逛，然後睡午覺，妳是下班直接過來的嗎？

我回家換過衣服了，明天是週末，沒有課，到禮拜一爲止都不會去學校。

妳在學校裡教什麼？

她有點害羞地噗哧一聲笑了，我從一開始就覺得允姬低頭笑的嘴型很好看。

教美術，畫畫的。

不錯嘛。

什麼不錯？

允姬說完了這句話，從外衣口袋裡掏出了煙，點上了一根。

畫家的才能一點都不能讓人相信。它不過偶爾會突出在無數有才能的人才之中。來到鄉下學校一看，馬上就可以知道，只有一兩個孩子的素質令人刮目相看。

但畫家說這種話，誰會相信呢？

我還不算啦！我正在考慮未來要不要當畫家。這裡有一個天才型的小孩，上學期放棄學業到都市去，聽說在美容院找到了工作，每到美術課，她連畫具都沒有就這樣空手來，所以我幫她買了，其他科目的成績一場糊塗，她家裡是種田的，三個姊姊都到工廠或幫傭。

允姬熱中於自己的話題，把食指像手槍一樣豎起來搖了搖說：

說實在的，如果念了美術學院，所擁有的一切都要拋棄。

妳家在這附近嗎？

保護人居住的環境，對我來說是重要的。如果她是熟人，我的不自然一眼就會被看穿。

很遺憾，我是漢城人，我就是在漢城出生長大的，現在該我問了吧？

妳問啊。

請問貴姓大名……金傳宇是吧？

爲什麼這樣問，這名字怎麼了？

那是在花郎牌香菸的煙氣中消失掉的人名，不是嗎？

我差一點大聲笑了出來。

允兄妳怎麼知道的？

我不太認識那個人，也沒辦法告訴你，我在某個地方見過他，我要先說的是我不是運動圈子的人。

幫助潛逃中的人，搞不好以後自己也會陷入困境吧？

允姬用她一貫低頭的微笑接受了，嘴唇間稍微露了露牙齒，馬上又消失了。

我看過光州的錄影帶，NHK版的，是跟這裡的神父借來看的。

她表情一變，眼角出現了陰影，好像覺得很厭煩，嘴巴微微張開，搖了搖頭。

我沒辦法原諒他們，但是我諒解了父親。

妳父親？

不……我父親一輩子只會喝酒，然後就過世了。

他發生了什麼事？

允姬眼眶泛紅，淚水開始打轉。

他大概有歷史的傷口吧，我們別再說這個話題了，更重要的是，你爲什麼避開我的問題？

什麼問題……

如果你想託付我你的人身安全問題，你該先告訴我你自己的事，像你的本名、職業，做了什麼事啦，也就是你潛逃的原因，我想知道這些事情，是很理所當然的吧？

對，那當然。

我說完之後，心中開始有一些些歉意。

我名叫吳賢宇，年齡三十二歲，到前年爲止，都像韓老師一樣在鄉下中學教書，大學時期參加過學生運動，坐了一陣子牢，之後被強制徵集而到前線當兵，其餘的再慢慢跟妳說。

哎唷，這麼多的事端怎麼一口氣全講了呢？

我們從餐廳出來，司機座位仍然空的，我們上了後座並肩坐定。

這樣可以嗎？

我說完，不安地環顧四周，允姬笑著說了：

司機馬上就會出現的，你當然還沒結婚吧？

目前爲止是如此。

從前面的擋風玻璃，可以看到上身穿制服的計程車司機慢慢走來，她很快地說：

從現在開始我一個人講話。

司機觀察過我們兩個客人後，坐好位置。允姬講了目的地，我假裝睡覺，車尾揚起煙塵，駛上了石子路，越過了山頭，只花了二十分鐘就到了鄰郡，我們下了計程車，面前是往鄉內的中央道路。

在這轉巴士比較好，直接搭計程車去也沒關係，坐直達巴士到學校前面大概要四十分鐘。

現在要去哪？

跟我走就對了，去武陵桃源。

電影院像是破敗的倉庫一樣，晚上才會開門，我們在電影院前面的站牌等巴士，允姬說：

這是我到處寫生的時候找到的，我的畫室在裡面。

那就搬過來嘛，離學校也不遠。

我也是這樣想。

巴士慢慢靠近了，我一坐下，巴士就出發了，車掌小姐踏著踉蹌的腳步過來收票。

去哪裡？

野尖山兩張。

巴士從大路進了山間的小路，有一面是深深的溪谷，山上流下的雪水變成小溪，冒著白泡泡流下去。每座低矮的小丘頂上都有一兩戶農家，整齊的小果樹排列成行，溪谷兩邊有狹小的旱梯田，溝渠邊蘆葦去年秋天開的白色穗子，到現在還掛在上面迎風搖曳，允姬跟我在溪谷水泥橋下車。

過了橋，繞過彎道，視野豁然開朗，可以看到圓形的山，往南的山腳上，可以看到零星的房屋，前面的緩坡上是果園，溪邊有茅草屋頂的水車磨坊，果園後面有深綠色的竹林。初春柔和而帶有泥土味的清風徐徐吹來，一對喜鵲在柿子樹枝上快活地叫著。允姬彷彿品嚐風的味道，哼地一聲長長吸了一口氣，然後耳語似地說：

這就是野尖山。

注釋

1 「制度圈」指異議分子組織中編制內的人，「非制度圈」則指編制外。

四

我朝著現在的目的地，十八年前的颱風夜，我從此出發去漢城，允姬撐傘送行到橋，她那件鄉下女人的花裙子被雨沾濕，鞋尖挺挺的橡膠鞋不時脫落。末班巴士的車前燈，好像猛獸的眼睛出現了，照亮了打在地上的雨滴。我踏上巴士之前回頭一看，允姬似乎想說什麼，手肘彎著舉起了一隻手，模糊地看見手腕的揮動，我搖搖擺擺地快速走向車後窗，只看到她拿著雨傘的身影消失在夜幕中。

鋪著柏油的鄉間道路上，郊區巴士根本沒停幾次，不斷地奔馳著。昔日熟悉的村落，我對於變化感到有些茫然與失落，車不停在以前的小車站，而是現今市區中心外圍的新車站，中央大路變得比以前寬敞許多，兩旁佇立四五層高的樓房，其中也聳立著十幾層的大樓，我在等計程車。

你去哪裡？

野尖山。

司機有些爲難的臉色，他還沒有發動。

怎麼了……有什麼問題嗎？

司機嘴巴發出了嘖嘖聲，換了排檔出發了。

沒有什麼問題，只是距離不近不遠。

不是只要花個二十來分嗎？

他透過後視鏡偷偷地看我。

十分鐘左右，車費照兩倍算。

好吧！

有些莫名的不安，經過了市中心，我望著那些方形的建築和高層公寓社區。野尖山還擁有當年的風貌嗎？我沒問司機，平坦的水泥路延伸到市區外圍，中間畫著清楚的標線，客車、卡車匆忙地來來去去，溪谷方向水仍在流嗎？螢光漆的柱子和欄杆最先映入眼簾，一畦畦的稻田，果菜園舊址的丘陵上，已經被新鄉村工廠進駐了。

橋仍在原地！可是樣子卻變了，我看見了修整成花苞模樣的石欄杆，現在所急速繞過的不是狹窄的山道，而是筆直的山脊路。我看到了村子口的木頭柱子，牌子上用黑色的字寫著：「野尖山山莊」。

山右邊的果園不見了，換成五顏六色屋頂的住宅區，也看得到幾張招牌；有木屋、有別墅規格的大陽台和落地窗的白色屋子，還有屋頂泛黃的茅屋。轎車停在各處，剛才搭來的計程車前方，有一輛黑色的轎車緩緩前進，見到車中一對男女的後腦勺，看得到左邊的果園，可是較先前消失了一半，然後看到「土牆傳統茶館」的字樣，把以往副校長家遮住了。我下了車，慢慢地走上了小丘，經過茶館前往裡面一看；坐著幾個客人，而新鄉村道路的水泥路延伸到茶館前，茶館後面的那條僻靜小路仍然維持原貌，見到枸橘籬笆原來那間淺藍色的屋子，我的心噗通噗通地跳，近鄉情怯，我慢慢地走近那條路，綁在屋子裡的小黃狗，搖著尾巴汪汪地叫。原先抽水機的地方安上了水龍頭，還是以前那一棟有著長長木廊台、南部式的一字形瓦屋，沒有人跡，院子是空著的，我走到院子旁邊探頭進去。

你找人嗎？

意外地從後方傳來了聲音，我嚇一跳趕緊回頭看，看到了一個熟悉的臉龐，就像家中漸漸磨損的生活用品一樣；這張臉型也變了，她懷疑地瞇著眼睛，上上下下地打量著我。這是副校長的夫人，順天嬸。我恭敬地向她行了個禮。

師母，您還好嗎？

你是哪一位？怎麼想不起來。

我啊……我是以前來這裡準備高考的人。

現在她當然知道是怎麼回事了，當時允姬介紹我時，就說我是來這裡準備高考的男朋友。順天嬸嘴巴張得大大的，輕輕地拍了一下手，然後就高聲地說：

哎唷，哎唷，我還以爲是誰呢，吳先生……吳賢宇先生是吧？

她抓住我的手不斷地撫摸。

你很辛苦吧，什麼時候出來的，眞是……也沒辦法見到韓老師了。

順天嬸拉著我坐到木廊台上，我茫然地抬頭望著掛在牆上相框裡的相片，有幾張褪色泛黃了，她噙著淚光盯著我好一陣子。

她妹妹來過一次，以前她每年都會來，聽說她後來跑到國外了，她等不到今天，怎麼瞑目噢！

我低下頭等她發完這些牢騷，俯望著牆邊路的方向說了一句話。

這裡也變了很多……

當然啊，變了很多，錢是很可怕的。

副校長呢……

他因爲中風折騰了好一陣子，過世很久了，老大跟老二都出去外面了，只剩下老么還住在這裡，坡下的土牆茶館就是老么夫妻開的。

這家的主人不太講話，戴厚鏡片，小毛病是喜歡喝酒，生前是附近鄉鎮國小的副校長。我很喜歡他，扁扁的鼻子，好幾次跟他一起翻過山，到堤防附近釣魚，他雖然沒有表示出來，其實他早就看出我不是爲準備高考而來的，有一次郡公所有人來戶口調查，他還說我是他姪子來掩飾。

我們快上去吧，午飯吃了嗎？

早就吃過了，我眞想去看後面那一棟。

嗯，那一棟還是老樣子，韓老師三年前整修過了，很久以前她就把那棟房子跟那塊地買了下來，她妹妹也來看過，我們也不知道她要怎麼辦。

順天嬸從主房的圍牆旁邊往上走進了一條小路。柿子樹、栗子樹、赤楊樹等等，還是佇立在房屋旁邊，進了庭院，也見到了水管底下有水泥水槽和水溝，順天嬸打開了水龍頭，水汩汩地湧出。看吧！連冬天也不冷，不會結冰，大概是十年前吧，村子裡湊錢挖井，也裝了幫浦。

院子裡枯黃的雜草在風中搖曳，我看到了我親手施工過的痕跡，這棟房子原先用來儲藏水果，我們住進去把它分隔成兩塊，一塊當房間，剩下的改造成允姬的畫室，水泥磚牆貼了隔熱材料，磚石也換過並漆成白色，小廊台跟格子門依舊未變，夾在糊窗紙之間的鏡子也還在。我打開房門，後山的推窗換成了玻璃窗，塑膠地板換成了高級臘紙地板，塗上了亮光漆，東邊牆上架子和雙層擱板是我到鎮裡面去買木條和木板磨光之後做的，擱板上面有一些舊書和小布包包。以前畫室的木板門換成玻璃門，裡面看得一清二楚，地面是水泥的，可以坐一個人、放一張矮飯桌的枱子，室內全部鋪上了木板。原來的灶換成流理台，畫室中有一個三孔暖爐、有沙發和椅子、畫架、畫布、被顏料沾的五顏六色的桶子和木板。

我想在這裡住幾天……

就照你的意思做吧，這房子其實就像吳先生的家一樣，只是要燒炕。

房間裡有裝蒸汽暖爐嗎？

沒有，還是以前的舊東西，灶被打掉了，灶孔在那後面。

繞過房子的右邊一看，上方有石綿瓦蓋著的地方，灶孔被用燻黑的洋鐵塊塞住，不讓北風吹進去而在裡面砌了牆壁，堆著木柴和一捆引火柴。

我兒子或偶爾客人來的時候，會用到這間房，空了好幾個月，所以要打掃一下。

借我掃把跟抹布，我自己來好了。

哎唷！何必這麼客氣，吳先生去散個步，我來弄就行了。

不，我要自己來。

我說完，為了打破順天嬸的固執，又用更強的語氣加了一句。

我想要一面打掃一面想念她。

她總算乖乖地退下了。

嗯，嗯……就這樣吧。

我在畫室外的踏腳石上脫掉鞋子，開玻璃門進去，地板的寒氣冒了上來，隱約地有松香的味道，等等，我想起來了……那是松節油的味道。允姬習慣抓著兩三枝筆擠顏料管的時候加的油，允姬身上老是有那種味道，那氣味和幾種顏料在長褲和圍裙上凝固，我撿起了畫布，上面有她爲了調勻顏料而留下的痕跡，筆毛的痕跡很纖細，我拿著畫布的手微微地顫抖著，我感到了允姬的筆觸。乾癟的顏料管上留有她手指的痕跡，我把整齊堆在牆角的畫布像書頁一樣掀起來，在最裡面找到一張二十號大小的圖畫。

兩張面孔幾乎毫無間隔，左邊的我穿的是白底藍格子的短袖襯衫，我在外面的最後一個夏天，那時候所有人都留長髮，畫中的我長髮碰到衣領，眼睛上的陰影和凹陷的雙頰，顯露出當時的煩惱，背景以暗紅色爲基調，橫著塗過天藍色的痕跡，更強調了陰鬱的氣氛，旁邊畫著糊紙的格子窗，又重複塗上了一層灰色，允姬就像信裡寫的，把自己的臉畫了上去。我仔細地端詳了她近年的模樣，不同於畫我的粗線條筆法，頭髮有些斑白，眼睛上重疊幾條黑線，讓人感覺很遙遠，強調了顴骨，臉頰上塗著好幾層顏料，讓人感覺到她青春的逝去和印象的深度，我永遠喜歡她嘴角泛起似有若無的微笑、嘴唇的曲線。她含笑面對著凝視的我，三十二歲的年輕人跟四十多歲的女人，襯托出不同的顏色背景，並肩看著我。

順天嬸給了我清掃工具後，我還坐著不動，感覺到了寒氣，我才想起她叫我拿煤球把火生起來。我從小路下到坡下的屋子，她從廚房探出頭來看著我向我招手。

我已經點著了，你把這個拿過去好了。她搖著能夠裝兩個煤球的洋鐵筒和夾子說。

先點著兩個生起火來，就會很溫暖了，我叫小孩幫你搬上去。

不用了，我用這個一次搬兩個。

晚飯下來吃。

我用鐵筒裝著兩個已經點燃的煤球，又夾著一個全新的，然後再下去，總共搬了十二個上去，堆在灶前，先把點著火的兩個煤球放進去，又放了兩個新的，雖然還有空間但四個已經夠了，之後開始溫暖，我從流理台上翻出日常生活用具觀察允姬的痕跡，找到被燻黑的水壺，拿到流理台裝滿水，放在暖爐上面，又從洗碗槽接水來洗抹布，就像小時候在學校打掃一樣，跪著從地板的這一邊擦到另一邊。我把畫布、畫板、筆、乾掉的顏料，還有零碎的雜物推到角落，清理堆在桌子上的素描簿之後，突然很想看她如何利用鉛筆或炭筆，她利用素描稿或文字來構思畫作，她交相使用蜘蛛網線條，把一個人或相似的物體在多處屈身或蹲下、變換方向與位置，一幅幅延續著，有若怪異漫畫中的眼睛和棒子符號形狀、有若述說故事的暗號，擺放在各種道具和裝置之中，在牆上也留下各式的塗鴉，延續至下一章，有如劇本對白的調調。

犯人必須在巨大的鐵欄杆中，隔著兩層發亮的鐵絲網跟探望者說話，那時我已經斷食一個禮拜了，所以看守長把我帶到會客室。我想要抓住重心，撐著兩隻手抓住鐵欄杆，就像動物園中的猴子，哥哥從會客室黑暗的角落中猛然伸出脖子，他不斷對我喊著：羅莎，妳在哪裡？他不停地喊著。

啊！他反而期盼要跟我面會。他誠心地擦拭玻璃窗上的塵垢，從樹隙縫中，僻靜小路下注視著果園那條路，他不正在向我走來嗎？

如果一瞬間也不放下武裝，不癒合光榮的傷痕、而想依靠信念活下去的話！即使只被放逐一次，在人性的惧怕中浪費歲月、活過來的日子如此令人悔恨！即使只有一次，更要勇敢地活下去！

據說羅莎曾寫信說，希望這首詩能刻在自己的墓碑上，之後她又像是嘲笑自己一樣改寫了：

馬蒂爾德，你不覺得我是嚴肅的人吧？這樣說你大概會笑出來，我的墓碑上不能刻謊言，只要刻著「吱吱喳喳」就可以了。這是小鳥的叫聲，鳥現在正往這裡飛來，所以我對牠的叫聲很熟悉，那聲音總是很清晰、很美麗、像魚鱗一樣熠熠生輝，想想看，總有一天你會聽到「吱吱喳喳」的小小叫聲，你知道那是什麼聲音嗎？那是初春降臨的聲音，就算飄著霜雪的孤獨時刻，我們都相信小鳥和春天會來臨的，萬一我等不到春天就死了，別忘記在我的墓碑寫上「吱吱喳喳」。

羅莎．盧森堡被國民防衛軍的軍官們用槍托打中後腦昏倒，神智不清，某個中尉再對準頭部補上一槍確定死亡後，屍體用卡車載到科爾涅利烏斯布留克附近的藍特貝歐運河丟棄。

紀念碑上並沒有寫著「吱吱喳喳」，只有某人拋下幾朵乾掉的康乃馨而已，我在柏林的那段日子，經常在提歐卡爾丹簡單地果腹，讓我想起在紀念碑不遠的長椅上吃著小麵包。

我會回到這裡的，要做好吃的東西給菜鳥詩人吃，希望他回來，希望我能一直活下去，為他送終，我們當初的親密關係，現在到底算什麼呢？清楚的夢境漸漸像煙一樣消失；沒有一個特別清晰的鏡頭，這份茫然居然被稱為愛，我如實地寫下某個老婆婆的話。

我作了夢醒來之後都忘記，最近連精神方面都跟年輕時不太像了，再怎麼想，這些都拼湊不起來，最近看到一些死人……可是在夢裡看見死人更沒意思，這就像看到南瓜一樣，狗看到自己家的人不是會搖尾巴嗎？這樣糊裡糊塗地走比狗還不如，因爲這些事情讓人搞不懂。

我走過一趟遙遠的塵世回來，野尖山已經消失了，我計畫要整修房子，在擱板上發現我當年的信，我重新久久地讀了一遍，眞的幼稚又多夢噢！我原想放進灶裡又決定保存下來，當年的兩個青年男女就像吹過的季節風一樣，不復存在了。

我的精神狀態怎會如此這般呢？我整天翻看著波什和布呂蓋爾的畫冊看，波什絕望般的地獄惡夢和布呂蓋爾所畫的務實實景，下田的農夫、牛隻以及大地的畫面左邊，是巴掌大的海洋，其中若隱若現的一個人倒栽著，只看得見兩條腿，這就叫做「伊卡洛斯的墮落」，理想主義者的墮落像懸掛蠟製翅膀，飛得太高，結果掉了下來，面對著現實生活，是如此不值一顧的悲劇。

我來回踩著他鋪設的庭院踏腳石，停下來把一塊石頭翻過來看，它一方面很噁心，一方面卻又很奧妙，有三條蚯蚓、許多小蟲、幾點青苔，石頭縫裡有強冒出頭的堇菜白，根深深地扎在潮濕的土裡，我後悔侵犯了這個小宇宙，我把石頭小心翼翼地放回原位，對世界思考了片刻。

畫畫算什麼嘛，再畫畫看吧，只是沒用的無數個失手而已，漢字的詞彙眞有意思，那就是失去手的痕跡。從今天開始繼續給他寫信。

我放下了允姬的素描簿，把房間打掃完，想起要在房中點火取暖，於是從小廊台走向灶孔，先在灶裡堆上小松枝，然後用打火機點燃，像是小動物一樣蠕動不斷向上方延伸，我削了更粗的樹枝，互相交錯地疊著，上面放了兩塊木柴，我盯著火焰升起，像生物的舌頭一樣，舔著灶孔的四周。

來這裡的第一天，允姬和我搶著生火，最後才決定一起把火點起來，這件事多有趣？誰不懂竅門呢？後來被辛辣的松枝煙燻得咳嗽流淚，繼而煙味和漆黑中的火花，把我們的身體溫暖得舒適靠近。

當時只靠一根蠟燭照亮房間，用了一個月之後，才從下面主屋接了一條電線上來，裝了日光燈，我們喜歡燭火，常常點著蠟燭聊天。從主人那裡拿了兩床仿貂毛毯上來，地板則是燒到熱熱的地步，我們各拿一條毛毯，隔得老遠分別睡在房間牆壁的兩頭。

我把灶裡暖炕的火擺妥，回到房間擦拭完畢後，太陽已經西下，外面變得很暗，在日光燈的光線映照下，糊窗紙變得特別白，而窗玻璃變得特別地黑。

五

吃過晚飯，我們到坡下副校長么兒開的傳統茶館叫了一杯木瓜茶，我們跟這位年紀三十出頭，以前叫小兔的青年混得很熟，偶爾叫他跑腿，也疼愛他，給他零用錢。允姬常跟他開玩笑，說他前面有兩顆暴牙，眼睛又圓圓的，很像山兔。爲什麼小時候看過的人物，長大的時候再看總會失望呢？前途未卜、尚未利慾薰心的孩子，伶俐與純眞長大後都會完全消失，外表很自然會顯現狡猾，小兔完全不會害羞，反而有些警戒或冷笑，我一說起看到變化心中有些淒然，他就堅決地說：你不知道現實才這樣講，還要再多開發一些才好。他的妻子是在鄉下完成學業，雖然沒去過大都市，神情看起來卻常去光州，他們叫了我一聲叔叔，總算承認我跟他們父母親之間的長遠關係了，我出獄後，頭一次買了一包香煙。

撕開煙盒掏出一根銜著。下雪的日子，牢裡水泥牆上的霜化成水滴，地板的寒氣襲到腿上，想要來一杯溫過的正宗清酒，我幻想晚上來巡邏的值班人員突然腦筋有問題，把一杯酒從配食口偷偷塞給我，而透過廁所鐵窗看著大雪紛飛，我所呼出的氣就像香煙的煙一樣飄散到虛空中，如果有一杯酒、一根煙就好了。

一到了晚上，山谷被春天來臨的聲音吵醒了，傳來了附近溪水的聲音，以及蕭瑟的風觸動竹葉的聲音，我激動的心也鎮靜了下來，我把堆在托板上的布包放在地板上，看看裡面有什麼東西。

布包裡頭是很眼熟的東西，最近可以從教務課向外界採購到圖案不俗的賀年卡，但是先前印刷和紙質都很粗糙，這張上面畫著松樹與鶴的賀年片，那是我被抓沒多久時從拘留所寄出的，三十二歲的我以褪色的原子筆跡存在於賀年片之上。

給允姬

剛來到這裡的晚上，我站到油漆筒上，看著遠方虛空中的幾點星星，第二天才發現那是貧窮山村所發出的火光，傍晚時山腰上到處都是，到了接近清晨的時候，就會一點兩點地消失，而再次一點兩點地，窗户刻畫著變成星星的緣由，不能成眠的心變成了星星，我的心也在那裡變成星星了吧！

我看到了自己當時寄的幾張明信片，她大概也有回信，可是到不了我手中，並且直到政權更替爲止都斷了音訊。

懷念的韓允姬老師

審判結束，妳大概也知道結果，我被判無期徒刑，我一片茫然，出庭回來之後，有一個基層單位的負責人把我叫了過去，他是虔誠的基督徒，聽說他對其他被宣判死刑的人也一樣。他抓著我的手對上帝禱告，內容我已經想不太起來了，我看著先前犯人的塗鴉，一面思索著，牆上寫「存在就是幸福」，時間好像突然靜止下來，我持續睡了兩天兩夜，起來之後還是覺得時間停擺，第四天則是整夜踱來踱去，我雖然覺得人生已經完蛋了，想要長久忍耐，但還是下定決心把這裡當成自己的家。

我再度看了自己寫的明信片，想起了老許跟小崔，只是他們的名字我已經想不太起來了。他們兩個都是死刑犯，老許大概四十出頭，他等待執行死刑的第八年，是在像我那個年紀時入獄的，他跟我一樣都被關在兩間毗鄰的單人房裡，其他人在洗臉場洗澡的時候，我們兩個卻提著兩個桶子到職員化妝室去裝冒著蒸汽的熱水來洗，老許體格健壯，很能搓身上的泥垢，他常常把下半身泡在水桶裡念佛，老許每當到了春天，就會鬱悶地連話也不說，因爲死刑大部分在初春執行，他很擔心進來之前託付在廟裡的女兒，晚上常常哭，到了早上眼睛都充血紅腫，我只能對他說：「等了這麼久都沒執行，大概會被赦免吧！」這時他就會擠出勉強的笑容，喃喃自語說：「還是早點走比較好，別給人惹麻煩。」後來搬過來的小崔是個斯文聰明的青年，他的寡母會來看他，他手腕上戴著媽媽用菩提樹削成的念珠。我在他們死亡的前一天就已經知道了，因爲安排面會，我趁下午的運動時間去辦公室時，科長的鼻子正貼著桌面專心於某件公文，他不知我在他背後等待，我從他肩頭瞄到了抄有一堆名字的名單；看到老許和小崔的名字，科長發覺後慌張地闔上公文，轉動安樂椅面對著我，你幹嘛？若無其事地問我。仍驚魂未定地環顧四周，轉回頭舉起一隻手，伸直，比劃斬脖子的動作，我早就了然於心，便用嘴型問他「何時」，他也用嘴型說出「明天」，我回到房裡，只能用絕望的眼神對待老許和小崔了。吃過晚飯，放封時間，小崔問我他的八字怎麼樣，他談到從書上看來的解釋，數十年後運勢會如何如何，我卻想著他剩下不到幾小時的性命，這記憶一直留在心中。那天清晨一到起床時間，老許就開始敲著木魚進行晨間的禮佛，我也踱步喃喃唸著地藏菩薩。我的運動時間較早，他們的則在午飯之前。也許透過輔導官們傳達了氣氛，或是人們有預感的能力，不只是老鳥，連一般犯人的不安也被壓抑住，整棟監舍都安靜了下來。那一天也聽不到「你多吃點」之類的寒暄，據說吃飽才死的鬼比較好看，所以吃完飯才會來帶人，午飯才一吃完，戴紅帽子的人就急急忙忙衝了進來，我們都安靜地像死老鼠一樣，老許先被抓了出去，他嘀嘀咕咕地唸，幹嘛把我餵得飽飽的，早知道就只喝果汁了。他站在我房間門上的視察口前面說：吳兄，我先走了，很久以後再見。他走後，小崔靜靜地站在視察口前面，這……這個請收下，請幫我寫一封信給媽媽，他給我的就是那串菩提子念珠。老許和小崔就像我血肉的一部分，根本忘不掉，讓我很早就體會了無期徒刑犯的時間是什麼。

給允姬

我明後天就要移監，可能永遠住在那邊了，不要傷心，說難聽一點，那邊的牢房就算是我的棺材，不是直系家屬無法面會和寄信，書也受到嚴格的限制，律師們也說我們的組織事件是胡說八道，但是如果我們當成政治上的犧牲者，對我們很有用，因爲信件檢查，我沒辦法進一步地說明。

在這裡把自己的女人變心叫做倒穿膠鞋，有一個前科累累的竊盜犯低著頭，滿臉淚水、愁眉苦臉地進來了，大家都這麼說：他老婆倒穿膠鞋了。不要罵我，我在這裡還要耽誤很多時間，請允姬妳趕快換個膠鞋穿吧。

現在回想起來，會感嘆說如果我們在野尖山的生活就算只能夠延長幾個月，那我也心滿意足了，不，幾個禮拜也好，不，一天也好。

有我寄的幾張明信片，還有大小相似，紙質和封面卻不太相同的筆記本大約二十本左右，上面有後來貼的，寫著編號的標籤。我拿起了第一冊筆記本。

今天是你離開滿一年的日子，我在這段期間也有了些改變。爲你預備避難處的事被學校知道，轟動了教育廳，我在傳聞中成了你的姘婦，但是當局並沒有嚴厲追究，只是因爲我父親的過去，詳細地調查了我十五天。我決定什麼都不做，休息之後我決心要進入研究所，但必須有一件事來消磨我們漫長的時間，這些筆記泰半是在這裡獨居時所寫下的，今後在野尖山，將只有夏冬兩個季節。

從學姐那裡聽說光州事件有關的人要來找我，我的運氣也眞差，如在平時，我會輕鬆地當成旅行繞南島一圈，該畢業的時候畢業，找工作啦，考完任用考、謀到得來不易的教職，那也是我要努力以赴的重任。既然牽涉到我，就變成我必須去扛下的沉重包袱，要是我沒去漢城他姊姊的工作室那裡，要是我沒從神父那兒轉拷錄影帶，要是事件發生的時候我人不在全羅道，那個時期可以過得多輕鬆自在呀！我眞倒楣。對了，在那之前我一直都是個很幸運的女人嗎？只要我還是我媽媽的女兒，怎麼可能幸運。

也許故鄉茶房位於警察局前的地點，讓我緊張，昏暗的光線讓我看不清，到了市場小酒館才仔細地看清了你的臉。我事前就知道你的名字，可是你講得太明顯是假名了，我心中竊笑。對你的第一印象就是聯想到年輕時候的父親，那時我還沒出生，但我是個畫畫的，透過照片跟母親說的故事，在心中重新建構了爸爸的面貌，我還沒有機會跟你講爸爸的事情，只模糊地推說他有歷史的傷口而已，我手邊還有父親年輕時的兩張照片，一張是他在東京留學時照的，穿戴著四角型的帽子和學生大衣，褪色泛黃相片中的人物爲何如此老成，看來像什麼賢者一樣有權威？爸爸照這張相片時，思潮正從康德、黑格爾與波以爾・巴赫轉移到恩格斯與馬克斯。爸爸在日本有名的神田舊書店巷子裡買了文庫版的「資本」、「宣言」來讀。

另一張就是問題的相片，那是爸爸在十月抗爭後的沉滯期中照的最後一張相片。戰後幾乎所有人都留短髮，爸爸卻留著知識份子特有的中分長髮，外衣則穿著類似國民服、一直扣到脖子。媽媽說爸爸那時有一年半之久無法回家，所以從他活動的某個都市到照相館去拍了一張照片，舊曆年時寄回家來。當時我尚未出世，和未曾謀面的一個哥哥，他活到五歲在鄉下夭折了，之後爸爸只要一喝醉，就會喊哥哥的名字，相片中的爸爸有如愛爾蘭還是什麼俄國的職業革命家，雙頰深陷，眼神銳利，到那時都還算是父親的青春時期。照完那張照片以後，父親就被抓了，後來又逃進山裡。我知道有這張照片是很後來的事了。

我從你的臉中隱約感受和父親年輕時神似，我有一半憎恨父親的感情，長大之後，一面恨自己，一面跟父親和解了，特別到他肝癌過世的前兩年，我一面照顧他，而完全瞭解了他。在陌生地方都市，背景是手繪塗上的朦朧街燈和月亮，前景是窗簾、白欄杆和開窗的臨時舞台，爸爸臉上凝聚著年輕時代的飢餓、像燥熱重症一樣決然的悲壯，爲什麼傳統上革命家都正如你說的，看起來像是肺病患者或是發出古物的氣味呢？如果看來像是畫家或者外國的某些專家、醫師什麼的不好嗎？啊，對不起，我不是在諷刺你，這只不過是我回應從你身上感受到的親密感。

剛到野尖山，我眞的並沒有想要搬過去的念頭，在農村社會中，有教職的女人是不能跟來歷不明、突然冒出來的陌生男子公開同居的，但是不這樣的話，誰會相信你呢？第一天我們一起生了灶孔的火，灶旁不知有多麼舒適溫暖，我不知不覺間開始哼著歌，那首曲調好像父親在山上時節唱的，你平靜地望著灶孔中的火一會，然後對我說：

韓老師，我是社會主義者。

我並不驚訝，雖然風潮未開，我嘛！家裡什麼大風大浪沒經歷過，所以用開玩笑的口氣問：

你確定要走這條路嗎？問完，你有些尷尬地說：

我正在走這條路。

你講完之後自己也覺得誇張而不好意思。看到男人這種神情我感到他有些不懂事，卻使我暗自高興。

第一個週末之後，我回到學校，由於是女校，精明的女學生看出苗頭，說我的神情變了，啊，眞的嗎？你雖然問了我好幾次，眞的，一開始我對你沒動情，只是感到親近而已，後來，終於很想跟你討論爸爸的事情。

第二個週末過去一看，你已經把那個倉庫整理得適合人住了，在我的畫室也鋪上了地板，我由於不放心所以決定搬過去。

我記得我們到鎮上買了鍋碗瓢盆，去了市場買菜回來，做了一頓飯對坐吃完。那時我認爲跟你又沒有肌膚之親，怎麼能說出爸爸的事呢？我想起學生時代某個同學告訴我的話：不要隨便跟男人一起吃飯，兩人單獨吃飯的話會日久生情。你還記得我們一開始借了兩條毯子，隔得遠遠地睡覺嗎？我們常背對躺著到很晚還無法入睡，所以就交談起來了，在那幾天當中，我說出了爸爸的故事。

我上小學時，我們家住漢城，搬了幾次家。媽媽出去工作維持生計，我長大以後還買房子。當年我跟靜姬都還小，弟弟還沒上學，媽媽不在家我常常做飯、把酒醉的爸爸叫醒、把飯桌擺好，因爲常搬家，有一天到了新轉去的學校，級任導師叫我去校長室，看陌生的叔叔在等我。

你是韓允姬嗎？

然後他說出父親的名字，問我那是不是我爸爸，又問我知不知道家裡的地址，我說不知道。校長對我說：

書包收一收帶過來，今天妳可以提早回家。

我以爲家裡發生了什麼事，很害怕那個穿皮外套、眼神銳利的叔叔。我要回家，那個叔叔也跟來了，我們一起走的時候，那個叔叔問了：

有沒有一些叔叔來你們家拜訪？

沒有。

媽媽還是在市場賣衣服嗎？

是的。

爸爸現在去哪裡了？

他只待在家。

在家幹什麼？

沒幹什麼……

你們家有收音機嗎？

有。

有幾台，有沒有小的？

只有一台。

爸爸的酒錢誰給的？

媽媽早上出去以前給的。

回到家裡，爸爸那天居然沒喝酒，爸爸看到跟著我回來的叔叔，勃然大怒說：

我自己會跟你們聯絡，幹什麼跑到學校去追著孩子？你們眞的要這樣搞嗎？是上面交代今天要對你的行蹤提報告，今天你還沒聯絡我們，幹嘛對我發火。

爸爸帶著那個叔叔到外面去，晚上很晚才回來，酩酊大醉、東倒西歪。我聽到了爸爸和媽媽高聲爭吵的聲音，大致的內容是：那個人是刑警，我們每次搬家一定要向那個人報告。

爸爸只要酒醒，就是在看書。爸爸常到舊書店中，買日本書或是英文書看，他酒醉的時間之外，我們小孩很自豪他知道的東西比我們多很多，爸爸不怕冷也不怕熱，他冬天也不穿內衣，著一件單褲子，夏天不管多熱，也是靜靜地坐在房中慢慢搖著扇子過一整天。坐姿很挺拔，毫不散漫，只要坐下就一動也不動，爸爸的腳奇形怪狀非常醜，右腳只有三個趾頭，左腳沒有小指，而且兩邊的踝骨都像小石頭一樣硬梆梆的突出來，小時候我跟靜姬拉拉捏捏爸爸的踝骨，然後嘻嘻地笑。

你說在冰冷的水泥地上過一個冬天，就會瞭解父親經過幾年牢獄的生活，我提到這段故事，你平靜地插嘴。

當時爲何反共活動那麼多呢？學校一天到晚都要我們畫反共海報，寫消滅共匪的作文，準備反共辯論會。中學一年級的時候，要我們畫海報的作業，我從國小一直有人稱讚我畫得好，卻進不了美術班，因爲媽媽反對，高三爲了準備考試才去畫室學了幾個月素描，不管怎樣，畫海報是我對漫畫最熟悉的時候，故意畫得有些好笑，上方用紅字寫著：「粉碎共產黨！」然後畫上了健壯的國軍叔叔以及三個男女搭著肩膀，把頭上長角、渾身是毛、有尖銳虎牙的紅色怪物踩在腳下，在怪物身上塗滿紅色顏料，發覺爸爸在我背後看穿過來。

妳在做什麼呢？

我很驕傲地回答：

我在畫反共海報。

喔，這樣啊，底下有角的紅色怪物是什麼呢？

那是共產黨。

眞的很凶惡耶。

因爲是紅鬼子。

之後爸爸就什麼話也沒說了，事情後來才發生。我的圖畫在學校被遴選爲送去全國大賽的十件作品之一，後來又得了優秀獎，獎品是裝飾著金箔的獎狀以及好幾十種顏色的高級水彩和素描簿，我推開了大門，對坐在庭院中木廊台上的父親高興地大叫：

爸，我得獎了！

爸爸那時喝醉了酒，看到那張獎狀，手開始顫抖，然後一口氣撕成兩半。他疊起來再撕，又撕……撕成碎片，向院子裡一丟，水彩跟素描簿也被丟到院子的遠處，素描簿掉到水槽裡泡水，而水彩則散落院子一地，我驚訝地怔住了一陣子，坐在木廊台底下開始嚎啕大哭。

死丫頭幹得好，哭什麼哭，妳覺得北邊的人不是我們的同胞嗎？這是什麼爛獎。

我對爸爸發酒瘋既羞又怒，回到房間趴在棉被裡大哭。媽媽回來之後聽靜姬說整件事的經過，媽媽平常會抱怨爸爸喝酒，那天卻沉默不語，我好恨這樣的媽媽。

上高中之後，我才稍微瞭解爸爸的陳年往事，媽媽好像解開一團線一樣，一點一點地向我吐露。

得知父親在戰爭時期非常辛苦，度過許多個死亡的危機，但我一直以爲他是「我們這邊的」，啊，爸爸卻是醜惡可怕的游擊隊，那時我眞的無法原諒他，是我們家的禍根。

高三那年我第一次跟爸爸吵架。媽媽那時在市場有了一間小店，也買下了一小棟韓屋，希望給我們姊弟安定的生活，我放學後沒有直接回家，先去畫室補習素描，回到家大概都晚上九點了，媽媽到十一點才會打烊回來，我跟靜姬如果誰先回家就會做晚飯。如果我去補習，照例是靜姬要做飯，但是那天她也晚了，所以她隨便拿泡麵充當晚餐，我在院子裡洗米看到爸爸酩酊大醉、東倒西歪地走進來，我的心痛跟憎惡都一股腦湧了上來，我蹲在水管邊瞪著爸爸，爸爸蹣跚地走到我身邊停了下來。

現在什麼時候了，妳還在做飯？妳們兩個死丫頭，還只會用說的？

如果他像平常一樣一言不發走進房間睡覺，那我可能還會幫他準備好一碗水，蓋上棉被。我緩緩地起身，正面對著父親，堅持下去：

你什麼時候想過家人，擔心起我們的飯了？我們以爲你只要有酒就夠了，不是嗎？

爸爸表情僵住呆呆地站了一會，我繼續不停地說：

你這一輩子做過什麼好事了？你做過一件讓家人引以爲榮的事嗎？要是媽媽跟別人家的媽媽一樣待在家裡就好了，就算沒什麼對外好引以爲榮的，我們都希望有一個爲了家人努力工作的爸爸。

爸爸靜靜地跨坐在木廊台上，鞋子也沒脫，靜靜地望著。我總算把一直在嘴裡卻說不出口的話一下子吐了出來。

爸爸留給我們的，除了共黨份子之子的臭名之外，還有什麼？

這樣一說完，爸爸毫不搖晃地慢慢走到我身邊，啪一聲給了我一巴掌。他轉身回木廊台，肩膀偶爾顫抖著，回到房間中，一點聲音都沒有，關著門好像睡了，也沒有開燈，我不出聲地啜泣，較之挨了耳光的痛或羞恥，好像對父親做了什麼錯事的自責感。第二天早上，我很早就起床，上學之前我到爸爸的房門前，小聲地說：

爸，我要去上學了。

媽媽還在熟睡的時間，拉門突然被打開了。

允姬啊，妳過來。

打開的門縫間，看到了爸爸又瘦又長的臉，爸爸好像勉強在笑，笑得黑眼圈的眼邊又多了許多魚尾紋。爸爸遞給我一本薄薄的書。

昨天我去了光化門……買給妳的。

爸爸常會去逛外國書書店，偶爾會買雜誌或文庫版的小書回來，他給我日文的文庫版畫集，我保留當成最珍惜的一本書；那是哥雅的銅版畫集。充滿恐怖與災難的世界，大畫家的手筆讓我震撼，我拿到書的同時，懊惱羞愧自己昨晚的舉動。

爸爸，昨天我錯了。

嗯，快去上學吧。

幾天之後媽媽才告訴我，爸爸為什麼會如此酩酊大醉呢？維新政權成立以後，又制定了所謂社會安全法，有前科而又違反反共法的人都要接受審查，有人因而再次被關，爸爸一定要亮出一個保證人，這還算不幸中的大幸，讓爸爸引為平生大恥。後來我在病榻前照顧爸爸，共處了許多時光，才知道爸爸很早就轉向了，他是托岳家的福才活下來的，他在山上被抓，送到南原收容所，我的大舅讓他的分類等級大幅提升，沒有當場處決，在監獄裡關五年就出來了。大舅舅當過律師，日據時代通過了高等文官考試，光復後當過思想檢查官，爸爸對這個有權有勢的大舅子一直敬而遠之，媽媽動不動就到大舅家裡去哭訴。當媽媽在書房裡跪坐在破口大罵的大舅之前，我則吃著舅媽給的日本點心羊羹。

那一天爸爸大概去市場找媽媽一起到大舅的辦公室求救了吧，我現在還常常想像爸爸那天回家的路。他把媽媽送回市場，不經意地踏著正午繁忙的街道，卻是沒人相信他前途的歸路，到了降旗的時候，行人都被規定站著不准動，爸爸避開政府機關林立的大路，尋找能夠喘氣的地方，到有很多外國書店與舊書店的小巷子。他買了曾在東京見過的哥雅畫集給我，讓我分享，畫集中充滿了對戰爭和恐怖壓制的呻吟。

那年我們父女和解，而讓我可以回顧父親的經歷，日後我會寫些文字紀念，我說過了，從他發病到臨終的這段期間，都是我在病榻照顧他。

我想我生來等待你的出現，也許自責小時候不想瞭解父親、上大學以後對軍事獨裁政權又毫無行動吧？自此我努力閱讀隨手可取的任何有關書籍，你出現了，我想起第一次和你的親吻，是的，你完成房間與畫室工程的那一個春天的週末。

六

我闔上允姬的筆記躺了一下，她提起有關父親的事，大部分我都已經知道了，我比允姬更能表現出她父親，就像在只有粗線條的圖畫上加上明暗跟背景一樣。

我參加組織不是偶然的，南洙去漢城的那一年夏天，我受邀參加某個聚會。那時基督教團體積極地介入革命運動，不只是教會者和一般信徒，全國跟革命有密切關係的人都聚集起來，互相交換案例，也互相合作，青年運動或是勞動現場的人，幾乎都是學生出身或是有坐牢經驗的。我吃過晚飯坐著抽煙，一個身材矮小、方臉的人過來，他眼中流露出精明的神采；是個跟我同輩的青年。

你好，我叫崔東愚。

我是吳賢宇。

啊，久仰大名。

你怎麼知道……

你十月鬥爭的時候被關了吧，你不是第一波反對維新政府的嗎？我是朴錫俊的同學。

難怪，很高興認識你，現在在做什麼？

當完兵以後現在在仁川的某個工廠裡，快要不幹了。

我就這樣認識了崔東愚，聊了一些我在鄉下當老師的事情，那裡剛好是東愚的故鄉，他說他們還有一棟老宅院。聚會一結束，我們很自然地又走在一起，他來我的租屋中一起度過了兩天，他說的某些話深深烙印在我的心中。

光復之後我們的歷史不就像堆象棋子遊戲嗎？一開始堆一個、兩個聚集力量，到後來很驚險地幾乎要全堆起來的時候，某種無法抗拒的力量碰了棋盤一下，就霹哩啪啦地全倒了，在灰燼和血淋淋的廢墟中，重新開始一個一個地堆。所有人預先都知道界限在哪裡，不但無法避開，甚至還照著原來的方法堆，以致於重複相同的崩潰。最後的界限是什麼呢？那是一目了然的事實，也是看不見的觀念：南北韓的分裂和外國勢力的入侵。

這又回到了之前不斷爭論的前衛路線或大眾路線，我還搞不清楚狀況。南洙說想要確實地戰鬥的時候，我什麼話都沒說，後來在漢城跟他碰到好幾次面，他比以前沉著多了，我曾在公園遇見他拎著一個大包袱，我們興奮地徹夜長談。他所屬的組織開始了都市各處的組織普及化作業，他負責西部地區。在大學周邊散發傳單，他在探勘回程的路上遇到我，他的包袱裡有滾筒跟鋼板，他拿出來放到手提袋，南洙他們西部組正在搜求印刷機，以便更有效率地進行工作，我在教會中有認識的傳教士，所以答應要幫他找。南洙對我耳語說：

我的心快要跳出來了，我們是殊途同歸，上了山，有大路、有小路、也有長滿荊棘的路，要站在山頂上才知道哪一條是對的。

跟崔東愚常見面的時期，我剛剛結束了鄉間生活搬到光州，南洙勸我加入組織。本來是透過招募組員、散發傳單考驗才能正式加入，但是東愚反對，我們已經有十幾個人的學習組，還沒有組織綱領或章程，但是誠心嚴肅地在學習。維新時代組員超過了二十多個，除了發起的五個人之外，其他人是透過個別接觸來管理的。南洙那一組先被抓，事後想來眞令人扼腕，如果八〇年五月他們還在活動，那抗爭搞不好會有爆炸性的發展。

我在二十日離開了光州，兩天前有朋友被軍人持槍衝進家裡押走，漢城也有許多人在清晨被逮捕了，崔東愚跟朴錫俊輪流催我上京。

我沒辦法搭北上列車，只好先搭高速巴士到馬山，再轉夜車到約好的漢城永登浦站。我們前往東愚家，東愚在他哥哥經營過又廢棄不用的小工廠中過日子，那裡很適合我們躲，沒有經過多久的討論，就著手將光州的慘狀公諸於世，我寫文件、東愚印刷、錫俊則是把傳單放到兩個大袋子帶出去分給要行動的組員。

維新末期正當氣氛最肅殺的時候，我們所推展ＰＵ代號的地下活動更加周密小心地進行。我們在紙質很薄的打字紙上，像刻橡皮圖章一樣刻出了煽動性的口號，用墨水印刷，大部分都是像標語一樣簡潔激烈、十個字以下的句子。我們戴著從藥局買來的橡膠指套，進行所有的工作，這樣印出來的口號就像一條帶子，再用剪刀剪開，把這些像一疊錢一樣的標語放在外套的暗袋中，到人多的市場或是週末的鬧區巷道中，把暗袋稍爲撕開一點，從外套衣角一點一點地掏出來丟在地上，來回反覆地走。有時會在標籤上，用簽字筆跡寫上口號，貼在公車椅背或是公共電話亭裡面，有些組員也在擁擠的公車上把標籤貼在別人的背上。

但是實際行動又是完全不同，我們確知行動會失敗，但也相信將來事實一定會彰顯，世界一定會變得更好，就像敲打著石牆，雖然一時看不出成果，但是時間到了，一定會有一條裂縫出現，會打出一個洞，最後甚至整座牆坍塌。我們兩人一組，負責漢城八個區。首先A區域是政府機關和大企業林立的區域，設定為四座城門中間的西南區域，B區域是大學周邊，C區域是都市外圍的工廠地帶跟貧民區，D區是郊區的商業區等等，再把這些區域按照東西南北分成八個區域，其中的A區訂為危險區域或非常時期區域，但是由於大企業周圍是知識階層常出入的地方，所以訂為主要作戰區域，B區和C區則是宣傳效果最大的區域，但危險性比A區少了很多，最後D區則是都市各區間的緩衝地帶，各組不論是要集合出發、中途回來進行其他任務，都最安全可靠的停留場所。我們也實施過同時在都市不同角落散發傳單的大作戰，但是大部分都是不定時不規則散發，一天行動好幾次的小作戰，我跟東愚、錫俊、阿健一個組，出去勘察或是替行動組把風。

東愚做事老練，卡特訪韓時，他跟一個傳教士放火燒歡迎拱門，對幫助獨裁政權的美國表達抗議，他們三個一組去解決豎立在第二漢江橋與光化門的拱門。卡特訪韓前一天的晚上七點鐘，是行動的時間，偏偏下起雨來，不是什麼大雨，拱門上裝飾的薄板卻被浸濕了，負責漢江橋的小組準備了汽油，潑上汽油後，卻怎麼點火也點不著。光化門東愚這一組在國際戲院舊址前面的麵包店等待行動的時刻，東愚外衣的暗袋裡準備了兩罐打火機油，另外兩個人有一個後來當了記者，另一個則當了社會團體的事務總長，但當時他們只是剛退伍的待業者和窮困的神學院學生。東愚首先爬上了鋼骨，爬到了適當高度，就把兩罐油全潑了上去，東愚出來之後，便在下面把風，兩個人就爬了上去，因為沒有預先演練，不知道打火機油的引火力是瞬間爆發的，火一點著，火焰隨即衝了過來，神學院學生被嚇得先摔下來，待業者雙手被火灼傷，掉了下來，行人都圍觀過來，東愚從後面用傘敲打正在抓他們的行人，他急忙一把抓了神學院學生往國際戲院的巷子裡面跑，待業者急忙越過車子奔馳的馬路，跑過武橋洞的方向，車潮緊急煞車、按喇叭，更讓他嚇得魂不附體，那天晚上拱門的大部分被燒焦了，但是從清晨修補工程就開始了，到了上班的時間，就出現了一個據說比原來色彩更爲鮮明的拱門，我們眞可以說是以卵擊石。

我們把郊區商店街、麵包店、或是當時很普遍的有隔間的西洋簡餐店，當作我們接觸的地點。麵包店附近都是忙碌討生活的人，沒有什麼治安人員，婦女小孩很多，而且傍晚時分麵包店的座位都是空的，要不然就是西洋簡餐的最內側僻靜的隔間，照明也不亮，只有在約會的青年男女，音樂又很大聲，所以可以安心地聊我們的話題。我大部分都跟崔東愚或朴錫俊同行，我們在其他地方等阿健的聯絡，一邊喝一大杯生啤酒，一邊等好幾個小時。安全信號只有「回家」一句話，如果要召集小組，阿健會先跟組長在其它地方見面，再來找我們。大部分行動都是在下班時間準備好要進行，進行完畢，撤退到安全地帶的時候大概已經八點了，安全檢查有時候是阿健去，有時是錫俊去。我們每個人雖然都只有一套西裝，可是都整理得很乾淨，在白襯衫上很端正地打上領帶，不管誰看到都會覺得我們是剛下班的斯文上班族，有事的話餐廳侍者會來叫我們接電話。

金經理請接電話。

我在隔間裡頭接了電話。

我是金經理。

學長們，惠順說要跟我們約。

那把她帶來。

東愚跟阿健先起身離開，我一個人等他們。到了九點，兩人才出現在入口處東張西望，他們轉了一圈發現我的時候爲止，我很有耐心地等著，惠順先發現了我，好像要倒向對面一樣，一屁股坐下了，錫俊走到入口的另一個位子，對著門的方向坐下了，惠順沾濕的短髮緊緊貼在額頭上。

外面在下雨嗎？

我一問，惠順就用手把瀏海往後撥。

這是汗，啊，眞糗大了！

有什麼事嗎？

賢宇哥，我要換工作夥件。

德化跑去哪裡了呢？

唉，眞傷腦筋，你知道我今天花了多少計程車錢嗎？

你們今天不是負責明洞嗎？

今天有兩組人出去，有一組到新村圓環，辦完了事，已經回報他們到達安全地帶了。

差一點被抓，以後不跟他去了。

惠順是被解雇的工人，她在東愚的系統工作，但由於在黑名單上，幾乎不可能回去做原來的工作，所以前輩們決定湊錢買幾台針織機給她們，她們五個朋友中，她跟靜子加入了組織。被安排在不同組，盡可能讓她們不要碰頭，她老是對這件事不滿。

惠順那一天跟德化帶著補給品出發了，在光州事件的期間，漢城市中心的臨檢很嚴重，提皮包或旅行袋在街上走動越發困難，惠順自己用碎布，做成類似纏帶的袋子圍在裙子裡面，裡頭大概可以裝一百張傳單，德化也穿著非洲打獵休閒上衣，把裡面襯衫的扣子打開，在胸前裝滿了傳單。他們按照守則先探勘了地點，訂下時刻，他們決定下班時間過後，天色黑了再行動，我的計畫是兩個人各自從美都波百貨跟明洞的方向進入地下道，擦身而過的時候撒下傳單。

但是德化哥反對，說這樣更危險，他要我去叫計程車等著，自己一個人在明洞入口處撒下，之後一起搭計程車跑掉，我以爲他顧慮我是女生而不放心，後來才知道是他自己害怕。

惠順爲了他工作方便，蹲著把傳單掏出來給他，德化把藏在衣服裡的也拿出來，兩手抓著，她要去叫計程車，但是更不放心德化，所以提心吊膽地跟在後面，德化佯裝往地下道階梯探頭觀察，突然就把傳單整疊地往地下一扔，就頭也不回地跑了，惠順一看，那些傳單根本沒散開，整疊掉了下去，那還只是掉在階梯中間而已，正好讓別人撿起來去告狀，惠順不自覺地跑下去把整疊傳單再撿起來，像扇子一樣擺弄散開了；那時剛好是沒幾個人上下的片刻，惠順從地下道上來，望著德化跑的方向，但是被人潮淹沒不見了。她衝上慢慢靠近的計程車，往乙支路方向開去。

一看原來德化哥正在乙支路入口處沒命地跑，搖下車窗大喊幾聲，他連頭也不回，後頭的車潮不斷湧上來，也沒辦法停車，回頭一看他滿臉通紅，還不如悄悄混在人群裡走還比較不引人側目。

那他老兄現在去哪了呢？

不知道，他沒有去一號會合地點，我按照守則等了三十分鐘，然後就跟錫俊報告，來到二號會合地點了。

我停下來想了一下。德化承受的壓力好像增大了，要他做這種事情是太逞強了，不要把他算進來好了，後續的處理決定把他交給阿健負責。

漢城曾有好幾個團體各自活動，我們暗地裡知道可是佯裝不知對方的活動，只有計畫在永登浦市場或是鍾路示威的時候，才會互相聯絡，在人行道兩旁或巷子裡等待，到了預定的時刻，一小撮人會跑往永登浦車道上高喊口號，馬上被抓走。另一方面，先前宣傳鬥爭者會在鍾路基督教會館的樓頂高喊、散發傳單、跳樓，但是跟鍾路街上的示威者無法串聯。

最後戰鬥被道政府鎮壓結束的次日清晨，我們都已經知道狀況。東愚跟我從藏身的那棟工廠出來，在山村租了兩個磚房，只有阿健跟錫俊知道那棟房子，我們那一夜沒睡。七點左右，逃出來的人跟漢城各個據點陸續取得了聯絡，我們相擁放聲大哭。雖然事件已經告一段落，我們的作戰卻繼續了一個月左右，爲了整頓組織，從夏天開始進入休眠期，會員減少了很多，從事件現場出來的人不是回去了，就是把關注的焦點放在夜間學校上，只有十五個人要出席定期檢查，最早被逮捕的南洙挨過指甲被掀掉的嚴酷拷問，被判刑十五年，有幾個人則被判無期徒刑，又有幾個被判死刑。

光州抗爭之後，在慶春高速公路附近的禱告院對當時出刊的鬥士會報、各種傳單以及漢城組織的作戰成果進行了爲時三天的議決和總結。光州事件搜查結果發表之後，政府又公佈煽動社會不安份子三百人的通緝名單。名單上不只阿健，東愚跟我都在上面，好險錫俊還沒被發現，我們在最後一天將組織命名爲「韓國民眾民主化鬥爭聯盟準備委員會」，決定了綱領，規約則除去「準備委員會」名號。我們點著蠟燭，進行自我批判，對於逃亡存活下來感到自責和後悔，流下了眼淚，我們決定到了秋季再正式活動。夏天一過，錫俊到日本留學投靠叔叔，我們剛開始依依不捨，很想挽留，但是東愚反而鼓勵他，我們未來必須延伸到海外，向他們請求支援。

除了我們之外，這一類的社團多得不可勝數，首先是深夜到光州美國文化院屋頂上拆瓦片、丟火焰瓶放火的農民運動夥伴，其次是在釜山美國文化院放過火的賢相，在漢城和嶺南地區不斷進行流血行動，所有人都聽見了、看見了在光州的良民被恣意殘酷地屠殺，那是火焰時代——八〇年代的開始。以往模稜兩可的想法或型態是無法勝過強大的暴力，想要依靠民眾掌握權力過一個世代還是不可能的，所有人都談論著革命，所以我們想到了勞動力量，爲了培養革命的先鋒，自然專注於思想的學習，激進傾向是唯一能勝過絕望與屈辱的道路。

七

直到清晨雞啼我才關了燈，躺著仰望透入灰白光線的推窗，枕邊的小飯桌底下還堆著她的筆記本。

正如她筆記上所寫的，在結束整修工程之後，她從隔壁鄉搬了過來，我們一起整理零碎的生活用品跟畫具，我們把碗櫃從畫室搬到灶上面，鐵鍋裡什麼食物都沒法煮，只燒了水，然後把小鍋子放在暖爐上開始做飯，因爲電線還沒拉上來，所以點了兩根蠟燭，燭火亮起來，我們眞像住進了窮鄉僻壤。我們對坐吃的只有飯、燉豆腐和已經發酸的泡菜，我漂泊一年多來第一次有回家的感覺。允姬在灶下面洗了頭，她在灶孔前面烘頭髮，一面梳一面哼著歌。

你以後要做什麼？

允姬突然停止哼歌問我。

我必須再度展開活動。

咦？……我不是說這個，你沒有想做的事嗎？

很久以前我想過要寫詩。

現在呢？

正在逃避。

允姬從灶前面站起來，跨坐在小門前面的小台子上。

當詩人很好啊，如果失去觀念的指標的話，人生就會變得跟我爸爸一樣了。

每個人，不……花草也有屬於自己的季節啊！令尊二十幾歲的時候是他一生中最光輝燦爛的時候，如果他還健在的話後來的人生就只是活著而已。

不知爲什麼，你們這些人都這樣，好像眼睛被矇住的馬車一樣，視野只定在前方。

因爲要走很遠的路。

允姬沒再說話了，她把梳好的頭髮甩到後面，抬起鼻樑光滑的臉龐仔細地瞧著我，她回到房中，關上了門，鋪好被褥，她搬家時只帶來一套棉被。

被褥只有這一套，毯子太髒了，剛才才洗，只有一起睡了。

允姬說完，自己先鑽到被窩裡，我很尷尬地呆坐在冷冷的地板上。

想起什麼的話背給我聽聽。

妳指什麼……

詩啊。

我只記得幾句，小時候跟同學一邊喝著馬格利大麥釀酒，打賭比賽背詩作文，一邊朗讀，天空剛好下著細雨，所以就吟了詩。

念念看。

下著雨、吹著風、空氣很濕潤……我把詩取名叫春雨。

這就是全部了嗎？

還有，下面是我做的詩，更精采。

題目都是春雨嗎？

春雨，沾濕馬鈴薯田，還嫌雨太小。

一人念一句啊，不錯噢！

那個朋友出車禍，很早就死了，寫詩的才情本就不夠，那本來就是世界上沒有的東西，在青春期時更像鏡子迷宮了。

請你躺著說吧，脖子不痠嗎？

我隔著兩三手掌的長度躺在她身邊。我們看著天花板上燭火搖曳的影子，姿勢很正地躺著，後院的竹葉傳來風中的沙沙聲，不知何時飛來的布穀鳥落寞地陣陣啼叫。

讀著允姬的筆記睡著了，但是很早又被竹林裡的麻雀聲叫醒了。一起床，我不自覺地把臉靠近格子門的玻璃，望著窗外，晨霧籠罩了院子，外面全是一片白色，不見樹林和樹枝。

我按照監獄裡的習慣，打著赤膊到院子裡用冷水沖了頭，又把背部移到水龍頭底下，令人無法忍受的酷寒包圍了背部和胸部，然後用濕毛巾一直摩擦上半身，直到感覺到熱氣爲止。我一進到坡下的屋子，就看到順天嬸從廚房中探頭出來揮了手說：

請上來房間裡。

南部一字型建築在左側底有一間房跟廚房是相連的，木廊台從這間尾房開始一直延伸，經過一間的房間，尾房的旁邊是內房，廚房的灶孔就在內房的方向，內房旁邊是有出入口的大廳，再旁邊是小孩的房間，走廊的最盡頭則是男主人起居的小客房。副校長生前常在這跟我下圍棋聊天，那邊的房門是開著的，老么小兔走出來站在木廊台上。

您睡得好嗎？請進。

我跟他一前一後進了尾房，尾房中的圓桌已經擺了幾樣菜，老么的太太正在廚房幫婆婆弄菜，廚房也不是以前的泥地板了，鋪上了磁磚，水管也接了進來，裝了流理台，瓦斯爐正開著，湯端了進來，飯也從電鍋裡盛了一點拿上來。

不知道菜合不合您胃口，薺菜湯還喜歡嗎？

嗯，是的，您的手藝還是沒變吧？

不知道，我已經忘記以前是怎麼做的，吃吃看這個味噌！

老么故意靠過來，小聲地用廚房的女人聽不到的聲音對我說：

叔叔，等一下請你見一個人。

誰呢？要見我？

就是那個什麼局裡來的人，我遇見他，他問起了你的樣子。

嗯。

我可以猜到是他昨天晚上先打了電話給這個地區的負責人，大概是順天嬸開始擔心了，才想出這個辦法，但有可能不這樣做嗎？文副校長當年由於我在漢城被抓，不只是允姬受到連帶調查，連他們也被叫到警察局罵了一頓。

吃過早餐之後，我想去鄉裡面買一些必需品，聽了老么的話，只到附近散散步打發時間。我慢慢地走到野尖山村下方，由於時間還早，旅社和茶館都沒有人跡，只有村中的狗在大聲吠叫，之前蘋果樹、梨樹林立的果園道路已經被水泥路取代了，我在路上轉了一圈，然後想爬到屋子後面的荒山，所以走上了小路，有一部髒兮兮的轎車從我身旁掠過開上去，我猜裡面坐的就是要去找我的人，我看見在遠處下車的男人走上了茶館的木階梯，我慢慢地沿著水泥路回到茶館前面，門打開了，老么把頭轉向我笑了笑，他的身體一半站出門外說：

喝杯茶再上去。

我也對他笑了笑，走上了台階，這裡的牆上貼著壁紙，燈罩是竹籃的形狀，木頭椅子也很樸素，刻意地營造出一種民俗的氣氛，窗戶則是有些不搭調的玻璃窗，對面的窗邊坐著剛才的那個人，直盯著我瞧，雖然只是看我，但是他長得就讓人覺得是在用白眼看人，老么指著他對我說：

我剛才說過了，他是局裡面派來的人。

他半站了起來，我對他行注目禮，有些尷尬地站在那裡。

你是吳賢宇先生嗎？請坐過來。

老么好像逃走似的跑到櫃台裡面去了，我坐在看來是刑警的人對面，他拿出了名片。

這附近是我負責的區域……在職務上，有幾件事想請教您。

他一面說，一面從外套中掏出了手冊跟筆。

您出來已經十天了吧。

兩個禮拜了。

假釋嗎？

不，是期滿，一面活著一面受監視。

男人微微地笑了。

應該是吧，不管怎樣，您現在還是保護觀察者，來到這裡有跟警察局報告嗎？

我又沒有違法事實，幹嘛報告。

明白地講，這就是違法。您來這裡的目的是什麼？

來休息的。

我聽說上面那棟房子是屬於韓允姬小姐的，您跟她是什麼關係？

這個問題我想了好一陣子，對啊，她跟我是什麼關係呢？在這無法作答的瞬間，我抬起頭，像在教導所裡的習慣一樣笑了出來。

也不是妻子……是未婚妻嗎？

可以算是吧。

您打算在這裡停留多久？

十天，要不然十五天。

之後上漢城……您會順道去光州吧？

不會，我會直接回去。

他把手冊跟筆放回口袋，向後瞄了一眼，老么跑過來問：

您要喝什麼茶？

有什麼？

木瓜茶，綠茶，柚子茶，紅棗茶……

給我一杯紅棗茶吧！

叔叔您呢？

我從位子上起身，對刑警說：

既然該說的已經說完，那我先走了。

我一轉身，那個人就跟了過來。

哎唷，我也不想這樣，是上面要我來的。

我想也是。

我就這樣慢慢地走回坡上的屋子，順天嬸的老么大概有些慌了，跟著追了過來。

叔叔，叔叔請等一下。

我轉身停下腳步。

其實是我昨天晚上打電話過去的，我媽媽也很擔心，所以……

很好啊。

我的推測正確，但是我心中眞的對他們母子感到歉意。

我可以瞭解你們的立場。

我一說，老么的臉色就緩和了下來。

叔叔您這麼說，眞叫我們不知道置身何地，我們也是要做生意過活的，沒有辦法，從現在起請您放心休息吧。

我回到了房間，枕著手肘躺著，尋思從今天開始要自己做飯吃了，我計畫到鄉裡訂瓦斯、買菜、泡麵跟米，但是這樣做太明顯了，所以打算從第二天開始再這麼做，歲月還是沒有改變多少，我還沒完全放得下心，也許以後會留下一些該做的事。

下午我到鄉裡買了東西回來，擦了積著厚厚灰塵的冰箱，裡面也清理一番，把食物放進去，我買了米跟泡麵，流理台上訂的瓦斯筒也來了，我把管子接上。我長久以來忍住的食慾一下子爆發，所以在超市買了許多東西，想要馬上做來吃，但是爲了不傷害感情，打算下去跟他們一起晚餐。

我又想跟允姬對話了，我翻開了筆記，她就像在素描簿上寫作業一樣，把簡短隨興的想法用寫信給我的語氣寫下來。

我想要去看看後山有什麼東西，雜草異常地茂密，一開始很難進去，那裡偶有人跡，隱隱約約地有一條路，一旦走上那條路，要上山就變得很輕鬆，我很自然地沿著稜線向上走，直到汗水濕透了上衣，才爬到可以說是山頂的地方，那裡的樹比下面稀疏許多，也有幾塊岩石。我從樹間向對面遠眺，那裡並沒有什麼讓人心胸爲之敞開的海洋，只看見另一個狹窄的山谷，那後面有更高的山往右邊延伸，盡頭那條白色的路無疑是我搭巴士上來的路，因爲我看到了路旁的渠道支流。我爬到岩石上乘涼，稍微下面的地方有一塊樹木稀疏而平坦的空地，向下俯望有一座漂亮的墳墓，眞是漂亮的墳墓，大概遺棄太久，所以已經塌陷，別說墓碑，連個木牌也沒有，就像老奶奶的胸部一樣乾癟下垂著，只不過是在地上有些突出的痕跡，看得出是墳墓罷了。上面長滿雜草，但沒有山下的蘆葦或狗尾草，只是在均勻的朝鮮草坪之間有些堇菜花或是白苜蓿花而已，山風徐徐吹來，心情舒暢，背靠著墓地躺著，你好嗎？我想著幾尺底下的墳墓主人，他所走過的街道、村鎮和所愛的人。墳上的花是吸收匍伏在上的眼淚長大的嗎?這是謊言吧!看到了這麼安詳的寂靜與微風,覺得人生的彼岸應該是很不錯的。

晚上回到家中看了報,體會到我剛才在山上遇到的死亡跟客觀世界離得有多麼遙遠,我寫下有關於宗教審判令人不陌生的記錄。

我看到了從身上掉下來的手腳,從頭上掉下來的眼珠,從腿上掉下來的腳踝,在關節上歪掉的筋,在身上歪掉的肩胛骨,膨脹的動脈、靜脈,被吊到天花板上又摔下來,被旋轉,被頭上腳下吊在空中許許多多的犧牲者。我看到了拷問者用鞭子抽打嫌犯,壓爛他們的手指,用重物掛在身上吊到空中,用粗繩子緊緊綁著,用硫磺燙,把熱油澆到身上用火燒,受不了酷刑而供出自白的時候,搜查官對她說:要是妳對自白有否認的意思,乾脆現在跟我講,那我會寫得對妳比較有利,但是萬一妳在法庭上翻供,妳將會回到我手中受比剛才更重的酷刑,我能讓石頭流下眼淚。

天啊,這是中世紀時候的事,爲何現在在這裡聽到許多陰森的聲音呢?我透過他的姊姊知道了他在四十五天之中所受的地獄般的刑罰,啊,我們的運氣眞背,對山上遇見的花草都該感到羞愧。

再回去畫畫吧,世界並沒有一定的形象,繪畫一開始就是持筆者的錯覺,就像他念的那首春雨的詩。雖然社會主義者會說,是階級決定人看事物的眼光,不該再禮讚風景了,畫畫是一種看的方式而已啦!

走自己的路吧,讓他們去說吧!

這句話中反映出改變世界的信念以及與之成反比的孤獨，再加上其他人都不斷發出噪音，所以無法不被騷擾。他曾傾耳聆聽海德堡的論說家，也曾往返於圖書館，他是被貧窮與飢餓折磨的亡命者，後來俄國的光頭叔叔也曾往返於相同的空間，他們還算比較好的，然而仍有很多懷才不遇、有志改革的人，都像腳下的螻蟻一樣莫名其妙地就被扼殺了，但這也很奇妙，被扼殺的人，形體、殘骸、甚至記憶都沒有留下來，但是加害的一方反而永遠都不饒恕，憎惡那些死者甚至他們的想法直到渾身發抖的地步。這是因爲自責嗎？他大概害怕自己吧，這樣的執著隨著加害的程度越深，殘留的也越久。

他跟我分別活在裡面跟外面，眞的是裡面跟外面嗎？搞不好我是在裡面，他是在外面？這記錄是我的記錄，是我人生的痕跡，對他而言，那小房間裡面也有屬於他的。很久以後，在我們長久的離別結束之後，我們會怎樣解釋自己的時代呢？

怎麼會有挨餓的人無聊地掘地呢？我曾經聽爸爸說過這個故事，挨餓的狗、狼，或馬匹爲何用前腳掘地呢？牠們忘掉挨餓的狀態，不動一動大概就活不下去了，父親是在三個患回歸熱病患中唯一存活的人，被捕前曾在岩石縫中躺了幾個晚上，他說了許多次，後來爸爸恐懼仰望星星，星星是鑲在眼珠中的沙粒，滋滋作響，黑色的夜空緩緩地並且沉重地壓下的微熱，飢餓把時間無限地拉長。

父親臥病的某天對我說：「我不能想像自己的老年。」他一邊撕破月曆的前兩三個月，一邊問我：「我怎能想像烏漆抹黑的十一月呢？」年輕的時期，他躲在沒人知道的地方，身邊擺放緩緩死去的同志屍身，自己也正邁向死亡之路，死亡、牢獄、戰爭的名詞和言語，給人強烈的眞實感，也好像見到一場鬧劇。噢，你看，是眞的死了，所謂的老年，失了原味、只剩下回憶的柿餅，剩下柄蒂的一兩個殘喘訴說著零碎的過往，我向他述說父親後半生的故事，也拉近了我們的距離。

八

我想起那天晚上，我跟你親吻的那個禮拜六。禮拜天我們到村鎮裡去了，去買幾種生活用具，缺的碗、鍋子、寢具買了一大堆，在橋頭等了一陣子巴士，沒說好誰先誰後，有時你前、有時我前地走在揚起灰塵的路邊。路上有半頓的卡車經過，讓我們搭便車，到看見村鎮爲止我們都在唱歌，那好像是我跟你學的俄國民謠《船夫的離別》。

唱歌吧！唱快樂的歌
在早晨穿過濃霧
明天要遠去他鄉

今晚唱歌吧！
熱愛的故鄉啊，我們明天就向遠海啓航
明天早上在船頭將會看見
熟悉的綠手帕

我不在的時候，你也有十五天待在野尖山沒出去，應該很悶吧！看到你高興的樣子我更難過了，你長長的頭髮在風中向後飄揚，後來去鎮上，看到醜陋的水泥牆上全漆著雞蛋色的農會倉庫，但是你還記得嗎？當時是土牆的草屋磨坊裡面隨時都堆著穀子，附近的空氣中都漂浮著穀皮跟灰塵，磨坊後面有茂盛的蘆葦跟香蒲，對面山上的小溪匯集成隔壁鄉的河流，現在變成蓄水池了。

雖然那天鎮裡面沒有市集，可是人還是很多，由於是星期天，鄉下要辦事的人都出去了，也有人上教會，就像規模比較大的郡一樣，有公立市場，附近人們爲了準備五天一次的市集，正在整理攤子的空地或是只有柱子的臨時店鋪。雖然是鄉下市場，但是東西應有盡有，有五金行、廚具店、布莊、文具店、電器行、雜貨店、麵包店、糖果店、棉被店、理髮廳、美容院、電影院，連澡堂也有，我們互相揮了揮手道別，分別進了男澡堂與女澡堂。我花的時間比較久，你大概是利用那段時間理了髮吧，我們兩手提著滿滿的東西，站在市場的角落向四周觀望，你好像覺得很神奇，回頭再看了一遍市場，然後說：

只要有開市，我們都來吧！

那我學校怎麼辦？

眞可惜……

你幫我把我的份也看了，不就好了？

一個人來有什麼意思？我眞喜歡市集！

我們進了一家像是古代小說裡的麵店，裡頭有木頭桌椅，老闆娘一言不發地抓起一把把的麵放進竹籃裡泡到醬湯中，用切成方形的蘿蔔跟拇指大的小魚熬湯，最後再蓋上涼拌南瓜，灑點蔥花跟辣椒粉，就變成鄉下種田人中午所吃的麵，我把麵給了你一些，你連湯都喝個精光。

小時候跟媽媽去市場，我偶爾會偷東西。

你這麼一說，我聽不太懂。

經過乾魚店或是水果店，我會抓幾條小魚，幾根魷魚絲，一兩顆葡萄或草莓，那眞的很有趣。

我也做過。

我們本來想提著東西去擠滿滿的公車，但是害怕被發現，不得已坐了計程車，啊，從車窗吹來的風中能感受到春天長出新芽的草味，在人們居住的村莊中，這種生命散發出的清香迎風起舞，那時候，我們的一切好像都很順利。

回到家中，整理了生活用品，你到坡下屋子挑了水來給我洗碗，由於沒有扁擔，所以你一手提一個桶子搖搖晃晃地走上來，雖然我叫你慢慢走，但你的腳步還是很急，水濺了出來浸濕你的褲腳，你也眞是的，好吃的東西這麼多，你偏喜歡吃什麼甜不辣、炒魚板這些淡淡的東西，我說要去跟住學校附近的女老師要一些小菜，你說：

我不是居民，而是流浪漢，便當的菜最合我胃口。

我想起了我們那簡陋而溫暖的飯桌，從坡下屋子接了電上來，沒裝日光燈而裝了盞六十燭光的電燈泡，按照你的話來說，是跟愛迪生的研究所一樣亮。

即使這樣，睡覺的時候還是蠟燭最好。

我們要定下值班吹蠟燭的人，要不然這棟房子會被燒得光光的。

即使如此，最後我還是點起燭火，點燃了燭火，我們跟世上的所有連結都切斷了，退到了山間僻地。那一天我們眞的一起睡了，一開始還是很尷尬地分開睡，後來我先轉過去的，你還記得嗎？

你不過來這邊嗎？我睡不著。

你猶豫了一下，就掀開棉被鑽進來抱住了我，之後我們什麼話都沒說，但是並不粗魯，你的嘴唇稍微分開了，我聞到了煙味，我們一直聊到第二天天明，我有些不安，你打開房門，用枕頭撐住下巴，出神地望著外面的黑暗，不知道你的思緒跑到哪去了，當時你大概在想陷入危險的夥伴們，要不然就是任務之類的事。

有一個學生時代交往過的人，他是同一個美術大學雕塑系的學長，好像也跟你說過了，那是我仔細觀察他之後的某個冬天。

爸爸出院回家讓我跟靜姬照料，我們常常睡在爸爸身邊，縮成一團。有一天照例在清晨醒來，那時醒來氛圍很鬱悶，枕邊散亂著止痛藥和針筒，光線透過走道方向的窗户進來，爸爸皮包著骨骸的輪廓，兩眼深陷，顴骨突出。他氣若游絲，半張著嘴，連呼吸聲都沒發出地睡著，我嚇了一跳，還以爲他已往生，振作起來，猶豫著要不要碰觸他，我好不容易鼓起勇氣，抓住他的手臂輕輕搖，這時才發現他仍有呼吸和動作，總之，我眞想屏息一吼再跑出去，清晨我無處可去，就去了學校。

學校沒人，樹木光禿禿的，我走過走廊和樓梯，腳步聲傳到走道跟樓梯上的遠處，我去畫室，因爲裡面有石油暖爐，還有我們輪流帶去的咖啡跟綠茶。進去開燈後我嚇了一跳，畫架像壁櫥排開，一幅幅等待主人完成的作品；再過去，我不知道是兩張併合的書桌，還以爲是地板凸了起來，有黑漆漆長形動物在上面蠕動，我張口結舌地觀望著，突然發出「吱」的一聲，從袋子裡冒出一個人頭。

媽呀！

我一叫，對方也被嚇得叫起來。

哇！

定神一看，有人睡在睡袋裡，我認得他，我們當然沒有交談過。他比我高兩個年級，除了夏天穿著髒髒的襯衫以外，春秋冬都穿著染得黑黑的軍隊工作服，鞋子當然是鞋尖已經磨得白白的軍靴。

Good morning，你是來請我吃早餐的嗎？

我眞氣得說不出話來，他完全是養老院等人來施捨的神態。

你睡這裡嗎？

我這樣一回嘴，他就臉皮很厚地回答了。

最近這裡就是我的房間。

你要交作品嗎？

我以爲他熬夜畫畫，所以很不樂意地這麼問了。

我沒地方去，學生以校爲家。

他大概連住宿費都交不起，他黑色工作服上沾著軍用睡袋掉落出來的白色雞毛，比沾了泥巴的衣服還髒。

這是你畫的嗎？

我撿起他丟在腳邊的素描簿，好險他沒罵我，我看了他的素描稿，坦白說他的素描稿給我很大的震撼，我們在學校都是畫一些石膏像什麼的，頂多是學校雇的模特兒，他搞的完全是莫名其妙的。現在回頭想想，那才是最理所當然的，他上街去畫。他畫了背著架子的腳夫，那用力的臉部表情和皺紋、用力抓住枴杖的手和浮起的血管，穩穩踏著步伐的腳和腿肚都栩栩如生，不然就是畫漢城火車站附近提著袋子、頂著包袱的母女，睡在路邊長椅上的人雖然用報紙蓋住，但是在滑下來的報紙縫隙間，可以看到他的半邊臉龐和乾瘦的顴骨，那後面是在點煙蒂的男人，由於吸得很用力，面頰凹陷，視線落在小小的火柴棒上，兩手圍著不讓風吹進來。在候車室餵奶給小孩吃的少婦，兩個流浪的小孩穿著大人的外套，頭髮像鳥巢一樣往四方延伸，一面聊天一面吃烤地瓜。不知怎的，我用新鮮的感覺，好像被迷住似地看他的素描。

很不錯耶！

我一面繼續看他的畫冊，一面自言自語。我一說，他就很不客氣地反問。

什麼？妳喜歡哪裡？

好像活的一樣。

他噗哧一聲笑了出來，他冷笑著，好像在問「只是這樣而已嗎？」我的臉不自覺地熱了起來，他說話了：

要畫現場……這是比什麼都重要的。

當時我念二年級，對美術學院的實習課已經覺得厭煩，到底我爲什麼要畫長得跟我們不同、時代也不一樣的外國一千多年前的石膏像呢？要不然就是畫一些靜物，這算什麼實習呢？還靠這個來打分數，眞令人氣結。我畫過活的東西頂多是裸體畫，身體曲線不靈活在現實生活中便和靜物沒兩樣，那東西畫過幾遍之後，我開始拿顏料亂塗，擺出畫家的高姿態，而他的眼睛因長期疲勞而充滿血絲，但是眼神卻異常強烈。

你讓我選一張拿走的話，我就請你吃豬腸湯當早點。

拿去啊。

我選的是愉快神情的流浪小孩子，餵奶的少婦也很好，但小孩子們更充滿活力。我帶他到附近市場巷子裡賣豬腸湯的店去，事實上我只去過那家店一次，那是系上活動結束之後跟男生一起去的，所以知道男生非常喜歡燒酒跟豬腸湯，門口有一塊像是撕破的裙子一樣的破布，上面歪七扭八地寫著豬腸湯、排骨肉、烤五花肉、超大杯米酒等等的字樣，骯髒的木桌、長板凳，以及把鐵筒反過來鑽洞放炭，可以當場烤五花肉吃的桌子跟圓木椅，我先點了一個豬腸湯。

爲什麼只點一碗？

他不太高興地問。

我吃過早餐了。

這麼早？

當然，我清晨就起來了。

這樣不行……又不是在吃狗食，你跟我一起喝一瓶燒酒，我才要吃飯。

我不會喝燒酒。

上面寫了，一人一杯超大米酒吧！

我瞄了一眼後面牆上貼的菜單。

好啊！

他開始慢慢地吃湯飯，一面用大碗不停地喝酒，鼻樑跟額頭上還掛著汗珠。

從以前我就至少喝三杯，這太少了……

我摸了摸錢包說：

你點啊！可是你去素描的時候要帶我去。

結果我們一人喝了三杯，他大聲地打了飽嗝，他的臉雖然有些紅，可是心情卻很輕鬆，我因爲得自爸爸的遺傳，朝鮮米酒喝一壺的話，眼眶雖然會熱，神智仍清醒，還是跟沒事人似的。

妳很厲害嘛！

他轉身看了我一眼，也不等我付帳，就走到外面去了。我付完帳，急急忙忙跑出去，那時街上擠滿上學的學生，我很快地追了上去，覺得好像會被他賣掉，不知道他要帶我去哪裡，他偏偏是帶我去中央市場前面的念川橋上面，往南大門的方向鐵工廠跟鐵材行林立，橋北邊是雜亂的市場，南邊是鐵路交纏在一起，偶爾有蒸汽火車經過，還可以看到溝渠與木板屋，當時的鐵路不知爲什麼有很多烏鴉。

附近到處都是可以入畫的東西，不知該從哪裡著手，他跨坐在橋的欄杆上，已經速寫了三張。我在橋下畫鐵路、火車以及木板屋的屋頂，他走過來看了一眼。

要畫活的東西，才有瞬間的爆發力。

我看著他畫冊上剛畫的活生生的人物，然後我就過馬路進了中央市場，我發現了兩個人把水果箱從手推車上搬下來，就開始畫他們，可是他們的動作太快，即使如此，我還是照一開始抓住的構圖畫上線條，然後我回身畫動作沒那麼大的賣紅豆餅的婦人，但手部的動作卻是很快，由於畫不好，光是手就畫了好幾次，用這種方式，我在市場裡就畫了二十張。回到大路上，又很快地畫了攤販、路人跟人群，他不知跑哪去了，我在念川橋下足足等了三十分鐘，他才拖著舊軍靴出現了。

現在該休息了，我在想要不要回學校……

妳先走吧，這附近我還有地方要去。

怎麼可以這樣，應該要帶我回去出發地點才行。

我故意這麼說，其實就算回學校也已經下課了，現在該是回家的時間了。媽媽從市場回家之前要回去照顧父親才行，靜姬也許先回家了，所以我想只要九點左右回去跟爸爸聊天就可以了，但是他乖乖地點了頭，走在前頭。

好吧，我帶妳去搭公車好了。

這次換我停下腳步搖頭了。

不要，到今晚九點爲止你要負責任，晚飯我請客。

哎，傷腦筋……

他也沒發脾氣，純眞地搔了搔頭，沉思了一會突然問我：

妳身上的錢全掏出來。

幹嘛……

不管怎樣，皮包給我看一下。

他不管三七二十一就開始搶我背在肩上的皮包，我反射性地抓著帶子把他甩開，退了幾步。

妳有多少？

我幫要考美術大學的人當家教，前一個禮拜收到的打工薪水都在裡面，那一天我眞的帶了不少錢。

很多，你不要擔心。

我這麼一說，他就比畫著要我跟他到肉店去，然後進了市場，在肉店買了兩三斤五花肉，米、豆腐、蔥、辣椒粉、還有各種調味料，燒酒也買了四瓶。每次買東西，他都用下巴示意我付帳。他兩手提著買來的東西，沿著萬里洞一帶壅塞緊貼著的木板屋區彎彎曲曲地往上爬。

我學他把鞋子脫掉，走上了狹窄而陡的階梯。

房子裡面髒得嚇人，有霉味，打開了用木板做的門，放下了鞋子，我最先看到的東西就是門旁的綠色瓷尿壺。尿壺的蓋子不知道跑到哪裡去了，所以用報紙蓋著，傳出了惡臭。右邊有窗户，下面放著碗櫃跟暖爐，也有裝著半桶水的桶子。房間裡面有頭髮散亂而半白、蓋著骯髒棉被的男人，坐著斜靠在牆上，一個七歲左右的小男孩剛剛跟他要到煎餅，正喀滋喀滋地嚼著。學長好像在拜拜一樣，靜靜地跪坐，低著頭，表情好像很沉痛。我尷尬地環顧了房裡頭，坐也不是站也不是地半蹲著，學長拉了拉我的衣角，說：

坐過來。

我不知不覺被威壓在他的厚臉皮之下，輕輕地跪坐了下來。

打招呼。

我這次好像被迷惑一樣，照著他的命令深深地鞠躬了下去，聽到他說：

爸，這是要跟我結婚的人。

聽到這麼誇張的話，結果頭更抬不起來了。老人家趕緊姿勢坐正，用沙啞的聲音說：

眞是讓人高興，你去上學，又遇到這樣的小姐……

我的臉發燙，火氣往上衝，但是始終抬不起頭來，只是捏他的腋下。他不但沒發出呻吟聲，還大聲地咳嗽，老人家開口了。

你媽媽在鄉下還好吧？

是的，他們全都過得很好。爸爸的腰怎麼樣了？

都兩個月了，還沒完全好。

那個女的沒來嗎？

老人家沒回答他的話，只是用眼神暗指著正在吃餅乾的孩子。

我的身體如果好起來，要把他送去哪呢？

唉，我怎麼會陷進這種困境中呢？我進了比自家黑暗十倍的深淵，並且越來越糟。你知道他說什麼嗎？眞氣死人。

爸爸，她說要幫你做晚飯，所以去市場買菜。說完，他突然站起來，跟我說：

我去公共水管那裡裝水，妳先去煮飯。

我一言不發地把米放到鍋裡，洗好之後不知道水要倒在哪裡，東張西望之後，他的爸爸說：

媳婦啊，水只要倒在窗户外面的屋頂上就可以了。

好不容易洗好了米，放到暖爐上，鍋子被燻得黑，好險日光燈還開著。他裝了水上來，用手掌般大的砧板跟生鏽的菜刀切肉、蔥跟豆腐，壓扁蒜頭，準備好燉東西的材料，拿來塑膠袋裡的泡菜切好，先倒了一杯酒到鋁碗裡面，他把酒端給爸爸。

爸爸，喝一杯吧。

我嚇了一跳，他爸爸本來還無精打采，突然反射性地端坐了起來，一把抓起了碗，一口氣喝了下去。喝了半瓶，他才擦了擦嘴，把酒瓶放下。

淚水開始在我眼睛裡轉，我爸爸的酒癮雖然沒那麼嚴重，但是頹廢的程度卻不相上下，而我父親正在一步一步地接近死亡。學長在旁邊呆呆地看著，煮好飯開始悶，他又把要燉的東西放上了暖爐。老人不知什麼時候已經把整瓶喝完，咂著嘴說：

去碗櫃裡頭拿放鹽的小碟子！

他默默拿出小碟子遞給了爸爸，他的爸爸用拇指跟食指抓了一點鹽，不斷放到嘴裡。學長默默地擺好了飯桌，異母的弟弟興高采烈，把湯匙咬在嘴裡在房間中走來走去。我的內心深處像是對他起了憐憫，我們像一家人一樣圍坐吃晚餐，他慢慢地倒一杯又一杯的酒給爸爸。飯桌撤下去以後，我洗碗，他則服侍著爸爸喝酒。後來老人哼著歌，一瞬間突然倒了下去，學長小心地把睡著的孩子移到他身邊，輕輕蓋上棉被之後對我示意，關上了日光燈。我們小心翼翼地走下了階梯，我們走回念川橋附近，夜已深了，市場的燈都熄了，反而是鐵路對面原來沒人的木板屋顯得很嘈雜，那裡大概是私娼館。我聽說他爸爸是對戰後的變化無法適應而沒落的地主，他賣地開釀酒廠，也開過小工廠，但是都失敗了，遇到了年輕女人後離開了故鄉。我們走到南大門之前都沒說話，這時已經看到了公車站，我先問了他：

你要去哪裡？

他搔了搔頭。

我要回家。

回家？

就是學校啦。

我好像生了氣一樣，頭也不回地上了公車。這是我第一次喜歡上某個人的故事，我沒有問他是否去找過老人家，他一直在畢業學長的畫室打工。我們眞的很窮。

那一整年間，我跟他很親近，我們背向著廢墟般的家，到路上揮汗畫著同時代努力生活的人們。冬天我跟他去了西海岸一個小島作短期的旅行，那裡的風很強，當時有暴風警報，來往的船都斷絕了，我們到了離海邊一段距離的村莊去住民宿，那島上沒有電，我們在那裡就像我跟你在野尖山一樣是點蠟燭過日子的。我們帶去了登山用小爐子跟鍋子，最後一天我們在門廳那裡用鐵鍋放小魚乾煮麵疙瘩，外面在下著大雪，很黑暗，我看不見鍋裡的小魚，跟他一起把頭擠在雪打著的灶孔前，一次抓一把麵疙瘩丟到鍋裡。

他一畢業就去當兵了，我那時像其他女孩子一樣，清早到龍山車站搭火車到論山去看他，他的運氣比其他人好，畢業之後在某個作品展中得了大獎，他有傑出的才能，眼光比起同年紀的人更成熟。他父親因爲酒精中毒而過世，他把被丟在市立醫院的屍體帶回了家鄉，我父親第二年也過世了，大概就是那段紛紛擾擾時期，我跟在東部戰線的他會面了。江原道山谷中唯一一條道路盡頭上，穿著髒衣服的軍人正在伐木或挖地，我到了某個基層部隊的衛兵休息室說要找他，他好像滿臉泥土、曬得黑黑的老農夫，拖著腳步下到部隊前面的路上，我湧出了淚水。雖然已經過了四月，山谷裡的雪還沒化，只有太陽照到的地方開著紅色的杜鵑。

他得到了外宿的許可，就是可以住在外面，你不覺得只要有女孩子去探望，要他們在外面睡過再回去的命令很不合理嗎？從部隊到有人煙的地方要足足走十五里。我們無言地走著。他之前雖然也是差不多，但是這時已經沮喪到了極點，手凍傷裂得像龜殼一樣。

我們進了某條中央道路二十公尺外村莊裡的賓館，壁紙很花的房間，地板是塑膠的，灶孔附近的地板都被燻得黑黑的，大概是看多了來會面的人，老闆娘看到我們，她很老練地叫我去洗澡，浴室在廚房旁邊，是以前那種放在灶上面的鐵浴槽，底下用柴燒火，就是裡面鋪了木板的那種日式浴槽。另外有洗臉間，也用木板蓋住，那裡有大臉盆也有小瓢子，我先洗完之後帶他過去。我沒辦法跟你仔細說，可是那算是我第一次看到他裸體。我不用馬牌洗衣肥皀，而是用麗仕幫他洗了那比鞋刷毛還硬的短髮，他身上當然散發出了汗跟單身男人的氣味，那像是羶味，又像是在放很久餿掉的飯裡頭拌上醬油的味道，是男人忍受了孤獨的味道，我幫他搓背，掉下來的皮屑像飯粒一樣。我把他的手泡在熱水中，然後用紅色的義大利毛巾用力搓，他裝作很痛一直把手往後縮，一面叫著，我又幫他搓了背。

我把他抱在懷裡，想起了跟爸爸離別的光景，流下了一些些眼淚。他以爲我是第一次，所以才流淚，小聲地不斷道歉，但是又好像在忍著不笑出來，很糗，早上天亮時，他還在熟睡低聲打呼著，我在他的背上亂寫亂畫，望著透進光的紙門。到了現在的年紀回頭看，我那時還無法脫離爸爸。我所愛的是對父親燦爛青年時代的茫茫然幻想，我對他黯淡的青春並不陌生，我只是靠撫摸他來安慰自已的內心。

我畢業通過了教師任用考試，在京畿道荒郊當老師那一年他退伍了，他來找我想要跟我結婚。我呢，我只說：眞的嗎？他跟我預測的一樣，開始在畫展中嶄露頭角了，他漸漸能掌握前輩們的傾向跟畫壇的氣氛了，一年半之內囊括了最高榮譽的三項大獎。

當然他不再畫當年那種有生命活力的畫，他受到稱讚的作品大部份是聽了前輩們的想法之後，稍微作了改變的東西。在我看來，他的畫只表達一個觀念而已，幾個月當中斷了消息，之後他打電話過來，他說要把自已的朋友介紹給我，所以又跟他見面了，我們約在飯店的咖啡廳。我一進去，就看到他坐在窗邊、穿著整齊西服站了起來。才幾個月沒見，他的樣子就變得如此陌生，原來長而亂的頭髮剪過了，梳理得整整齊齊，還適當地抹上油，發出了光澤，當然鬍子連一點痕跡都沒有，雙排扣的西裝裡面端正地打著領帶。

好久不見。

他很穩重地說。我慢慢地上下打量他然後忍不住地笑了出來。

你好像公司老闆喔！

他並沒有對我笑，還是穩重地說：

近來過得如何？

我笑得更厲害了，好像是什麼仲介商的語氣，並非在挖苦他。不想讓他誤會我不滿他跟我分手。

你的朋友呢？

就快來了，怎麼樣，畫得還順利嗎？

還不就那樣，上次我去看了國展。

感覺怎麼樣？

我覺得他問別人自己畫得怎麼樣是有些厚臉皮，但是我決定不要把眞正的想法表現在臉上。

你得到了大獎，不錯啊……自己應該最清楚吧？

對呀，我們畫畫的最大的弱點就是雖然有才能，卻沒有哲學。

我什麼話都沒說，他吞吞吐吐地說了。

其實我上禮拜訂婚了。

我雖然在心中喃喃道我一點都不在乎，但還是受到了不小的衝擊，人與人的關係眞讓人覺得淒涼。就像流行歌唱的一樣，兩人之間的感情和感覺背景都被掀開的話，他們赤裸裸的人生便顯露出來。紙娃娃的衣服按我的意思塗色、設計、剪下來，整齊地疊在盒子裡，把衣服照順序穿上只有臉跟身體的娃娃，又脱下來玩，過了很久以後，打開盒子一看顏色跟設計都變得斑駁了。

太好了，恭喜你！

我這麼說的同時，已經想不起他的雞毛睡袋是什麼樣子了，還有他磨破的手上的血跡。他現在已經開始獲得補償了。

下個月我要跟她一起去留學。

他很有誠意地開始對我說明關於他和未婚妻的計畫。不用說我也知道，這種情節和文藝片一樣。她未婚妻對我點了點頭打招呼，好像在等男的幫她介紹，我先開口了。

我叫韓允姬，是他的學妹，很高興認識妳。

我也聽說了妳的事，久仰久仰。

我們去別的地方吃晚飯，每個人也稍稍喝了點酒，他好像有點尷尬，我說要先走，他跟了過來。我出了大廳，他在後面說：

謝謝。

我抬頭看了他一眼，然後沉穩地說：

謝什麼……？

妳對我太好了。

我很誠摯地說：

勇敢地活下去吧！

屬於我們的電影就這樣結束了。我仔細地寫下這種故事，是爲了想再次確認我們這個時代的夢想、野心、成功以及包圍著我們生命的空虛。

九

進了坡下屋子的籬笆，從廚房探出頭來的順天嬸看來很高興。

快來！剛才我上去，沒有動靜，我以爲你睡著了。

我進了尾房，發現餐桌是一人用的小桌子。

怎麼了，其他人去哪了？

我們都已經先吃過了。

順天嬸把飯跟湯端進來放著，坐在飯桌前面。

喜歡大麥湯嗎？

啊，這個好久沒吃了。

這是春天吃的。

順天孃默默地坐了一陣子，長長地噓了一口氣，說：

那個嘛……剛才白天的事很對不起。

嗯？什麼……

讓你跟署裡來的人見面的事。

那沒什麼啦！

順天孃茫然地看著地板，用手摸著裙腳繼續說：

不管怎樣，你大概會覺得不舒服，我們副校長活著的時候，吳先生發生這種事，我們都受到了牽連，韓老師最先被抓去光州，我們也都被帶到鄉裡面接受調查。

我讓你們添麻煩了。

所以現在我也擔心這擔心那的，後來想想吳先生事情也都結束出來了，應該不會有什麼事，是我先叫老公去報告的。

沒關係，其實是我的錯，我應該先打電話去的。

哎唷，您這樣說我們多不舒服啊！他離去時說，到您走之前都不會再有什麼事了。

要走的那天我會打電話的。

這世界也變了不少，要是像以前，就會把你叫過來叫過去，煩得不得了。

我糊裡糊塗地吃完了晚飯，飯後我呆呆地坐著叼起了煙。

韓老師每年都來嗎？

哎唷！只要一有放假，夏天冬天都會來住幾個月，好像因爲等吳先生，連婚都沒結，嗯，可是從奧運那一年開始有好幾年沒來，對了！差不多五年吧，她偶爾會從德國寄風景明信片來，她第一次回來的時候帶了妹妹，而且把那棟房子買了下來。

順天嬸突然眼眶紅了起來，用粗糙的手指擦起了雙眼。

大概是九六年冬天吧？一切都結束了，大概改變了心意，夏天突然跑來修房子，我聽說她身體不舒服，誰知道那麼快……

我低下頭聽順天嬸的嘀咕，她繼續說：

我那時候搞不清楚狀況說，這種舊草屋幹嘛花錢修，等它倒了再蓋一間新的不是更好，那時韓老師說了，那以後賢宇來的時候，不是就認不出來了嗎？我們那時才知道她的心情。

我沒說話，站了起來，因爲我想很自然地打斷她，我在木廊台穿鞋子，她在後面繼續說：

剛看你叫了瓦斯，也買了很多日用品……我們只是多一副碗筷而已，你還是下來吃好了。

我不得不表明自己的立場。

不了……沒有這種必要，我忘記跟妳說了，其實我要讀書，也有東西要整理，生活很不規律，我想自己做飯，也有很多自己想吃的東西。

我一說完，就出了坡下屋子的籬笆，走上了小路，晚風很輕柔，其實野尖山不像房間裡感覺的那麼安靜，某處傳來了細小的流行歌節奏，果園的樹枝之間可以看到遠處旅社入口的霓虹燈在閃爍。

現在我對她鋼筆的筆跡，熟悉到當成她活生生、蠕動而低沉的聲音了，字跡裡還帶著感情，如果痛苦的話，字跡就會變得軟弱，高興的話，字跡就會渾圓而活潑，擔心的話就會留下用力的痕跡並且在筆劃的尾端打勾，筆記裡面有時夾著寄給別人的草稿，我連那些也拿起來慢慢地讀。

靜姬：

還好嗎？我現在在野尖山過暑假，現在我也在考慮要結束教師生涯了，其實我去年偷偷結婚了，很抱歉那時候不能跟妳講清楚，這很無奈。他是搞活動的，用你們這輩人的話來說是運動圈子裡的人，但他不是那種講理論硬梆梆的人，大部分貧窮、對社會補償欲求很強的年輕人組織小社團，搞權力實驗，到了適當時候就搖身一變去抓權，他不是那種人，有點傻呼呼，爲時已晚卻仍以寫詩爲志業，人又很固執，啊，這段因緣會讓我一生辛苦的。他去年一離開這裡就被逮捕了，也許很久沒辦法回到外面世上來，我想以他妻子自居。爲什麼呢？因爲他除了我，什麼也沒有了。我打算再去讀書，不管怎樣，自己一個人還是要過，我準備去考研究所，妳不清楚爸爸的最後一年吧，當時妳在準備考試，沒精力管這些，我每天都陪伴爸爸。爸爸肝癌過世的那天，我跟爸爸談了許多，下次我再仔細寫給妳。我也希望妳記得，我在這裡不是一個人，雖然還沒跟媽媽說，以後會有很多要麻煩妳的事，妳一定要幫我，妳大概會好奇到底是什麼事，以後你一定會知道的，大概今年秋天吧，答應我妳不會來這裡找我，我就告訴妳。我之前以爲我會跟其他女人一樣過活，其實不然，蟲卵孵化成毛毛蟲，毛毛蟲長大就變成蛹，蟲在蛹裡面睡了長長的覺，破蛹而出之後，它就變成蝴蝶飛翔在天空，不再是以前的蟲了，當母親就不會再是原來的女人了。

靜姬：

我一再囑咐妳不要來，但如果妳眞的要來我也不會攔妳。長在院子角落的向日葵、五月菊都開了，陽光漸漸微弱了，最近傍晚會看到紅蜻蜓飛進夕陽裡，讓人想起暴風雪的冬日，冬天那一帶眞的很冷，我們過得很好，我身體的變化眞神奇，我不知道身體裡面會湧出這麼多像樹液的水，我的身體已經凸了起來，食量很大，也不知爲何常想睡，啊，眞希望能讓他看到這小天使睡覺的臉，一次也好，他會對我微笑。聽說一開始臉會很扁，看來像小貓頭鷹一樣，後來漸漸生出輪廓，眼睛也縮回去了，看來像是女孩子，妳要答應我，我以後會跟媽媽講，妳一定不要洩漏，我擔心的不只一兩件事，到我讀完研究所爲止，我都需要媽媽的資助，是的，有的部分要擔心；但是都是對家人的擔心而已，我反而湧出了力量，有了活下去的勇氣，而我對畫畫的強烈執著也是如此。來的時候請妳帶一些嬰兒寢具跟衣服過來，這邊鄉下找不到什麼好東西，不要買合成纖維，要買棉質的。媽媽又把店擴充了，眞是令人高興，我們媽媽應該生爲男兒身才對，一輩子討生活，沒有洩氣過一次，也沒跟人借過錢，她哪一次延遲過我們的註冊費？我也準備當個跟媽媽一樣的堅強母親，好像沒機會跟妳對坐著說話，所以我先寫下來了，身爲姊姊，我對妳很抱歉，請妳諒解。

靜姬：

妳走了一個月了，現在這地區已經是冬天了，南部的冬天是搭乘候鳥翅膀來的。我聽到野鴨在儲水池跟小溪裡的叫聲，竹葉的末端已經枯黃了，柿子樹頂端也只剩下幾個可以當喜鵲糧食的果實，我翻開古語字典來選名字，我取的是銀波，陽光在河面上閃耀就叫做銀波，她現在剛會爬，房間很窄，沒辦法讓她用學步車，也不能放在我畫室的地板上，房間裡面到處都是她的用品，我們會在這裡過冬天，春天再上去漢城。我想起妳曾說要先委婉地跟媽媽說，以減少受到的衝擊，我擔心媽媽會當場跑來，所以我反對，我要出發過去前幾天會寫信給妳，到時我會不全部攤開來說嗎？妳說要跟吳先生講比較好，這絕對不可以，他除了他自己的事情以外，他一生還有太多要持守的東西，我不想妨礙他。對了，他寄明信片來了。他已經確定被判無期徒刑，我雖然也預測到了，但是餵完小孩奶，還是漠然地坐著，一遍又一遍地看了他的明信片。不知道未來的世界會變成什麼樣子，搞不好他還可以出來。不管怎樣，我打算在他出獄之前都不要跟他講，不然讓他自己知道，妳絕對不要跟他講，我有時會因爲無法跟他再見面的不祥預感而在夜裡驚醒，要是眞的這樣，就請妳把銀波的事告訴他。

爸爸最後的幾個月是跟我靜靜和解的期間，除了最後一個月，爸爸根本都沒有好好躺著，他都是墊了墊子，穿著韓服褲子跟內衣坐著看書，爸爸的臉漸漸變黑，消化機能也減弱了，沒辦法吃東西，只能喝流質的，爸爸後來睡很多，有一次爸爸半夜找我。

允姬，妳睡了嗎？

什麼事，爸……

門開一下。

爲什麼，您悶嗎？

不是，妳趕快開。

我從半睡半醒中起來，拉開了房間的拉門，木廊台只有冷氣傳進來，根本是空的，我俯望木廊台，下面是我們家的小院子。

沒有人來嗎？

誰會半夜來啊？

喔，那關上門吧。

爸爸，您是不是做了什麼夢……

好像是夢耶。

誰來找您嗎？

嗯，以前的同志，全部都穿著破爛的美帝軍服，鬍子頭髮都長長得像野獸。

您是說在山裡那時候的朋友嗎？

有學生，有女工，還有跟我最好的文化部中隊長，那個人在我被抓之前跟我一起在病榻上睡了十天。年輕的兩個明明比我早死掉，中隊長則是先到外面去了，他說以後要回來帶我們走，掀開簾子出去了，可是一直沒有回來，現在他大概也已經死了。

爸爸喝點果汁，渴吧？

我撐不了多久了，他們來帶我走了。

您別這麼說，爸爸現在看起來根本不像病患。

我咂嘴的時候有一種腥味，我自己大概知道，妳媽媽還沒來嗎？

嗯，現在是生意最好最忙的時候，她說要在店裡待到明天。

我眞對不起妳們。

您在說什麼啊！我們才應該感謝父母，我們三姊弟都毫無憂慮地上學了，我都已經大學四年級了，明年靜姬也要上大學了。

那是妳媽的功勞。允姬，我那時想要將我們國家締造成自由平等的世界，所以跟朋友們一起活動，但是到現在還是這種樣子，我們幾個人冒著風雪奔波的山到現在還歷歷在目，我被抓送到南原收容所之後，照妳大舅舅說的寫了悔過書，然後年輕的我就跟時代一起死在那裡了，雖然到現在還拖著這臭皮囊忍辱偷生。

不是的，爸爸，您已經盡力了。

妳不是也很恨我嗎？

那是因爲還小，那時我什麼都不懂，只覺得像爸爸一樣的人是惡魔。

我也算是一直在等待妳們多讀一些書，瞭解世界的歷史，世界會不斷改變的，我們在這種變化中，只是塵埃而已。

爸爸說完了話，大概是疲勞，所以聲音微弱，進入了夢鄉。

這不是我們的世界。

嗯？爸爸您說什麼？

走妳自己的路，不管社會怎麼變……

您說要去哪？

該走了……

然後就又睡著了。到了過世前的幾個小時，他神智特別清醒，喝了很多果汁，雖然沒什麼氣力，卻跟我嘰嘰喳喳個沒完。

對的，每個人到了最後的時刻，都會瞭解到自己的錯誤，也會讓自己得到原諒，我絕對不後悔那時陪著他。我也常常會想是不是只有那一條路，世上的森羅萬象都像佛祖所說的一樣是帶著世上的界限出現的，我的夥伴們所夢想的世界不過是在虛空中發光而已。現在看了看分裂的兩邊，就像是看鏡子一樣，只不過是人生活方式的左右掉換，在互相爭鬥的期間，彼此都越來越像了，可是人類世界的未完成不是更有意思嗎？好像在做到某件事以前統統死光了，佛教把這個叫做什麼呢？一百年後，現在世上活著的所有人都已經不再存在了，那時候所有人都是新的人，是這樣來復活的。

媽媽請她教會牧師執事、權事來，一進到爸爸的房裡，爸爸好不容易地坐起來靠過去，直望著牧師說：

我對宗教雖然沒有偏見，但是之前我沒搞過這些，我雖然對我的罪有所反省，現在好像已經沒有時間改了，我容許你們不是爲了我，而是爲了你們自己靜靜地禱告離去。

這對媽媽眞的是太冷酷了，但是我覺得爸爸看來很堂堂正正，但是當牧師爲了爸爸疾病的痛苦和心靈的安息禱告時，爸爸也閉上眼睛靜靜躺著，禱告一結束，那些教友就把這個充滿威嚴的病患留著，悄悄地出去了。媽媽跟我徹夜守在爸爸的枕邊，爸爸有若將要燒盡的蠟燭一樣，慢慢地縮了起來，之後爸爸突然張開眼睛大喊：

我不能就這樣死！

這樣一喊，媽媽就握住了爸爸什麼也沒抓到的手，放到自己的胸前。

老公，請你安詳地……

爸爸又開始唱年輕時唱的歌了。

我們是世上點燃的火焰，我們是打碎鋼鐵的錘子，希望的標竿是紅旗，高喊的口號只有鬥爭……

允姬的爸別再唱了！我們一起禱告！

爸爸呼了最後一口氣，血卡住了氣管發出了呼呼聲，媽媽放聲大哭。

請你好好走吧！

那天晚上爸爸被放在教徒準備的棺材裡。聽說看到已死的人，都可以大概猜出他的生涯，這是負責入殮的人說的，但是他們也說，因爲肝病而死的人是最難看的，其他的器官都充滿水氣，更快腐敗，身體會慢慢縮得剩下一半，由於手臂已經硬掉了，所以放到棺材裡的時候要用力地折斷，但是幸好爸爸一過世立刻放了進去，所以沒有什麼困難，可是問題後來才發生。即使天氣有些涼，剛過完年，但是房間中馬上有了臭味，用媽媽信仰的教派的講法來說，看爸爸屍體的樣子就知道他是去地獄。他們記得爸爸到臨死時還是想要抓某種東西，無法放掉，後來要出殯了，但是那些抬棺的人說抬不動，很多人嘰嘰喳喳，媽媽進了房間，抱住棺材痛哭著安慰爸爸。

允姬的爹呀，把心情放開上路吧！不要擔心我跟孩子，我不怨你，所以快起來上路吧！

大家跑進來抬棺，原來是從棺材裡流出了水來，使得棺材黏住了油紙炕，我站在木廊台底下正面對著棺材，把棺材上綁的棉布帶子馱在肩上，下了木廊台到院子裡，但是前面的人踩錯了步子，棺材往前面滑了下來。我被爸爸的棺材一撞，仰天摔倒，負責喪禮的教友們不知所措，我嚇了一跳，放聲大哭，此時從我的胸部開始到衣角爲止有某種東西在流，一看是棺材裡的黑色血水。我兩手被爸爸屍體化成的血沾濕，我感覺好像是鬼一樣，滾到了院子一邊去。

唉唷！殘忍的人，你怎麼可以對最疼愛的大女兒這麼做呢？沒有解開怨恨離開的話，進不了地裡也進不了水裡。

爸爸就這樣離開了，我就像媽媽解釋的一樣，並不認爲這些偶然是巧合，我感覺爸爸好像知道我會遇見你，還有你將要走的道路。所以他的怨恨才會發作出來，但按照你的話來說，這塊土地是處處結下了怨恨的土地。

我後來在爸爸櫃子的抽屜裡找到一些很妙的東西，有三本書跟一個彈殼。書是解放前後所出的，我們這一代的人叫做「馬糞紙」的那種書，由於那時是物資很缺乏的時代，所以在有斑點的再生紙上印上模糊字跡的那種書。

題目是這樣的：李庸岳的詩集《老屋》、歌德《少年維特的煩惱》以及契訶夫的《山谷》。翻翻書頁，上面用漂亮的小字寫著「檀紀四千兩百八十一年，金純任」，那時候很流行寫檀紀，換算以後是一九四八年，墨水已經散開變色了，但是自己還很清晰地留下名字，金純任，生鏽扭曲的彈殼被用紙包了起來，上面寫著像芝麻大小的字跡，貼上了透明膠帶，我讀出了那些小字，「攀登智異山途中，一九六九年春」，彈殼裡面的彈頭到哪去了呢？爸爸在彈殼上穿了小洞，用看起來像是一串仁丹的鍊子穿進去做成了項鍊，大概有一段時期是把它掛在脖子上的。由於書跟彈殼的時差太大，大概互相沒什麼關係，但是在剛解放的時候爸爸跟書的主人金純任什麼關係呢？相愛過嗎？還是在組織裡認識的同志呢？爸爸曾經說過他拋下了受傷的同志，急迫地從敵人面前後退時互相開槍過，或是也射過沒有希望存活而在痛苦中受折磨的同志，爸爸可能在長久的歲月之後到山上去撿拾當年無法分辨敵我戰場的痕跡，但是爸爸的回憶是透過撿起這個彈殼而獲得保存的，我不可能知道回憶的內容，我現在很珍惜地保管爸爸的彈殼跟書。

我想起了一件事！爸爸臥病時，有一天突然叫我去買柿子，那時柿子還沒上市，所以我反問：

要紅柿，還是甜柿？

去找沒熟的柿子，泡在鹽水裡頭更好吃。

由於爸爸喜歡蔬菜水果，所以除了當季的水果以外，媽媽也會買糖分多的鳳梨跟進口的熱帶水果，我到市場努力要找爸爸所說的沒熟的柿子，但是找不到，只好買了包裝好的甜柿回去。

爸爸，聽說最近沒有沒熟的柿子，他們說如果有這種澀柿子，會把它用電石燻軟再賣。

嗯，這樣才能當商品賣，鄉下應該有。

最近的人也都不太吃那種東西了。

爸爸把甜柿拿在手中把玩，仔細地看。

爸爸，你買來不是要吃，是要觀賞嗎？

這有什麼不好？這樣可以看見秋天。

爸爸說完，看了柿子好一陣子，然後問我：

妳是畫家，要不要聽我的秋天故事？

解放以後爸爸從日本回來，加入了建國準備委員會，然後朝鮮共產黨一成立，他就加入了，但是沒什麼適合的事情做，所以在附近的出版社當翻譯或是到工廠夜間學習聚會去當講師，從國大案事件跟嶺南十月鬥爭開始，爸爸的活動也越來越激烈，爸爸那一年秋天因爲在漢城要取得糧食越來越困難，所以回到了故鄉去找。

過完了兩天節要回漢城，那時剛好是有名大罷工的結束，被延遲回家的旅客全部擠上火車，車窗都被擠破，連置物架上都有人擠進去坐，掛在門旁邊的人到後來被擠進去坐在廁所的通道上，但是旁邊有一個短髮的小姐放下包包，蜷縮坐著，那小姐是學生，也跟父親一樣是回故鄉找糧食再回漢城，兩個人雖然沒有交談，但是都感覺對方是知識份子，女學生正坐著看日文的岩波文庫。

火車恢復運行才兩天，所以一片混亂。

爸爸移開背包讓女學生坐在上面。

聽說罷工的鐵路員工有幾千人被抓了。

爸爸望了望她手中的書，對她說。

妳在念什麼呢？

女學生有些不好意思，把書翻了過來，讓我看封面。那是恩格斯的《家族、私有財產與國家的起源》，爸爸好像馬上認出了她來。

妳是屬於……

民青。

是嗎？眞高興認識妳。現在大邱嶺南地方的人民抗爭開始了，大概會擴散到全國。

我們也正在進行反國大案鬥爭，那是從漢城大學開始，正在擴散到全國。

解放還遠著呢，一定要從頭重新開始。

您現在在唸書嗎？

不是，我在日本念到一半就放棄了，現在在地方上做事。

他們沒交談多少便互相瞭解了，凌晨三點在漢城站下了車，當時電車是唯一的交通手段，那時間已經沒有了，全國都進入了緊急戒嚴，天沒亮是無法回家的。人們都擠在漢城車站候車室，鋪著報紙睡，擠到連踩一隻腳進去的縫都沒有，兩個人靠在候車室的門口等待天亮，有中年婦人靠過來問：

要不要過夜？價格便宜又不遠。

我們找個地方休息一下比較好吧？

爸爸拿著女學生的包包起身，她也默默地跟著，他們穿過了漢城車站附近的大小巷道，進了日式的小小旅社，婦人覺得他們不是普通的關係，問也不問就帶他們去房間了。那是三塊榻榻米的房間，地板上鋪好了棉被，也有日式的暖爐桌，兩人只是對坐著烤火等天亮，在等待的時間中，也很無聊，但是更重要的是肚子餓得受不了，他們吃過晚飯以後就沒再吃任何東西了，又熬夜，所以特別餓。爸爸從背包中摸出了故鄉奶奶給的年糕，分一半遞給了她。

吃吧，妳大概很餓了吧……

這不是你要帶回家的嗎？

水壺裡有水，妳慢慢吃，別嗆到了。

他們一人各吃了三塊年糕，天還沒亮，他們坐了一會，爸爸又從背包中拿出了柿子。從鄉下摘來的，妳嚐嚐怎麼樣。

女學生拗不過他，一點一點咬下來吃。爸爸雖然能理解女生吃東西會很斯文，但是對她像老鼠一樣用門牙一次啃一點點吃的樣子感到不是很喜歡，心想她是因爲不捨得一下子吃完才這樣的，覺得她可憐，爸爸又從背包裡拿出另一個給她。

妳再吃一個吧！

女學生靜靜地接受了爸爸的勸誘，她說她要帶著走，爸爸在火爐邊打個瞌睡，醒過來時她已經不見了，天也已經亮了。對面的位子上有一張紙條，就是以前那種用緞帶綁著的紙條。

先生你好像睡熟了，所以我先走了。希望你想做的事業都順利。也希望我們在某個工作的地方再見……

爸爸回家一啃柿子，發現太澀了，嚼沒幾遍就受不了吐掉了，那時爸爸剛結婚，媽媽看到爸爸的怪樣子，先是皺眉，後來就大笑了出來。

怎麼能這樣猛吃澀柿子，至少泡泡幾天鹽水、洗米水再吃啊！

這叫什麼？

澀柿子，放在有陽光的地方二十天左右就會變成紅柿，不然泡在鹽水裡幾天就可以吃了。

這時爸爸才知道那個女學生小口小口吃的理由。她很厲害吧！令人一口都吃不下的澀柿子居然爲了顧慮對方的好意而忍著整個吃了下去，也沒顯露出什麼跡象，我不知道爸爸的話是不是事實，但是他說那個女孩子並不算是很漂亮，雖然沒說她醜，但是爸爸還是說她滿與眾不同的。

爸爸第二年春天又遇到了她。解放後最大的左右翼衝突就是一九四七年的三月一日光復節，四三抗爭從濟州島開始，變成了全國性的罷工、抗爭跟殺戮，南山的三一節活動結束之後，民戰、全評、民青等等左派組織下到市場入口，漢城運動場活動結束之後，右派往朝鮮銀行的方向走，經過了警視廳前面，兩邊在南大門前面的五叉路口遇上了，開始衝突，那一天爸爸沒有混進示威群眾中，沿著人行道跟他們一起走，結果看到了舉著示威牌的她，爸爸快步跑進車道跟她並肩一起走。

好久不見，認識我吧？

是的……

上一次給妳吃澀柿子眞對不起，我眞的不知道。

這樣一說，她就掩嘴笑了起來，在能看到南大門的地方，隊伍停住了，右派的攻擊開始了，在前面的人漸次倒下，也陸續聽到槍聲了，群眾向四方散開，電車的路上到處都倒著受傷的人，爸爸就在那一瞬間跟女學生分開了，很擔心她有沒有事。我問爸爸：

這就是你的秋天故事吧？後來有遇到她嗎？

因爲是同一陣營的，當然有遇到。

遇到幾次呢？

那個同志死了。

爸爸如此回答完，就不再說話了，爸爸一旦閉嘴，那再怎麼問也都是相同的答案。也許那本書的主人就是她，不知道彈殼跟她有沒有關係，不過再講下去就是超出我經驗水準的故事了。

有關爸爸的故事，想跟你說的都講得差不多了，我畫過好幾次爸爸的枯枝葉澀柿子。

十

允姬在對自己的妹妹說出女兒事情的同時，也努力不希望讓我知道，不只這樣，在她留下的記錄中也有努力不去提的痕跡，那大概是因爲她覺悟到不能依靠被關的我。我也有女兒——允姬，留在世上的——野尖山之女。

來到這裡之後，我連一晚都沒辦法熟睡，又過了一天，我的空間感正慢慢恢復中，我一起床就開始準備做菜，從小冰箱中拿出了魚跟野菜做辣味湯，電鍋也煮了飯，在瓦斯爐前面忙了一陣子，聽到院子裡傳來拖著鞋子走的聲音，伸頭一看，原來是順天嬸頂著個竹簍子上來。

師母請進。

睡得好嗎？我拿了一點東西來請你吃吃看。

順天嬸跨坐在木廊台上，把竹簍放在廚房地板上，掀開了上面蓋的報紙。

這是醬油醃大蒜，芝麻葉還有蘿蔔葉泡菜，味噌跟辣椒醬也帶了些來，你嚐嚐看。

不用那麼麻煩啦！

泡菜要放進冰箱，醃大蒜跟鹹芝麻葉不會壞掉，那些醬跟調味料擺在一起就行了。咦，這是什麼東西，怎麼這麼香？

順天嬸一面說，一面把鍋蓋打開，點了點頭。

哇，吳先生眞是大廚師，一定很好吃。

留下來一起吃吧。

不了，我早就吃過了。

我望著她，拉過椅子坐下，雖然是我以前的習慣，但是我想轉換氣氛的時候會先抽一支煙。兩人之間沉默了一陣子，氣氛有些尷尬，順天嬸馬上就站了起來。

唉唷，我忘記了，我還要醃泡菜、做紅豆湯呢，我先走了。

師母等一下。

順天嬸呆呆地看著我等著。

我有話要問妳，請妳等一下。

想問什麼？

我猶豫了一下，還是問了。

我離開的第二年……聽說韓老師在這裡生了小孩？

原來是這個，我還一直心裡焦急地在等你問呢，這裡也沒有產婆，是我幫她接生的，女孩子看起來一副富貴相，跟她媽媽簡直一模一樣，即使不是每年，至少隔年也一定會回來這裡一次，跟媽媽去德國的時候就沒看到了。三年前回來，已經大到認不出來了，很有大女孩的樣子，身材也跟媽媽一樣高了。

我以前完全不知道，我姊姊也沒跟我講。

我也知道是這樣，畢竟是別人的事，只好閉嘴，如果說出來的話……當未婚媽媽，韓老師那時多麼難熬，大概也只有她們自己家人知道，但她們也不說。

我……我眞是沒用！

你的處境那樣，哪有什麼辦法，就像我丈夫說的一樣，要怪就怪遇上了錯誤的時代。

那她現在跟祖母住在一起吧？

不是，戶籍是歸給韓老師的妹妹。

妳是說韓靜姬嗎？

大概是吧。

我沒看過靜姬，但是從允姬那裡聽了幾次，大概可以猜出她的樣子跟個性。

聽說她現在在漢城和先生一起當醫生嘛，我有他們的住址跟電話。等一下我找給你吧？

好的，不用急，慢慢找。

那我要下去了。

順天嬸從木廊台上起來，走出牆外，我一句話都不想說的發呆坐著。

銀波是一九八二年生的，算起來也有十八歲了。我以爲什麼都沒留下的允姬卻留下了她，我突然著急起來，想要馬上打電話，但是我很擔心銀波對我知道多少，允姬會怎樣對她形容她的爸爸呢？一想到可能見了面也沒什麼用，就開始心焦如焚，我瞭解允姬為什麼會如此仔細地記述自己父親的年輕往事，她也許擔心過我和銀波之間在今世的心結。

八〇年秋天之前，崔東愚跟我一直躲在貧民窟的房間，阿健偶爾會傳遞外國的消息給我們，錫俊在新學期開學前去日本留學了，組員都交給阿健一人管理，好像頗為吃力。

現在這個地方也快不能待了，他們要一一搜遍。

可是我們也沒地方去，他們加強召開了鄰里大會要協尋通緝犯，要過漢江也有臨檢，連寺廟也搜索。

大統領宣誓就任後，便宣佈要組織國家保安委員會，進行掃黑。

掃黑……

雖然說是要抓黑道，但是其實我們這些反政府的人也算在裡面。

不是屠殺良民的人才最黑嗎？

東愚喋喋不休地讓阿健又開始擔心了。

要趕快換地方，你們有沒有想過有哪些地方？

你還好吧？你擔心自己就夠了。

我很好啊，我跟靜子已經是夫婦關係了。

本來懶洋洋地枕著胳膊的東愚聽到阿健的話，一骨碌坐了起來。

你說什麼？你是什麼意思？

驚訝什麼，惠順早就贊成了。

你們組織成員胡亂搞戀愛？

阿健聽到東愚的氣話，漠然地看著空中笑了。

這不是戀愛，這是生活，我們決定要結婚了，你們也應該祝賀我們。我是來講另一件事的，我們弄了一個工廠，我是老闆。

你以爲柳大哥是要照顧你，才給你買編織機的錢嗎？他是要組失業者團體。工作的有四個人，外面的事情我來處理。

在旁邊的我想要代替東愚來鼓勵他。

幹得好，努力吧！只是在我們的事情上可能花掉你很多時間。晚餐聚會沒有什麼大問題。不管怎樣，我的事情就是這樣了，還是你們先換地方要緊……要先討論一下，原則上決定下個禮拜之中換地方，將案子給支援者們吧。

阿健走了的第二天，東愚到貧民窟底下的大路入口買菜又氣喘吁吁地跑回來。他拉開通往巷子的廚房木板門，然後鎖上，連湯匙都插了上去，把耳朵貼在門上聽外面的動靜。我打開房門問他：

什麼事，有人追你嗎？

噓，不要說話，燈關掉。

我聽著他好像凍僵的語調，把我弄得不由自主地緊張了起來，馬上關了日光燈，他還是不動地站在門邊，不久之後就聽到幾個人越來越近的腳步聲跟說話聲。

就是這裡。

太多巷子了，不知道他們跑哪一條。

聽到了好幾個人的腳步聲，看到了手電筒的光束搖曳，然後漸漸遠去，從遠處傳來了喊聲。

呃，李刑警，你來這邊！

這些傢伙！我這時才嚇了一大跳，背貼牆坐在黑暗中一動也不敢動，東愚悄悄地進了房間，在我身邊像我一樣彎起膝蓋，背貼牆坐著，他的呼吸聲漸漸穩了下來。

怎麼回事？

我輕聲地問，東愚也悄悄回答。

呼……差點被抓，下面大路不是有小市場嗎？

我在夏天下去買過西瓜、香瓜、青菜什麼的，所以我很清楚那些攤販聚集的地方，知道這個村子的家長們出去辦事回來的時間，喝完酒之後用剩下的錢幫家人買食物的地方。

我慢慢地走了下去，看到大路入口與貧民窟的巷子口前面有很多便衣和戰鬥警察在臨檢，所以我就不跑了，根本就已經出動了雞籠般的鐵窗車待命。

阿健的話是對的，軍警聯合臨檢，然後進行什麼淨化教育嗎？

對啊，就是那個。我們的處境是，他們整理河床，卻順便抓到蝦子。我靜靜地待了一會，卻跟站在下面的便衣對上。他說：喂，過來！我說：你叫我嗎？他一說：對！就是你！就開始往上跑來追我，我也只有逃了。

作賊心虛，你跑不掉的！

難怪，不知怎的，心情不太好。那些老兄跟鄰長還是住這裡的人說，你們應該都知道在這裡房客的一舉一動。也許有人會去告狀，說什麼那房子裡有兩個年輕傢伙之類的。

我們今天晚上熬夜，明天清晨出去吧，清晨那些人會換班，從市區各地撤離。

東愚跟我坐在黑暗中，等待四周安靜下來，夜一深，感覺不到什麼人的動靜，遠處的口哨聲也遠去了，大概跟雞籠車一起回管區分局了。東愚說：

我們煮泡麵吃好了。

肚子好餓……

開燈吧。

我摸索著按下了日光燈的開關，眼睛亮得張不開，甚至咳了出來。一開燈，黑暗就消失了，恐懼也不見了，煮了泡麵和著酸掉的泡菜一起唏哩呼嚕吃了下去，憂慮也離我們越來越遠。我開了後面的窗戶向外俯望，在伸手可及的地方有後面家的水泥磚牆，還連著隔壁的石綿瓦屋頂。

睡吧，今天大概沒事了。

東愚鋪好墊褥躺下說：

我也有相同的感覺。

明天太陽出來再擔心吧，可是你不要忘了我們約定的地方。

嗯，知道啦。

我們穿著外衣，把重要的東西放在袋子裡，擺在枕頭邊，睡了沒多久，外面就傳出敲門聲，我跟東愚一骨碌坐了起來，開始找鞋子穿。

請開一下門。

我們已經打開了後窗。

請問是哪位？

東愚對我眨了眨眼，我踩著窗戶，一條腿跨到了對面圍牆上。

我是村子的里長。

東愚跟著我上了窗戶，一面說：

請等一下，我穿衣服。

我那時早已用後面家的圍牆當踏腳石，踏上了隔壁的屋頂。

你們在幹什麼？把門給我踹開！

聽到這喊聲的同時，也聽到了用腳踹門的響聲。

東愚翻過了牆，同時也聽到門板破裂的聲音，我趴在鄰家屋影下，有人拿著手電筒往窗外照。

在那個巷子，他們往那裡跑了！

這些傢伙絕對是通緝犯！

我聽到了急促的腳步聲，大概有七八個人，他們開了燈，在我們房間中到處翻找那些書、衣服跟雜物，兩個人留下來收拾，帶走東西之後，已經四點左右了。我確認周圍完全沒有人，才從屋頂上輕輕地跳下了巷子，我往貧民窟底的松樹林不斷地跑，幸好包包有帶出來，離開那一區，就到了山背，那裡雜草叢生，到處都是蟋蟀的叫聲，我努力掙扎著往上爬，剛進去的地方有茂盛的洋槐樹，常會勾到褲腳，我更深入，在長著稀疏松樹的小丘上休息，大概太久沒跑了，氣喘吁吁的，額頭跟脖子到處都是汗。到小丘上，俯望山村陰鬱的屋頂及更下方市區的街燈和住家的燈光，看到已經熄燈的大樓上方，模糊的霓虹燈仍在紅紅綠綠地閃爍，對於被追逐的人而言，漢城就像異國都市般陌生。我所住的不到一坪、僅能容身的小房間，從這裡看來像是一顆顆的小石頭固定在那裡，我的呼吸聲恢復了，才發現整個林間充滿了昆蟲的聲音。秋日的清晨，聽著草蟲的大合唱，我瞭解到在危險和苦痛世界中小東西們的歡喜，這記憶到了現在還栩栩如生。後來被關在一個人的牢房中十幾年，在入秋的前一天，或頂多差個一兩天，會突然聽到蟋蟀聲，那時我總會想起在山背上等待黎明的那個清晨。

我轉向山背的另一邊，進入了市區，那裡離我們住的地方要四五個公車站，所以我不再不安了。我前往約定的地點，坐公車進了市中心，到達某個大學附設醫院附近的天主堂後院，那裡有三四個出入口，每個都是往不同方向的鬧區，這是我們預先就探勘好的地方，教堂後面的樹木很濃密，到處都有長椅，一坐下就不容易被人發現，卻可以一眼看清教堂周遭的動靜。我進了教堂的入口，坐在遠處樹影底下的崔東愚就對我招了招手，我這時才放了心，我一直擔心他跳牆以後在另一條巷子被抓。我們到了最裡面的長椅上並肩坐著，東愚從包包中拿出了牛奶跟一個麵包，笑著遞給我。

先吃這個吧。

到底怎麼回事啊？我以爲你翻牆以後，就從巷子裡跑走了。

別提了，我翻進去以後，往外面一看，他們已經在巷子口排好陣勢在等待了，再翻到另一家，院子小得不得了，沒地方躲，剛好門邊有一個蓋著的塑膠桶，打開一看，恰好裡面只有兩三個煤球，我就進去蹲在裡面，那時卻開始抽搐，腳又麻得不得了，差一點就出去自首。

文件雖然帶出來，但是書跟生活用品都丟了。

不管怎樣，那房間裡留下了我們的線索，他們一定會開始把網子越收越緊。

我急忙摸索胸口，掏出了手冊，然後拿出裡面的身分證放進外套的暗袋。

我們要先銷毀手冊，上面有電話號碼跟備忘錄。

我們先把重要的號碼背起來吧！其他的如果必要時，一個一個問也能問出來，更重要的是我們現在的處境並不適合跟人直接聯絡。

我問東愚：

你帶了身分證嗎？

不是我的。是仁川那邊做的，那裡有很會處理照片跟鋼印的工人弟兄。

安全嗎？

當然。我被臨檢好幾次，都沒事。

我們拿出各自的手冊，一頁一頁撕下來，到最後連塑膠皮封面都拆了，放在長椅下拿打火機點燃，紙燒得很快，雖然有一點煙，但是平常日的早晨，教堂裡連一個人都沒有，塑膠發出了臭味融化了，轉眼間化爲灰燼，東愚拍了一下我的包包後問：

文件怎麼辦？也不能毀掉。

這就是組織，應該要死守，可以保管在阿健的工廠嗎？

東愚想了一下。

先別行動，他們本來並不是鎖定好要抓我們，只不過是掃黑偶然碰見罷了。

現在情況不一樣了，部署會改變的，他們現在已經知道我們是通緝犯了，書上面搞不好還寫著我們的名字。

因此他們至少也能掌握我們的姓名吧，當然外表也是……

我們的行動暫時要自制，把阿健叫出來討論看看。

我補充說：

要注意盡可能不要跟從光州上來的朋友重複組織線。

東愚跟我一出了教堂，就到公車站附近打公共電話給阿健，阿健馬上從東大門市場附近出來，我們進了市場附近的二十四小時茶房，坐在角落，那裡只有幾個鄉下上來的批發商跟卡車司機坐著打盹。阿健一坐下，就責備了我們一頓。

你們弄得我眞的很鬱悶耶，我那時候說過什麼？現在好險沒事，可是我不是早說過他們會一一搜尋，叫你們快點搬了嗎？

一時無法決定，結果就變成這樣。

慘了，現在已經全面進入緊急狀態了，現在是十月，這兩個月大家分頭走吧。

東愚聽到阿健的意見，搖了搖頭。

兩個月太久了……大家休息一個月吧，新年的時候組織一定要開始行動，你怎麼樣？

東愚問我，但是我對於要去哪裡完全是一片茫然，我反問他：

你呢？

我當然會離開漢城。

可以聯絡上吧。

當然，每個禮拜向阿健安全回報一次。

我想好地方了。

我先從口袋翻出了一張鈔票。

我們現在算帳吧，我身上現在有……五十萬元。

東愚把口袋跟暗袋裡的錢都掏出來，放在茶桌上。

我這裡……有四十萬，阿健你也出一點。

我現在只有要去買原紗的錢，出一半好了。

全部合起來有一百二十萬，東愚說了：

從這裡要分出公家緊急準備金，我們不能亂花後援者們給的誠意金，我一半就可以了。

扯太遠了。緊急準備金我們編織工廠出就可以了，你們一人拿一半好了。

我拿了五十萬，把放了文件的包包交給了阿健。

我們必須各自工作餬口，下個月如果召集活動的話，需要錢。

哈哈，一分鐘的利息算二十萬就好了。

東愚先起身拍了拍我的肩膀。

那我們就分手吧，我先走了。

我們沒問彼此的目的地，爲了跟東愚隔開一些時間走，我跟阿健繼續對坐了一會。

你們有訂單嗎？

忙到人手不夠的地步，也很有趣。

那裡有房子嗎？

租了一個有兩間房的，在山村是最大的一戶。我跟靜子、惠順三個人吃睡都在其中一間，客廳跟小房間都是放編織機，還過得去，你準備躲哪裡？

漢城附近……

請你每個禮拜剛開始就跟我安全回報，請你先取一個名字。

那就用以前用過的金傳宇好了，我也要走了。

我把阿健一個人留在茶房中，走進了市場，快到中午了，所以店鋪前面沒什麼人，我打算要去安養。逃亡者的守則要點全部在很久以前就從總結歐洲各種經驗的小冊子上背了下來，在都市裡相當管用。那是幫助南洙支援奉漢逃亡時，在專門販賣從美軍流出的資料的舊書攤上發現，花了十天翻譯出來的小冊子，我們打字之後做成傳單的大小，分發給各小組。舉例來說，我記得上面這樣寫：

活動家之所以潛入地下，最重要的是暫時跟熟悉的自己以及周邊切斷關係，當個沒有臉的人，對他而言，沒有名字也沒有特徵，但是他必須獲得一般民眾的工作；一定要學會一些不管何時何地都能就業的技能，無法就業的人從那一刻開始就喪失了生存下去的方法，不只如此，他沒辦法獲得周圍很多會幫助他之人的信賴，有了職業之後，能在最短的時間中，讓脆弱的自己在陌生的環境中創造新的人際關係。

一定不可以使用過去用的通訊方式，不只是電報、郵寄、託人帶信，最重要的是不能用電話，逃亡者之間如果有必須要聯絡的情況，一定要透過中間的代理人，這個代理人要分兩階段處理，他事前一定要做安全檢查，組織定期掌握外圍逃亡者的狀況，在這段期間不要交付任務或主動聯絡。

逃亡者特別要避免出現在都市的中心，服裝跟腔調一定要很普通，在市中心步行是很不好的，走人行道的時候要靠內側，適當地利用商店的櫥窗，過斑馬線的時候一定要躲在等紅燈的人群背後，在人群中不要走得特別快或特別慢，盡量不要利用大眾交通工具長程旅行，如果一定要，必須換好幾次車。在市中心坐公車的時候，安全的位置是司機後面的安全門附近，在走道附近，特別是窗邊的位置是最危險的。盡可能在夜間行動，其次是清晨，要避免尖峰時間，要防止被人發現，要事先預防被人記住！

守則一直繼續下去沒個完，特別是這些話過了這麼久還殘留在腦海裡。

逃亡者不被抓是對他的夥伴第一項應盡的義務，對逃亡者本身而言，逃亡就是他最主要的任務。他可以說是能把危險傳播給其他人的傳染病帶原者，所以要自我隔離，到危險消失為止不斷自我掙扎。

鍛鍊、道德性、獻身、信心、勇氣……這些勒緊全身的詞語隱藏在文章的隙縫中，這就像是發熱的乾舌頭後面呼出來的氣息一樣，這是充滿想要喝從石縫中湧出的清涼泉水慾望的文章。

安養的葡萄園全部都消失了，如今小的家庭工廠、擠滿了小姐的酒店、流著黑色髒兮兮廢水的溝渠，髒到溝渠邊的蛇草藤都很茂盛了，現在這個地方應該是高樓大廈林立了吧。

我跑去林中士的木工廠，他比我大十歲左右，當兵的時候是我們內務班的下士，退伍之後我拗不過那些復學的運動圈同學的脅迫，在工業區附近自辦的勞工夜間學校講課，卻偶然碰到他，夜間學校通常十點鐘結束，那時也是夜班換班的時間。我跟另一個也在講課的朋友想要吃點麵、喝杯酒，所以到了路邊攤去，有幾個人叫了雞屁股、牛心來下酒，喝燒酒喝得微醺。我們很晚才進去，但是口袋裡沒什麼錢，所以坐在角落，只點了麵跟一瓶燒酒。有三個中年男子在那裡吵鬧，其中兩個穿著某電子公司的制服，另一個人是穿西裝，穿西裝的向他們口口聲聲科長、組長地勸酒，夜間學校出來的女工當中，有幾個是在電子公司拿微薄薪水、痛苦不堪的少女，我站在這些人的立場，用白眼瞧著他們，穿西裝的眼神往我們這邊飄過來，跟我對看了上眼，他轉頭過去以後，又回過來打量我，我也認出了他，他縮著上半身對我說：

你當兵的時候在哪一個部隊？

林中士，我啦，我是吳賢宇。

啊，原來是吳班長。難怪你剛才一進來，我就覺得這個人怎麼這麼面熟。

所以那天晚上我跟林中士去了第二攤，他在我退伍前幾個月就脫離職業軍人的生活，之後進了九老工業區電子工廠當木工部的基層工人，因爲當過職業軍人，很快就獲得廠長的賞識，還不到一年就升爲班長，由於接受過技能教育，又有管理能力，五年就升任勞務科長，後來瞭解木工的各方面狀況，能夠處理交貨跟承包的事情之後，他就帶了幾個人自己開了小木工廠，他算是職業軍人退伍之後比較成功的例子。我跟著爛醉的他到了他位於安養工廠旁邊的家，他大概覺得我們搞什麼夜間學校是破壞國家安定的舉動，他坦承害怕牽涉其中，卻還對我們有所敬畏。

我們不懂你們在做什麼嗎？都是很有意義的事，就算展開獨立運動，我們這些小老百姓還是要餬口活下來啊。

林中士每當喝醉就會說這些調調。

我沿著安養河前進，沒有鋪柏油的道路邊上、襲溝上方有用水泥磚建的一間小工廠，還有幾乎一個樣子的住家一前一後矗立著，工廠前面的空地上堆著原料，還有生產後的廢料，在路上就聽到工廠內傳來的尖銳電鋸聲，我在門前瞄了瞄，稍稍推開門看看裡面，林中士穿著內衣，頭上包著毛巾、戴著口罩，正在專心工作。我推開門，進入空氣中充滿木屑的廠房，由於噪音太大，聽不到他說話，他在工作台上搖搖手，朝我走過來，在我耳旁大叫：

喂，吳班長我們幾年沒見了？我們到外面去。

林中士抓了外套就到外面，他抓著我的手用力地握了握，慢慢地上下打量我。

你這是什麼樣子？還在搞那件事嗎？

嗯……算吧。

你等一下，馬上就是中午吃飯時間了，我很快就出來。

林中士在內衣外面只披著空軍外套，滿頭木屑地走了出來。

到我家吃午飯吧，整天光是示威抗議，有飯吃嗎？你要振作啊，都超過三十歲了。

我是來你這裡找工作的。

你要來把我工廠弄垮啊？進去吧。

我們進了林中士的磚房，但是裡頭乾淨地貼著壁紙，玄關也整齊地鋪著塑膠板。他大叫：

老婆，我回來了！

廚房的玻璃門悄悄打開了，一個年紀看來比他更大的婦人探出頭來，伸出手指放在嘴上。

噓……別吵醒小孩，不要進臥室，剛剛睡著。

妳也記得吧？我們的吳班長。

他太太燙一頭像拉麵的鬈髮，手上戴著淡紅的塑膠手套，我握住她的雙手打招呼。

對了，我記得他是那個功課好的大學生，而你不要說軍隊的事，都聽膩了。

給我們飯吃，快餓瘋了。

這屋子有兩間房間，我進了主臥室對面那一間，佈置成國小學生房間的樣子，看到爸爸為孩子做的書桌、書架，上面放著圖畫書。林中士說：

有一個孩子就夠了，有什麼好寂寞的，眞是被弄得好麻煩，這麼晚才生，晚上沒辦法睡覺，電視又不能看自己喜歡的節目，還有你眞的要在這裡工作嗎？

對啊，不知道會做一兩個月還是四五個月，但是要先賺口飯吃。

你這傢伙在跑路嗎？我都知道，你幹了什麼好事？

不是因為我啦……因為其他人，所以要暫時避一下鋒頭。

你不會連累我吧？

其實沒那麼嚴重。

這樣就好，就算有那麼嚴重，做人還是要講道義，只是沒辦法給你太多日薪，因爲你不是熟練的工人，只能讓你做輔助的工作，至少一日三餐沒問題，還有在這裡要叫我老闆，雖然不太禮貌，但因爲你是我雇的，就叫你小吳吧。贊成嗎？

絕對贊成。

飯桌抬了進來，不像我跟東愚在一起隨便弄弄的東西，而是家庭式的飯菜，泡菜也很合我胃口，海帶湯味道也很清淡，拿著筷子只顧吃飯的林中士突然抬起了頭。

你要睡哪裡？

我搖了搖頭。

料你也不會有地方。

下班之後，工廠整理一下，不就可以睡了？

那樣不行，有可能火災，給其他工人看到也不好。等一下……你這傢伙，連行李都沒有，就這樣跑來了？

對，今天清晨的時候。

林中士也許覺得不合情理，只能含著滿口的飯瞪著天花板。

你這傢伙眞是讓我傷腦筋，我會收留你，你就跟著我不要離開，在這邊過日子吧。

吃完了中飯，到了工廠前的空地，林老闆從外套中掏出了一萬元給我。

今天是第一天，下面的安養戲院一次放好幾部武俠電影，看完之後，七點鐘到這邊來。眞來了一個找麻煩的傢伙！

我很尷尬地笑了笑，再次沿著沒鋪柏油的道路走回鬧區，戲院中沒有年輕男子，只有附近的老爺爺老奶奶跟中午放學的兩個小鬼。我看到後來，把腳伸到走道邊的椅子上，看一會睡一會打發時間，不知道爲什麼這麼想睡覺。

看完了兩片之後，也不過才五點鐘，我從電影院出來，進了市場，買了內衣、襪子、盥洗用具等日用品，又買了一個塑膠旅行袋來裝，買了一條褲子跟襯衫。由於太骯髒，容易被人注意，所以決定去澡堂洗澡，裡面一個人也沒有，成了我一個人的泡浴池，用拋棄式刮鬍刀把這段期間長得很長的鬍子刮個乾乾淨淨，穿上新內衣、新襪子，有回到家的感覺，我決心從明天開始靠日薪生活，所以今天最後一次到飯館點了個辣牛肉絲湯當晚餐。

小吳打個招呼！這一位朴先生是我們工廠裡面最厲害的高手。

林老闆幫我介紹了滿身木屑的大個子青年，他就像在鄉下劇相遇一樣，欣然地伸出手來跟我握手。

我從老闆那裡聽說你很多事，他說你們以前是一起苦過來的。

小吳要走之前來找我一下。

他把機器停了下來，把我帶到工廠最裡面去。

我跟他說你是我鄉下弟弟的朋友，他現在認爲是這樣一回事，他個性很開朗，你跟他走，一起做飯吃，在這裡的人爲了省生活費都是這樣搞的，房租跟伙食費一人出一半，去吧。

謝謝中士。

小子又這樣，叫老闆！

我跟著朴沿安養河邊走，小丘道路的兩旁都是臨時的房舍，像養雞場長型倉庫一樣的建築物層層相連，後來才知道就是在工業區常看到的「蜂窩」。社區附近有好幾家小店的燈還開著，也有像我離開的貧民窟入口的小市場。

吳大哥你老家在哪裡？

在附近，京畿道。

最近鄉下很難生活吧？

對，高中出來混了一陣子才去當兵，結果年紀也大了，討老婆之前想要學點木工技術……

我們順便去市場買點晚餐的菜吧……

我吃過了。

是嗎？那我們就去喝杯酒吧。

好啊，今天我請客。

爲什麼？

我故意迎合他的高昂情緒說：

新進人員入社儀式，以後請你多照顧。

朴愉快咯咯地笑了。

喝一杯就夠了嗎？看看你酒量怎麼樣。

他帶我進了蜂窩區入口處夾在小店之間的一家小酒館。他坐在長椅子上說：

這是我們常來的店。

店內大概有五六坪，放了三張桌子，廚房也僅容一個人轉身，可以比喻成較像樣的路邊攤，牆上貼著很實惠的菜單，廚房火爐上烤東西的香味四溢，裡面已經有三個人在把酒言歡。

老闆娘，給我每天叫的東西。

知道了。

我很好奇地問：

你每天叫的是什麼？

那是有順序的，先來一瓶燒酒、一尾青花魚，最後來一塊豆腐，但是今天沒吃晚餐，所以最後再多叫個泡麵。

這樣眞的很實惠。

切開，灑上鹽，烤的青花魚還滋滋作響就上了桌子，燒酒也來了，他把我要去拿酒瓶的手輕輕彈開，倒了一杯給我之後把瓶子遞了過來，我也幫他倒了一杯，他高舉著酒杯說：

來，乾吧，恭喜你進入工廠。

我很高興。

我們一口氣喝乾了酒，朴又幫自己倒酒，連喝了好幾杯，他的頭髮上還沾著白的木屑，抓著小酒杯的手指很粗糙骯髒，看起來好像樹枝一樣。但是他仰頭喝酒的時候顯露出的頸部肌肉卻異常強壯，勞動完的男人滿足的疲勞充滿在他放鬆的眼睛四周。

吳大哥，你有女朋友嗎？

他連夾了幾口青花魚，正在撥開大啖，一面問我。

還沒有，有些煩人……

要不要我幫你介紹？

不用了……我一個人就已經夠累贅了。

朴向著我眨了眨眼。

別擔心，反正拿日薪一定是不夠的，我至少也是個有技能的師傅，可是每過一個月都還是赤字，一分錢也存不下來，不知何時才能成家？

但是有女朋友的話，不是更傷腦筋？

她也跟我相同的命運，把這最好的一段時光都花在工作上白白老去，到底人生是什麼呢？

不知不覺就喝光了一瓶酒，我們又叫了一瓶酒以及一條青花魚。

但是這裡眞好，總有一天太陽會出來的，我們現在雖然被電子工廠緊緊綁住，但是有一天我們要開家具工廠賺大錢，林老闆也是這樣想。

講到這裡，朴好像想起了什麼事，突然問我：

吳大哥，你眞的是林老闆鄉下弟弟的朋友嗎？

是啊……

那是騙人的吧，我看你不是土包子，好像有點書卷氣。

我以前常聽這些話，在軍隊也是。

不只是看來斯文，看手也知道。

這是懶惰的手。

不是，看起來像拿筆桿的手。

所以老闆叫我跟朴兄多學習。

沒什麼好學的，明天早上叫你做什麼你就做，那就行了，他一說完就起身，一面走出店一面叫：

喂，小順妳去哪？

我看不見外面的人，只聽到聲音。

還能去哪裡，下了班當然是回家。

進來一起喝一杯。

從門縫裡出現一個女孩子白皙的臉，她觀察了酒館裡面。

我還沒吃飯耶。

進來進來，我請妳吃好吃的。

他們在我前面並肩坐下，朴輕輕地拍了一下她的背說：

喂，打招呼啊，這一位是從今天開始要跟我一起住的人。

失禮了。

妳好。

吳大哥，這是我女朋友。

她把牆上貼的菜單看了半天。

妳還沒吃晚餐吧？老闆娘，先來一個煮泡麵，裡面放泡菜跟蔥花，快一點來。

我不吃泡麵，老闆娘，有沒有飯？

有白飯，那是不是要煮個明太魚當菜？

朴眼睛睜得大大的。

小順妳今天怎麼這麼討厭？妳知道明太魚湯要多少錢嗎？

討厭我就算了，幹嘛整天叫得這麼親熱，以後叫我李明順小姐。

我很有趣地看著下班後的男女帶著情感的拌嘴，朴說了：

小順，妳不是跟那個女的一起住？

你說誰？慶子？

不是那傢伙。不是有一個瘦的？

嗯，順玉。

她現在在哪上班？

襯衫廠縫製部。

把順玉介紹給我們吳大哥啦！

免費的啊？

今天已經請妳吃一頓了，還要怎麼樣？

哼，這個哪夠，那好，下禮拜帶我去永登浦看電影。

明順默默地在桌子對面看著我。

不要啦，等一下去把順玉叫到我們房間來。

不行，今天她上夜班，我也是加班到一半，看領班的臉色溜出來的。

她在吃晚飯的時候我們喝乾了第二瓶燒酒，吃完飯之後，我們以明順當藉口點了第三瓶酒。朴的醉氣上來，講話也開始大聲了。

我跟林老闆沒辦法一起工作。你看看，吳大哥真是不知道我們的狀況，以後你有事要告訴林老闆，就儘管說好了！他從什麼時候開始變老闆了？他跟我還不是同一個時間進公司的，他說我們一起出去開工廠，我能信賴的只有朴兄的技術而已，那是什麼時候的事啊？也不給月薪，每天發這一點點錢，這哪是有技術的人的待遇啊！我待不下去了。我要跳槽。

他大聲地說完，看了看我的臉，又變了語氣。

吳大哥你怎麼想?個人感情是個人的事，錢才可怕!

已經看好要跳槽去哪了嗎?

很多地方都要我過去啊，很多家具工廠裡頭熟練工人不夠，弄得很麻煩，這些電視機、收音機的外殼不該是我在做的，我們這裡電唱機殼的單價最高，知道爲什麼嗎?因爲上面有很多裝飾。家具是賺設計的錢。

明順靜靜地坐著，後來眞是無法忍受了，她一口喝光了杯中的酒說：

要走就閉上嘴，到時候安安靜靜地走，爲什麼只會先說大話，反正你沒實力……

喂，明順，我做這些還不是爲了要養妳，妳也要結婚啊。

唉唷，眞是感謝到痛哭流涕啊，你照顧好自己就夠了，別說養我，月底不要再跟我借錢去付賒欠的帳就好了，現在該走了。

明順從座位上起來，朴牛起身擋住了她。

還這麼早要去哪裡，再喝一杯，之前是爲吳大哥慶祝進工廠的，第二攤我請。

我還要回去洗澡睡覺，明天要上早班，失禮了。

喂!死丫頭，妳愛怎樣就怎樣!

明順走了之後，朴的話也少了，我感覺他後悔告訴我要跳槽的事，他默默地拿筷子把魚肉翻來翻去，我在他的酒杯中倒了酒，一面說：

其實我也是要找一個暫時棲身的地方，才來找林大哥，熟練了以後，我也要換更好的工作。

在這裡永遠也不會有發展，乾脆到工業區去做電子方面的車床好了，吳大哥至少也是高中出來的，只要花一年就可以變成熟練工人了。

朴跟我從酒館出來，上了小丘，山坡上有用水泥磚蓋成的一字形房子，棟棟相連，就像火車一樣，一長條牆上有著許多同樣的窗戶，有的還開著燈。石綿瓦屋頂上面也能看到天花板，朴先進了房子入口之後，一面用下巴對我示意說：

進來吧，這裡是大田發車的零點五十分列車。

一打開木板門，首先聽到的是水龍頭吵鬧的水聲，門前面有公共水管跟水溝，空出了一個房間大的空間，剛好夠給婦女們洗衣或做飯，一個婦人在洗夜壺，另一個舀起一瓢瓢的熱水澆在沒穿上衣、半趴著的男人背上，朴好像跟他們很熟似的。

六號的大叔回來啦？今天特別早。

半趴的男人轉頭仰望朴回應著。

身體不舒服今天早回來。

是啊，雖然這樣日薪比較高，但是四天不能睡覺，這算什麼？

他的老婆在旁邊訴苦，兩旁房間的中間夾著只能容一個人過的狹窄走道，兩邊貞的都是一樣的拉門，果然很像蜂窩，在走道的天花板上，有兩個快壞掉的燈泡和一組兩根暗暗的日光燈，房間前面竟連一隻鞋子都沒有，朴拉開了走道內側的拉門，摸索打開了日光燈。房門上掛著一個木塊寫著「16」，我脫下了鞋子，跨過了門檻，他把鞋子放在門上方的擱板上，腳臭味跟酸掉泡菜的味道充滿了房間。腳下好像有燒煤球的炕，所以也聞到煤氣味。我進了房間，傳來了其他房間男女吵架聲、老人咳嗽聲以及小孩的大哭聲。他把都是灰的棉被跟毯子用腳踢起來，給了我一塊可以坐的空間。

請坐，我們都是這樣過日子的。朴諷刺地說：

裡面有一面鏡子，牆上掛著放菜、碗盤、盥洗用具的塑膠架子，房間中央橫掛著一條曬衣繩，上面有內衣、襪子等等。他收下一塊毯子，鋪在門前的地方。

從今天開始，這就是吳大哥你睡的位子，明天去工廠跟林老闆借一條毯子。

我坐下往上一瞧，天花板上開了一個洞當作天窗，因爲牆上的窗戶太小了，即使開著也沒風進來，通風不良，朴神態自若地把衣服一一脫下，打開了枕邊書桌上的電晶體收音機，正在播放的是什麼星星照耀夜晚的深夜音樂節目。

這裡住了幾個人？

我一問，他就點頭開始算。

別算了……總共有十六間房間，每間少則兩三人，多則四五人，所以大約有五十個。

他們都去上班嗎？

大概吧，也有工人，剛才洗澡的大叔是備用司機。備用司機有三個，也有做苦工的，也有做攤販的，在這邊忍受幾年之後，就會搬去其他地方租房子，留在家裡的主婦也不會沒事做，至少也會做做串珠子、貼信封之類的家庭代工。

他只穿著內褲，脖子上圍著毛巾、咬著牙刷走上了走道，一面問我：

你不洗嗎？身上有木屑會癢……

我剛去過澡堂了。

他出去之後，我長長地吁了一口氣，仰天躺在毯子上，收音機傳來藍調風味的、有點像哭聲的歌聲。「枯葉一片、兩片掉落的往昔秋日，說要回來的他毫無音訊。虛空的心中再次飄零著落葉，雁兒飛著哀鳴……」。

朴大聲地打呼熟睡著，雜亂的走道上毫無人跡，巷子外面男子發酒瘋的喊聲也消失了，四周靜了下來，我看著灰白的天花板，一直睡不著，蜂窩的生活比以前住的貧民窟還要差，住在這裡的人都是賺一天錢吃一天飯的，我之前的幾年以活動家的身分遊走於漢城郊區，對於這種生活比別人熟悉，突然強烈的無力感向我襲來。東愚找到地方躲了吧，我們這些毛頭小子靠著單純的熱情能改變這社會多少呢？

第二天早上七點，朴準時地起床，把我叫醒，我跟著他到水管間，那裡早就已經一片亂烘烘了，幾乎蜂窩裡所有人都擠在裡面，朴兩手拿著紅色塑膠桶跟小塑膠臉盆衝進了水管間。

喂，大家都很忙啊，排隊，排隊！

讓我用一下就好了，不要擠！

喂！噴到我了！

尿壺拿遠一點洗行不行？你一定要在這麼多人的時候洗嗎？

裝好水就閃一邊去！

這種嘀咕聲不斷地持續，到了屋子外面，人們都穿著內衣在屋子之間的小巷子刷牙洗臉，一片亂哄哄。地上水排不出去，變成一片泥潭。我也照朴的做法刷了牙，從桶子裡舀點水隨便洗了洗臉，在離屋子一段距離的地方，兩間廁所前面大排長龍，也是不斷有摩擦跟抱怨，朴瞄了一眼對我說：

如果不急的話，絕對不要在這裡上廁所，去工廠再慢慢上。

我雖然有點想上大號，但是聽了只好作罷，這裡的惡夢雖然後來在日據時代的拘留所又再次經歷到，但是痛苦差不多十天之後就會開始習慣了，到了最後，在油漆筒中發出髒東西臭味的地方，也能泰然自若地吃東西了，雖然有幾分鐘會覺得很煩，但是在艱難環境中生存的人總是會維持他們的毅力。

我開始了在工廠的工作，早上到了工廠，林老闆會到各工作台去告訴他們那一天的工作量，包括林老闆只有六個員工，加上我變七個，當中算是有技術的人只有林老闆、朴兄跟姓南的大叔，另外三個是年紀比我還小的見習工，工作的機械有三台電鋸、鉋子、磨光機、鉆床，還有大型的圓形鋸刃機台，鋸厚板、合板、木棒的刀刃不盡相同，切直線跟曲線的刀刃也都各有不同，我成了朴兄的助手。我聽了林老闆的工作指示，一開始先按照規格做樣品，他把樣品拿給我看。

今天吳兄的工作就是切這個棒子一千五百根，每個小時至少也要切一百五十根交給我。

那個樣本差不多有一手掌長，越下面越尖。

這是什麼？

電視機的腳。

他教了我鋸刃的使用法。

踩住底下的踏板，刀刃就會上來，再踩一下就又會下去。看到工作台底下了嗎？用手指摸摸看。按這個刀刃就會開始轉，試一次看看，看到這裡的刻度了嗎？要用這個來對規格。

我照他講的慢慢複習之後，正式開始工作，我按照規格切下來之後，他拿去用線鋸把它修成斜的。差不多三十分鐘之後，我就對這個工作很熟悉了，天氣雖然有點涼，但是所有人都脫了上衣，穿著短袖內衣，這是讓手腕沒有障礙，雖然大家都戴安全帽、口罩，但是沒戴手套，因爲手指感覺鈍化的話很危險。大塊木頭切細是南大叔用圓形刀刃做的，其他人負責切收音機後面的合板或是在箱子前面挖音量鈕的洞或做裝飾，做電視機框架的木腳也不簡單，做成像角一樣的東西之後，接下來由朴兄一手包辦，把它削得圓滑，並且在上面打洞。最後一組抹上接著劑、貼上橡膠墊。

午餐時間林老闆回家吃，其他工人在一起煮東西吃，而南大叔一定會帶便當，進廁所的通路旁邊有一個舊碗櫃，裡面有鍋子跟碗，他們有的人去做飯，其他人則是到工廠前面抽煙，或是聊天、圍成一圈打排球。

菜只有將各種東西全部丟到鍋裡燉的湯以及市場買的泡菜，在蓋著一層木屑的工作台上鋪上報紙，大家以燉鍋爲中心圍起來，站著一邊流汗一邊吃飯，我眞的很喜歡工廠的生活，沒有什麼雜念。我也越來越投入工作。用朴兄的話說，一般見習工至少也要六個月才能有一定的水準，可是進展像我一樣快的話，只要三個月大概就夠了。

兩個禮拜後，應該向阿健做安全回報了，我打電話過去，是惠順接的。

喂？請問是哪一位？

我故意嘟嘴，用低沉的聲音說：

我是金傳宇。

你是金……傳宇？

惠順沒聽出來是我，有些懷疑地沉默了一會，然後我聽到她叫阿健接電話。

喂，找我嗎？

我啦，金傳宇啦。

傳宇哥？你沒事吧？

嗯，我過得很好。

不辛苦嗎？

我決定要問東愚的情況。

那個仁川的還好嗎？

阿健馬上就聽出我在問什麼。

不錯啊，仁川大哥的名字叫做韓一君，你爲什麼讓我們這麼著急？一個禮拜至少也要聯絡一次才行。

等一下，逸君要你去你們分開的地方看一下。

對不起，我忙著賺錢餬口，那就這樣了……

什麼時候？

下禮拜一的時候請你跟我聯絡。

我打算在回家的路上順道去市場，朴兄跟林老闆送貨去工業區了，可能會晚點回來。他們在下班之前坐著卡車去了，我因爲要幫朴兄準備晚餐，所以一再要他早點回來，朴也不會忘記的，今天是他的生日，我從幾天前開始就把他在月曆上用紅筆圈的圓圈放在心中。

這個時間市場都是剛下班的小姐或太太，擠到摩肩接踵的地步，我買了三斤五花肉，蔥、蒜、辣椒、用來包肉的菜葉，要做燉味噌湯用的豆腐一塊、還有馬鈴薯，裝在塑膠袋裡兩手提著，出了市場到鬧區的西點麵包店，買了一個最便宜裝飾得不很華麗的生日蛋糕，又拿了三十一歲的蠟燭。

今天的生日宴會不是在我們房裡進行，而是在明順家，我前一個禮拜第一次跟朴兄去那裡，這次是第二次。幾天之前的星期日，朴兄跟我、明順、順玉四個人一起到了永登浦劇場去看電影，又一起吃晚飯。順玉是大田的女孩子，身體瘦瘦乾乾的，身高算是高的，乍看之下跟瘦長的朴好像是兄妹一樣，穿著褲子的背影看來不像是鄉下村姑，但是跟明順很不一樣，她的話很少，算是比較悶的那一型，還有一個叫做慶子的女孩子跟她們一起住，臉圓圓的、眼睛細細的，身材胖胖的。第一次見面打招呼的時候，她整個臉都紅了，耳邊好像開了花一樣。她們三個裡頭個性最積極活潑的就是明順了。

在蜂窩房林立的小丘往上走，更高的地方有十五坪、頂多二十坪的水泥磚造建築物，緊緊地貼在狹小的巷道之間。屋頂是石綿瓦的，門是木板的，但是每個房間都有廚房、廁所、可以洗衣服的水管間，還有院子。這區域住的人雖然窮，但比起蜂窩房來已經算是人住的了，我推開木板門進去，明順她們正在廚房裡，從裡面飄出了油味，我探頭進去看，一面說：

妳們在做什麼？

請進。

像結過婚的主婦穿著越南圍裙、頭上綁著毛巾的明順正把平底鍋放在石油暖爐上煎東西，順玉接過了我帶來的塑膠袋，我把蛋糕拿進房間。

那是什麼？

生日蛋糕。

明順不但沒感動，還冷冷地說：

我們的朴先生不喜歡甜的東西……

生日嘛！不然朴先生到底喜歡什麼呢？

明順好像有點不悅地皺了眉頭。

醒著就整天想喝酒，而且還是最烈的燒酒。

眞是，居然忘了買酒！

沒關係，他自己會買的，而且這裡還有兩瓶。

我進了她房間坐下，兩個女孩子還在繼續準備食物。

另外一個人去哪了？

順玉說：

慶子去上班還沒回來，她說今天要加班。

桌上放滿了食物，打開蛋糕擺在中間，插好蠟燭，滿像豪華的生日宴會。

我好擔心，爲什麼還沒來呢？

明順把手臂交叉在胸前，坐在飯桌旁喃喃自語，她正要點煙，就聽到口哨聲跟腳步聲，朴走進了大門。

啊，對不起，大家等很久吧？

湯都冷了。我們本來想要全吃光的，可是……沒有酒。

即使明順冷冷地說，朴還是興高采烈，提起了手上的袋子給我們看。

鏘鏘！我買了四瓶回來。

你這個人眞是冤家。

朴兄坐這邊，趕快開始吧。

哈哈，我長出頭髮之後，這還是第一次吃生日蛋糕，有點怪怪的。

我們圍著桌子坐下。我把蠟燭點上了火，明順站起來的時候，周圍被裙子掀起了一陣風。

等一下等一下，要先製造氣氛才行。

她關上日光燈，房中只剩下燭光，朴安靜下來，喃喃說出一句話。

太棒了……

朴兄吹蠟燭吧！

朴呆呆地看著燭火，明順開始催了。

幹嘛？快點吹啦！

他呼地把蠟燭吹熄，房內一片黑暗。我們拍手，但是沒唱生日快樂歌，好像大家隨著各自的思緒跑到別的地方去，順玉在黑暗中說：

沒有燈，好像到了鄉下。

明順也說了：

嗯，我也想起了弟妹們。

我什麼話也沒說，朴深深地呼了一口氣。

又多了一歲。

他好像把自己的想法都傾吐了出來一樣，接著又說：

快開燈吧！來喝酒。

明順切開蛋糕，我們馬上開始倒酒，醉氣一上來，四個人開始輪流唱歌，到了後來一面用筷子敲桌子一面合唱著。明順開始大哭，順玉也跟著流下淚，朴把酒杯啪地一聲放在桌上發火，我則是睡倒在桌角。清晨起來一看，棉被的角上有化妝品味道，旁邊有一個女人鋪著我的褥子睡，我一翻身，順玉就被驚醒，用還沒睡醒的聲音說：

他們兩個到下面屋子去了。

啊，是……

我頭很痛，有點反胃，雖然想喝點冷水，但還是繼續忍耐，然後又睡著了。從那時開始，朴就常常開玩笑說我跟順玉是夫妻，我如果抗議說我們之間沒什麼，反而尷尬，所以我只有對他傻笑，朴也常常作弄順玉。

妳怎麼可以這樣對妳的丈夫？

第二個禮拜，我按照約定打了電話過去，得到了跟韓一君的約定時間。工廠的事情做完，晚飯也沒吃就跑到那座教堂去了，從安養搭巴士過漢江到漢城的北方，差不多要一個半小時。我在鍾路換搭公車，在離教堂一站的地方下了車，爲了看出有沒有被情治人員跟上，我斑馬線過了兩次，在可以遠遠看到教堂的地方，我買了一份報紙，站在走道上觀察教堂入口五分鐘左右，然後過馬路進去，我們因爲沒有以前那種組織報告，所以不得不互相注意。慢慢走向後院，黑暗中看到了我們坐過的長椅，我走到了最後面的長椅，面向前坐著，躲在牆壁旁邊陰影下面的東愚很快地走了過來，坐在我身邊。

剛到嗎？

我說，他只點了點頭。

過得好嗎？

嗯，還過得去，你呢？

過得很有趣。

東愚說：

上一次日本的錫俊託人帶消息來，有幾本書，還有信。

他說什麼？

他說有好事情，他說遇到了幾個新的人。

新的人是……

他只寫這樣，我怎麼知道？大概是什麼僑胞吧。

書又是什麼？

嗯，你讀讀看，我們要強化組織的學習。

東愚把裝了書的紙袋遞給了我。

現在全體集合還有些危險……

先從通訊聯絡開始，以阿健的工廠爲中心，發信給各組就可以了。

誰負責製作？

第一個月我來，下個月你負責，過了年終到明年，這些人要組成新政府。

崔東愚說完話就起身。

走吧，那裡有人過來了。

我往後轉身一看，我不知道是誰，但是教堂牆壁的影子下好像有人影正在走來，我們往相反的方向走出了教堂，一出去就走上大路，那是我下公車走過的那條路，我站在許多行人經過的步道上向後看，那個人已經不見了。東愚對我耳語：

要小心不要被跟蹤，先過馬路吧。

我們到了斑馬線附近，在等紅綠燈的期間望著商店的櫥窗，綠燈一亮，我們透過櫥窗的反射看見了，就混在人群裡過了馬路，一過去就走向幾步之外的巷子，我們兩個不約而同地進了巷子。一進了巷子，我們就開始跑，後面傳來了有人追來的腳步聲，巷子內是一片黑暗，看不清楚，大約有兩三個人，路分叉成兩條，我們跑進了比較短，可以看見其他道路的那一邊。

往那裡！

東愚一面跑一面低聲對我叫：

我們一出了巷子，就過馬路！

我緊跟在他後面，我們不斷往燈火通明的鬧區跑，東愚跟我跑上了車子飛奔的馬路，汽車按著喇叭閃躲我們，一片混亂，我們一前一後過了馬路，再找其他的路，猶豫的我發現了角落的一間茶店。那是很舊的兩層日式建築，我一上了樓梯，東愚也毫不遲疑地跟了上來，茶店很寬敞，可是只有兩桌客人，我們先走近窗邊拉下窗簾的位子，找好退路，就在可以看到下面情況的窗邊坐下了，即使在十一月的寒冷天氣中，我的脖子跟胸部也滿是汗水，我們喘著氣，一點也沒有放鬆，注視著底下的道路，服務生打了個哈欠走過來。

請問你們要點什麼？

嗯，兩杯咖啡。

東愚伸出兩根手指，又轉頭過去看窗戶。

分明有人跟蹤我們。

對啊，他們跟著我們到巷子裡。我想我們一過馬路，他們就急急忙忙追進巷子裡來。

不……他們不只是要跟蹤，是直接要逮捕我們。

難怪，一個人到教堂裡去，想確認我們的位置，好險我們先看到。

其他傢伙一定在路上等，有幾個人呢？

東愚在想事情的時候，常會把頭上下搖來晃去。

兩個，還是三個？不會是漢城的老兄，如果他們在南山發現我們的話，應該早就佈下層層包圍網了。到底是從哪裡開始被跟蹤的？

不是你就是我嘍。

嗯，是我們身邊有人去告的，「有人很可疑，搞不好是間諜。」「請你去查查看。」所以就跟上來了，「他進了黑暗的教堂跟人見面。」鄉下那些傢伙很快就看出我們很可疑。

東愚的話脈絡已經很清楚了，所以我下了結論。

解答很簡單，你跟我都要換地方躲。

也只有這個辦法了，啊，我們會很辛苦的。

我的行李只有內衣跟盥洗用具，拍拍屁股就可以走了。

我把勞工朋友打發走，去住個幾天，如果沒事的話再回來。他們如果要逮捕我們，今晚一定會來，你是他們的話，心一定怦怦跳，還熬得過今晚嗎？

聽到他自信滿滿的話，我想了一下。

用這種方式自然一定會被逮捕的，再怎麼樣也好像是因爲我的關係，有些地方怪怪的。

我們把過甜的咖啡一口喝掉。東愚起身之前，跟我把紙袋要了回去。

還是我帶回去好了。

爲什麼？那是什麼書？

東愚猶豫了一下，然後微微地笑著回答：

打破禁忌反而有活路，這是另一邊的書。

什麼，資本論嗎？那個我以前就看過了。

不是外國書，那邊的……

東愚伸出手指放在頭上面，他把紙袋夾在腋下起身。

我先走了，明天中午以前跟阿健聯絡，我也會聯絡。

我呆呆地坐著想「那邊」的意思。那是讓口乾舌燥的焦躁感傳到全身的最後警戒線，但是又很令人好奇。我們民族的半數在全然不同的世界中保有他們獨特的生命力。他們在說什麼、想什麼、正在往哪個方向走呢？東愚離開二十分鐘後，我也從那個原來是日本人屋子的房子下來了，我盡可能遠離我們來的路，然後坐上了巴士。

我沒有在安養蜂窩屋的附近下車，而是在離兩站的鬧區處下了車，那時已經是深夜了。我往山村走，往通向村子之山丘後面走。我回來想確認一件事，這件事是我未來潛逃的過程中絕對首要的任務。我搭巴士來的時候就決定要去找順玉了，我不走從大路通向山村的入口，而是從反面爬上小丘，再往下走一段路，就看見了許多的磚房，狹窄的巷道兩邊佈滿了箱子般的房屋。我先到了明順、順玉家的前面，靠在牆上聽裡面的動靜，只聽到電晶體收音機發出的微弱聲音，因爲沒有講話聲，應該是只有一個人在聽收音機。我進了大門，悄悄地推推看廚房門，廚房門是從裡面鎖起來的，我等了一會，然後輕輕地敲了門，由於沒有反應，我又更重地敲了敲。

請問是哪一位？

好險是順玉的聲音。

我是小吳。

她喔了一聲，然後要我等一下，裡頭有人聲，接著廚房燈開了，我馬上走進去，順玉在運動服外面穿上一件毛背心，剛才大概是在換衣服。我硬是跨過門檻進了房間，然後對搞不清狀況、一臉緊張、縮著站在廚房裡的順玉說：

把廚房燈關掉進房間裡來，我有話要跟妳說。

我坐在地板上，順玉也進來，在裡面鋪好的地方端正地坐下。我像一般男人一樣，先看著天花板抽一根煙，等待片刻。

我其實是被通緝，在躲避當局追捕的人，但是我並沒有做什麼壞事，我大學都畢業了。我從在學校的時候，怎麼講呢？……就是搞學生運動的。

什麼運動呢？

就是大家說的示威份子。

啊，示威……

順玉點了點頭，從她的表情可知她已經理解了。

很多朋友跟我一樣，如果一個被抓，全部都會被連累，所以不是我一個人的問題，朴兄沒有說什麼嗎？明順去哪裡了，還有慶子呢？

慶子最近上夜班，明順大概跟朴哥去吃飯了，應該是在坡下那家酒館。

可能有刑警之類的人物一路跟了我到漢城，朴兄沒說過什麼話嗎？

順玉想了一下，然後說：

朴哥說什麼我不知道，但是昨天明順這麼說，吳先生再怎麼看也不像做苦工的人，不管看口氣或容貌，都不該是住在這個地方的人，其實我也這樣想。我們縫製工廠中曾經有這樣的事，一個女大學生在這裡工作，後來被抓走了。

胸中鬱積，想一吐為快，啊，我還是差了很多，身上擺脫不掉知識份子的氣味，我低下頭，熱淚盈眶。我不想讓她看到，低頭不語。順玉問：

你為什麼要做那種事呢？其他人想唸書，因為沒錢連國小都畢不了業，就來漢城做工了。

那你們的父母親、順玉妳、還有朋友們那麼努力工作，為什麼生活還是這個樣子？

那是因爲……窮吧。

爲什麼窮呢？

因爲一開始就什麼都沒有。

這麼努力工作，不是至少應該能存下一筆錢來嗎？

那是因爲沒有上學，沒辦法到好的地方工作。

就算沒有上過學，什麼也沒有，如果努力的話，就可以過好日子，這樣的社會不好嗎？

順玉好像被說得接不上口，沉默了下來。

我跟我的朋友都是期望這種社會。

順玉沒力氣地搖了搖頭。

我不懂，那個……太難了。

我也決定不要再讓她爲難，所以轉移了話題。

我今天能不能在這裡待到宵禁解除？

順玉點了點頭。

慶子明天早上才會回來，明順大概到朴先生、吳先生的房間去睡了。

謝謝，可是我還有一件事要拜託妳，等一下十二點左右能不能下去幫我叫朴兄上來？

叫到這裡來？

不是，叫到上面有單槓的那塊空地。

好，你沒事吧？

她很擔心地問，我不斷想著從教堂附近開始到坐公車回來的狀況，他們會選擇我，我相信他們也不會背叛我，我算是爲了檢驗自己而來的。順玉起身了。

還沒吃過晚飯吧！

沒關係啦。

我們買了很多泡麵放著當宵夜，我煮一煮，馬上就好。

順玉點起了石油爐，黑煙的氣味充滿了整個房間。我打開窗戶，往外一看，看到半月掛在天空。

在宵禁開始的十二點，我請順玉下去叫人，自己到小丘上方有岩石的空地去。住在山村的人們即使平常很忙，但早上還是會來這裡做做體操、大喊幾聲，等於是體育場一樣，只是這裡有一個缺點，就是連一棵樹都沒有，只有雜草跟煤灰堆，看來有一點淒涼。我沒有站在空地的中間，而是靠著朴要來的地方對面的牆角等他。

黑黑的人影出現在巷道中，腳步有些不穩，大概是醉了，他四周望了一會兒，就走上岩石坐著。這個人穿著運動褲，上半身則是他在工廠裡穿的空軍野戰夾克，所以我很確定是朴。我清楚地聽見他嘀咕說：「好冷！」我爲了確定他沒被人跟上，等了五分鐘，很明顯只有他一個人，我離開牆角，走到空地中間。

吳大哥？

嗯，是我。

我不給他一點時間，單刀直入地說了：

你爲什麼要陷害一起住的人？

他沒有回答，低著頭呼了一口氣，我繼續逼問他。

其實我騙了朴兄，很對不起，你雖然無法理解，但是我爲了民主化運動東奔西走，現在正在躲藏，坦白說就是通緝犯，你覺得我是間諜，所以去告狀的嗎？

朴抬起頭來。

我沒有那樣做，也不覺得你是間諜。

他說完聲音就變得很低並且沒力氣。

我只是在坡下酒館裡頭跟別人併桌的時候，喝了酒就把你的事說出來了，因爲醉了，我也不太記得到底說了些什麼。

那是什麼時候？

前天下班以後。

你好好想一想到底說了什麼？

嗯……沒什麼，我只是說這個世界很骯髒，講實話的人都會被抓走，我的朋友雖然在這裡當木工助手，可是他肯定是讀過書的人。

我抓住了他的肩膀。

別說了，朴兄……是我的錯。

今天你出去的時候，差不多九點鐘有四個刑警來了，他們把房間全部搜了一遍，你的東西都被帶走了。我被他們帶去派出所調查。

你講了我的事嗎？

我怎麼會沒事幹去告密呢？我說跟你是在酒館認識的，你說要去工業區上班，想找房子，爲了節省生活費，叫你每天出兩百塊一起住，我不知道你是怎樣的人，就這樣子。

他們會就這樣放過你嗎？

蜂窩屋裡頭這樣一起住的人多得不得了，他們說要我協助，他們說如果你今天或明天一回來，要我馬上跟守望相助員聯絡。

我突然湧出了淚水，我的臉抬高轉向天空，淚水自然滑落到面頰下。我舉起袖子，擦了臉，又擦了下巴。

朴兄，我有一件事要拜託你。我不會再出現在這裡了，請你不要讓林老闆受到傷害。也請你一直堅持講原來的話就好了，我已經跟順玉講過了，也請你叫明順不要講太多。

我答應你，眞對不起，我酒後說漏嘴了，這種地方的人本來就很會告狀。

走吧，我到宵禁解除之前會待在順玉那裡，如果朴兄能在一起，我就放心了。

那就走吧。要不要一起喝一杯離別酒？

不了……不能再喝酒了。

吳大哥，請你諒解。最近如果檢舉破壞國家安定份子，可以得到米的配給。

給多少？

差不多三斗。

我的眼眶熱了起來。

眞好，三斗可以養一家子了。

我雖然如此嘀咕，但是無力感仍然沒有消失。朴跟我再次回到順玉的房間，她連廚房的燈都關了，本來攤開的被褥也疊得好好的在等我們，朴想要跟著我進去，我就擋住了門檻跟他說：

在這裡分手吧，宵禁一結束我就走。

沒關係啊。

我的手向朴伸了出去。

回你房間去，因爲蜂窩屋那裡也許有人在觀察。

朴無可奈何地抓住了我的手。

一路順風，我眞對不起你。

我們握了手。朴推開廚房門消失了，我在跟順玉有一段距離的房門前像倒下一樣坐了下來。順玉沉默了好一陣子，終於把枕頭拿給我，一面說：

到四點還很久，請你躺在那裡閉目養神一下。

躺下去就起不來了，乾脆坐著等比較好。

順玉又把枕頭放到棉被上了。

朴哥哥說請你原諒，住在這裡的人都是賺一天活一天的。

我只點頭，沒說話。我所確認、想要相信的階級並不是教科書上寫的階級，我很想要相信跟我一起打呼睡覺、一起感恩地吃著廉價食物、互相說醉話的、一起歡笑的朋友不會背叛我。

我沒跟順玉說很長的話，她一直講鄉下老家的事。她說起那兩三千坪的旱田、說起肚子裡充滿瓦斯鼓漲而死的黃牛、說起讓人負債累累的塑膠草莓溫室、說起自己在鎮上美容院當助手的幾個月；她又說存了一筆錢之後，也有了縫製的技術，要去大田郊區開一間招牌很漂亮的洋裝店，因爲弟妹，所以她必須很晚才結婚。

然後解除宵禁的警報響了，我算好了從總站出發的第一班車，又等了三十分鐘。

我該走了。

我一起身，順玉就穿上膠鞋跟了過來。

我想自己走……

我想要看著你沒事地坐車離開，然後跟朴哥哥和明順說。

我想這話是對的。已經是初冬了，早晨的空氣很涼，寒氣圍繞了脖子周圍。我們走上小丘反面的路，然後又開始往下走，偶爾有裝垃圾的手拉車經過，男人在前面彎著腰拉車，後面是穿著寬鬆褲子的婦人低著頭推，順玉跟我走上了大路，遠處在終點站附近的公車開始發動，傳來了吵雜的引擎聲。

我爲了過馬路，在紅綠燈前面停了下來，回頭看順玉。

回去吧。

順玉突然停了下來，用鞋尖踏著走道，低下了頭。

你……有車錢嗎？

我笑了笑，拍了拍胸脯。

放心，我錢很多，那就這樣……

哈，可是要過馬路之前，順玉靠到我身後用稍大的聲音急速地說：

如果辛苦的話，就自首吧！

我佯裝沒聽到，跑過了馬路。我向開始動的公車舉起手，很快地上去了，裡面一個乘客也沒有，我坐下之後往外一瞄，看到了她站在角落的紅色毛衣，然後車一右轉，她就消失了。

後來進了監獄，我很長一段時間中還是記得他們。事實上，我對於在漢城逃亡的那些危險瞬間根本不願意再想起，對我而言，野尖山幾個月的夢幻就是全部了，只是地獄般的蜂窩屋中那一個月的生活還是深深留在腦中，雖然像地獄，但是我確認了對在那裡遇到的年輕勞工之信賴，這在我多年的監獄生活中成爲讓我不放棄的重要力量。他們後來怎麼樣了呢？強悍的明順跟喜歡開玩笑、人很好的朴達成租房子的願望結婚了嗎？順玉達成開洋裝店的願望，讓弟妹讀書，之後結婚生子了嗎？學生時代在夜間學校遇到的那些常常害怕、餓著肚子的女工應該都當媽媽了吧？

追捕網越來越緊密，崔東愚跟我無法見面了，組織想要就近管理我的計畫也不得不放棄。阿健跟我通告了這個事實，我也只能乖乖地接受了，我只能從阿健偶爾間接轉過來的信跟他們聯絡，我在大學附近中產階級層住的社區租了個房子住到年底。

下初雪的那一天傍晚，我經過擠滿高中女生的禮品店，突然有了一個念頭，於是去買了幾張卡片。想起了小時候，所以我又到了西點麵包店，買了奶油麵包跟菠蘿麵包、一杯牛奶，在每張卡片上寫了幾個芝麻般的小字。

媽，已經到了下雪的年終了，我沒什麼事，過得很好，請不要擔心。不管誰來找妳，跟妳說什麼都請不要動搖，我堅定地相信媽媽瞭解我在做什麼。我看了某部文學作品，有一個孩子他的情況跟我差不多，但是他的媽媽也去發傳單，被抓了。她說：

我不懂政治，所以我阻止我兒子做這些事。但是他卻不聽話，我清楚知道他有多愛自己，我認爲因爲有某種東西比我們之間的愛更重要，所以他才會不聽話，因此我決定要做他所做的事情。

朴兄，我很想知道大家過得好不好，那時候急著離開，眞是對不起。你房間的月曆上寫著「就算世界會騙我，也不要害怕或生氣……」現在大概已經被撕掉了，但是希望你把這句子再寫上去，希望你永遠健康，請你幫我跟明順還有林老闆問好。

順玉還有明順、慶子你們都還好吧，不管在世界哪一個角落生活，都是辛苦的，但是仔細回想，其實也有快樂的日子，好不容易來到了今天，世界上只有動手勞做的勞工最偉大也最美麗。

十一

即使我曾在黑暗之中摸索過他的肌膚、毛髮與所有骨骼的輪廓，他腋下發散出那熟悉的氣味、突出的喉結、修過臉的下巴粗糙感觸、以及隱私的身體部位，都讓我記不清楚了。晨曦稀微之中，我在他的臂彎裡醒來，我習慣地要再摸摸他確定他的存在，和他共寢已經是日常生活了。依據那個連夢都要解析的陰鬱科學家說法：晨曦那一刹那是被壓抑個體覺醒的瞬間。我們面前容納不了橫跨著不透明又充滿了邪惡的時代。它，就像超現實主義圖畫的背景，籠罩著我們兩人背後，而正面只有我們兩人的清楚輪廓。我腦海中要把那背景用黑色水彩塗抹掉，還有我們不會有小孩的。我把我所有的感情傾注在他的身上，又造就了另一個我，成了我熟悉的印象，我們是彼此相屬的。眞的嗎？我們可能永遠被世界放逐嗎？我們兩個人藏起來又留下來。

春天眞可以說是短暫地走了。我和他認識了三個月才彼此熟悉的。一般人不是說，小孩出生一百天可以獲得生命，禱告一百天可以感動天？我們創造了我們獨特的世界。就像熱帶地方小木屋中鋪著白棉布的床。我們的世界，跟世俗已不相往來。他和我眞的什麼都不想，什麼都不做，只是懶懶地並肩躺著偷閒，要不然就是到院子裡看小蟲，氣喘吁吁地爬上屋後的小山。我們已成一體在彼此的附近徘徊，偶爾視線相交，也會改變姿勢，或舉手或轉頭，或用大拇指尖往面頰搔癢。

只是回顧過往，所愛的人的日常生活永遠都是新的出發。不管是出生、相遇、厭煩、諒解、死亡、怨恨、憤怒、懷念、無聊，這所有的東西都像是梅雨季接連而來的雲朵一樣依次地掠過。像紀錄片中含苞待放、開出花瓣、錦繡燦爛、垂頭凋謝、枯萎掉落的慢動作似的情景。然後片子又被倒轉還原。所有的出發點在每一個瞬間都栩栩如生。我常常會像世紀末許多的畫作表現的動盪不安；是離別又是新的出發，我總覺得，他會從我身上把自己攫走。

但是我必須一直待在這個山谷裡。一年，兩年？還是明天、後天、大後天？可是怎樣待下去？生下兒女，就可以和睦地過下去嗎？他應該要永遠從自身上蒸發。跟他之間的關係所給予我們的緊張而生動的感覺，是由於我們在抵抗巨大的力量並且正在避難中。我們如果脫離這樣的避難處，我們還能用最初的愛來相愛嗎？以赤手空拳踏進世界。

你說你很喜歡屬於我們的山。那並不是什麼高山，而是就在我們家附近、或是在平原上突然聳起綿延的小山。有一天早上吃完早飯，你突然對我說：

韓允姬，今天不要去學校。

不去的話會被開除。上次不是也翹過課了？

我一說，你就很像小孩子一樣嘟起嘴放下了筷子。

那好，我如果不去上班，要幹什麼？

我們帶壽司去爬山。壽司我來捲。

我啼笑皆非地張嘴大笑，說：

這誘惑太大了。乾脆我遞辭呈好了。

那什麼爛學校，爲什麼不失火？

唉唷，原來嚷著要當詩人的人希望學校失火？

你會像平常一樣趁著這個機會固執地辯解：

如果學校不見了，難道沒有其他教育的方法嗎？

你看，我雖然還是菜鳥，卻也當上了老師。

我們將砧板放在地板上，用剩飯做壽司。你說放進各種材料去捲起來、切得漂漂亮亮的壽司不好吃，所以堅持要用自己的方法做。你在海苔上鋪上長長一條飯，用撕成小片的泡菜排在上面，泡菜之間再放炒過的小魚乾進去。然後就把它捲得長長的。

手掌握住從上面咬一大口下去，有多好吃啊！

這一種壽司是你小時候的戰爭期間或是戰後我這一代，經驗過艱困生活的人去郊遊的時候吃的。包在報紙裡面的壽司還微微發出油墨的氣味。海苔像樹皮一樣黏在上面。裡面大部分是包乾麥飯，每咬一口如果不喝水的話，喉嚨就會因爲飯太粗糙而呑不下去。我拗不過你，但是因爲社會物質的進步，改用塑膠紙來包了，也抹了很多麻油。

我們只帶著放便當盒跟水壺的背包，就上了屋後小山。我好像寫過，你離開之後我也爬過好幾次山。幾個月就會去一次。山頂又連到另一條稜線，往右邊走有一座眞的被遺忘的孤獨墳墓，左轉往下走一段路，再往上爬，就出現了另一邊稜線的最高處。我們淌著汗，氣喘吁吁地撥開荊棘往上爬。一個小時之後到達了山頂，就看見了以前搭巴士進來錯過的山谷對面。對面可以看見遠山的綠色陰影，也能看到經過野尖山的入口流到鎮裡面的小溪上游。

賢宇，我們在這裡休息一下然後吃午餐吧。

就在這裡嗎？左邊上去還有更高的地方。

不是，我們家的後山頂就是這裡。我們已經到了目的地了。

我一面說，一面想坐在草地上。結果你抓住了我的手腕粗魯地把我拉起來。

目的地在哪裡？這裡什麼也看不到啊。

你抓著我的手，跑下了稜線。

如果上去搞不好可以看見更棒的東西。妳是畫家，怎麼還這樣？

我們再次爬得死去活來，爬上了對面的稜線上。我在你後面歇息好一陣，再度搖搖晃晃地爬，這時聽到了你到達山頂的呼喊。

看那邊！那就是所謂的世界啊！

過了好一陣子，我也到了山頂。天際豁然開通到另一方的盡頭。我們看到了一望無際的原野，在小山丘上俯望繁花似錦的果園、背著山的村莊、以及翻過山頭的市中心，汽車像小蟲一樣在蠕動。

啊，眞涼快。

我坐在岩石上喃喃自語，你則只是一言不發地望著下頭。我從包包裡拿出水瓶來喝，然後一面遞給你一面說：

好餓哦。早上吃的全消化掉了。我們來吃壽司吧。

但是你連頭也不回，呆呆地看著遠方，然後突然問我：

今天是幾號？

五月二十七日，禮拜三。今天我有一年級的課三小時，二年級的課兩小時。

什麼意思？

我在說學校的美術課啦。現在我沒去，他們應該在自習吧。

一說完，你連看也不看我，就說：

就是去年的今天。道政府展開最後屠殺的日子……

那時你年輕的朋友們正從光州尚武台禁閉室被移送到監獄去，每一天都踹著鐵窗唱歌絕食。而死去的人都無法埋葬。那時候你幹嘛說這些話呢？爲了掃除你憂鬱的心情，我無意中說了一句：

我們今天祭拜吧。

嗯。今天傍晚……

其實當時我很不安。我感到你一直凝望著虛幻的對面世界。我們吃了壽司。眞的讓人想起小時候去郊遊的情景。你的心情好像變好了。

那天傍晚爲了祭拜，我到鎮上買了點水果、魚跟牛肉。還買了紅豆等等幾種糕。其實我們是用拜拜當藉口買了長久以來想吃的東西。我準備食物，你在房間裡擺祭桌。桌上點起蠟燭，沒有香，只是拿了一瓶酒，倒在銅碗的蓋子上，我跟你並肩跪著。說不出的感覺，你眞摯的沉默也讓人覺得氣氛僵硬。但是坦白說，我想讓你浮躁的情緒沉穩下來。我只是單純幫你逃亡而已，不是獵奇記小說中想要尋找刺激，讓你成爲我的俘虜。但是我不知道爲什麼會有這種挫折感。我攤開了你遞給我的紙條念著。開頭是維歲次某年某月某日，文章很長，現在想不起來了。但還記得最後一句是希望新世界到來。

抬頭一看，花開的江山從白頭山到漢拏山；只有一個，而你們過世前心中描繪的是怎樣的一個世界呢？

現在想想，對你而言那些傳單不管是在哪裡流傳，內容都是八股老套。但是胸中熱血沸騰。左傾就是向左傾斜吧！你跟你的朋友讀左傾的書思考學習，是從屠殺事件之後才開始的。它也不是我們的故鄉了。古典革命的世紀已經過去了。但是想法更新的話，世界會向前走，所以我從一開始就沒想過要攔阻你的選擇。

第二天我去學校上課回來，就像我所不安的一樣，你已經不在了。你之前是到山上去眺望偷看世界。這裡對你來說畢竟不是現實。緊靠著牆邊的小書桌上有你留下綁著緞帶的信。

我到外面去一陣子，我不會去漢城，只去光州然後就回來。我昨天上山，想起朋友們的臉龐，無法再忍受了，今天晚上是不可能回來了，妳不要太擔心，明天中午以前一定回來。

信上這麼寫，結果你星期四、星期五、星期六、星期天都沒回來。你知道那時我有多怨你嗎？我最害怕的事情，就是在完全沒有準備跟覺悟的狀況下跟你分開，你就這樣在某個陌生城市的街角上被抓走，你知道這樣的恐懼讓我在夢中被驚醒幾次？我一直認爲我們所盼望達成的世界、夢想的世界就是野尖山單調而平靜的日常生活。但是你透過讀書思考之後，想要達成的世界絕對不是單調而平靜的小村莊。你所想的是持續斷然而堅決的階級鬥爭以求平等，激盪著緊張氣氛的空間。革命的敵人正包圍著。請不要自己把我們的生活貶低爲自由主義者的空間。我所希望的只是這樣而已。不管在什麼體制之下，我們都擁有這樣一個簡陋的避難處。只要你在我身邊……

你上到山頂的時候，我因爲自閉而悶到心胸快要爆開了一樣。那些人拿著無人可擋的武器和暴力而興盛，死亡的年輕人被家人的哭聲繚繞，在淺淺的地下腐爛。必須要有武力，必須要有能控制武力的組織。這不知道要花多少歲月。但是他們跨出了第一步，那條路是南洙講過的上山頂的捷徑。也可能是奉漢講的生存下去、爭取民眾權力的遠路。東愚夢想的是民族內部的重新團結。所以五月是我跟非我訣別的岔路。

直到允姬上班的時候我還佯裝睡著，趴在褥子上等。允姬一出去，我馬上起來換衣服出去。我走到野尖山入口的巷子，坐上了到鎮上的巴士，然後在那裡轉搭上光州的巴士。我沒有坐到市中心，只坐到外圍郊區的平交道就下來了。天氣晴朗，陽光炙熱地照在地上。

首先我去找崔傳教士，去聽這一段期間光州的小道消息。我決定沿著鐵路走到林洞附近。我之前住過那附近，很熟悉那裡的小巷子，由於是老社區，房子的屋頂都破舊了，用漢城的標準看來算是貧民窟了。我看到了崔傳教士的兩層屋子，觀察了一下有沒有小店、公共電話亭等等別人可以窺伺這裡的地方，然後從屋子後面的鐵樓梯上去。樓梯上面有兩三坪大的陽台，透過窗戶可以看到房間裡面的狀況。對面的流理台上，他的新婚妻子正在做菜，他則是趴在地板上看書。我用手指敲了敲他背面的玻璃窗，他轉過頭來嚇得張大了嘴，馬上起身開窗。

這是誰啊！賢宇兄，你沒事吧。

你也還好吧。

我一進了房間，他太太馬上就把窗簾拉了起來。我跟他對坐，他的眼眶馬上紅了起來，舉起袖子來擦。

你是從漢城下來的嗎？

是啊。其他留下的人還好吧？

哪還有留下的人。不是被殺就是被抓、被炒魷魚了。遇到他們會覺得心中不安，所以連打招呼也沒辦法，一直在躲他們。

不安什麼？

活下來很齷齪，去漢城的光州朋友們都還好吧？

還好。

聽說很多人都被冠上間諜的罪名抓走了。

那就把我們趕到那邊去吧。我的身分是信耶穌的。

只要反對美國就是共黨份子。

他的太太把準備好的飯桌抬了進來。菜的綠色看來很新鮮。

爲了幫你補充體力，應該多準備些肉，可是只有菜。

沒關係，我在漢城每天吃肉。

崔跟他的老婆用激昂的語氣談起市區外北邊的山上發現了幾具屍體，然後清道夫用垃圾車載到公園預定地的水池丟棄，或是有屍體被丟到無等山山麓的儲水池，再放進很多消毒劑，最後市民們都無法喝自來水。然而狀況還沒有完全結束。到街上去的話，人們會像共犯一樣把話藏在心裡，互瞄一眼然後走避。

你有一兩天的時間嗎？

我這樣一問，他就馬上知道我要說什麼，很緊張地說：

今天是禮拜四，到禮拜六都沒關係。

那就行了。我跟你今天坐夜車去漢城。

你不是說剛從漢城來的嗎？

我有事要跟阿健碰面。我現在是潛在水底的魟魚。

你要我幫你們拉線嗎？

在貧民窟教會之後做過麵包生意的崔馬上就懂了。

其實……我感覺有點不對勁。我覺得線好像已經斷了。

我去年二月離開漢城的時候跟阿健聯絡了。阿健帶著惠順出來做安全確認之後，開了二十分鐘的天窗才現身，他說冬天一直靠著通信文做組織的管理，消息好像有走漏，所以其中一個人被檢舉了。詳細的內容不清楚，好像是一個讀研究所的組員去喝酒時，把裝了文件跟傳單的包包放在酒店忘了帶走。他們都很緊張。東愚的聯絡也斷了，一個月做一次的安全檢查聽說也中止了。我每次到鎮上找機會打電話，結果都不通。

那就這麼辦吧。我是托前輩牧師的福能夠吃好的住好的。

到了傍晚，我們準備要動身，他太太用擔憂的眼神看著我們，然後說：

你已經被人叫去找前輩們好幾次了……怎麼又這樣。

不會有什麼事的，妳別擔心。快去快回不就得了。

別太擔心。明天就回來。

我們到了火車站。那時候車站入口常會有搜索通緝犯的聯合搜查組要人掏出身分證檢查。我跟他仔細觀察了有沒有人在檢查之後，決定各自行動。

你去買兩張票，然後到剪票口。我從別的地方上月台。

我看了錶，還要等十五分鐘火車才來。我把他叫去車站裡面之後，經過車站建築物，走向行李出入的圍牆前面。由於是晚飯的時間，並沒有人。我從裝水果或泡麵的紙箱中撿了一個起來，夾在腋下，悄悄地走入圍牆。我準備如果有人問的話，就說我是要去寄行李的，幸運地，到我跑著越過鐵路爲止都沒人問我什麼。我跑到等待出發的貨物車廂後面躲起來。我把拿來的紙箱子折起來，墊在底下坐著。煙也忍著不抽，然後聽到廣播，看到許多人湧向車門前方。我慢慢地走過去擠到人群中。崔馬上靠了過來。上車之前我們一句話都沒講。因爲是沒有市集的日子，客車上比較沒人，很多座位是空的。我們在車廂中間的部分對坐下來。

我們到達永登浦車站大概是清晨五點。我跟崔好像約好了一樣，遊蕩一會兒之後進了有三溫暖的澡堂洗了個澡，然後在休息室小睡了一覺。七點鐘出來，崔去打電話，還是不通。我們決定在上班時間之前趕快行動，到了阿健工廠附近的山村。我在前一站就下車，進了約好的市場裡面的豬腸湯飯館，崔則按照我跟他說的去找阿健。我不能什麼都不做在那邊等，所以叫了一碗湯飯，要吃不吃地坐著，結果入口寫著菜單的布被掀開，惠順走了進來。他們兩人一言不發地坐在我前面。

你還好嗎？

雖然是悄悄話，但是惠順不停地用好像責備的語氣對我說。

發生了什麼事嗎？

什麼什麼事。阿健哥跑路了。

什麼時候？

一個多月了。

所以電話才會不通。

惠順呼了一口氣之後，流下了眼淚。但那並不是激烈地大哭，只是要求我聽她訴苦的眼淚。

電話根本就切斷了，要直接上市場接訂單。

他去哪裡？

我不知道。南榮洞或是南山……靜子披頭散髮地到處跑，問別人大家都說不知道。

去找天主教堂看看。他們大概會幫忙。

現在是活人要死去的情況，每個團體都被結凍封住了。

從惠順的說明中我知道了這段日子發生的事情。我要離開漢城之前，那個研究生被抓之後，大約有三個月期間警察開始搜查。他們先得到了朋友們的名單，一一展開監視。組員中有一個人也不知道被跟蹤，去跟阿健見面，然後阿健便被跟蹤。他們觀察了阿健的工廠好幾天。

總之突然冒出很多上門賣東西的雜貨商們，不分時刻開門看裡面的動靜，說不買他們也不走。後來的某一天晚上，有十幾個人包圍過來。大家都在睡覺，突然門被打破，穿著工作服的男人們跑了進來，驚醒的阿健被指揮的人拿手槍抵在額頭上。

有人開了燈，拿起木棒不分青紅皂白地亂打。他們全部都被拉到巷子裡，手放到頭上跪著，都被扣上手銬、拉到大路上，這中間挨了不知道多少棍，然後被塞進雞籠中型巴士。

接受調查的時候，阿健告訴其他組員，要他們說自己跟靜子、惠順還有其他上班的人沒有任何關係，阿健是老闆，其他人只是拿錢上班而已。

我小聲地對惠順這麼說：

現在才是開始。文件在家裡嗎？

其他的東西都被拿走了，剩下組織名簿。不過照靜子的話來說，光是其他那些就可以判很重的刑了。

大概主要文書是由崔東愚管理的。但是印刷銅板跟會議紀錄都被發現了，可以說是內臟雖然沒事，頭腦卻顯露出來了。一邊默默地聽的崔傳教士說了：

各位熱心的同志，現在不是這樣說下去的時候。大家趕快分散吧。

我們先走了。妳留在這裡吃飯吧。

我們回頭看了飯館裡面，老闆娘正跨坐在房間的門檻上看著電視連續劇，其他事情一概不管。我一站起來，惠順就用手掌蒙住臉，抑制聲音在哭。

沒關係。大家都會沒事的。

我輕輕地拍著她的背一說，她馬上就回嘴：

我不知道為什麼要活著。

她說完，把兩手拿下來，將淚水斑斑的臉轉向我，說：

大哥，我們別再做這些事了吧。敵人們想做什麼，要撈要吃一千年、一萬年，都隨他們！

我跟崔的眼眶都紅了。我們好像被趕走一樣，拉起了門口的布簾，走出飯館，背後傳來了惠順的聲音：

別再出現了……你們保重。

我眞的沒有再遇見過她了。靜子也在阿健坐牢的期間再度找到工作，然後跟自己出身相近的工人結婚了，好像住在鞍山。原來他們的生活條件比知識份子之類的人差很多，他們雖然獨自承受苦難，到後來卻根本沒人記得他們。但是我能忘記他們任何一個人嗎？忘記他們對我付出的溫暖，跟最後在時代中被遺忘的無名而無愧的青春？

你在星期日晚上才到家時，我其實並沒有睡著。聽到你在籬笆外的腳步聲，我就知道是你了。房門悄悄地開了，我聞到了熟悉的汗味。就像離開家的狗一樣，你每次一回到家中，總是會把書桌上的銅水壺拿起來咕嚕咕嚕地喝水，我背向抬燈等你來睡覺，你卻凝視著我而不回應，我忍耐不住了故意用愛睏的聲音問你：

你什麼時候……回來的？

你居然說謊。其實你已經悄悄進屋一陣子了。我擔心得每晚都無法闔眼，但是我決定佯裝若無其事的表情，揉揉眼睛坐了起來。

看了外面社會一圈回來怎樣？

還是老樣子。

這是什麼答案。

你把衣服一一脫掉，進了院子。我聽見你打開水龍頭，用水桶接水潑往身上的聲音。你進屋之後，一下子就躺在房間地板上，叼起一根煙，到煙燒完爲止，我故意不跟你說話。

被搞得亂七八糟……

我假裝沒聽見你喃喃自語。又過了一陣子，你仍然望著天花板說：

不是有這樣的一個故事嗎？在喜馬拉雅山的深處，有人遇到山難，發現了一條縫。他爲了躲暴風雪，進入那條縫的洞裡，突然發現了另一個世界。那裡沒有痛苦、沒有離別、沒有貧窮、沒有飢餓，是永遠平靜的世界。一進了入口，就看到有果樹跟滿開著各色燦爛花朵的老庭園。那裡沒有現實世界中的壞東西。住在那裡的人完全不衝突，不會老，也不生病……總之，是永遠和諧的世界。之後這個人想念外面的世界，又想念家人，所以到了洞外面。他回到自己生活的國家度過餘生，但後來又想再度回去洞裡，到了幾乎要瘋掉的地步。又再次去喜馬拉雅找那個地方。但是那個石頭縫被埋沒在雪中，已經無從找起。

你到底想說什麼呢？難道你是想說野尖山就是那個地方嗎？還是你想要去尋找那樣的地方？就算找到了，世界也會像我們現在這裡一樣分成兩邊，每一邊都是不完全的，但是在另一邊的未知世界可以說是有各式各樣的可能性。你自言自語地說了這些話，然後鑽進我的棉被。你沒穿上衣，我突然雙手抱緊你的背部，感受到你肩膀上結實的肌肉。我們吻了一個很長很長的長吻。你粗魯地握著我的胸部，另一手則是脫下了我的內衣。你那一天的行爲比起其他日子都要激烈。結束的時候，我不知道爲什麼，有些憂鬱，流下了眼淚。我很清楚地感覺在不久的將來我們將要分離。你不是要去看世界，而是要離開我。你跟爸爸選擇的時代價值鄙視這種讓時間欺騙的自由停泊的小市民的領域。你和我的愛像是揚起帆等待離開港邊的船隻一樣，會經歷無數風暴、波浪、以及海上的日子，要越過海洋。現在只不過是開始而已。

我們一起過的日常生活又恢復成跟以往一樣了。我有了一個狡猾的想法，就是在家附近弄個菜園。在有市集的日子，我去買了胡椒、茄子、番茄的種子，在耕過的地上灑下萵苣跟茼蒿的種子，準備了肥料，也想種種南瓜。

我們弄個菜園怎麼樣？

好啊，為什麼之前沒想到？

我完全沒預測到你會這麼高興，看你一說完就馬上拿著鏟子出去，我也放心了。你挖土，我在後面用鋤頭把土打碎。我們整個下午挖了許多溝。我們在菜園邊上撿了一些石頭，大致弄出一個菜園的樣子。

雖然季節已經晚了，還是播種吧！

對呀。每天澆兩遍水，馬上就會長出來了。我們也種些花吧。

我到了鎮上買種子，又用樹枝做了支柱，種了好幾種一年生的花卉。種了牽牛花、茉莉花、馬齒莧、桃花、百日紅、波斯菊。從夏天開始，一直到秋天、冬天，那些花會按順序爭相開放，這裡會變成花園。

本來什麼也沒有的泥土上冒出新芽時，那種感覺應該要怎樣來形容呢？你也不知道那是雜草還是什麼，似乎先冒出來的一兩個是在對夥伴們說：大家可以出來了！第二天就到處都是芽了。連微風細雨也能壓倒的第一片嫩葉本身的形狀就代表了時間。幾天不去，到頭來一看，已經長得完全不同了。你每天早上提著水桶到田裡澆水。

終於到了初夏的時候，園中已經滿是綠葉。還記得我們第一次採下萵苣當午餐的時候嗎？雖然葉子還沒有完全長成，但是也有半個手掌大了。兩三張疊在一起，就可以包不少飯了。加上醬料來吃，口中就好像滿是生命的香氣。

我坐在木廊台上看你照顧菜園的時候是最幸福的。農夫大概全都會變成詩人。我好喜歡抓起茼蒿上的菜蟲、蝸牛跟蚜蟲，喜歡你小心翼翼地不讓牠們傷到，放到樹葉上再丟到遠處。那時我們感覺未來不會有什麼不好的事，好像上天在保佑我們一樣，心情很平靜，從都市來玩的人看到山村的寂靜跟永遠不變的景致，沒幾天就膩了而跑走，但是睜大了眼睛仔細看的話，自然是無止境地在改變與活動的，草與樹葉在微風中輕搖，在強風中被壓倒、掙扎，就算在景色一成不變、大氣好像停滯的情況下，蝗蟲會突然從草地中飛出來，飛到路的對面去，青蛙噗通一聲從田埂上跳到水裡，野尖山的夏天是所有生物的大合唱。我想起我們從坡下屋子裡拿乾艾草上來燻蚊子，一時身邊充滿了嗆人的香氣，在院子裡鋪著草席，跟你一起吃南瓜葉包肉的日子。

後來的三個月支配了我們的一生，對我們而言，這夏日的三個月就是我們所有的人生，那時的午後常常下雷陣雨，烏雲一擦過了山邊向這裡湧來，你就會繞過圍牆進來大喊：

下雨了，快收衣服！

我穿上膠鞋，下到院子裡的時候，雨已經開始滴了。粗大的雨滴打在手上、頭上跟地上，閃電劃破天際，四方傳來了嚇人的雷聲，然後這聲音傳到遠方，跟遠方低聲咆哮般的雷聲似乎在一問一答，雨開始下的時候，原來發熱的地面一下子冷卻下來，冒出新鮮的土味，涼爽的風吹過，令人舒爽的空氣充滿鼻中，我們忙著把該收的東西收一收，站在廚房的門旁看雨。閃電又亮了一下，雷聲向我們襲來。

我們煎個蔥油餅吃吧。

兩個人中的一個最後會這麼說。下雷陣雨的時候雖然天空黑暗，雷聲大作，但是我卻感到那是眞正的安靜，很喜歡雷聲、花草香、土味跟讓身上起雞皮疙瘩的涼爽，下雨的時候，在灶前面燒起小松枝，房裡傳來了你的鼾聲，霧從山上乘著風下來，含著大量水分的空氣混著燒松枝的煙氣讓人覺得很舒服，好像回到了故鄉。當雨滴開始從南瓜葉或竹葉上有節奏地滴下時，那聲音充滿耳殼，常讓人打瞌睡，你和我有時會到山下去淋雨，回來之後用水洗乾淨被泥巴弄髒的膠鞋，用毛巾把濕頭髮擦乾，把黏在身上的衣服換掉，並肩趴著，用手撐著下巴看著雨中的山川，偶爾會聳聳肩、打個寒噤，聽著雨水匯成小溪往下流的聲音，雨停之後，陽光像薄布一樣垂下然後又消失，草葉上的水滴閃閃發光，從樹枝上墜下，躲雨的鳥從這樹枝飛到那樹枝，開始不停地叫。聽說黃鶯在日本叫做「戈·何基角」，仔細一聽，黃鶯的叫聲眞的不是像我國所說的：「貴戈」，而是「戈·何基角」，如同奇蹟一般，像是黃色手帕在雨後的林間飛舞，先長長地叫一聲「戈」，然後遲疑一會才叫「何基」，在「基」那個音的時候嗓子拉得特別高。

你說過初夏夜晚出現的鳥名全部跟食物有淵源，早期冬天以來節省著吃的糧食剛好吃完了，要收割大麥又還嫌早，所以晚上餓醒了以後就睡不著了，翻來覆去地想活下去，想家人，想到對即將來臨季節的恐懼，眼睛就睜得大大的，我們從小聽說某一種鳥的叫聲是淒涼哀怨的，所以認爲牠的身體嬌小而美麗，沒想到看了圖鑑發現是貓頭鷹的一種，頭上還有角，這種鳥的叫聲聽起來就像韓國話的「鍋子裡飯很少」，長工鳥則化身爲在炙熱陽光下餓著肚子犁田的長工，這是因爲牠的叫聲就像伸舌頭趕牛時候的叫聲。貓頭鷹的叫聲是：「給我年糕、給我年糕。」啄木鳥被說成是死去的少婦化身的，她恨用小杓子盛飯給她的婆婆，所以叫聲聽來像是「換個杓子！」

雨停之後，在天高而稀疏、雲絮飄動的好天氣，還記得我們在這樣的日子去洗棉被嗎？當然那是我不去學校的星期天或星期六下午。

我們把棉被套、枕頭套折了下來，還有我們的內衣、甚至坐墊套，全部都洗好裝在大盆裡，還拿了洗衣棒、洗衣板，跟看起來不怎麼樣、洗淨力卻很強的兩三塊肥皂，由我頂在頭上。你在背包裡面放了午餐的便當、小爐子跟原子炭、木炭，一手提著坡下屋子裡借來要煮沸洗滌的鎳銀合金桶子，另一手拿著放了釣竿與魚餌、裝魚網的袋子，跟在我後面走。

我們沒有走野尖山果園下面的路，而是走反方向越過了山頭，那裡是往鎮上方向流的溪水上游，兩邊是沙子跟石礫，有幾個被水環繞、讓水減速的沙洲，離村子那邊的大路很遠，沒有小孩來玩水，也沒有農夫爭著來裝水，最近貯水池被用水泥圍成游泳池，那裡很安靜，水又清，那是我去上班的時候你四處散步而發現的。

到沙灘上，最下面的水邊有不知誰放的、足夠三四個人蹲坐在上面的大石頭，像烏龜一樣泡在水裡，只有背露出來。我把衣物放在那附近，掀起裙子坐下，你則是在石礫上整理你拿來的東西，拎著釣魚用具的袋子，穿著泳褲過了溪水。你走到水深及腰的地方時，我大喊：

不要去深的地方！你會游泳嗎？

你好像沒聽到，走到水深及胸的地方。

這個人眞是的……

我很擔心地起身，結果你一下子就進到水裡，只剩那個塑膠袋子半浮在水面上，我害怕了起來，心想：不會吧？不知不覺走到了水深到大腿的地方，再次大叫：

不要鬧了！還不出來嗎？

過了好一會，你的頭才突然冒出來。你一起身，原來水只到肚臍。

你在我洗衣服的對面遠處開始釣魚，我好不容易把大盆裡要洗的東西拿了出來，開始一一泡到水中，擦上肥皂，在洗衣板上搓了，把棉被套之類的大東西留到最後，一半泡到水裡漂洗，一部分先沾濕，抹上肥皂，然後用力地拿洗衣棒打，四周曠野跟山谷都迴盪著輕快的聲音。

我把爐子放在沙灘上，點上火，放了幾塊炭，在水桶裡放了肥皂水，把要洗的東西整整齊齊堆在一起，放到火上煮。我可能是我們這一輩最後一個用過這種洗衣方式的人。在洗衣機裡面迴轉洗東西多無聊啊。我一面煮衣服，一面坐著休息，水裡面魚成群游來，完全不怕人，可能是爲了攝取附著在我小腿或腳趾皮膚上的鹽分，嘟著嘴碰過來，弄得好癢。沙上稀疏的問荊和狗尾草中間夾雜著一些山麻子，拔起來嚐，它的根是甜甜的。也會拔一些龍葵之類的。

你把蚯蚓鉤在魚鉤上拋進水中，然後專心看浮標。你釣起了某種閃爍的東西，我在遠處也知道你釣起來的只不過是小鯉魚而已。因爲你靜靜地把牠放到了裝魚的網子裡，你釣到大條、類似鯉魚的麥穗魚，高興得大聲嚷嚷。後來一看也只不過手掌大。

哇，大尾的上鉤了，力氣很大。

你興奮的聲音傳來，我佯裝沒聽到。衣服都煮好了之後，我再次拿到水中漂洗，然後裝到鎳銀桶裡，對你大喊：

吃飯吧！

等一下，現在魚才來呢！

我好餓。我一個人全吃嘍！

我一說，你也很勉強地收好釣具，渡河過來。你把裝魚的網子很自豪地拿給我看。

這些魚……灑點鹽，用樹枝烤一下，淡淡的很好吃。這是麥穗魚，很大吧！這叫原鮫，很醜吧！妳看，也有一條溪哥！不過這個放掉吧。

爲什麼？這個看起來最好吃。

這種魚最近已經很少了，長得很像海裡的鯧魚。

你用手摸了摸牠的尾巴，然後把牠拋進水裡。

那我們吃飯吧。

還不行，你要幫我一下。

我抓著水淋淋的棉被套一邊，你也不抱怨，乖乖地抓住了另一邊。然後我們把它擰得一滴水也不剩，再攤開來，各抓住一邊，我們好像歡呼萬歲，把它舉高又用力摔下來撐開，剩下的水分也除得乾乾淨淨了，一條像長長小川的布放在沙礫上，白色的陽光灑滿了棉被套，我們又把大小相近的枕頭套、坐墊套全攤開，取好間隔排好，內衣則是放到大石頭上，大石頭被太陽曬得有些發燙。我們把這些洗的東西都放好了，到沙灘鋪上塑膠墊，開始吃午餐。什麼特別的事都沒有發生、單純的日常生活多麼有生活的味道啊。

十二

梅雨季開始了，差不多剛過六月中旬。我常在早上或傍晚越過野尖山對面的小山頭，到那裡去釣魚。一開始是在後院的濕土地上挖蚯蚓當餌，後來是允姬下班途中在鎮上釣魚用品店買專用的餌給我。有時拿蝦磨成粉混在一起，有時又抓到當魚餌的蠅蟲泡在水裡，要釣魚時再帶去。我漸漸知道了幾處魚群聚集的地方，釣過很粗的麥穗魚。也釣過一次一手掌半長的鯰魚。

那一天我是吃過早飯之後，就拿起釣竿，越過了山頭。天有些陰陰的，沒有風，水面很平靜，很適合看浮標。我一坐下就釣到了一尾眞擬鮈。這傢伙性子很急，一釣起來就僵住死掉了。快十一點的時候又釣到了幾尾小鯉魚，我在那個地方的成績就這樣而已。我想換地點，但是好像快要下雨了，有些不尋常，所以我東西收一收起身了。翻過山頭走進果園，在回家的岔路上有人牽著腳踏車在前面走。我快步追了過去，那是一個穿著黃外套、頭髮剪短、下半身穿著預備軍人褲的男子。我猜他是要去找坡下屋子的副校長，但是他從那房前走了過去。我故意放慢腳步，在後面遠遠跟著他，他走進我們家籬笆，然後清楚地傳來了他的聲音。

有人在家嗎？

我努力要讓跳個不停的心臟鎮靜下來，想了一會，因爲我完全沒有爲這種狀況做準備，重要的是我還沒跟允姬講好，對副校長的家人也只含糊地說我是韓老師的未婚夫，而我沒有工作的原因是連續好幾年準備高考。我決定先避一避，我馬上到遠處的果園裡，屈身蹲在樹間。那個男的在院子裡踱了一會，上了腳踏車，握著煞車慢慢往下滑，到了屋子的牆前面，他停了下來。我清楚地聽到他的聲音。

師母妳好，副校長去學校了嗎？

嗯，你怎麼會來？

上面的屋子是誰在住的？

誰在住……是一個女高美術老師租的。

聽說有一個男的。

喔，那是她的未婚夫，爲了準備考試來這裡，聽說身體很不好。

他是來療養的嗎？

對啊，一面養精蓄銳，一面讀書。

能遇到他就好了，他什麼時候會在呢？

傍晚會回來吧。

腳踏車從籬笆裡出來，慢慢地滑了下去。

直到四周靜下來爲止，我一直蹲在果樹間，只聽到蟲在嚶嚶叫。

一直等著允姬回來，我只開著房間的後窗，前面的門窗緊緊關著，把書捧著等她，也沒讀進去。

聽到了允姬熟悉的腳步聲，她在自言自語。

你在嗎？又去釣魚了吧……

我把下巴撐在枕頭上趴著，允姬打開房門，自己嚇了一跳。

唉唷，嚇人！你在睡覺嗎？

趕快進來。

允姬那時候才看著我的臉，把聲音放低。

有什麼事嗎？

我說出白天有人來的事，允姬的臉色都變了。

是師母認識的人嗎？

好像是，他說晚上要再來，所以應該會來。

等一下，不會有事的。如果是要來抓你，那怎麼會一個人騎腳踏車來？我下去問問是誰。

如果她問妳怎麼知道這件事，妳要怎麼說？

我說賢宇其實在睡午覺，半夢半醒的時候聽到好像有人來就行了。

允姬連衣服都沒換，就到坡下去了。沒過五分鐘就回來了。

沒什麼好擔心的，她說是警分局主任。

我們還是套一下話吧。

好啊，我們是去年訂婚的，你在準備考試，但是你的肺不好，有結核初期的症狀。你的身分證背好沒？名字是什麼？

張……明……求，年齡二十九歲，住址是仁川。

借我看一下，哼，根本不是金傳宇。這是誰啊？

我也不知道，這是崔東愚幫我弄來的。

我聽到了籬笆外腳踏車的鈴聲。允姬趕快把身分證還我，悄悄地說：

來了！

有人在嗎？

允姬故意把房門打得大開，走到外面，我穿過她的腿看到了進到院子裡的黃外套。允姬站在木廊台上理直氣壯地問：

你是誰，有什麼事嗎？

啊，我是從分局來的，想要調查一些事，這房子裡住著幾個人？

兩個。

這樣啊……

分局主任將眼神繞過她的背，向我這裡望過來，我到允姬站的木廊台上坐著。

妳在女子高中上班嗎？那這一位是……

我的未婚夫。

允姬沒有給他任何一點時間，就大聲地回答了。

請你們給我看一下身分證。

兩個人都要嗎？

主任擺出了村裡在抱怨的手勢，稍微點了點頭。允姬回頭看了看我，我把身分證遞了給她，她把它跟自己的教師證疊在一起，拿在手上搖了搖。

等一下，你爲什麼要檢查這個？要調查什麼嗎？

是的，沒什麼會讓妳不舒服的事。我們必須要掌握管區內的新住民，這是我們的基本職責。

他仔細地看了看允姬遞給他的身分證。

戶籍地是仁川，現在在做什麼？

嗯，準備考試，可是身體不太好。

你會在這裡待很久嗎？

我還沒開口，允姬就馬上說：

只有放假的時候待在這裡，假期結束時就走。

主任把身分證還給她，有點尷尬地敬了個禮，說：

失禮了，請你們諒解，現在國家的局勢特殊。

他騎上了腳踏車，允姬出去到籬笆外面，確定腳踏車已經走了。

現在國家的局勢特殊。

允姬走到院子裡，一面學主任的口氣說。

這是在野尖山第一次受到的訊問，我很緊張，不是因爲我可能會被抓，而是這個小屋子中的平靜即將結束，不安像霧一樣籠罩著我。啊，從那一天開始，我們的便當、登山、散步、越過山頭去悠閒地釣魚、下午長長的午覺、晚上聽鳥聲、下雨時聽雨聲，一切的一切都結束了。允姬到市區舊書店裡面買了六法全書、關於民法、刑法的書，裝了滿滿的一袋回來，然後插在一進門就可以看見的矮書桌上。允姬去上班的時候，我吃完午飯想睡午覺之前就會故意拿起來看，看了法律的條文，發現這個世界充滿了不能做的事情，就像看不見的網子，圍住了天、地、山以及村莊，然後就會虛脫地入睡。

我避開上班的人潮，在週末辦事情，允姬上班之後，到鎮上去吃好久沒吃的炸醬麵，我決定讓崔傳教士做安全檢查。由於沒有必要先緊張再吃午餐，所以我先進了中國料理店，就算是沒有市集的日子，中國料理店裡面也有很多客人，有婦人帶著兩三個小孩子來吃炸醬麵跟炒碼麵，一面哄一面餵。外賣的腳踏車進進出出的，廚房中傳來了打麵糰拉麵條的聲音，我很喜歡中國料理店這種鬧哄哄而活潑的氣氛，當然我點了從學生時代一直沒變過的兩人份大炸醬麵。我看到了對面客人手中拿的報紙反面。黑底上有著大大的反白標題「逮捕間諜團」，有崔東愚、金健和其他熟悉的名字，閃出來一秒又被那人的手指擋住不見了。食物送來之後，對面的客人把報紙丟到桌上，開始吃東西，我再也無法忍耐，於是把手伸了出去拿報紙。

報紙借我看一下。

那個客人瞄了我一眼，點了點頭。我坐回椅子上，把報紙攤在桌上開始讀，上面有崔東愚跟阿健這些人舉著一個寫著身分證號碼小牌子的照片，被抓的人只佔全部的三分之一，大概有十一個人，可是看報導的內容，他們列出的資料翔實，剛才沒注意到的地方還有我的照片。我嚇了一跳，停止呼吸，環視了一下四周，每個人都只顧著吃自己的東西，沒有人把視線投到我身上。那張照片是我當兵以前貼在身份證上的，頭髮長長的，面頰削瘦，看起來非常年輕，我安慰自己說，很難從那張照片看出是我。炸醬麵上桌了，我蓋上報紙把麵拌了拌，我一面用筷子捲麵，慢慢地吃，一面在腦中把剛才看的報導重新整理了一番。

按照上面的圖表，我是組織的主要負責人，組織的副領導者崔東愚爲了在仁川一帶吸收工人組織，所以準備了據點，上面登了一些我沒聽過的名字，報上說那是他的工人組織。他被逮捕的同時，身邊搜出了北韓印的小冊子跟資料，報上又說去日本留學的朴錫俊負責聯絡，阿健負責管理秘密聯絡站，慶子、惠順跟其他女工的名字也都登了出來。我沒把報紙還給那個人，悄悄地起身到櫃檯去，我付了錢之後回頭看看，那個人背對著這裡埋頭吃東西，對報紙一點興趣都沒有，這件事我始終沒跟允姬講，藏在心裡，最重要的是要先向崔詢問安全與否，我連沒什麼人的郵局前面的公共電話都不敢打，跳了過去。我走到小車站前面的四間電話亭，由於不是假日，所以人很少，電話亭也都是空的，我進了最旁邊的一間，撥完號碼，就傳來了崔的聲音。

喂，喂……

是我，我看了報紙。

大哥？組織瓦解，所有的聯絡線都斷了。因爲仁川大哥被抓的關係，大家都像馬鈴薯一樣，一個接一個完蛋了。

剎那我看到報紙並不怨東愚，第一個被抓的人把責任全部推到別人身上，可以減輕負擔並爭取時間，問題是連很外圍的人名也出現在報上，那也有可能是因爲有其他要保護的部分，總之，東愚被抓之後，就像拉著馬鈴薯藤一樣，一個個埋在地下的馬鈴薯都被拉了出來。

你那邊有多困難？

請快掛掉，我們最擔心你的健康，就當作是在修行吧，保重。

我只有嘴上說著再見，靜靜地掛了話筒。

後來才知道，崔東愚眞的該責備。守則上寫潛逃的首要任務是不要被抓，但這件事不管對誰都會很困難。最重要的是遠離了一般人的生活，同時追捕網越來越緊，成爲戰鬥的姿態，陷入跟全世界爲敵的錯覺。東愚躲在以前的工人夥伴在工廠地區租的小房子裡，繼續主持學習組，一開始是以實務書籍爲學習教材，後來漸漸改成日文書，最後開始把北韓書的內容傳抄在筆記本上，當阿健被抓之後，他還是沒離開這個地方，進而開始在工廠密集的地區發通信文。技工出身的一個管理階層在工廠裡頭看到通信文，反而帶他去喝酒，在那裡套他話，他就很自豪地全說了出來。可以確定有關當局在他們周遭佈了眼線。

他們淩晨三點逮捕了東愚，由於他早從維新末期就開始潛逃，這時候大概也累了，他準備了鐵管，一開始揮舞著抵抗，然後找到空隙從後窗跳了出去，越過圍牆，像上次一樣從屋頂上逃跑，但是警方也累積了幾次失敗的經驗，所以這次層層包圍，他一往大路上跑，摩托車就追了過來。車上有兩個人，前面的人騎車，後面的人揮動警棍，打到了東愚的後腦，東愚像球一樣輕輕地彈了起來，不妥地轉了一圈，然後呈大字型跌在柏油路上，他昏了過去。他被拖進訊問室之前，先被送到醫院的急診室，把頭上的傷縫好，一直打點滴到醒來時爲止。他以負傷疼痛爲藉口，行使緘默權四天，他賺到了四天的黃金時間，這段期間他思索了一番，他想絕口不提涉案最深的工人姓名，以學生出身的人取代，他住處的工人只提及幾個，把實情隱瞞到最小的程度，他按照這個構想一點一點地透露案件，遭受近於兩個月的拷問，啊！眞的說不下去了，他敏感的生殖器跟肛門都遭到電擊，感覺體內要向外迸出爆發，除了兩眼以外，什麼都不具功能了，東愚本來是成長在海邊，能夠看到最遠處水平線上小漁船的少年，後來卻變成要戴厚厚眼鏡的嚴重近視。

他被關了十二年先出獄了，最後三年在精神病院度過的。他每年在一般教導所跟有精神病院的南部教導所各住六個月，我偶爾從移監過來的學生那裡能聽到他的消息。

在拘留所的時候，東愚是共犯不能和我關在同一棟，還好在對面那一棟，從我牢房廁所的窗戶，能看到他們的洗面室。他去運動、中午時間、會面、出庭的時候，常會來找我。

吳賢宇出來！

他一叫，我就會從廁所窗戶的柵欄裡面伸頭並且對他揮手，東愚會爬到洗臉台上面，面對著窗戶蹲下，跟我講外面的消息以及去會客人的近況，輔導官有時會跑來插嘴說：

你跟對面那棟哪個傢伙講話？

煩死了，你不要吵啦！

不久之後，輔導官戴著帽子的頭就會出現在鐵窗前面。

你給我下來，你也進去，誰准你們跟別棟的說話了？

幹嘛，我在上廁所，這裡連大便都不能屙嗎？

但是我們都不理睬，我們最後都還不能夠說：多吃點飯之類的寒暄話。到判刑移監之前，我跟他向基層管理的人請求讓我們道別，我們並肩坐在桌子前喝著麥茶，望著下雪的窗外，窗戶的對面是女子囚舍，我們看著院子的一個角落，穿著灰色囚衣的女犯獨自在踢球，那球是當時獄裡面賣的輕排球，銀色世界之中，那女囚仍然不斷熟練地對著又高又長的牆壁踢球，用胸部或是腳接著再踢回去。在空蕩蕩的庭院中，她的身影看來非常空虛，她好像在跟時間爭戰，我們一言不發地看著那個女的踢球，我跟東愚不但知道彼此的刑期，也很清楚同志們的近況，東愚開口了。

阿健先走了。

你們見了面嗎？

嗯，他來找過我。他經過我們這一棟的走道，肩上扛著移監的包包跑了進來，輔導官也知道他是來道別，卻一副佯裝不知的神態。

我們是公共安全犯，所以胸部貼著紅色的三角形塑膠標誌。我們經過的時候，一般不懂事的犯人都會拉高嗓門吼著：「這些共匪！」就算沒貼這個東西，只有政治犯頭髮沒有剃得光光的，所以還是會被認出來。他被判二十年徒刑，我則是無期徒刑。

對不起。

東愚的頭低了下來。

對不起什麼？

我接受調查的時候很沒用。

這有什麼不一樣？頂多你我個別或一起而已。

以後也不能通信，我們透過會面的人聯絡吧。

分手之後的三四年間他還過得不錯，一年有一兩次透過家人的信得知了他的消息。五年之後有一天的運動時間，我由剛從南部移監過來的新人公共安全犯那裡，聽到了他最新的消息。

崔東愚前輩現在在病人監舍。

怎麼了？

那一座監獄有結核病監舍跟精神病監舍，他是去年搬過去的。

很嚴重嗎？

應該吧，不嚴重不會去那裡。現在誰也認不出他來了。

想起我移監之前住過的那個地方，便可以簡單地判斷他的情況了，我原先住在二樓公共安全犯特舍，一樓是病房，長長的走道被隔間，入口的前一半住結核病患，鐵窗阻擋的裡面是精神病患，在我房間底下的是他們的房間，我很清楚他們的狀況，靠近鐵窗的是比較輕微的病患，最裡面收容暴力型人物，我房間底下也住了一個無期徒刑犯，聽說他一開始反抗三清教育隊派來的監視兵，把他們打成重傷，自己也被揍得差點喪命。後來就移監來這裡的教導所，並在工廠做工，引發精神錯亂症狀，精神恍惚用鐵鎚打死一個同僚，他還會不斷地抗辯及演說自己的無辜、以及加害自己的敵人，若覺得某人去找他，而展開討論，每晚來場政治發表，某晚半夜傳來他淒厲的喊叫，從牢房的上下樓四方對他吼，叫他快去睡覺，以及輔導官們的號令，把清晨整棟牢房弄得亂哄哄的。我被允許在樓下廁所窗戶及糞坑窄小南向的前院，有我的小菜園及寢具乾燥台，我有時和他們打照面，我也在那裡種了萵苣，去澆水的時候冷不防身後有人在亂叫。那個人的政見發表開場白總是：各位國民大家好！最後的話則是請大家選我當國會議員，之後，不知從何聽來，直呼總統名號，打倒總統！跑來阻止他的輔導官後來都習以爲常，不加干涉了。那還是他病情好的時候，更嚴重的情況是，他會突然安靜下來，把大小便裝在碗裡，冷不防潑在來視察的科長身上。我有時從前院廁所窗戶俯望到他的表情，他彷彿凝視遠方而對我視若無睹。他會佇立在窗前很久很久，一動也不動。有時把飯給他他也會吃，但他更常常把飯倒到房間地板上，又到處塗大小便，所以那些打掃的年輕人都很討厭他。他每六個月就會被送去精神病教導所，那時大家才得以清靜。他這樣來來去去，第三年去了以後就沒再回來過了。我一跟輔導官提起他的事，輔導官就噗地一聲笑了出來。

大概出去了。

可是……他不是無期徒刑嗎？

對啊，我說的是死了以後被抬出去了。

我又想起另一個高個子。那個人才二十出頭，他很正確地瞭解我的名字跟罪狀，神智清醒甚至還跟我借書，那傢伙的名字到底叫什麼？想不起來了。他長得像籃球選手，牢裡運動會的時候，大家都說如果他不是精神有問題，就一定能夠拿最佳選手獎，但是只要監獄那些所長或監察組的管理高層一行人來巡視，就會引起騷動，他會對他們吐口水、罵三字經。

肏你媽！你們把我當動物嗎？看什麼看？

然後那些人就會趕快離開，經過走道的時候又會聽到辱罵：

他媽的！沒事頭上戴著有一圈大便色帶的帽子，擺什麼架子啊！欺負囚犯的王八蛋！

他會用腳踹門，暴跳如雷，爲了讓他鎮靜下來，三四個輔導官會跑過來，抓住他的四肢，用皮帶跟警繩綁住他，嘴裡再塞個東西，精疲力盡地出來之後，他又開始踢門板。

高個子每六個月到有精神病舍的教導所去，後來他的話越來越少了，身體也乾瘦了下去，年輕活力的眼神消失了，讓人覺得已經變成了一個中年男人，我在運動時間看到他們那一票人去曬毛毯，就問負責運動時間的管理人：

高個子老兄變了很多，看起來無精打采的。

你是說他變穩重了嗎？還有什麼辦法！要變才能活得下去啊。

他好像被人嚴厲地管教過……

不管怎樣，他好多了，至少現在他不會吹牛了吧？

我不這麼想，我只覺得他到了回不來的另一個世界上。兩三年之間，他來回了三趟，後來就變成個石頭，連我都不記得了。總之，他服完六年刑期消失了，不管是誰，都不能越過警戒線，不管在裡面在外面。對服刑的任何人而言，都會有幾道難關，首先是一進牢裡的時候，其次是關在單人房三年到四年的時候，還有九年到十年的時候、妻子離開的時候、家人尤其是母親過世的時候、小孩生病的時候、冤家管理員再次被安排來管自己的時候、被委屈而受懲罰的時候、手銬腳鐐被關在黑暗的禁閉房學狗扒飯的時候。他終於越過生存此岸警戒的極限，靈魂離開了自己肉體周遭的空間，進入了一個只屬於自己的框架桎梏。

東愚一開始被關的四年還能忍受，到了第五年離開了自我。他也就開始像其他人一樣，來往於普通監舍跟精神病監舍，距離眞實的自己越來越遠。我聽說他出獄以後，媽媽跟哥哥乾脆在鄉下買了一棟房子給他住，光州的哲英則是一直活在抗爭的當時，他連夥伴們的名字都還記得，但是東愚卻什麼也不記得了，我打算去看看他蒼老的臉。

在野尖山的平靜生活已經被打破了。梅雨季結束之後，竹林裡的蚊子都長肥了，綠蔭也在倦怠地生長，允姬放暑假了不用去上班，我們盡可能不外出，待在房裡，這當然是因爲不想引起別人注意。七月快過完的時候，允姬跟我發生了一件快把我們搞瘋的事情。那一天，她在廚房地板前面釘畫布，我在房間裡面佯裝看書，後來問允姬：

一早開始妳就敲個不停做什麼？

弄架子。

她不說釘畫布而說弄架子。

妳要做什麼？

我要畫畫。

我不像平常一樣仔細追問，放過了她，允姬也沒有作任何說明，只是把布慢慢釘在畫板上。她檢查畫布拉平了沒有，視線轉向我。

你能不能幫我一下？

我以爲她要舉什麼重的東西，或是把畫架移到高處，所以很快起來進了廚房。允姬抓過一把小椅子來放在我面前。

坐著。

我不知道爲什麼要我坐下，猶豫不決地坐著，允姬再走了過來，然後他要我更靠近窗戶一點點，再把臉轉到她的方向。

妳幹什麼？

我一說完，她就用平靜的語調說：

畫你啊！我想把你放進那個框裡，一直擺著……

我噗哧一聲笑了出來。

允姬那一瞬間用毫不寬容的眼神瞪視著我。

故意地……

故意地？

她喃喃自語把一大堆顏料擠到調色盤上。

賢宇你其實已經離開這裡了，我想把一開始遇見的你留在畫布上。

我感覺她不像是在開玩笑，所以閉了嘴，允姬也沒有再說話了。她拿著筆在描我的輪廓、觀察明暗，一會兒瞇著，一會兒又張大眼睛，輪流看著我跟畫布，開始了描繪。她一面說：

不會花你太多時間，假期結束之前，你哪都不能去。

我搞不清這句話是在說畫的事還是我的生活。我佯裝有點惱怒地回答：

夏天結束之前，我就要離開這裡了，我不想害任何人。

允姬的筆停了下來。

現在我只是在捕捉你的影子，我還沒到閉上眼睛就可以畫你的程度，所以搞不好到夏天結束時爲止都畫不完。

不能動嗎？

基本姿勢不要亂就行了，但是想法要維持一定的方向。

什麼想法？

她的筆停了下來，眼睛瞇起又睜大，用透視法觀測。我有點想打瞌睡，無力地瞪著她的筆尖。

只要想著此時此刻就行了。

允姬一面畫一面說，我沒回答。之前她用木炭或炭筆畫過我的素描，她說她很不滿意，如果是畫匠，至少也能畫得像，有些我看了都覺得像是照片或鏡中的自己，我的特徵都有表現出來，但是大部分還是跟我有某個地方不同。我拿出比較像我的，對允姬說我喜歡這幾幅，她卻跟我說那些是她最不滿意的。

人的臉龐不是像水壺茶杯之類的靜物，是有表情的。表情是心情的投影，畫畫的人一定要觀察出這個，更何況我們整天都在一起。

允姬現在沾了顏料，在畫布上作基礎的素描，一面說：

我不知道。也許要你離開之後才能完成吧……

我靜下來一陣子，腦中浮現了什麼事都沒發生，但是卻清晰可辨以往幾個月的生活。那是春天來臨的感覺、之後一切都茂盛起來，然後是雨聲、風聲、雷聲、鳥叫聲、水聲，我們一起去洗衣服的地方，一起去釣魚，想到那些水坑、魚群跟草香。

好像妳在背後推我要我走。

允姬的手擺動著，不經意地說：

我看過報紙了。

剛開始野尖山生活的時候，我們都同意沒有必要把外面的世界帶進生活之中。我雖然偶爾會聽收音機的新聞，如果有人定期來送東西，會覺得很在意，所以我們不訂報，最初有些悶，後來反而覺得聽收音機新聞是一大麻煩，便又不聽了，也漸漸覺得沒負擔。

我是在學校偶然看到的……

我不得不說：

我也看到了，在鎮上中國料理店吃炸醬麵的時候。

你早就知道了，那爲什麼不跟我說？

因爲怕妳擔心。

我裝作很輕鬆，好像什麼事都沒有發生。允姬放下了筆站起來，然後突然跑過來兩手抓著我的頭，拉進她的懷裡，我感受到她身上強烈的松節油香味。

所以你說過完夏天之前要離開嗎？嗯？說說看吧。

我把頭埋在她的懷裡，靜靜等待，允姬的嘴唇撥開了我的頭髮，從頭頂沿著太陽穴到臉頰。

我看了這次的報紙，就有預感跟你分開之後，很久很久都不會再見。你重新考慮一下，我們至少要一起度過冬天，到明年春天你再走，我也能辭職，找個更深的山谷躲。

其他人都被抓了，我還能撐住嗎？還是我出面，其他人才能安心。

你如果被抓，我也不會坐視的！

不能坐視的話……

我要去找出在地下活動的那些人，然後跟他們一起和軍事獨裁抗爭！

妳現在不就正在這麼做了嗎？

不……等著瞧吧，政治的情況會改變的。

允姬從開始畫我的那一天，話就變少了，然後常去鎮上買青蘋果，現在回頭一想，她那時就已經懷了銀波了。我眞是愚蠢，居然膚淺地認爲日益逼近的危機感使她神經過敏，啊，這個女人當時多麼想緊緊抓住我啊，允姬之前完全不會如此，就像個藝術家一樣獨立，擁有強烈的自我，絕不會輕易表露出內心的感情，但是回想起來，其實是因爲懷了小孩，熱切期待孩子的出世而等到明年春天。

我注視著她在野尖山爲我留下的青春表情。我本來以爲只有我一人的畫面上，過了很久以後允姬又把自己畫了上去，她在我身後好像注視著青春的我。她的眼睛有深深的陰影，面頰凹陷，顯露出了她當時的苦惱。凝乾暗紅血色背景大概是圍繞著我的世界，那暗紅色的上面又用藍色的透明筆觸橫塗了過去，我的表情陰鬱而倦怠，我看來還有一點點年輕，可能也是因爲這些藍色的襯托。從七月中旬開始畫到八月初，我們不像前幾個月這麼懶散，相反地，我們大部分時間是在緊張和沉默中度過，我們知道我們恩愛更深了。我們無言地望著對方。我才發現了允姬微妙的笑容，那不是開懷大笑，只是微微地含笑，彷彿想要訴說什麼。現在想來，她是跟小孩一起、她不是自己一個人在凝望我。原先右邊房門的格子窗消失不見，稍後位置畫上允姬的自畫像，則是在三四年身體變壞前塡上去的，跟我身後的背景不同；她身邊塗了厚厚的鴿子灰色，給人一種粗獷和圓熟的感覺。允姬用強調的顴骨、眼睛底下的細紋、稀疏的頭髮、好幾種顏色重疊的臉頰來顯現她腐蝕掉的青春跟孤獨，眼神沉滯，用不同的顏色和氛圍描繪三十二歲年輕男子，跟四十多歲的女人正一前一後看著現實世界。她不在我身後遠處，像爲我送別的媽媽一樣隔著我的肩膀望向遠方，這張圖表現得很有個性，但是比任何一張底片都更能表現出一個時代。當時我憂心忡忡地看著的地方，跟之後用她那個時代眼光所看的地方，到底走向哪個方向呢？

花壇上的翠菊跟波斯菊都開始綻放了。允姬的學校開學前夕，活下來受到恥辱審判的光州朋友們，迎接第三十六屆的光復節，得到特赦、假釋出來，活下來固然也值得感激，然而其後的十幾年間，他們都活得很辛苦，一直被自責感折磨。那時候允姬差不多已經完成我的肖像畫，在那個時代所留下我青春歲月的最後容貌。

不知怎的，身體變得不對勁，有時頭會暈，上個樓梯也要休息好幾次，在教室上完課穿越運動場，如果從建築物的陰影走到陽光下，一開始會感覺天是一片黃色，然後就黑了下來。開學之後十天我就決定要離職了，雖然也有健康上的原因，但更重要的是我非常清楚你就要走了。我遞辭呈的那一天在鎭上買了一隻很肥的土雞。雞冠像小花一樣可愛，毛色是土黃中帶紅，尾巴是明顯的褐色，是隻圓滾滾的母雞，那是我在市場肉鋪裡面看著雞籠挑的，我用手一指，圍著橡膠裙的女老闆便拿起鐵菜刀悄悄轉過身，把牠處理一番，兩翅膀和腿像盆栽樹根一樣，肉塊像脫掉了衣服遞給了我。我照媽媽說的買了糯米一紙袋、蒜頭、乾辣椒、還有幾根錦山的人參。其實我聞到雞肉味就想吐，但是我們夏天的菜單有多不營養呢？老吃一些自己種的菜。啊，眞是的，難怪你釣到的魚吃起來特別好吃。我照你教的用辣椒醬、水飴、醬油淡淡地調了起來，用小火煮很久，連魚骨都軟了，我每次下班順路上市場，你就會像個小孩子一樣，跑過來翻動看我提的塑膠袋裡面有什麼東西，如果我買了紅豆綠豆年糕，或是沾麻油的艾草糕，你一邊哼著歌一邊吃。

我們來熬人參雞吃吧！

我一說，你滿鬍渣的臉就伸進了廚房，莫名其妙地說：

今天是什麼大日子啊？

這麼晚有什麼節日？我們過個晚節，明天吃牛肉湯。

爲什麼突然這樣呢？最近老師加薪了嗎？

不是，整個夏天三伏節氣該吃的都沒吃，現在幾天之內全把它補回來。

我在雞肚子裡裝進糯米跟人參，用線小心縫起來，一放到鍋裡開始煮，我突然乾嘔，忍也忍不住，我希望不要被你發現，緊閉著嘴巴，用手捂住嘴走到外面去，還沒來得及蹲下，就「哇」一聲吐出來了，只有一點酸水，卻一直反胃。我心裡著急，想要趕快去醫院，而且要小心不被你發現，如果能夠延長在野尖山的生活，如果你不會因爲自己一個人躲起來而自責痛苦，那我就會跟你說了。我要讓你先走，再自己解決我們兩個人的事，我也想過要不要跟靜姬聯絡，但是首先要讓你舒服地度過這個過程，比什麼都重要的。我看到拿起武器作戰而幸運生還的那些人在光復節被特赦的報導，我決定要鼓起勇氣，也許你會掉進無底深淵。但是他們是和剛出發的新政權善心交換的人質才被釋放的，你跟你兄弟可以算是另一次受壓抑現實合理化的犧牲品。

賢宇，我不去學校了。

我這麼說，你好像也沒擔心什麼。

做得好，休息的期間也可以準備展覽的事，好好畫就可以了。

我小心翼翼地在之後幾天調整我的情緒。那時候，預告秋天來臨的颱風也侵襲登陸了，橙色的花一開，我因爲不想看到花朵在冷雨裡面顫抖，乾脆把花摘一把捆起來放到原先用來裝辣椒醬的圓缸裡。我們站在木廊台上，俯望暴風雨中飛舞散落的滿地樹葉，然後到房子後面，坐在鋪著撕下的紙箱紙板上，烤著灶孔的火，你把小松枝放進去生火。小小的火花劈啪響，火勢一下子大了起來，把乾柴放在上面，松針跟樹液在火中發出滋滋聲，被火燒焦的樹皮迸了出來，穿著膠鞋的腳丫子也抖了一下。啊，好燙！我這麼一叫，身體縮了起來，你卻把手指放在嘴上，然後揉我的腳背。

燙傷抹口水最好。

唉唷，好髒啊。

裡面的火閃爍照亮了我們的臉龐，周圍漸漸變暗了，我懶洋洋地放鬆下來，把頭靠到你的背上，我聽到了你肺裡頭的呼吸聲，也聽到了你的心跳聲。我在你的背後看到你長長的頭髮映在火花中，不知怎的有些淒涼，我把你後腦勺像燕尾巴的頭髮一把抓起來搖晃。

看一下，你頭髮多長啊。

喔，好痛！

你還記得雨下了整夜的雨天，我幫你理髮的事嗎？你光著上半身，前後墊了報紙，肩膀上圍著布，把鏡子遞給你了。我以前跟朋友們互相理對方的頭髮，所以還有些手藝，不怎麼擔心，我只拿你用過的一片刮鬍刀片就可以理了，我一隻手像梳子一樣抓起你的頭髮就輕鬆地削得很整齊。如果是用剪刀剪，斷面會很乾淨俐落，但也許我是用刮鬍刀片，所以髮尖在火光中開始反射，頭一動的時候就開始閃爍。

嗯，妳手藝還不錯嘛。

你一面說，一面拿著鏡子左看右看，接著又說：

但是爲什麼會閃亮呢？

因爲是用刮鬍刀片理的，看起來不錯啊，好像有星星在你頭上一樣。

我在你身後半蹲著，你拿著鏡子在看，由於你是坐在下面，所以鏡子裡一上一下地映出了我們的臉龐，你一言不發地望著鏡子。這個構圖跟我很久以後完成的那幅畫是一樣的。你在看什麼呢？不管是誰，只要頭髮整齊乾淨，也就意味著一種改變。日常生活中最重要的也就是服裝的改變，你靜靜地放下了鏡子，這一次是回頭看我。

我要走了……

我的心涼了，我本來想說這句話，我以爲我會先說，要你把我們兩個留在這裡，快去快回。

什麼時候？

後天或大後天吧？

我用手把你落在報紙上的頭髮掃在一起，其實還不到一把。我一把抓了起來，你知道我怎麼做嗎？對，我想都不想，走到灶孔前面，打開金屬蓋，裡面只剩下發紅的木炭，我一點一點地把你的頭髮丟了進去。突然冒起了一小陣火苗，然後就發出了燃燒動物性脂肪的味道，我把最後黏在手上的幾根頭髮拍掉。後來讀到幾本書上的情節，發現上戰場的士兵會把頭髮、指甲包在乾淨的紙裡面，留給母親或是所愛的人，我卻反其道而行；好像是跟已經死去的人道別。

第二天傍晚，向西方的天空一望，是不吉祥的深灰色，看不到一點晚霞，遠方的天空也都是黑濛濛的。反而我們野尖山村附近的天空有紅霞像是衣料一樣攤開著。

會下雨，以前老農夫說過西邊沒有晚霞就會下雨。

你站在木廊台上望著天空說。

不知怎的，紅蜻蜓都低低地盤旋。

我一面收衣服一面說。我們擺好了晚飯，對坐著的時候，還不到天黑時刻，天卻突然暗了下來。我起身開燈，冷冷的風像潮水一樣襲來，接著響起唰唰聲，雨點也滴在院子裡和屋頂上，那不是像夏天的雷陣雨一樣雷聲大作，然後就傾盆而下，而是雨滴慢慢聚多，綿綿的初秋之雨。從那天開始風勢也變強了。

海邊的船都繫在防波堤上，颱風警報也發佈了。不見天上飛的海鳥，露出白牙的黑色波濤不斷襲擊著岩壁，激起了高高的浪花，四處飛濺。在沒有燈火的黑暗中，你與我把身體綁在簡陋的木頭小船上發抖。

窗外風吹過竹葉的聲響多麼寂寥，我枕著你的手臂，不安地聽著暴風雨來襲的聲音。海浪像牆壁一樣洶湧，包圍了我們四周，一下子把我們都覆蓋住了。那時我發現遠處幾點火光，不知道是來自大船還是人家，爲了讓勇敢的你先游過去，我把聯繫我倆的繩子切斷了。

第二天強風又吹了一整天。我開始整理摺疊你的內衣、襪子、襯衫、夾克、棉褲，一一收進你的袋子裡。本來你說吃過午飯以後要走，我雖然沒開口說什麼，大概是我們都沒有走到外面去，因爲當時還在下雨。

吃過晚飯再走吧。

風雖然停了，但是雨還是下得很大，跟其他傍晚天空持續灰白的日子不同，天色一下就黑了。我並不是想要再留你一天，你也知道吧，我拿菜園裡挖出的馬鈴薯、藤上摘下來的南瓜，還有園裡的青色辣椒爲你燉味噌湯，用我們所喜歡的青花魚加上蘿蔔跟辣椒粉燉得辣辣的，又放了從坡下屋子拿上來的味噌、芝麻葉，還有我醃的蘿蔔葉。這些東西加上水泡飯，很合你的胃口，我總是按照媽媽的習慣把魚肉朝上面放，可是你說看到魚皮的話會覺得更好吃，所以又會把魚翻過來。

我們溫馨地吃著晚飯，突然停電了，所以點了兩根蠟燭，想起剛來的時候，覺得好像到了鳥不生蛋的地方一樣。想到我把你送走後，我將不能成眠直到燭火燒盡爲止。

那個在哪裡呢？

你突然像陌生人一樣，用敬語對我說話。我當然知道你不是故意的，我不是不瞭解你是在離別之前想要對悲傷的我表達敬意。

我在書裡頭看到過……

你找什麼？

妳的大頭照。

不要啦，那張照得很奇怪。

你翻動小書桌上的書，然後在不知道是聶魯達還是海涅的詩集中找到了我的照片。

找到了！

我不想硬搶，乖乖地讓你拿走，你一把照片放到皮夾裡，就若有所思站了起來。然後拎起房門邊我收拾好的袋子，我無力地想跟著你走出去，就跑到我的畫室去找手電筒了，然後拿出了雨傘，我再度回到房裡吹滅了燭火，黑暗一下子整個籠罩住了我們。你拿起雨傘一言不發地走著，我勾著你拿傘的那隻手，用手電筒照亮了前方的路。

雨滴冷冷地滴到我沒穿襪子的膠鞋上，也落在你的皮鞋上，看起來很刺眼。果園中的果樹好像侏儒怪，向四面八方抖著手腳。我們走到野尖山平地一端的橋頭，你空出來的那隻手臂環繞住我的頭，然後我們長長地一吻。我們兩人的嘴唇都是冷的。

我不會去太久，一定會回來。

你居然說一定會回來，我哽咽了。但是當時，所謂的明年後年好像可以馬上抓在手裡一樣不斷靠近，看到最後一班巴士的車燈沿著小溪旁的新馬路慢慢駛來，我突然想到一件事，把戒指摘下來放到你的手心。我們什麼也沒說。

你上車之前望了我一眼，我只舉起手腕揮了揮。巴士的窗户只見一片黑暗。

十三

我蹣跚地走過沒鋪柏油的道路，上了已經開始發動的巴士，搖搖晃地跑向車尾，在車的後窗看了允姬最後的一眼，日後長期被關在單人牢房中，這一瞬間的情景卻時常浮現腦海。

當時看不清她的臉龐，只看到撐著雨傘的身影，另一隻手拿著手電筒，裙子的後襬被風吹起。那件裙子是允姬到市集上買的花紋呢裙，幾乎都是上了年紀的婦女做菜的時候隨便穿的。但奇怪的是，允姬穿起來，那上面的小花看來特別華麗，好像剛嫁人的少婦，我很喜歡她穿著膠鞋跟這件裙子的樸素模樣。

季節交替時下雨的夜晚，我常開塑膠窗，望著鐵欄杆間的天空。我的牢房是在走道的盡頭，對面建築物的西邊有遼闊的視野，可以看到山跟平原。繞過山腳有一條小路，不管下雨或下雪都能望見季節變換的風景。路口的柿子樹上總是會有幾隻喜鵲在輕快地叫著，能看到耕耘機和夏天在樹蔭底下休息的農夫。當柿子樹下沒人的時候，我偶爾會想像允姬站在那裡，然後就不斷望著。允姬的裙襬在風中飛揚，穿著膠鞋，沒有拿傘，頭髮也在空中飄，我會一直站在那裡看，直到夕陽西下，只有道路發白，其他景物都暗下來的時候，想像允姬的身影還是站在那裡。負責的巡官有時候會從門上的視察口往裡頭看，讓我清醒地察覺自己身處何地。

一千四百四十四號!你在做什麼?

他一說，我就會回頭無言地對他微笑。

你正在外面逛嗎?

我聽了也只是笑著點頭，後來我弄得很熟練，連夜晚也能想像允姬站在那裡。下雨的晚上，我走到窗邊就是爲了再現允姬被風吹起的裙角，然後在夢中我和她相會。

我離開野尖山，到達光州的時候已經超過十一點了，這對逃亡中的我是很適合移動的時間。我搭上了夜間火車，就倒在椅子上睡著了，聽著車輪在鐵軌上發出的響聲，忽睡忽醒，我抬起頭，用惺忪的眼睛看著陌生的車站，到站的兩三個人提著行李下了車，也有人上了火車，家人在底下笑著揮手，要不然就是在半夢半醒中看著火車走過亮著燈卻空無一人的小站。現在對我而言，出口已經消失了，我心中想著正在前往漢城，但其實我沒有地方可去。我在心中試圖描繪一個可以回去的家，首先想起的就是野尖山的草屋，後來才想到媽媽跟弟弟住的北漢山麓那間屋子。我一定要回家看看媽媽。

我跟幾個月前去阿健工廠時一樣，到了清晨才在永登浦站下車。我打算到新村那裡明憲的畫室去，抗爭結束之時，有些人從光州逃到漢城，要找地方躲，我也安排了幾個人逃走；其中的鎬宣被我帶到明憲的畫室託付給他，現在這兩個人都不在世上了。明憲到最後還是個酒鬼光棍，某天深夜被計程車撞死，鎬宣則是在去年因肝癌去世。

從新村的梨花女大入口沿著鐵路走，經過了郊外線的車站，一直過了延世大學爲止，路邊都是狹窄的巷道，佈滿了低矮的臨時房舍，但明憲的運氣很好，在一間老舊的日本式兩層建築裡面弄了個畫室。走進人跡罕至的巷道，打開木板門，走上吱喳作響的木樓梯，會看見一個老舊的門，上面用白色顏料潦草地寫著「畫室」兩個字。我悄悄地推了推門，跟往常不一樣，一動也不動。我敲了敲，聽到裡面有人在動的聲音，但是對方也不答話，像是在等待。我沒辦法，只好先開口了。

明憲，是我。賢宇。

對方好像原來就站在門邊，所以我一說完，他馬上就把門打開了。鎬宣大概是剛把燈打開，覺得刺眼，所以瞇著眼睛伸出頭來。

大哥，什麼事？

先讓我進去再說。

進房間一看，從窗戶旁的隔間板裡面傳出了鼾聲，房間裡面散亂著畫架、顏料、畫板、畫紙，還有鎬宣在睡的軍用木床。桌子是把木頭貨物箱反過來做的，旁邊是用從小劇場撿來的木頭做的椅子，鎬宣跟我相對坐著。

那傢伙今天也喝醉了嗎？

是的，剛才一進來就倒了下去。

你怎麼樣？

托你的福，還馬馬虎虎。我們都在擔心你。

謝了。奉漢還好吧？

還好。

你們好像不會有什麼問題了……

一般市民跟內亂陰謀關連份子沒問題，可是被指爲抗爭主謀者被通緝的人都一個一個被抓了。要不要煮個泡麵給你吃？

他走到角落邊上的流理台旁，把水裝在鍋裡，放在火爐上。煮泡麵的過程中，鎬宣還是用他那永遠洩氣的語調不在乎地說：

我看到大哥被登在報紙上，亂恐怖的。事情大概很難了結了。

對呀。眞倒楣。

你好像在說別人的事一樣。之後想怎麼辦？

如果是你的話，你怎麼辦？

他加上了蔥跟蛋，把煮得很好看的泡麵端上了箱子。

還能怎麼辦？就一直逃啊。偷渡出去好了。

那些夥伴大概已經被整個半死了。

現在算是已經度過了第一個難關。要移監到看守所了。

我正在想要重新開始還是怎麼辦。

大概是被說話聲吵醒了吧。半醒的明憲從隔間裡伸出頭來。

誰來啦。現在幾點？

你整天只會喝酒。

你這該死的傢伙，再給我說說看。你以爲這裡是哪裡，敢給我爬來。要不要我去告狀？

鎬宣從冰箱中拿出麥茶，整瓶遞了給他。明憲咕嚕咕嚕地喝著，恢復了一點精神，搖了搖頭。我更誠懇地對他說：

你辛苦了。

你插什麼嘴。鎬宣才辛苦。整天賺錢給我喝酒。你從哪來的？

我從地下上來。

你不是像我們一樣住在二樓嗎？你媽打了好幾次電話來。姊姊也來過好幾次了。她說你弟弟要走了，要你去見他最後一面。

那傢伙要走了？

他們是這麼說的。手續全都辦好了。

在旁邊一直默默聽著的鎬宣問：

所以……你要回家嗎？他們佈下了天羅地網。要不然就是在村裡佈下密探了。

我把頭伏到桌子上小聲地說：

我想整理一下思緒。現在我該做的事都結束了。雖然我也不是想自首。

兩個人都沉默了片刻。明憲一面打哈欠一面說：

睡啦睡啦睡啦。等一下起來再想。太陽都還沒出來呢。搞不好到早上想法就變了。

大約中午的時候，明憲跟我被火車的噪音弄醒，鎬宣大概已經起床了，不見人影。明憲一起床，就把遮住窗戶的厚布簾打開，陽光射了進來。

好餓喔。去外面買湯麵吃吧。

鎬宣去哪裡了？

去工作了吧。

通緝犯做什麼工作？

他在對面工地找到工作了。因爲無聊到受不了，所以我把他托給讀建築的同學。但他做的也不是苦工，不是什麼太難的事。

我們沒出巷子，進了房子對面第二間小飯館。雖然是午餐時間，也只有一個人坐著喝大骨醒酒湯。我們也點了一樣的東西。我們對坐著等湯端出來，明憲仔細地看了我一陣子，然後拋出一句話。

你的臉鬆散了很多。

還不是同一張臉。之前是怎樣的？

眼睛裡頭因爲焦躁不安和緊張而有火氣。臉頰比現在凹很多。

現在呢？

臉頰變得圓滾滾的，眼神也柔軟許多。你是不是……談戀愛啦？

說什麼鳥話。

我一罵完，他雖然閉嘴了，但我暗暗有點心驚。畫家有觀察人的習慣。我忍著，不跟他講在野尖山生活的日子。

他也過了一個難關。

你說誰？

鎬宣啊。我被他不安的情緒感染。他那時決定要亡命到別處去，我沒攔他。那個禿頭牧師也奔走幫忙很多。

我聽了他的話，知道鎬宣說什麼偷渡啦、亡命啦，都是有根據的。玄牧師跟歐洲某個國家的外交官很熟，好像是透過他的介紹暫時躲到大使館去。他們在預定的時間到達大使館的大廳，玄牧師說只要上了電梯就沒事了，推了鎬宣的背。按照大使館方面的提議，讓他躲在那裡，直到適當的時候再坐他們國籍的船出去，船來的時候用大使館的車送他過去。

到了他眞的要進去的時候，想法反而變複雜了。他要求吸一根香菸的時間。

鎬宣在抽菸的時候自己下了結論。他決定不要離開朋友們喪命的這片土地。他的故事讓我像被電流電到一樣，觸動我心的深處。我的心境悔恨交加，我自言自語地說：

那我也要重新開始，我們要把會做事的朋友聚集起來。

我們吃完午飯，沒地方去，回到了明憲的畫室，他也因爲我沒辦法專心畫畫，東扯西拉的，不斷跟我談其他沒機會見面朋友的事，聊了一下午。我想一定要回家一趟，所以在等晚上時刻。明憲平常厭煩什麼獨裁、民主化、外國勢力、自主、資本、革命之類的詞語，但是他非常同意應該要幫助被追捕的人、藝術家應該要有表現的自由、應該反對屠殺良民等等的想法。他對當時開始流行的那些繪畫應該反映現實之類的論調毫不關心，是屬於我們朋友認爲很頹廢的那種現代藝術。我一反對讓玩心很重的他沒辦法放心玩的世界，他馬上就站在我這邊。後來才知道，如果他們兩人在像光州一樣的地方相遇，他們一定會仇視互罵「狗崽子！」，現在卻像親手足骨肉一樣混在一起。

我在市區徘徊了一陣子，然後爬到山背上等待夜深，打算要回家。我想起在學生時代，如果同學半夜來找我，我會等到媽媽入睡，然後買燒酒，帶一包零食到後山去辦酒席。我在公車終站堂堂正正地下了車，像以前一樣帶了一包蝦味先跟一瓶燒酒，故意避開通往我們村子裡的巷子，到了山上。我看到了熟悉的小路，也看到了種泡菜蘿蔔的菜園，菜園上方有一個很老舊的墳墓，那裡就是我們喝酒的地方。雖然夜晚有些涼，但是我不喪氣，一屁股坐在草地上拿起酒瓶就喝，喝著喝著，臉頰跟脖子就熱了起來。一眼望見我們家的籬笆還有鄰居家的高台，也聽到狗吠聲，那很明顯就是來自家裡養大的瑪莉。我一面喝酒，眼眶就熱了起來。瑪莉是媽媽抱回來的雜種狗，用人的年齡來看，大概算是老人了，也聽得懂人話，一過了十點，萬家燈火一一消失了，只有路燈還亮著。我很小心地走回家。瑪莉吠叫了幾聲，一認出是我，就開始高興地嗚嗚叫，扯著繩子亂跳。我低聲地罵牠，進了家門，弟弟的房間燈還開著。我伸出手指，敲了敲玻璃窗。

誰，誰啊？

弟弟嚇了一跳，將窗戶打開一條縫問。

我啦，去把玄關門打開。

傳來他往外走的聲音，然後玄關的門開了，弟弟光腳走出來。

哥，快進來。

媽媽休息了嗎？

剛才還聽到電視機聲音，大概睡了還不久。

外面很黑，我跟弟弟進了房間坐下。

要不要叫醒媽媽？

等一下要走的時候再說吧。

你回來不睡覺嗎？

沒辦法，只能回來一下。

弟弟那時候才比較清醒，開始哭了起來，舉起袖子來擦淚。我很誠懇地說：

對不起，讓家人們受苦了……

我們都過得很好，我要去美國了。

去那邊做什麼，最後也只不過是當個荷包比較滿的僕人罷了。

再怎樣也比這邊好，我在這裡過不下去了。

我雖然不想說，還是厚著臉皮說了：

那媽媽怎麼辦？

心地善良的弟弟不像學生時代一樣瞪著我說：擔心媽媽的話，就不要去搞什麼示威、夜校、當工人之類無聊的事！

她會跟阿姨一起住。

獨居的阿姨好像跟媽媽討論過的樣子。弟弟工學院讀到一半休學，到中東去當技術員，在沙漠裡辛苦了幾年，存了一筆錢回來，現在也還不到三十歲。他有一個學生時代交往的女孩子，因爲我搞得全家不安定，沒辦法訂婚，而對方也移民了，所以分開了好幾年。

你過去那裡結婚嗎？

應該吧，文件都弄好了。

媽媽怎麼說？

媽媽只是擔心你。媽媽也……看到你上報了，村子裡傳說你是共匪。

你也這麼想嗎？

弟弟大概怕發生爭執，只是看著地板。

你跟你的朋友……那些人勢力這麼大，你們能做什麼？

像我一樣的人很多。

我不知道，大概要花好幾十年吧。

從現在開始，工作機會將會增加好幾倍，像我們一樣的人會變得跟江邊的沙一樣多。

弟弟跟我無話可說，沉默地坐了好一會。我先開口了。

我得走了，我要去看媽媽，你就假裝不知道好了。

我走到外面木廊台上，悄悄打開主臥室的房門，裡面開著紅色的小燈，從棉被上也看得出來媽媽在蠕動。我坐到媽媽枕邊，抓住了她的手。

媽媽，媽媽……

誰啊？

賢宇。

你說什麼？

媽媽半夢半醒之中還是掀開棉被坐了起來，她摸索到放在枕邊的眼鏡，戴上了，然後盯著我瞧。

開燈。

我起身開了燈，媽媽仰頭對我招手。

過來這裡坐下。

我坐在媽媽的膝邊。媽媽穿著我以前用翻譯賺來的錢買的粉紅色寬鬆睡衣。

你去哪裡了？

鄉下朋友的家。

好好吃飯了嗎，身體還好嗎？

我很好，連感冒也沒得過。

我現在總算知道你在搞什麼了，也沒辦法攔你，只希望你最後不要有什麼大災難就好了。看看你弟弟，要去美國了，你是我們家的長子，你爲什麼不討個老婆，讓我抱抱孫子？

對不起，媽。

還要走嗎？

嗯，再給我一些時間，我要慢慢整理一下思緒。

不能偶爾打個電話回來嗎？

我會的。

媽媽打開了櫃子，翻了一陣子，然後拿出一個小塑膠袋遞給了我。

戴著這個吧。

這是什麼？

媽媽把袋子裡一個火柴盒大小、用布包著的長方形東西拿出來給我。

我本來是不信這些東西的，可是現在是可怕的時代……

我無言地用指甲打開了布包，上面紅顏料畫的字，還畫著鑲金箔的觀音立像。我差一點笑了出來，好不容易按捺住想把它隨便丟到母親膝頭的情緒，佯裝不知地問媽媽：

這是什麼？

嗯……平安符，我跟著村裡的女人到算命攤去要的。你們一定會說這是迷信，我以前也是這樣想，現在我改變了很多，人的事情不可能盡如己意的。

是的，媽，我會戴在身上的。

我雙手合十，打開皮夾放零錢的地方，裡頭有允姬的相片，我害怕被媽媽看到，趕快把符折好放了進去，再把皮夾放進外套暗袋中，然後起身，媽媽卻突然抓住我的手開始哭，眼淚一下子全湧了出來，流到滿臉的皺紋上。

一定要照顧自己健康，搞不好我這輩子再也沒機會看到你了。

媽，別說這種話，再過三四個月一切就都解決了，到時我就回來養妳。

騙人的，你自己也知道。你弟弟跟姊姊兩人講好一起來騙我，可是我知道你犯了大罪，但是要記得，如果你堅持認爲自己是對的，按照這個想法去做的話，到後來政府那些人也會知道他們的錯誤，會改變的。雖然需要時間……

我無法壓抑自己的情緒，一陣激動，轉過身去，這時媽媽把某個東西放到我口袋裡。掏出來一看，原來是錢。

這個……沒關係啦。

不行。最近天氣涼了，去買厚一點的衣服穿，有時也要吃點肉補補身體，走吧。

媽媽拍拍我的背。

請妳先進去。

我不能看著你走嗎？

這次是我把媽媽往房間裡推。

讓我悄悄地走吧，給村子裡的人看見了不好。

說的也是……

媽媽無可奈何地進去，把門開了一條縫，揮手要我快走，我也就不耽誤時間了，趕忙綁好鞋帶，故意大聲關了門到院子裡，正在等我的弟弟也在我的身後跟了過來。

哥，要走了嗎？

嗯，該走了。

去哪？

爲什麼問？

弟弟從口袋裡伸出一隻手來，再塞進了我屁股上的口袋。我瞄了一眼，是一個白色信封，他大概跟媽媽一樣給了我錢。我刻意不去計較。就像對媽媽一樣，我不想讓他出大門，於是要他換了方向。我不走大門，而是打算往村子後山的方向走。我準備穿過籬笆出去，瑪莉像瘋了一樣，拼命搖著尾巴吠叫。我馬上蹲下，摸牠的頭跟脖子，等待牠平靜下來。

保重，在我們家活久一點，等我回來，好嗎？

我像跟家人講話一樣對牠小聲說，弟弟在後面看這幅景象，瑪莉好像心情好了一點，攤開四肢躺下了，我不再耽誤時間，站起來對弟弟伸出手。

嗯，到了美國要保重……別擔心我。

弟弟默默握住了我的手。我故意粗魯地把手拿開，穿過了樹木排成的籬笆，快步走過了菜園，這一次是村裡的狗一隻接一隻吠叫了起來。我越過墳墓區，到了村子後的山路，再走向公車終點站。我在黑暗中等待了一會，到了巴士發動時刻才趕忙上去，在司機正後方的位子坐定，我一直專心想著回家的事，同時也一直花心思不讓人發現，本來想再到新村明憲那裡去，又想到可能成爲鎬宣的負擔，所以放棄了。自己眞的沒有目的地，要去哪裡呢？我腦海中浮現了新林洞附近學弟所寄宿的房子：他曾跟我一起過夜校生活，如果只是一個晚上的話應該可以麻煩他。明天太陽昇起再慢慢想好了，我突然覺得全身的疲勞都湧了上來，我把手肘放到前面空座椅的靠背上，再把頭趴上去打瞌睡。在半夢半醒間，漢江橋的橋柱好像發出噪音，從身旁掠過。

喂，終點到了。

我被這聲音驚醒，巴士乘客都已經走光了，一個上來掃地的工人搖著我的肩膀，這時已接近十二點了。酒館跟飯館都關門了，只有狹窄的巷道中還有發酒瘋的醉漢。

隱隱約約的記憶中，我走進了一排外觀一致待售屋的巷子，開始數著大門前進，我到了上面滿佈葡萄藤的鐵大門前，徘徊了一會，還是按了電鈴。我聽到了鳥叫聲，屋內好像已經關燈很久了，一片漆黑。又一聲鳥叫，玄關的燈開亮，對講機傳出朦朧的老女人的聲音。

是誰啊？

那個……阿協在嗎？

眞是的……氣死人，你知不知道現在幾點啦？阿協那個學生回鄉下了，不住這邊。

我聽到掛上話筒的喀拉聲，連燈也關上了，我打了個哈欠，忍住心中想要罵的話，眼前又浮現了她入睡的身影。

我慢慢地回到巷子裡，走到公車終點站附近的鬧區。看到了紅色的霓虹燈，閃爍著溫泉的標誌跟「林莊旅館」的字樣。第一個字沒有亮，可是我知道是什麼字，我想起以前跟朋友們喝人參茶喝不夠，到這裡續攤的事，應該是「學林莊」。我打開門進去，守櫃檯的中年婦人睡眼惺忪地從玻璃櫃檯裡面探頭出來。

有房間嗎？

一個人嗎？有一間小房間。

中年婦人拿著毛巾、水壺跟登記簿帶路走上了樓梯，我靜靜地跟著。嗯，這裡是學林莊旅館401號房，名字叫做旅館，聽起來不錯，可是房間跟個浴室一樣大而已。裝飾很高級，還放了張床，就把整個房間塞滿了，留下的走道只夠一個人過。婦人放下了杯子跟水壺，把登記簿遞了過來。

寫一下，請寫清楚一點……最近臨檢很嚴重。

我從內口袋掏出那張別人的身分證，寫上了號碼跟戶籍地址，距離上一次住旅館已經是很久以前的事了。婦人走了以後，我進浴室開了水龍頭，我想也許跟以前不一樣，但是想錯了，流出來的還是紅黑色的鏽水，開了很久才慢慢變成咖啡色，然後熱了起來。我脫下衣服，沒辦法洗澡，只好洗把臉，再洗洗腳。我雖躺在床上，但始終睡不著，我盯著頭旁邊轉盤式的黑色電話看了好久，大概撥一個數字就能聽到連接上外線的撥號音。眞希望能聽到她的聲音，我在內心中喃喃自語，就撥了電話。我說了什麼呢？嗯，是我。我在漢城，我回過家了，看到媽媽跟弟弟，我現在在新林洞，這是旅館，妳現在在做什麼？說完又說了我在做什麼，我好想妳，希望能在妳身邊。

不知道是幾點的時候，事後想一想，大概是半夜三點。我聽到了敲門聲，外面是櫃檯婦人的聲音。

客人，開一下門。

爲什麼？

聽起來是一個強壯的男子很有自信地敲門說：

我來臨檢。

我馬上從床上起來，看了看周圍。裡頭只有床、衣架跟一個小窗戶，而且這裡是四樓。

快打開！

是的……請等一會兒。

我一面用沒睡醒的聲音說，一面穿上衣服，又趁這時候再背誦一次資料，地址、姓名、身份證號、職業，來此的目的，我深深吸了一口氣，然後慢慢吐出，打開了燈。馬上開了門，我看到婦人站在制服警員與便衣警員的後面，便衣表情凶惡地看我，然後伸出了手掌。

身分證……

我從口袋拿出皮夾，把身分證遞給了他，他翻來覆去仔細地看過後問我：

家住仁川嗎？

是的。

職業呢？

在公司上班。

哪個公司？

我背誦了身分證原主的公司，還編造了工廠所在跟職務。我很有自信朗朗上口地背出來，抬頭看他，他噗哧笑了出來。

這個時間在這裡做什麼？

我來找高中同學，他不在，時間又晚了……

他住哪裡？

我一時爲之語塞。

住這附近。

是嗎？那你大概能找到吧，那是你的行李吧？拿出來。

爲什麼？連在旅館睡覺也犯法嗎？

便衣刑警只是笑，而穿制服的警察說了：

出來一下就行了，我們要調查一下。

我拿著袋子跟著他們出了旅館，一出到外面，便衣警察就一把抓住我後面的腰帶。

你幹什麼？

對不起，你如果逃走，我們就麻煩了。

他們帶著我越過馬路，到了分局裡。便衣抓著我的手，把我帶到分局後面的一間小房間。他把我推進去鎖了起來，然後在鐵門外面笑。

我的鼻子跟正常人不太一樣，我嗅得出你在逃亡，調查一下馬上就知道了。

我沒辦法坐在骯髒的水泥地板上，只好半蹲在鐵窗前，外面人聲吵雜，可是他始終沒出現，只好蹲下去了。我把頭埋在雙膝中間想：漫長的旅行終於結束了，我被逮捕了。

我聽到那個人回來的聲音，這一次他要把我銬上手銬，我決定裝也要裝到最後一刻，對他大喊：

你幹什麼，隨便抓沒犯罪的人嗎？

你這王八蛋，想死啊？

他打了我下腹部一拳，我胸口突然被窒住，全身軟癱了下來。我抱著肚子坐下，他銬上手銬，抓住我的領子提了起來。

這傢伙還裝痛啊？

那裡只有鐵窗，但可以看見外面已經天亮了，從總局來的小巴士已經在外面等了，我馬上被拖到調查室，被便衣交給了另一個人，然後坐在我視線清楚的地方。那個矮矮胖胖、短髮、穿著草綠色工作服、上了年紀的男人看著文件問我：

姓名？

張明九。

喂，看看這傢伙。

那個便衣站起來踢了我一腳，我從椅子上往下滑。

你還裝什麼蒜？

穿工作服的人看看我，對便衣說：

眞的讓人很煩，把他帶過來。

便衣出去了，這個胖子拿出一根煙，在椅子扶手上敲了敲，然後叼在嘴上點了火。

你搞什麼？你覺得我們摸不清你的底細嗎？

門一打開，崔東愚在仁川搞團體的工人跟著便衣進來了，便衣先打了他一巴掌。

這傢伙是誰？

身分證的主人瞄了我一眼，然後就低下了頭，便衣又踢了他小腿一下。

你剛才不是說過了嗎？你說因爲崔東愚介紹就給了他身分證，他是誰？

吳……吳賢宇。

穿工作服的突然大叫。

叫你講這句話有那麼難嗎？這傢伙是共匪啊，這傢伙的罪狀先寫上妨害公務跟僞造文書。

他們把身分證的主人張明九拉了出去，然後穿工作服的沉默了一陣子，只是抽著煙。然後他面向我，用冷冷的聲音說：

吳賢宇，你完了，你不是我們管的，你會被帶到別的地方去，所以你不要讓彼此難過，只要把逃亡經過說出來就行了。你們這個事件的人被抓得差不多了，你是主犯。

我沒回答。

你要行使緘默權嗎？間諜是沒有緘默權的，我們沒有什麼時間，你要跟我們說逃亡經過，我們才能把你交給別的機關，不能空手把你交過去，我們也是有面子的，快回答吧，八〇年五月以後你在哪裡？

從這時起，我的四十五日煉獄就開始了。我在分局裡面三天沒睡，到了第四天有穿著整齊柿子色服裝的三個人來接人，他們到了調查室裡，對像我一樣的人連理都不理。警察們站起來喊，脫帽敬禮。站在最前面的照樣手插在口袋裡，只點了點頭，就問穿工作服的：

你是室長嗎？

是的。

我們是南山來的，這傢伙就是吳賢宇嗎？

他這時才稍微看了行李已經打包好的我。

相關文件全部給我……你這段期間做了什麼？大致做了一些基礎調查。

嗯，都拿出來。

穿工作服的把準備好的文件拿出來，他看也不看就交給身邊另一個人，其他人敬完禮後，那三個人就前後夾著我，把我帶了出去。外面的黑色轎車已經發動在那邊等了，我坐在後座中間，左右兩邊各有一人，那個中年男人坐前座。車一出發，旁邊的人立刻抓著我的後腦打，接著說：

頭低下來！這王八蛋。

十四

你現在看我的第幾本筆記呢？

你現在大概都知道了，但是那年夏天你離開野尖山前我暫停工作是爲了銀波。我的身體越來越沉重了。我離開這裡，也沒地方可去。新學期一開始，我乾脆遞了辭呈，那一年對我而言好像是靜止不動，只有小孩的成長是唯一有實感的。一到冬天，肚子就大到任誰也看得出來了。還好副校長一天上來照顧我好幾次，所以沒什麼好擔心的。他們眞是善心人士，你被抓走之後，我們每個人都被帶到警局盤問，但他們反而還安慰我。預產期是第二年三月，相當於我們在野尖山的那個時期。要怎麼描述第一次胎動的深刻感動呢？感覺跟吃飽的感覺有些不同。就像我的脊椎跟骨盤之間長出了一個空洞，裡頭又長出了新的器官一樣。這個器官會踢脅下或下腹部。這震動讓我全身顫抖，甚至踢到心臟。

啊，他是活生生的！

我只能自言自語。每一瞬間都能感到他微細的動作，我眞希望能抓住你的手按在我肚子上。那就像是望著茫茫水面，突然有小石頭或水滴悄悄掉進水中，漣漪一圈圈不斷擴大的感覺。我兩手放在肚子上，心中對他說悄悄話。

孩子啊，謝謝。

眞的，謝謝。我在那個大雨夜晚之後都獨自留在這裡。俗話不是說，離開的人很健忘，留下的人卻總是觸景傷情而過得很苦嗎？我決心肚裡若傳出聲響，就咬緊牙關，勇敢地活下去。吃飯的時候也都是拼命地吃，把師母準備的小菜吃得精光。這日子就像電影裡的情節，月曆一張張掉落，樹葉也從綠色染成丹楓紅色、凋落了，然後樹木被白雪覆蓋，從幾根枯枝中冒出新芽，時光一下子就過去了。

生下銀波的那一天，下午四點鐘左右才開始陣痛。預產期在三月底，晚了一週，雖未曾體驗過，但直覺告訴我這就是陣痛了，一個月之前我就照師母所說，準備了紗布、大毛巾、柔軟的絨布、小棉被跟棉質嬰兒服，我下到廚房拿水桶裝水放到爐子上去燒，又把乾海帶放到灶上面容易看到的地方，讓師母不必費心尋找。我想這段時間應該會有人來吧，但是仍舊害怕到發抖。我想起被關在監獄中的你，就狠下決心。就算我這樣，也比你的情形好了好幾倍，不是嗎？陣痛就像畫漩渦，每隔一陣子從外面進裡面。陣痛的間隔越來越短，圓圈也越畫越小。我猜出畫到圓心時，就是分娩的時候了。

我不知從哪冒出來的力氣，再次摸著牆壁出到房門外。光是從木廊台下到地上就花了好多時間。我先把一隻腿放下去，又想辦法放下另一隻腿，然後用兩手撐著木廊台轉過身去，才能開始走。我一步一步慢慢走下通到坡下屋子的小路。到了坡下屋子的圍牆，我摸著竹子像瞎子一樣地轉，在院子裡看到我的師母跑了過來。

唉唷！韓老師，妳怎麼了？

師母……救我！

不會有什麼事的，趕快回家去吧！

副校長也跑了出來，兩人扶著我回到家中躺下。師母瞪了一眼把副校長支開，幫我換上睡衣，棉被上蓋了塑膠布和大毛巾，她一面揉我的腿一面要我深呼吸。陣痛加劇，孩子也開始出來了。之後我什麼都不記得了。

遠處傳來了小孩的哭聲以及師母的叫聲。我筋疲力盡地躺著，師母幫小孩洗好澡，包上布放到我身邊了。我觸摸她細小的手指。小嬰兒在蠕動，兩眼緊閉，嘴上好像有吸吮過的痕跡，也發出了細小的聲音。有東西落到包嬰兒的布上頭，我嚇了一跳，原來是我的淚水。我再度轉回去看天花板，把手肘放到額頭上擋住燈光哭了起來。

生了這麼漂亮的孩子，爲什麼哭呢？

我知道妳想讓孩子的父親看……可是妳這樣哭，把福氣都哭跑了。

我那時並沒有什麼感覺或痛苦，也沒有感動或喜悅。我想起了黃昏時節在鄉下市集賣芝麻葉的婦人，她給小孩餵奶，可是小孩好像咬著乳房睡著了。母親跟孩子好像都靜止了。她們怎麼會就這樣坐在那裡呢？完全沒有目標、沒有意義，也不是要賣東西，也沒有要離開。她們不哭也不笑。我也不知道，我爲什麼生下銀波後會想起她們。

快喝。要喝海帶湯才會有奶水。

師母扶著我腋下讓我起來。我望了飯桌一會，然後拿起湯匙有氣無力地吃了起來。

我們的孩子就是這樣來到了世上。在你被流放的同時，上天賜給我們一個美麗又小巧的踏腳石。

我沒告訴任何人，到銀波滿百日爲止都是兩個人過的。然後就又到了我跟你最平靜度日的初夏。我背著銀波，帶她到我們洗衣服的地方，把她放在樹蔭底下，洗一整天的衣服，吃吃便當，抽抽煙，也跟她說話。

銀波，那是青蛙。會跟妳變成好朋友。

青蛙跳到她的身邊，銀波把眼睛睜得圓圓的，一直看，我也開始跟青蛙說話。

原來妳是很聽媽媽話的青蛙。你來找銀波嗎？

我對於剛出生的東西湊到一起感到很神奇。這樣不同的生命偶然相遇了。

因爲又到了你離開野尖山的季節，我變得像月圓之夜的狼一樣不安，從胸部一直到下腹部充滿了一種壓迫感，沒辦法靜靜地坐在銀波身邊，所以在那裡茫然地踱步。有時打開房門，望著外頭一成不變的風景，有時會背著銀波，沿小路走到村子口，坐在橋上面一直看著經過的巴士。

憂慮了好幾天之後，我終於下定決心要寫信給妹妹。我如果再不跟任何人講我和孩子在一起的事，我會因爲孤獨而發瘋。我也無法忍受對你的記憶漸漸只剩下我可以承受的部分，然後又慢慢完全消失。靜姬當然沒有回音。因爲我沒有把在野尖山的地址告訴任何人。我偶爾會從學校打電話給媽跟靜姬，那時也只是說我健康狀況不錯、短期內沒辦法回漢城之類的寒暄話。靜姬說她很擔心。我信裡寫著要成爲某人的妻子，又提到一個女人成爲母親後的變化，已經大二的靜姬應該會看出發生了什麼事吧。

我想確認在這廣大的世界上並不是只有我一個人，所以寫了這種曖昧的信給妹妹，但馬上就後悔了。所以我打算要再寫一封有地址，而且講得清清楚楚的信給她，然而我想要眞正辭職到學校去的那一天，收到了靜姬的回信。

姊姊：

　　妳怎麼這樣寫信，讓人嚇一跳？妳從以前就一直是這個樣子。就算是藝術家也不要太誇張。突然冒出這麼嚴重的事。連身邊的人都不知道就結婚了，這算什麼？還說不是最近，是去年的事？

　　事實上家裡也擔心妳。媽媽頂了兩間店擴大營業，她很忙，我也忙著唸書跟別的事，我無法否認只是偶爾想到妳。但是過去的幾個月中，妳完全沒有跟家裡聯絡，打電話去學校，他們又說妳辭職了，問他們地址電話，他們一概不知。就算妳長大了，但還是家裡的長女吧？連媽媽也叫我開學以後去找妳。希望妳收到這封信以後馬上跟我聯絡。

　　我雖然擔心，但還是相信妳的判斷，爸爸這麼說。雖然這是老舊的觀念……但他說如果是男孩子就好了。昇煥那時還小，爸爸說很可惜，媽媽也說：你姊姊內心很深沉，很有耐心。爸爸生病的時候我很少在旁邊看顧，他問我好幾次：妳姊姊什麼時候回來呢？姊姊有了深愛的人吧？聽說他是搞運動的，已經被關了。說起來我們周遭有很多這樣的年輕人。去年我加入了某個服務性社團。我遇見了一個畢業班的學長，很喜歡他。他原先每個月帶我們去窮人區，這學期卻不見人影，後來才聽說他休學進了工廠。他好像感染了熱病，還滿腔熱血地過去，以後大概會以更成熟的面貌回來吧。我好像在訴說不相干人的事一樣，很對不起。

　　對了，姊姊妳那封信的最後一句話很妙，好像自己有生過小孩一樣。妳說當了媽媽的女人已經不是原來的女人？我反覆地讀了妳的信，妳要在偏僻的山谷獨自生下孩子？怎麼這麼可憐啊。我不敢跟媽媽說，自己內心在煎熬著，姊姊從以前就一直把我當小孩子。如果不是讀醫學院，我已經要畢業了，訂婚、結婚的朋友也不少。希望妳一收到這封信就回信給我。信封上也要寫清楚地址。

　　我簡單地回了一封信，說以後會告訴她地址，然後拖到十月，又寫了一封信說，如果妳要來，我不會攔妳。這一次在信封上清楚地寫了副校長家的地址。

妹妹一收到信，還沒到星期天就出現了。當時我餵銀波喝奶，然後哄她睡著，好不容易有機會到畫板前面坐著，這時傳來了師母的聲音。

韓老師、銀波……

我起身到廚房的玻璃窗前向外望，靜姬跟師母已經走上了木廊台，打開房門往裡瞧。抱著雙臂看她們，靜姬進了房內。我悄悄地打開廚房通到臥室的小門，坐在木廊台上看靜姬的一舉一動。靜姬彎腰歪著頭看睡著的銀波，師母也在她身後用相同的角度彎腰看孩子。

看，多可愛。五官很鮮明。

那時我再也忍不住了，開了一點門，小小聲地叫妹妹：

靜姬啊……

妹妹按照她平日的個性，不慌不忙地轉身看我。然後含著淚水喃喃說：

姊……孩子眞漂亮！

我們因爲銀波沒有説什麼冗長的話，就算是打過招呼了。我也走到靜姬身邊看孩子，靜姬一面看著孩子，一面把手貼在我撐著地板的手上。接著緊緊抓住我的手，我微笑看著她。師母開始自言自語。

她的膚色有點像她爸爸，黑黑的，但是爸爸就是這樣才帥的。

我們姊妹之間就無言地這樣坐著。師母大概也發現自己講的是沒用的話，要不然就是看出這裡的氣氛，所以深呼吸一口，站了起來。

我先走了。

要走了嗎？

我一問，她就小聲地說：

妳妹妹也來了，妳們就下來我家吃晚飯吧。

沒關係。我們有很多話要說……

嗯，怎麼樣好就怎樣做吧！

她一出房門，靜姬就問我：

怎樣？

我不懂她問什麼，於是對她笑了笑，表示疑問。

辛苦吧？

不會……這是每個人都要經歷的。

妳說她叫銀波嗎？

嗯。看古語辭典，找了一整天才起的名字。

那我生了小孩，不是要叫金波嗎？

說到這裡，靜姬把忍到現在的所有問題都一股腦問了出來。

到底……到了這個地步，爲什麼不跟家人聯絡呢？那個號稱詩人的傢伙到哪去了呢？告訴他了嗎？

我想要封住她的嘴，於是換了話題。

要不要來杯咖啡？來這裡。

我先進了廚房兼畫室，拿了張小板凳要靜姬坐。我在她看那些畫布畫具的時候煮咖啡。我把煮好的咖啡遞給她，靜姬小口地啜飲，然後看著角落我去年畫的那一幅肖像畫。

就是這個人嗎？

還沒完成，本來想繼續畫的。

對不起……姊，我還是不懂。

沒關係。那個人現在剛開始服刑。

妹妹啜了幾口咖啡，坐在那半晌不說話。

眞搞不懂。

搞不懂什麼？

我曾經在一本書上看到，孩子不但會繼承父母親的人格特質，還會遺傳他們的弱點。搞不好姊姊是因爲爸爸才變成這樣。

也對啦。

姊姊也是懷有和爸爸相同的理念嗎？

有一部分相同。每個人都有自己的理念吧？不管是有錢人還是獨裁者。妳聽！這應該很像是那個人的口氣吧？

其實，這是整個世間人的口氣。我認爲如果這是個尊重自由、基本人權、生存尊嚴的世界就好了，他自然也不例外。

妳說的不錯，我在學校認識很多運動圈的同學，可是我很討厭裝著了不起或者去抓士兵像玩遊戲一般的權力。

我最近讀到佛經上有這樣的一句話：菩薩不記得自己做過的菩薩行；而想要跟惡人作戰的人其實

跟惡人不一定有好壞的差別，這就是世人的本質，沒辦法斬除欲望的根。但是承受這些事的青年人難道不美嗎？

我眞的不懂，姊姊何必要跟那種人過那種得不到任何承諾的生活……

我的這種生活，某一天就突然來臨到我身上，我跟他一起住了半年，留下了銀波，還有我想畫的圖。依據他的說法，人跟世界最大的特色就是變化。我在外面，他在裡面黑暗中經歷世界的變化，我很想要努力生活。

我們沒有吵架。但是我發現了靜姬還是沒辦法除去得自爸爸的傷痕，我在爸爸斷氣前的幾個月日夜隨侍在旁，只要看到眼神就知道爸爸在想什麼，所以逐漸打開心結了。媽媽大概在很久以前爸爸躲在山上的時候就已經解脫了，我不是妻子，而是女兒，所以花的時間更多。對了，人生是沒有折扣的，這句話眞有道理。現在回想起來，不管是試煉或是痛苦，對於經歷的人來說，都等於是對自己的謎題給了回答。

以後妳要怎麼過生活？

靜姬好像有點鬱悶地攤開兩手提高聲音問道，我則輕鬆地回答。

剛才不是說過了嗎？我會努力生活。

靜姬打開袋子，拿出香菸點上，熟練地深深吸了一口，然後突然像個歷經滄桑的中年女人一樣再緩緩地吐了出來。

沒辦法。我也只有贊成了。

她又加了一句。

姊，妳眞是……了不起。

那妳要幫我嗎？

妳要我不要嚇到媽媽？當然，我還會做得更好。說起來，銀波也是我們共同的孩子，不是嗎？

我胸部好像被電到一樣麻了一下，剛好銀波醒了，開始哭。我趕緊起身到臥房裡，抱起銀波，小屁股已經濕了。我開始幫銀波換尿布，我們的小銀波很難過吧？乖乖，我幫妳擦乾淨，再餵妳吃奶奶。

我在喃喃自語的同時，靜姬也跨坐到小木台上，看著我們母女。我熟練地在孩子屁股上拍上爽身粉，抓起兩腳，換上尿布。我抱起孩子，我把準備好的奶瓶放進適量奶粉，搖了搖，小門外面的靜姬伸頭看著我。

妳餵她喝牛奶嗎？

對呀。本來餵母乳，可是漸漸不夠了。

我不懂這些。誰教妳的？怎麼像生了好幾個小孩的女人一樣？

自然就全都知道了。

我餵完奶，讓她斜倚在我胸膛，輕拍著她的背。小孩打了嗝。我又讓她躺著，低聲唱著催眠曲。那是祖母傳給母親，媽媽讓弟妹睡覺時唱的單調歌曲。

睡吧睡吧睡吧，小孩平靜地睡了。汪汪狗、咕咕雞、小老鼠都睡了，小鳥也睡了，天上的小星星也安詳地睡了，小朋友也睡著了。睡吧睡吧睡吧。

靜姬離開之後，我的心平靜了許多。銀波開始會爬了，看到我就會笑，孩子越大，時間也過得越快。十一月中旬下了初雪，雖然是像鹽巴般的小雪，然而野尖山人說初雪下得早，第二年水果收成好。我決定一到春天，爲了我跟銀波的新生活，要離開這裡，我已經決心要讀研究所了，我在鄉下的教師生活由於私生活的不方便而結束了。最重要的是，我的路要自己一人走下去，我比跟你在一起的時候更堅強了。

有一天，我餵過奶，銀波一面咿咿呀呀地叫著一面玩，到了晚上卻開始咳嗽，並且哭不停，額頭也開始冒汗。手摸上去一試，燙得不得了。我因爲什麼都不懂，開始害怕，擔心失去孩子的話，世界只剩我一個人。我緊緊包住孩子，甚至蓋上小棉被，然後帶下去給師母看。

師母，我們銀波……糟糕了！

師母跟副校長跑了出來，把手放到孩子頭上。

很燙啊，呼吸也很沉重，趕快打電話叫計程車。

副校長打電話到車行，師母披上外套出來給了我車錢。我等計程車的時候，成爲跟媽媽一樣虔誠的教徒，我於是像念咒一樣不斷重複唸著主禱文，我看到果園的小路上由遠而近的車燈，就哭了出來。師母跟我到鎭上的醫院去，那時已經沒有人跡了，道路兩旁的店鋪都打烊了，流浪狗在鎭公所前面的十字路口閒晃著。後來聽身邊的朋友說，我們母女相依爲命才會有那種感覺，更是令人心疼，心中充滿了對她的歉意。到達漆黑的醫院門口之後，敲著已經拉下的鐵捲門。師母拍著我的肩膀說：

這裡沒人，後面有住家，我去把醫生叫來，妳在這裡等。

師母進了醫院旁邊的巷子，敲了敲門，燈打開了，然後傳來了講話聲，師母對著我們叫：

銀波啊！

我馬上跑了過去。日式舊房子玄關的燈開著，大門也開了。師母說：

可以了，醫生要出來。

這麼晚了，眞是對不起。

有什麼好對不起的，看情形也知道他們一定在觀看棒球轉播。頭髮斑白的男人穿著毛衣出來要我們進去，領我們穿過院子，我們開了小門進去，上了樓梯就是候診室。我按指示把小孩放在診察台上，把被子掀了起來。醫生把聽診器貼在孩子身上，一面問：

小孩發燒，喉嚨也腫了，什麼時候開始的呢？

她在傍晚時還玩得好好的，喝了奶，幾個小時前開始咳嗽，呼吸聲也變重了。

醫生聽了一下聽診器，然後扒開孩子的嘴，看了看喉嚨，然後問：

生下來之後有沒有接受過預防接種？

還……還沒。

幾個月大了？

九個月了。

這是百日咳，麻疹的接種也還沒吧？

嗯，因爲住在鄉下……

來這裡看病的人如果不是住鎭上，就全都是住鄉下。

幸好才剛開始發病，今天先做一些緊急措施，明天開始妳要每天帶孩子來。

我稍稍安心了。銀波沒哭，只是偶爾像小狗一樣發出嚶嚶聲，醫生打了一針，配了藥，我們到醫院外面，這次是按了電鈕，從正門出去的。外面比剛才更暗了，我們走到晚上還有許多計程車聚集的招呼站。師母拍了拍我背上的銀波的小屁股，唉，妳眞好命，一點小病也打針。韓老師啊，以前百日咳、麻疹根本不算什麼，就像感冒一樣，是小孩長大必經的過程，大家都是這樣長大的。

我是那天晚上才想到應該要離開野尖山，也預感到我可能沒辦法當一個好媽媽了。

留學時期有一次，我看過一個記錄片播出大草原的獅子生態，節目裡說公獅子根本不算什麼，除了繁殖以外一點用也沒有，只賣弄漂亮的頸毛，到處逞威風亂晃。大部份的時間都在打哈欠或睡午覺，想要確認對母獅子的權力或是排行時，會大吼一聲，此外也跟別的公獅子競爭母獅子群，獵食的時候，公獅子置身事外，懶懶地看，敏捷的母獅子抓到獵物之後，牠才出現，獨佔吃掉。餵養小獅子由母獅子負責，公獅子會互相爭奪首領的地位，新的首領會爲了保持血統咬死小獅子。

我想起這件事，不是要反抗文明之類的，但母獅子跟小獅子爲什麼這麼可憐呢。

啊，我已經當了這種媽媽了。冬天已過，野尖山山谷深處慢慢地解凍，柳絮開花，野薑花也開出黃色的花朵，這是八三年的春天。

從去年冬天銀波去醫院的那一天起我就決定要回家住了。說是回家……可是你不在身邊，我們的家應該就在這裡，我決定要回去找媽媽，銀波需要能全心照顧她的家人，我跟師母說了，便整理了畫具、書、重要的東西、銀波的必需品，先寄回家，然後就拎著一個旅行袋、抱著銀波上了巴士。銀波就要滿週歲，我依約定在出發之前寄了信，然後靜姬又用限時專送爲我打氣。

靜姬：

我總算想要到漢城了，妳在這段期間寄來的東西很有用。不只是銀波的嬰兒服，連奶嘴、固體食物都很不錯，我在這裡怎麼找得到？看了妳寄來的育兒全書，才知道我在這段期間是多麼無知的母親，也很謝謝妳寄來的詩集跟我託妳的社會科學叢書，我想起了裡面印象深刻的句子，抄在這裡：

「我做了一個可怕的夢。明天跟你說，如果我們屆時還活著的話。如果我們有明天就好了。你爲什麼不能把今天變成明天呢?如果現在是明天,那有多好呢?」

再補上另一個句子。

「剛才枝條抖動的餘韻在飛鳥的心中,山上佇立的樹木在風中搖動,但落下的葉子上還殘留著羽毛接觸過的暖氣。」

然後寫一些硬一點的文章給妳。

妳有沒有照先前說的,先讓媽媽有點心理準備,不要嚇一跳?我大膽希望得到家人的幫助,因爲我要唸書,沒有其他理由。這只算是建造跟孩子兩人一起獨立生活的必要基礎,想要這麼做的話,需要時間,希望妳之後跟正常的人在一起,把我的一切不孝都彌補過來。

我上次的信裡寫過,他寄了明信片給我,說他是無期徒刑了。可是維新時期被判死刑的人,不是也意外活了下來?搞不好他三年就會回來,或者更久一點。世界被分成兩邊,也有可能永遠回不來了。

姊:

收到妳的信很高興,我也在著急銀波快滿週歲了。一收到信,我就找機會約媽媽去吃飯。我當家教存了點錢,我耐心地等待機會請媽媽去高級西餐廳。由於最近是結婚旺季,韓服店週末生意更好了,準新娘跟她們的媽媽擠在店裡頭。九點多的時候意外地下了大雨,也就沒客人了。我提醒媽媽我們有約,媽媽表情看來也不反對,我就拉著媽媽到預定的地方去了。吃晚餐的客人走得差不多了,我們坐在能一眼望盡南山跟漢城夜景的好位子。我從姊姊辭去教職開始說,又說姊姊可能要上研究所。

還有,媽眞是鬼靈精。以前不也是這樣嗎?跟我們整天混在一起的爸爸還有很多事不知道,可是媽媽從市場回來，在房裡轉了一圈就都猜出發生了什麼事。

媽媽仔細聆聽我說的話點了點頭，等我繼續說，而且……眼神好像在催促似的。我猶豫了一下，自己也搞不清楚就說了：媽，姊姊說她要結婚。媽媽又冷靜地問：嗯，好，跟什麼人呢？我也不清楚，說是寫詩的。媽媽微微一笑，我已經被書蟲嚇到了。讀詩我倒不知道，寫詩對生活沒什麼幫助，最近聽說好像很多詩人都能找到個學校老師、出版社的工作，媽媽畢竟是爸爸的妻子，她搖了搖頭說：我不是在擔心工作的事。詩人忍受不了社會環境的困難，所有的書上都寫著社會這樣不對那樣不行。那時我插嘴說：事實上那個人現在被……關在監獄裡。媽媽那時把叉子放下，凝視著窗外。

妳上次不是去過允姬那裡？那時妳說她很好，什麼事都沒有……我低著頭，等媽媽激動的情緒平靜下來。我一這樣，心中就想起了姊姊的寂寞痛苦，跟銀波睡著時的模樣。

媽，妳雖然辛苦，但是我們的痛苦也和妳的人生有牽連，媽媽最後也是用那樣的方式選擇了爸爸，我決定全部講出來。媽媽，姊姊跟那個人自己偷偷結婚了，而且一起住了半年，她寫信說要回來漢城。媽媽好像頭痛的人，用手指頂著太陽穴，低下了頭。媽媽去廁所回來又恢復正常了，她從那時開始沉默沒有再問到妳的事。很狠吧！我還是沒辦法說出銀波的事。大概這封信寄出之後，我會逼自己講吧，我會說，銀波對於我們家人是多麼地貴重，會讓她急著要看孫女。現在一想，我還是個小孩。我不知爸爸、媽媽跟姊姊為何這麼像。你們對人生都沒有恐懼，快回來吧，別讓我們擔心。

十五

那一年我移監到教導所，經歷了第一個嚴寒。

我因爲是重罪獨居犯，無法被關在政治犯的特別監舍，而是關在一般囚犯監舍的走道底，房間大小跟禁閉室差不多，隔成兩間，旁邊的獨居房始終都沒人來住，我眞的成了孤單一個人。

我被移到不到一坪的房間，因爲哪裡都差不多，所以後來都很習慣，獨居房的冬天從十月就開始了。沒有一點光射進來，門上的視察口看來只是牆壁的裝飾而已，門底下是從外面鎖住的食物口，只有三餐的時候會開，門旁的小小空間放著一張小桌子，如果要出去須側著身子。桌子的上方是日光燈，因爲監獄中沒有熄燈時間，犯人在裡面不管吃喝拉撒睡或打手槍，監視者都要從外面觀察，所以日光燈一年到頭都不關。不要說前後左右，連天花板都是水泥牆，只有地上蓋了一層地板。我獨自鋪上官方給的墊子，躺下的話，旁邊只有一手掌寬的空間。起身坐下之時，兩腳張開的話就會碰到兩邊的牆壁。躺下之後，腳下有三掌寬的空間可以放盥洗用具跟私人物品。在那裡有用角木做的架子上安一塊塑膠板當門，裡面鑽了個洞的廁所。窄到自己一個人蹲下去都會抽筋。上廁所後，小便要舀一瓢水，大便要舀兩瓢水去沖。味道很噁心，所以平常要拿飲料瓶裝半瓶水，插在洞上。老鳥們會拿橡膠手套鼓鼓地裝滿水，弄得很像橄欖球一樣，綁上繩子塞進去。上廁所之前，往上拉那根繩子，洞就露出來了。

廁所裡面有粗具窗戶模樣的兩扇窗，一上一下，比較好的地方有壓克力，比較舊的地方就只蓋上一層塑膠。廁所的窗戶是唯一能看到外面的地方。可以看到天的一角，山的角落，月亮軌道的一部分跟幾點星星。我們站在那裡度過了許多時光。雖然四角的框中總是裝著相同的畫，但是誰都可以在心中畫全新的畫面。我很熟悉廁所裡四面牆上以及天花板上斑駁和油漆脫落的角落，腦海中歷歷如繪，我蹲坐時，甚至把眼前的斑點花紋，東縫西補，弄成各種形狀，有的像兔子、有的像披長髮的女人上半身，還有的像男女的性器官，其中有的用指甲摳或刮掉便和想像中的一樣了。過了幾個月再看看，斑點和痕跡又變成其他形狀。

囚衣之中穿了毛衣和背心早晚還是會凍得發抖，圍著毯子，還向老鳥們學會冷水浴驅寒、向模範囚犯及病患借調水桶，水桶是軍隊廢棄的彈藥桶，蓋子下有防漏塑膠圈圈，裝滿熱水蓋緊，裝在口袋放在寢具腳旁，溫熱可保持到早上，冬天一天之中最冷的濛濛早晨，想從被體溫暖過的被窩裡脫身要靠果斷。早飯前的幾個鐘頭的精神狀態支配著一整天，圍著毯子蠕動，裝病溜掉運動時間的話，沒法感受到外界的大氣，更不要說是陽光了，太陽西下，晚上寒氣逼入牢房，四方牆上，如果不全身緊靠牆，頭頂著門，大喊一通，就像要瘋了似的。

為了要挺過一天，便光著身子跑到廁所，廁所的小空間放著水桶，打開一看，有碎冰塊，用塑膠水瓢打碎冰塊，盛在小錫碗後，弄濕毛巾，開始冷水按摩，塑膠門隙中竄出的風碰到溫身體，皮膚有如要裂開了。把皮搓了一陣後，肉紅通通的，全身活氣溫熱，最後剩下的水洗臉，整碗由頭而下澆下來，牙齒在碰撞，用毛巾擦乾身上的水，尤其是耳緣易生凍瘡，用毛巾裡裡外外擦幾次，平穩呼吸之後，依倚觀察口的鐵窗，抓握、伸展手腕，原地跳躍。牢裡只存在冬夏兩季，春秋太短暫，也不知何時結束的，只有留在月曆中。

出役囚去工廠之後，開始配食了，傳來喊配食的雜役的叫聲，及吵雜的車輛聲等等，食物味也飄過來了。走廊上站著的順序表，菜類也都是那些，只剩下了內容不明的湯水，是湯是合菜或是紅燒什麼的，一兩種，是可以猜的出內容的，如果出現豆腐、小魚乾、豬肉的大丸子，就算好運。

剛開始的時候，每當飯從食物孔中進來，我就會哽咽。感覺自己像是某種禽獸，墜落到世界的底層，覺得要吃飯活下去眞是很煩。

啊，運動時間到了。吃完飯後洗碗、整理垃圾，把房間抹一遍，我就準備好要出去運動了。到了外面，天氣有些冷，山上吹來刀般銳利的寒風，劃過耳際。在一般囚犯用的寬闊運動場中，到工廠上工的犯人正在做各種運動。我走過裝了鐵窗的通道，到了監舍跟監舍之間的空地。之前好像有政治犯的運動場，但是有人不高興，所以蓋成禮堂了。

政治犯是不准用大運動場的。在收容所裡面，有監視設施的圓形隔間運動空間。這種設施中每個人都只能看到自己，看不到別人。邊沁式監獄本來是從凡爾賽宮的動物園得到的靈感。那是外面有一圈圓形的高牆，然後像切蛋糕一樣，用板子隔出很多扇型的空間。每間都有各自的門，把囚犯往裡一推，門關上，他就被獨自一人關在水泥牆中。中央有一座兩層樓高的圓形塔。進到比外牆小一點的圓形本體建築時，每一間的門就像飛碟門一樣圍繞在四周，門上貼有號碼。叫囚犯進幾號的空間，他就要進去。監視者上到樓上，可以觀察每一間的情況。監視者通常在我們看不到的地方，舒服地坐著抽煙或是跟同事聊天，他只要眞的想看，伸個頭就可以看到。這個設施眞的只是象徵性的。我們好像被實驗本能的白老鼠，一舉一動都會被看見。

有些人會在對面的隔間裡自己嘀嘀咕咕，把球踢到牆上，彈回來又再踢，也有人在裡頭一面數數字一面轉圈，又有人呆呆站著看牆外的山腳或天空。我主要是上上下下看天跟地。天上有雲，也有鳥在飛。也有各式各樣的客機飛過相同的航道。

我能分辨往南還有往東南飛的飛機，那是從國內線跟國外線的飛機大小來猜的，回來的飛機看起來大很多。我開始想像坐在飛機裡的那些人。有人舒服地向後靠在椅子上睡覺，有人吃東西，有人哄小孩，有人看雜誌跟報紙，有人聽音樂，還有在通道走來走去的空服員，有人上廁所，有人轉頭親吻情人，那些人毫不在意地生活在世界上……我則獨自在下面的小空間中。

我有時喜歡在那裡玩遊戲，就是種花草跟照顧螞蟻。

從春天到夏天，小隔間裡面的牆上依照有陰影或陽光會茂密地長出不同的花或雜草，最常見的是蒲公英、苦菜跟堇菜。我會澆水給其中最最漂亮的花。我用喝過的牛奶盒裝了水去澆。把雜草一把把拔下來，在牆上寫字，會有綠色的痕跡，如果一天都沒下雨，乾掉的話，就會留下白色的字跡。當時事件進來的學生跟工人會在牆上到處寫上口號，例如打倒軍事法西斯！權力交給工人！趕走美帝主義！民主主義萬歲！如果有檢查的話，輔導官就會先洗刷過牆壁，再把雜草都拔光。不只是拔，而是叫雜工用鋤頭將草連根拔起。我所照顧的花草也被拔起枯乾了。花由於太嬌嫩，連痕跡都沒留下。這憤怒和痛苦的瞬間到現在還鮮明地記得。

在隔間當中，活著好幾種不同的螞蟻。有許多飛蟲不知不覺地飛進來，有些進來就飛不出去了，在隔間中轉來轉去，反覆撞牆，最後筋疲力盡，死在裡面。有蚱蜢、蝗蟲、金龜子，有時不知怎麼回事，也會有好好的蜻蜓。聽其他囚犯說，大部分的人看到這樣的蟲，都會想起自己的身世，小心地撿了起來，放到外面。有時走一走，看到死去的蚱艋被搬運的樣子，自然而然開始注意螞蟻。牠們發現了食物，偵察了一會周圍之後，就會勤勞地到洞裡去帶同伴來，不斷地反覆到食物的地方，自發性地把各種要素巧妙地配置在附近，眞的很有趣。如果有大的食物，螞蟻就會一擁而至，從巢穴到目的地排成一排來搬食物。

其他族的螞蟻若出現，就會果敢地成群撲過來，再怎樣大的螞蟻，如果走錯，走到別的螞蟻巢邊，就會慌張地逃走。我常把一兩塊糖放到口袋中，舔一下，弄得濕濕的，然後放到離牠們巢穴適當的距離。

螞蟻發現了糖之後，牠們會好幾小時一動也不動，用分泌物把它融化，如果上面蓋了一層灰，他們就會挖個地洞，把糖儲藏在地下。

到了秋天，連蟻王飛出來分家我也看過，之後到了冬天，眞的什麼都沒留下來。在看守所的隔間，水泥箱的小東西發出了美麗的光芒，我也漸漸變得堅強。

現在的運動空間是白天去工廠上工的囚犯住的監舍與監舍之間的空地，我後來得到許可，在這裡種了一塊小小菜園。

我那時沿著教導所的內壁快步走到管理室的窗邊，再走回來，做散步運動，影子上有積雪，牆壁下有做了水土保持的山坡，陽光灑在上面，在枯草當中，強韌的小草伸出了頭來。我到了運動時間，絕對不會跟負責人員爭論。他如果開始嘮叨，我就會像剛上學的小孩一樣，點頭微笑聽著。在這條路上，依照季節的不同我常會遇見各種各樣的生物，有蚱蜢、鼠婦、螳螂，還有很大的蟋蟀。梅雨期間，有青蛙跳到廁所裡，甚至牢房裡。水肥箱附近有無數個地洞，裡面有大到讓人害怕的老鼠。那些不是平常那種灰色的老鼠，而是黃褐色的野鼠在這裡定居下來。老鼠看到囚犯也不會逃，會在那裡不怕生地一直看。我有踩過走路不穩的老鼠，也曾抓到過。牠們會鑽到黑暗發臭的水肥箱裡，吃囚犯洗碗時丟掉的廚餘。牠們的天敵野貓也蜂擁而來，好幾群都住在監舍附近有掩蔽的地方。到了交尾季節，野貓會用撒嬌的叫聲弄得整棟的囚犯都睡不好，會抱怨、拿東西丟牠們，有的貓從小就有被餵養的習慣，長大也無法獨立，一到吃飯時間，就會到窗邊低聲叫著。這時囚犯就會給牠們魚頭、魷魚，牠們會幫貓取名字，叫名字牠們也會回答，我常常在去運動的路上遇見牠們，我也有養過貓好幾週的經驗，被移到第三間教導所，我跟許多動物都結下因緣，長期的囚犯都覺得自己是主人，反而把來來去去的輔導官稱作客人。特別是只來一兩年甚至半年的人，我們都叫他們旅客。長期關在裡面的公共安全犯，以及有前科的累犯者特別多的中部地區某個監獄中，囚犯們常常會培育各種動植物。有人會把馬鈴薯、地瓜、洋蔥種在切成兩半的可樂罐裡，也有人種外面摘到的蘭花，有人夏天買西瓜吃，把種子保管到第二年春天，然後很用心地種，最後窗邊有了瓜藤跟拳頭大小的西瓜，當然這些東西在高官來巡察之前，就會以遮住視野的理由被殘酷地除去。

我也看過有人養老鼠的。老鼠在白天去上工而空著的監舍特別多，在廁所或是地板底下進進出出找食物。有一個單人房的囚犯知道小老鼠常出沒的地方。他拿口糧餅乾抹上植物性奶油，弄得很好吃，然後放到房間地板上等。從地板跟水泥牆縫裡有小老鼠跑了出來，小步小步地接近了口糧，這時他拿透明膠帶黏住裂縫。他知道老鼠縮到桌子底下，也不去抓，只是把能跑掉的洞跟縫一一遮住。他好像對桌子底下一點都不在意，只是吃飯時間會把食物放到那裡，後來在睡的地方旁邊放了一個撕開的紙盒，當做老鼠的飯桌。一開始老鼠會裝睡，動也不動，然後小步小步走過去吃，過了幾天之後，只要一放食物，牠已經變得不怕人，一下子就跑過來，眞的像松鼠一樣用兩手抓起來坐著吃。獨居犯總是會跟老鼠說話。他用衛生紙廣告的兔子名字，把牠取名叫波比，一叫波比，牠就會跑到主人膝蓋上。主人用紙盒在桌子底下幫牠搭了一間房子，把毯子撕開墊在裡頭。我看過好幾次他不斷對老鼠說話，讓老鼠從他手上爬到手臂上，從手臂上爬到肩膀上，從肩膀到頭上、再到背部，這樣上上下下地爬。過完年之後，老鼠長到一個巴掌大，大概因爲跟人很親吧，不會讓人覺得噁心，反覺得牠很伶俐。主人偶爾會幫牠洗澡，在脖子綁上紅色的毛線當項鍊，如果沒有長尾巴，儼然就是寵物的模樣。在閉房之前，我有可以透過鐵窗跟對面一般囚犯交談的時間，有一次向那個人房間一望，發現他茫然地看著空中，呆呆地流著淚。

發生了什麼事，你怎麼了？

我一問，他就把眼淚用拳頭一擦，說：

波比沒了。

不錯啊。牠也大了，是該放走了。

不是。今天這裡有房間檢查。被帶走了。

那些傢伙要老鼠做什麼？

帶去焚化爐。

波比就這樣被火葬了。

還有一次我得到一隻小貓，全身黑肚子白的小黑，這隻小貓很健康，生命力又強韌，兩年當中生產四次。小黑從小就在考試班的房間附近要早餐吃，午餐又到理髮部去吃，早上吃一根販賣部賣的香腸，比起來，中午在理髮部吃的東西好很多，理髮部老鳥很多，離炊事場又近，常會有魚吃，當然炊事場的東西最好，有輔導所貓中之王、黑毛跟白毛混雜的阿花。這隻公貓長得很不錯，那裡都是牠的地盤。有一隻褐色條紋的維京就是因爲過去跟牠打了一架，所以眼睛瞎了。小黑從小時候，每到下雪的夜裡，就會跑到一樓的窗台上，淒涼地叫著。考試班的囚犯都被吵醒，室長把貓帶回去，包在自己的毛毯裡讓牠睡。考試班的人照顧牠，幫牠取名叫小黑。高官來巡視，他們就把小黑藏到書桌底下。過了冬天，小黑就長成成貓了，離開房間之後沒多久，就挺著大肚子回到窗邊。考試班的人一方面難過，一方面又欣慰，好像看到出嫁的女兒回來一樣的心情。

唉唷，養你這麼大，你懷了誰的野種呢？

水性楊花的女人，誰讓你懷了孕才回來？

不是啦。不管你生的是小黃還是小斑，希望能健康地長大。

他們都很高興，給牠吃香腸或魷魚腳，菜裡面有魚的時候，也會用泡麵的碗裝起來給牠當早餐。小黑住在監視塔下面的地下壕溝，很多人確認了牠是從槍孔出入的。小黑在那裡頭生了小貓，走路垂著長長的乳房晃來晃去的小黑，每天早上到監舍的前院吼叫。跟以前不同的是，如果現在有人丟香腸給牠，牠不會立刻吃掉，而是咬著回去。大家都知道牠是回去餵小貓，所以會準備三四根給牠，牠會在院子裡慢慢把最後一根吃掉，中午送食物的差役帶著食物筒一出現，小黑就會敏捷地跑到監舍前院，跳過一人高的隔離牆，跑到運動場角落的囚犯理髮部。理髮部中已經分配好食物，有很多大哥級人物，他們訂好值班的菜鳥小弟，每天爲小黑準備豐盛的午餐。小黑雖然生了一大堆孩子，可是一隻都不讓牠們跟在身邊。小貓長大之後，牠就會發飆，把牠們通通趕出自己的地盤，小黑三四歲的時候死了。有一天，閉房時間到了，晚餐結束，播放音樂的時間也過了，有人到廁所去後，發現了身體伸得長長趴著的小黑。

小黑死了！

一分鐘之內，消息就傳遍了整棟監舍，每個房間的囚犯都爭著到窗邊伸頭望向院子，有些人叫著：小黑，小黑！整棟監舍一下子人聲鼎沸，被嚇到的值班管理人員開始吹著哨子反覆走來走去。

就寢，就寢！全部給我進去！

老鳥們將頭伸到鐵欄杆外面，拜託他們：

長官，你也知道吧？我們這棟監舍的長女小黑掛了。請你把牠拖到暖爐旁邊去烤，說不定還有救。但是輔導官連裝作沒聽到都不肯。他們最大限度的照顧就是默許大家餵貓而已。第二天運動時間雖然大家可以到監舍前面的院子，但是由於下了整晚的大雪，所以小黑的屍體整個被埋住了。把雪掃掉之後，找到了小黑，可是牠的頸部下方有很大的傷口，血流得到處都是。大概是爲了保護自己的地盤，被其他公貓傷害的。有一個老的長期囚犯說，貓肉對神經痛很好，就想裝到鐵筒裡熬來吃，但是其他的囚犯都不答應，他們把小黑用喀什米爾絨防寒衣的襯裡包了起來，圍住了那個老人。

你就是心眼壞，才會連個照顧你的後代都沒有，在監獄裡面變成老頭。

你這混蛋說什麼？

你這傢伙瘋了，活得不耐煩，才會這麼說。這孩子被我們整棟的人當寶貝養大，算起來也是你的孫女。把牠煮來吃，最後還不只是多增加些肥料罷了。

總之，罪犯對於監獄周邊的各種小東西非常關心，這眞是很妙。我也試過養大角天牛等昆蟲好幾個月，甚至於抓了青蛙，放到筒子裡，再想辦法抓活蒼蠅來餵。

後來我被移到二樓空著的監舍走道底的房間，過著更純粹的獨居生活，又發現了輔導所中有近百隻的鴿子居住，牠們會分成好幾群自由地飛來飛去，會去撿田裡的穗子吃。我像其他囚犯一樣，會丟飼料到監舍前庭，漸漸地牠們就開始有規律地聚集，飛到我的窗邊。我會準備好幾袋販賣部賣的花生，把殼剝掉，一顆花生通常敲成四塊，有時把麥飯放在廁所的窗邊曬乾，然後也弄碎，跟花生混在一起，當然鴿子比較喜歡花生，可是太貴了。一開始大部分鴿子搞不清楚我放飼料的規律，只有比較聰明的才看了出來，到我要放飼料時就會出現在那裡等著。早餐後、運動時間前的半小時是第一次放的時刻，第二次則是晚餐後、放音樂的傍晚，但是我開始特別寵其中幾隻後，就開始變換時間表了，變成早餐前以及晚飯前。鴿子們在工廠附近的鳥類飼育場跟養錦鯉的小池附近的養鴿場成群結隊地住，有兩個長期囚犯負責照顧，他們早上一起床就打開鴿籠，傍晚餵完飼料再讓牠們回籠。

鴿子有各種不同的顏色，仔細看的話，樣子也不同，最常見的是灰色上面又分佈著幾種不同色的斑點，但是注意觀察會發現斑點的形狀不同，基本的毛色也不同，有灰色底、褐色底、紫色底、黑色底的，有純灰、純黑的，有黑底灰斑、褐底灰斑的，還有純白色的，鴿子跟我親密起來之前，會啄食下面一層未決囚丟的餅乾屑或是麵包屑吃。後來知道我給的花生好吃之後，就常湧到可以看見我的對面倉庫屋頂上。牠們在倉庫的洋鐵屋頂上等，只要我走到窗邊，就會全部飛到窗台來。我在窗台放上吃的，牠們甚至會一點戒心也沒有地從我手上啄食。

我特別喜歡幾隻，第一隻是叫做「老大」的純白色公鴿。只要看身體的動作馬上就可以知道是公是母。公的是上寬下瘦，脖子會一伸一縮，愛現的時候就會像舉重選手一樣擺姿勢。公鴿跟其他公鴿會互相推擠，用翅膀互相攻擊，搶好位子在母鴿子前面轉來轉去，挺起上身咕咕叫。第二隻也是純白色的，我叫牠「阿純」。阿純體型比老大小而纖瘦，並不特別起眼。牠就算來到窗邊，也會被擠開，我觀察了一陣子，才從牠坐下看著窗戶的樣子確認牠是跛子。鴿子當中有很多跛腳的，那是囚犯們以前會因為肚子餓而誘捕鴿子煮來吃，他們現在會想養在房間裡，不知從哪時開始，抓鴿子變成新的打發時間的方式，沒有運動時間的星期六下午、星期日整天、國慶日連續假期是最無聊的時候。到了這種節日的下午，有人就會開始釣鴿子，首先把花生剝開，用線牢牢地繫住，長線的另一端也綁一顆，有時直接用這條線，有時也綁另一根線，在窗戶裡抓著，之前是用手套、襪子解開的線，現在有尼龍線了，幾乎不會斷。肚子餓的時候，會把鴿子烤來或煮來吃，有時用衛生紙的滾筒來煮泡麵，把衛生紙搓得細細的當火種。鴿子也是，如果灑上鹽，用這種方式蹲在廁所烤，就不會冒煙。冬天會把鴿子放進鐵筒，在工廠的暖爐上烤，最近已經沒人吃了，只是釣鴿子來打發時間。

這可以算是囚犯一種對窗外自由悠閒的鴿子的殘忍報復，他們只要把用花生做的陷阱丟出去，看踏入陷阱的鴿子掙扎就行了，把繫著花生的細絲拋出去，鴿子會來吃。如果嘴被線勾到，牠們就會用一隻腳踩繩子，想把它弄斷，重複相同的動作幾次之後，線就會纏住嘴跟腳，讓牠的身子縮了起來，這時牠會掙扎著開始飛，飛了又掉下，到後來腳就會折斷。

看這些斷腳鴿子的動作眞令人痛苦，牠們每次都會落單，搶不到食物，在屋頂上移動也只能跳個幾下，連走都不能走，因為我認為老大跟阿純是一對夫妻，所以留心地觀察，而且我也很喜歡這美麗的母鴿子，只要在窗台上一放飼料，鴿子們就會爭先恐後地湧來，牠們按照力量大小，互相推擠爭鬥，想要搶到好位子。膽小的鴿子如果不是整群移動是不敢飛來飛去的，但是有時候，在整群鴿子飛來之前，或是大家都吃過了之後，會有一隻漂亮的純白鴿子飛來，牠大概之前跟其他的鴿子在窗台吃過了，牠會坐在窗台上，用嘴啄塑膠窗，我就會開窗。大部分的鴿子只要窗戶一打開，就會走到關著的那一邊，或是乾脆飛回倉庫屋頂上，可是這一隻卻是坐在原地，威風凜凜地看著我，低聲咕咕叫著。我把飼料放在窗台上，牠好像在說相信我一樣，進了窗戶，慢慢地啄食之後，用嘴摩擦幾下鐵窗，然後飛走。牠獨自來找我，我給牠飼料的事反覆幾次之後，老大就帶著另一隻鴿子一起來了。那就是阿純，由於身體細瘦，頭老是低著，一看就知道是母的，低著頭是因爲左腳不能用。牠的腳向內側彎，跟別的鴿子不同，老大飛來敲窗戶，我放飼料後，牠就會走到旁邊踱步，把好的位子讓給阿純吃飼料，阿純吃夠了之後，牠才會吃剩下的飼料，然後兩隻鴿子一起飛回對面屋頂，親密地坐在一起。其他鴿子飛來的時候，牠們就會避得遠遠的，飛到別處去。

幾天之後，跟我變熟的阿純會先飛來，有時也自己來。阿純會彎起不便的腳，透過塑膠窗靜靜望著我。

嗯，阿純來了，該吃飯了。

我一說完，牠就搖搖晃晃地走進窗戶。就算我打開窗戶，牠也不會飛走，會在那裡等飼料。我每次給的分量不太一定，有時給很多，阿純也只吃完適當的分量之後就會飛走。有一個下雨天，我從外面回來，阿純自己坐在窗外等我。運動時間，我從監舍前的空地往上一看，其他的鴿子都到食物最多的炊市場附近去了，只有阿純靜靜坐在那裡，老大不知飛到哪裡去了，到晚餐時間才會跟阿純一起來，我決定分開餵牠們，但是其他的鴿子也慢慢發現我給牠們的特殊待遇，所以當阿純自己飛來時，其他的鴿子也會成群飛來。阿純在鴿群中很容易被推擠出去，牠也不爭鬥，就直接飛回屋頂去了。但是如果是老大，情況就不同了。老大就算跟鴿群一起來，也是第一個出發，到達窗台之後敲敲塑膠窗，我給了牠飼料之後就獨自吃了起來，其他鴿子只敢在屋頂上等。有時有一兩隻勇敢的公鴿子飛到牠附近吃。老大就裝作不知道一樣。但是如果有鴿子膽敢進入牠的地盤，牠的翅膀馬上會打過去，在鴿子很多的時候，老大會吃適當的分量，然後不經過屋頂直接飛過本館消失。我也開始關心老大跟阿純之外的其他鴿子了。

「打架狂」常在窗台上走來走去跟其他鴿子打架，自己吃不完還想獨佔飼料；「好吃鬼」腳上還綁著釣魚線，但是一點都不怕人，甚至飛到窗戶裡頭；「假阿純」長得很像阿純，剛開始連我都被騙了好幾次，牠也是純白色的，而且飛到窗台以後，也像阿純一樣彎著一隻腳，靜靜看著我。給了牠好幾次飼料之後，有一次等牠回到倉庫屋頂上，才知道牠的腳是好的，牠能用兩隻腳跳著走，自由地整理羽毛。居然有這種事！牠大概是跟阿純一起來過幾次，知道我對阿純特別好，所以到要吃飼料的時候，就跑到我面前裝阿純的樣子，所以我也給聰明的假阿純與眾不同的待遇。

有的鴿子你一開始很關心，但到了最後會開始煩。我把這隻鴿子叫做：「鐘樓怪人」。鐘樓怪人眞的長得很醜，牠是我唯一分不出性別的鴿子。牠的大小只有其他鴿子的三分之一，脖子短，身體又矮胖，與其說像鴿子，不如說像什麼小鵪鶉，毛色又是噁心的濃灰色，夾雜著麻雀的褐色，牠有悲劇性的弱點，嘴巴像剪刀一樣往兩邊岔開，就好像彎掉的筷子一樣，很難夾起飼料來。而且嘴附近跟脖子一帶總是沾著黃色穀粉，也沒辦法整理羽毛，看起來總是髒髒的，牠老是努力想要加入鴿群。飛到窗台之後，也努力地想要啄花生，但是一次都沒吃到。其他的鴿子都會用嘴啄牠的頭。所以牠的頭都是傷，甚至有乾掉的血跡，然而牠的生命力非常強，牠也發現了在沒有別人的時間來找我的方法。我把沒打碎的花生給牠，牠吃東西的方法眞是讓人鼻酸，常常啄一啄，花生就掉到窗台底下去了，好不容易咬了起來，卻又沒辦法呑。好幾次試驗失敗之後，總算偶然地吃到一顆，大概鐘樓怪人對飼料永遠是這麼缺乏而飢渴，後來我給飼料的時候，牠就會性急地啄我的手。然後就把身體挺得怪模怪樣，向我大叫示威，我因爲看不慣牠的怪嘴，所以曾經用力幫牠扭回去，後來漸漸開始討厭他激烈的性格。

下雪的日子，阿純在我眼前被貓咬死了。那是身上充滿斑點的流氓貓，有時會抓鴿子，牠趴在倉庫的鐵柱子陰影底下等待獵物，樓下還沒判決的犯人會丟食物，所以鴿子們會在院子裡跑，阿純是最後一個，一跛一跛地在雪上走，突然倉庫的黑影裡有一個東西跳出來撲到阿純身上，阿純連翅膀都來不及張，就被貓咬住了，很奇怪地，我冷靜而從容地注視著這場殺戮，貓咬著獵物到倉庫後面看不到的地方去了。後來運動時間到倉庫後面一看，角落血跡斑斑，回身一看更殘酷了，白雪上面有血跡蔓延，只剩下羽毛。柔軟的羽毛被吹到鐵絲網上，掛在上面飄，這些羽毛好像還活著一樣。

過去一天、兩天……冬去春來，還是一天餵兩次鴿子，但是沒有特別分開餵了，愛是無常的，我雖然不是斬貓的禪僧，但是如果不從這些簡單的東西開始先放下，那我好像無法再忍受這歲月了。

八三年、八四年，我是怎麼過的呢？大概跟前一年沒兩樣吧，我絕食了好幾次，有時踹門，有時用碗敲鐵窗喊口號，反覆被關到禁閉室。眞希望有一個可以吵架、討論到後來想殺了對方、或因爲一點點食物互罵、然後回到房間中，又因憐憫而後悔的伙伴。公權力對我太嚴了，他們知道時間的空虛。從日據時代開始的行刑術經過戰爭跟政權交替，累積了無數的經驗，他們總是會有新的牌可打。

我把以前讀過的書的詳細內容全忘了，只記得大致的原則。

十六

八四年春，我回到學校。雖然是中年婦人了，但是外表上還年輕，銀波已經三歲了，我進了研究所，就沒住在家裡了。靜姬在大學醫院當實習醫師，我在大學附近租了一個二樓的房子當畫室，教一些學生繪畫技巧，做起來雖然很煩，但是我不希望連我都去依靠事業蒸蒸日上的媽媽，我也希望自己一個人能夠努力用功。銀波留在家裡，家裡有傭人，員工也不少，所以不像以前那麼忙了，媽媽反而覺得有銀波在家太好了。

你在裡面，所以不會知道的，大學校園裡每天都籠罩著瓦斯催淚彈煙霧，那時期被趕到監獄和社會上的學生又復學了，五月份衝突事件中漸漸瓦解的社會力量在集結之中，一千多個時局社會犯被放了出來，但是像你一樣的左翼份子一個都沒出來。冷戰漸漸進入高潮，我擔心這樣下去，會不會發生世界大戰。

我那時認識了一個男人，希望你不要失望。你不在的時候，他是我唯一的朋友，現在回頭仔細想，其實我雖然不像喜歡你一般喜歡他，從另一方面來說好像也喜歡過他。我也瞭解你在裡面想出來，你雖然沉默了很久，但在我的夢中每過好幾年就會出現一兩次。生存這件事並不單純，連你的獨居生活也都不像你想的那麼巨大複雜嗎？我們可以說是站在世界變化的峭壁上，有的人被倒栽在日常生活之底，有的人被慾望吞噬，就像你說的，那個時候，南韓的資本主義已經具備再生產的結構，若放任不管，也會自行運轉的，我們卻根本沒按部就班地去奮鬥，把奮鬥的課題攤開教科書耍弄嘴皮之後，把別人歷經的一世紀，草草搞了幾年，這就是我們外面進行的人生。

八四年初春，我去靜姬上班的醫院找她。那時候不知怎麼搞的，我們姊妹的時間都錯開了，雖然回家也會偶爾通電話，互約見面，後來都臨時有事，最後幾個月都沒見著。我坐在醫院庭園走道旁的椅子上等，不久穿著醫師服的靜姬就帶著疲倦的臉龐出現了。

姊，等很久吧？

嗯，等了一陣子。如果妳忙，我就先走了。

不是啦，我今天值班，我已經跟人家說好了，一起吃晚飯吧。

那就好。

等我一下，我去換一下衣服。

靜姬跟我慢慢在校園裡走著。新綠正濃，清風也芬芳。

其實……我對姊姊有些抱歉，我的約會跟妳撞期了。

妳在說什麼？

姊姊打電話來之前好幾天，我就已經有約了。有人跟我們一起吃，沒關係吧？

沒關係。誰啊？

我的病患，他的朋友。

我聽她說「他」，就知道是誰了。是那時去軍隊裡當醫官的學長，後來他們兩人結婚了。總之，那時我遇見了他，靜姬並沒有說他的什麼事。

我們繞過大學的圍牆到一間僻靜的簡餐店，靜姬也許想喝喝燒酒。我們上了階梯，打開格子玻璃門，看見一個大漢坐在角落，磨磨蹭蹭地起身，我對他的第一印象已經忘記了，只覺得好像很眼熟，皺巴巴的襯衫上套著一件暗色的舊西裝。

這是我姊姊。

靜姬毫不猶豫地說，他則是很鄭重地鞠了個九十度的躬。

我是宋榮泰。

我有點尷尬地回禮，也沒報姓名，就這樣敷衍過去了，靜姬看起來想要先處理自己的事情。

檢查的結果很好，沒什麼好擔心的，空洞縮小了，最好趁這個機會服藥治療連根剷除。胃腸好像不太好……但是因爲藥量比先前減少很多，應該會好轉的。

啊！眞慶幸。

您最近怎樣？身體狀況……

還是覺得疲勞，可是沒發燒。

在那裡有多久了？

三年半。

哇，這麼久？

其他人在軍隊裡頭浪費時間還不是一樣。

我漸漸覺得跟他們坐在一起越來越尷尬了，靜姬跟他說的東西我並不是都聽不懂，反而是讓我想起你的痛苦對話，我從內容當中可以猜出他從監獄裡出來沒多久，患的大概是結核病。

學長打電話來說下個禮拜要出來外宿，他有問我宋學長您的健康情形怎麼樣，我跟他說沒問題，但是不能完全放心。至少還要小心個半年。您復學了吧？

不好意思，很丟臉。

我姊姊在那所學校的研究所唸書。

眞的嗎？太好了。

姊姊是畫畫的，不像我這麼無趣。

我們吃完晚飯，喝乾了幾瓶啤酒。我感覺宋榮泰是很誠實的一個人，但是不知變通，所以有些無聊，他又是學哲學的，在這個世上學哲學，誰給你飯吃呢？而且都是在說別人的話，搞美術又有誰會養你呢？宋榮泰用流行語來形容，就是教育廣播電台啦！不慌不忙、很誠懇地用邏輯慢慢說服別人。

大概是跟靜姬見面之後的第二週吧！晚餐的時間我正忙得不可開交，宋榮泰跑到畫室來找我。夏天是要學實用技法的學生蜂擁而至的時候，教室增加了二十個畫板，有時要在班上待到很晚，要在畫石膏像的學生背後巡視，指導他們，當助手的美術學院學生告訴我有客人來找，從畫室到出入口的地方有一個小隔間，裡面有沙發，當作接待室用，他就坐在那裡。我一開始差一點認不出他，他就像在簡餐店裡猶豫的姿勢一樣站在椅子前。

你好……怎麼會知道這裡？

這個嘛……是靜姬告訴我的。

什麼事呢？我現在很忙耶……

我一說完，如果是一般人的話，應該會搔搔頭，被對方的話壓倒，問對方什麼時候不忙，然後說那我就先走了。我根本沒想到他會這樣回答：

我今天時間很多，我會等到妳有空的。

可能要等很久喔！

我沒有不耐煩。我是小孩的媽，應該要更懂事，他正對著我笑，厚厚的眼鏡後面已經有魚尾紋出來了。他看來不像想隱瞞什麼，一副善良的樣子，但說起話來又不像是很嫩的那種人，態度上看來有一點遊刃有餘的樣子。

要他回去的話我說不出口，就把他留在接待室，自己進了教室。宋榮泰這個人雖然和靜姬沒什麼淵源，但我不自覺地被他的神色自若所感染，我回頭去照顧學生，剛開始還頗在意不停地回頭看入口方向，瞄瞄接待室看他還在不在，他竟然把舊皮包放在桌上，拿出紙、筆跟字典，開始做自己的事，我這邊只能看到他彎著的腰以及後腦勺，他半捲的頭髮像瘋子四方披散，頭頂有一個清楚的旋兒，他的視力糟，把字典放到鼻子前面才看得見，我總感覺他好像很久前就坐在我畫室的那個位置上忙著。不！甚至可說，讓我錯覺到他才是這個空間的主人。

學生們一一回家，過了晚上九點所有的事情才告一段落，我稍微在畫室的椅子裡癱了一下，抽著煙，一個黑色的腦袋歪著伸進來探視。我誤以爲是樓下的房東，或是中華料理店的少年來收欠款，所以別頭過去問：

有什麼事？

我……是我啦。

我嚇了一跳，趕忙把頭轉過去看。

你還在嗎？

他輕輕走進了教室，他外套已經脫了，穿著襯衫，就像在自己家一樣。

妳走來走去的，都沒看到我嗎？我一直坐在那裡啊。

啊，對不起，因爲學生很多，所以忙得有點失神了。

請我喝一杯咖啡吧？

我那時候才眞心地覺得抱歉。

好啊，請坐這邊。

他沒照我的話做，在教室踱步繞來繞去，像最後一關的審查委員一樣，把學生的素描一一看看，把玩學生掛在書櫃上的裝飾品，還有親身捏的、燒的、碗缸之類的東西，又仔細地看花瓶中的枯萎花朵，我把咖啡杯放到椅子前面，然後自己先喝了起來，又問他：

你是不是有什麼好事？

咦？

這一次是他忘記了我的存在，轉過來一臉茫然地看著我。他用很天眞的笑容看著我，眼睛瞇成一條縫幾乎看不見，卻又佈滿了魚尾紋。

對啊，有很好的事。

宋榮泰挪坐到我對面，又開始說：

我決定要當這個補習班的學生了。

這不太好吧，現在我收的都是要考藝術學院的人，而且期間是兩個月。

沒有一對一的個人指導嗎？

這個也有彈性的，只是學費比較貴。

好啊，什麼時候開始呢？

看你方便，沒有必要每天來，一星期來兩次如何？

跟我想的一樣，下禮拜開始好了，這樣的話……

他從上衣口袋掏出手冊，貼在鼻子前面看。

星期三、星期五怎麼樣？

晚上六點以後就沒關係，可是你爲什麼要學畫呢？

他好像已經料想到我會這樣問，所以不慌不忙地回答：

這個嘛……我想要有更柔性的思考，需要有各種觀點與方法來表現事物。

那是很後來的事了，重要的是一開始正確地對待，照樣子把握就好了。

每個人看得見跟看不見的東西都不一樣，手的動作也不一樣，我現在肚子裡好像有點空空的，妳不覺得嗎？

我吃過晚飯了。

這樣啊。今天我們算是結下師徒之誼了，所以弟子想用薄酒來款待師父。

我也不是不想喝一杯，所以爽快地說：

好啊！這裡是我的地盤，我有很熟的店。

我帶他過了馬路，到市場入口一個一年四季都不換地點、在黃昏時開始營業的攤子，那是一對夫婦在經營的，男的很瘦小，女的卻高大又肥胖，學生常說那個阿胖跟阿瘦的攤子。宋榮泰跟我掀開了路邊攤的塑膠帳棚，裡面客人已經很多了，我們坐到靠裡面的狹窄位置，他低頭好像在做食品檢查一樣，看著放到桌上的食物。

你看不清楚吧？這是鰻魚，這是牛小腸，這是雞屁股、雞心，反正由我來點好了。

嗯……我不太吃這些東西。

我瞭解到宋榮泰的胃腸跟胃口比外表看起來還纖弱，如果是剛進學校、沒有歷練的女孩子還沒話說，跟我同輩的男人居然說不吃內臟，眞的很可笑。我故意用開玩笑的口氣說：

你胃腸很弱嗎？

那個啊……我因爲過敏，不是什麼都能吃。

體質這麼差，不是要吃麵包過日子了？

我一說，他就打開燒酒瓶猛灌，之後微微一笑。

我很能忍受這類的不舒服。

舉個例子吧，你能忍受什麼？

嗯……都可以。睡在馬路上啦，餓個幾天啦……

眞的這樣經驗過嗎？

之前我有過身上沒有錢過了一兩個月的經驗。

我搞不清狀況，根本聽不懂他在講什麼，也不知道我之後會處於什麼樣的困境，跟之前比，覺得跟他親近了許多。他一直喊餓，但是酒跟下酒的菜上來之後，他只是一杯接一杯，下酒菜連看也不看，好像要把整杯酒塞到喉嚨裡一樣。我開始不安，一轉眼，我們就喝了三瓶燒酒。我喝了一瓶吧，他又點了一瓶。

我搖了搖手。

別再喝了！

現在才剛開始，怎麼可以停呢？再喝一瓶，我就戒酒。

你還沒醉嗎？

妳胡說什麼？我的體質是，喝完會打瞌睡，卻不會醉。

他又點了一瓶酒，整瓶灌進嘴，當裡面剩下一指節高的酒時，他就像之前說的一樣，開始打瞌睡了。要怎麼處置他呢？我眞的從腳底煩到了極點，抓住他的亂髮，想要自己起身離去，卻又忍住了。雖然老闆夫婦的眼神讓我很丟臉難堪，但我又不能放著不管，只好拖著他好不容易走上樓梯，把他丟在接待室的沙發上，我生氣火大了，坐在對面開始抽煙。

居然有這種傢伙！

我讓他癱在沙發上，抽完一根煙，氣也消了。我害怕他弄髒沙發，所以先幫他把鞋子脫下來，然後又拿下他眼鏡，自己戴上看看，哇，整個是一片模糊，什麼都看不見，我把他的眼鏡放到桌上，關掉了接待室的燈。

總之，宋榮泰算是進入了我的日常生活。他只不過比我大半歲，一開始就不怎麼懂事，我沒有像教考生一樣，要他畫朱利安、維納斯石膏像之類的，而是要他畫靜物。我叫他把鞋子脫下抬高腳來畫，眞的畫得很仔細，他第一個月勤勞地一週來兩次，後來漸漸失去動力，常常一星期只來一次。到了暑假要結束的時候，要爲結業的學生作最終評價，忙到跟他打招呼的時間都沒有，連週末跟星期日都報銷了，而第二學期聯考之前更忙。冬天之前，學生會像退潮一般溜掉，我只能更加油，開學之後，我自己也要去學校了。

雖然是星期天，那一天比平常更忙。我爲了接電話到教室外，結果他已經來了，獨佔了沙發，又在做翻譯的事，他已經有將近兩個禮拜沒出現了。

喂！妳好……好久不見。

我不是說過，要你不要叫我「喂」！

這是學國立大學警衛科長的口氣。

我接完電話，一面透透氣，一面爲自己收了這個常缺席學生的學費而過意不去，所以想跟他說幾句話。仔細一看，他曬得有點黑，上臂甚至有點脫皮。

去哪了？

意外地，他很簡短地回答。

我們去避暑了。

事實上，那一陣子很難期待同輩的人像這樣簡單回答的。

你的命眞好。

我冷冷地打心底對他說，然後又問他：

到底你爲什麼學畫？消遣嗎？

這就好像小時候，整天蹺課的小孩突然狂熱地用功起來，理由是想在新來的女老師面前有所表現一樣。

你是我們教室裡最混的學生。大概熱情已經熄滅了吧！

不是。那是另一種表現關心的方法。

我莫名其妙地笑了出來，從來不曾覺得他是男的，到了學校，跟那些滿口老套的教授還有同學只簡短地對話，回到教室跟那些應試學生也只說必要的話，那些人走後我只能呆呆坐在那裡望著新的白畫布。一時興起，會打電話回家聽銀波嗯嗯啊啊，頂多再跟靜姬聊幾句媽媽的事情。

你幹嘛整天窩在人家工作的地方？我把他攤在那裡的書拿來一看，看見了德文的標題。

我在翻譯。

打工嗎？你把這裡當辦公室，也應該負擔一部分房租。

這樣嗎……我現在是被動員的無償人力。

文章題目是什麼？

這是從《哲學的貧困》中擷取的幾章，也有濃縮整理過的德意志意識型態。

你不是爲出版社做的嗎？

他仔細地看了我一會兒，然後收好一張張的稿子，放到皮包裡。

這是爲了培養專職搞運動者所寫的教材。

你怎麼可以跑到別人工作的地方搞陰謀？書籍怎麼可能達成變化？

宋榮泰拿下厚厚的眼鏡，吹了一口氣，然後用襯衫的衣角專心擦了擦，又戴了上去。

我有一篇很熟悉的文章。內容是……人得到了有關自己力量的知識，將這些力量組織爲社會力量，當這樣的社會力量不再分化爲政治力量的時候，才能夠實現自我的解放。

我有點鼻酸，不知不覺眼眶紅了起來，因爲突然想起了你。嗯嗯，歲月不知道流逝多少了。應該也要寫封信的，我悄悄地問他：

那是誰的書？

一個叫馬克斯的大鬍子叔叔寫的，只是這時候是他的青年時期，我們這裡現在也才剛開始興起。

我想要隱藏泛紅的眼睛，從位子上站了起來，爲了避開催淚彈，所以我到學校時常戴著口罩，遮住兩眼，但眼皮還是會腫起來，哭過以後那好像是不帶感情的痕跡。馬克斯的話還眞是偉大，當然我不覺得那種翻譯得很生硬的文章像是詩，只是覺得那好像你的語氣。

就像陳舊八股的標語被扔掉很久之後，透過解説或通譯字幕看電影似的，或是聽到醉倒在小酒攤留學生們的國際大合唱，總像塵封已久的老古董留聲機喇叭中放出來的流行一樣傷感，心中打了個寒噤。還有我在柏林的那天夜裡和清晨，我沉默不語，瑪莉沾著桌上的啤酒漬在塗寫，歡宴氣氛的咖啡館中，開香檳的聲音此起彼落，但那都是後來的事了。

老師……

聽到輕輕叫我的聲音，轉頭一看，我以爲走掉的他來了，從接待室把頭伸進了教室，我有點高興。

這次又有什麼事？

沒什麼事，我想要請妳才來的。

如果不是很棒的地方，我就敬謝不敏。

我環顧了一圈冷清的畫室，然後跟著他下去，路旁停著一輛深灰色的轎車，司機一看到他，就馬上從駕駛座下來，轉到車前打開後車門等著。

請搭車吧！

宋榮泰誇張的動作像飯店的小弟，舉起一隻手伸了出來説話，在一陣忙亂之中我上車，他坐到我身邊，車就開動了，不懂也就罷了，其實這是貴到可以買一間公寓的德國車。

你這是什麼意思？

這是對基本矛盾的探求，雖然是暫時借來的，可是說起來也不是那個主人的，算是偷來的。

我們那次到很棒的飯店頂樓的空中咖啡廳。搞不懂深夜裡怎麼會有這麼多人不回家，我們坐到可以看見滿城燈火的窗邊。我一言不發，咕嚕咕嚕地喝起酒來，醉意開始上來了，我就開始說些有的沒的了。

你不要這麼得意忘形，我很清楚你是什麼人，你是有錢人家公子。

我一說，這傢伙就回嘴了。

我也很清楚吳前輩的事。

你們這些傢伙怎麼會認識這種修道的人？

他是我間接認識的學長。

我心裡變得很苛刻，一直反駁他。

你別在我面前囂張，我從靜姬那裡全聽說了，你們家是大地主吧？

他意外地收起銳氣乖乖地說：

那不屬於我的，允姬，我……我想做知識份子。

喜歡當知識份子的狗崽子，你爸爸維新時當過官吧？

他突然搥了一下桌子，不像平常一樣結結巴巴：

妳這死女人，知識份子是自己選擇階級的。妳在計較我的原罪嗎？

我閉上了嘴，把剩下的酒像喝冷開水似的一口喝掉，雖然頭暈目眩，但還是在腳跟上加力，挺身走到了電梯那裡，我雖然看不見後面的他，大概還是坐在窗邊。壞傢伙，再給我出現試試看。還裝傻。

一進到畫室，就放起唱片，從冰箱拿出啤酒，回到房裡獨飲，然後就睡了。

宋榮泰的話越說越長，開始有點煩了，可是後來他也有滿多優點的。他是我唯一的男性朋友，像是個笨蛋，他的選擇很出乎意料。就像光州成不了巴黎公社一樣，這大概是八十年代知識份子的宿命吧？我想起了那一年夏天，那荒涼的平原和夕陽。也想起了跟他一起去的漫長旅行。

我跟宋榮泰吵架之後，在學校偶然碰到了他，那時我在學校裡的餐廳吃午飯，有人來到我前面，大聲地放下餐盤。

可以坐這吧？

他公然地用不敬的語氣說，那天以後，我也像年輕人不用敬語，毫不遲疑地回嘴：

誰攔你了？

那一天很對不起。

對不起什麼？

我想那天是不是太狂傲了？

他沒頭沒腦地喃喃自語，我反而開始覺得自己太過分了，本來想還太便宜你了，還是吞下了這句話。

不管你做什麼，我最討厭愛現的人。

韓姐……跟我做朋友好嗎？

又不是仇人，擔心什麼。

他笑了起來，拿著湯匙開始吃飯，我故意滿不在乎地說：

我已經結婚了。

他的湯匙停住了一下，慢慢抬頭望著我。

是嗎？

還有一個女兒。

他再次沉默地埋頭吃飯，我先吃完，悄悄地拿著餐盤站了起來，他也端著還沒吃完的餐盤跟了過來。

我有件事要拜託妳……

我往圖書館的方向走去，他抓住我的衣角，把我拉到凳子上坐下。

我有很多書要讀，還要交報告。

最近補習班不是很閒嗎？

對啊，到冬天都不會收學生。

我能不能利用妳那裡聚會？

他心裡想什麼，我一聽就知道，所以沒多問。

如果是研究學問上的聚會……不管我在不在，都沒辦法泡茶給你們，那類東西自己準備。

謝謝，明天打電話給妳。

然後他就莫名其妙地走掉了，當時大學裡的氣氛沒有那麼壓抑了，上學期的爭鬥，好像到了假期時解決了，開學之後，好像又有什麼東西蠢蠢欲動了。

那一天是週末，我在圖書館留到很晚才出來，撥了電話，搭上回家的車。到中秋前都一直沒有回家，連上次看到銀波是什麼時候都記不得了，我到家巷口前面的連鎖超市買了一串媽媽喜歡的黃魚乾，又去精品店買了幾件銀波的衣服。我根本沒時間去百貨公司，好不容易應付了研究所的課業，畫也沒畫好，錢也沒賺到。我一看到大門上的燈光，心就怦怦地跳，好像犯了大錯，從遠處回家的浪子。我一按電鈴，就傳來母親低沉的聲音。

誰啊？

我。

門打開，玄關燈亮了，傭人跟母親幾乎同時到院子裡。

快進來，都快忘記妳長什麼樣了。

銀波呢……

我說的同時，就聽到客廳傳來「媽媽，媽媽」的聲音，我們一進去，銀波雖然嘴上說要找媽媽，但是人卻往後退，躲到傭人的後面。我自顧自地站在母親身邊，站在那裡望了一陣子。

銀波快過來！

我張開雙臂，但她把傭人的裙子抓得更緊，把臉埋了進去。母親在旁邊喃喃說：

兩個人一模一樣。

傭人一把抱住了銀波，讓我擁入雙臂中，我親了她的嘴一下，銀波那時不但會說媽媽，也會說拜拜、漂亮、討厭之類的詞了，我嘴一親上去，她就把頭轉了過去用臉頰擋住了我的嘴。

討厭媽媽。

我抱著銀波呆在那裡好一陣子，我感受到了她小胸口的跳動，想起懷她時的種種，母親從以前就很堅強，佯裝看著窗外好一陣子，然後打開了我的包包，拿出了魚乾，把衣服攤在我前面。

媽媽買了銀波的小衣衣。

母親親手幫孩子換了衣服，我則是一直親她，希望能解開她的怨恨。銀波換上新衣，走到我們前面要唱歌跳舞，吃過晚飯之後熟練地走到傭人那裡，剩下母親跟我在廚房裡對坐著。

妳在外面過得比較舒服吧？

沒什麼好舒服的……是因爲要唸書。

我不是叫妳買一棟房子過日子算了。

我還要畫畫，那裡比較好。

靜姬說她要來。

我沒打電話給她。

妳說妳要回來，我就聯絡她了。

媽媽說完，就抓起我的手。

女生的手，怎麼這麼粗？

她看了好一會，用隨口說說的語氣講：

那個人，什麼時候出來……沒有一點消息嗎？

不知道，寄了幾封信，大概沒寄到。

也不知道……有這個孩子吧。

媽，別說了。

我把手縮回來。媽媽看著我的臉，小心地說：

上一次我跟那個軍醫官朴中尉見面了，他很爽朗，是個很不錯的青年。

靜姬曾經在電話中提過他，所以我頻頻點頭。

聽說他要退伍了，明年我打算讓他們結婚……妳……妳自己打算怎麼辦？

想要先讀書，有份職業再說。

妳爸爸在山裡的時候我也這樣想，我想要自己努力工作養你們，但是妳父親回來之後，我回想起來，覺得之前怎麼敢下定這種決心，想想前途都覺得茫茫然。

爸爸不是媽媽的負擔嗎？

這是什麼話，有家長的家裡，連空氣都不一樣。

我突然想起來一件事，就問了媽媽。

如果形式很重要的話，我也可以結婚。

什麼？怎麼結……

雖然沒辦法舉行儀式，聽說還是可以把户籍入到他名下。

這樣絕對不行，無期徒刑的人至少還要關二十年，才有機會出來。

媽媽數著手指說。

現在才第三年，人的一生沒什麼特別的，沒有必要連妳也這樣，妳都無法忘掉他嗎？

我一下子笑了出來：

我搞不清楚，現在連他的臉都想不起來了，還不是就這樣過著。

門鈴響了，傭人跟靜姬一起走了進來。

姊，妳回來了。

今天沒事嗎？

嗯，我今天沒值班，銀波呢？

旁邊的傭人說了：

剛換了新衣睡了。

新衣？

妳姊姊今天買來中秋穿的新衣。

靜姬坐在媽媽跟我之間說：

姊姊怎麼了？眞不巧。我今天也去百貨公司買了好幾樣。

媽媽跟傭人去睡覺之後，靜姬跟我還是坐在廚房的餐桌前面，跟她分享很多累積著沒說的事，做起事來，靜姬比我成熟得多了。讓人覺得她有責任感，又很沉著，也懂得怎麼聽別人的話，最重要的是，沒有專家特有的那種無知偏見，讓人覺得她眞的很不錯。

妳跟宋榮泰很熟嗎？

還好啦，因爲是朴學長的好朋友，所以還算熟，之前電話裡我不是跟妳說了？他問我妳的教室在哪裡，妳要跟我說什麼嗎？

對啊，後來才知道，他跟我是同一屆的。

那個人算是他們家的突變種，當年書讀得很好，在他投入學生運動之前。

我早該知道。他爲什麼坐牢？

光州事件爆發之後，他是第一批主動起來示威的，看不出來吧？

他跟我大吵過。

那傢伙糾纏過妳嗎？

妳很清楚我的脾氣嘛！我最討厭做作的人跟擺架子的人。

他們家在漢城的江南有幾十棟房子，是不是耍闊？

沒那麼嚴重啦，不過他也有可愛的地方。

靜姬那時才恢復安心的表情。

姊……妳喜歡他嗎？

我們交成了朋友，彼此都是年紀大的復學生，很巧，都沒有可以吵架的人。

靜姬正色看著我說：

可是姊姊你別太接近他。

我噗哧笑了出來。

什麼話，妳以爲我會跟那傢伙談戀愛嗎？他太不懂事了，連自己鼻子貼在哪都不知道，只會把書全背下來而已。

對不起……他人雖然不錯，大家卻都說他是個禍根。

人很好又是禍根的青年現在學校裡滿地都是，還算有點東西的男生全都這樣。

可是像我跟朴學長一樣，人家交代的事好好地做，其他事都不管安靜生活的人也很多啊！

就算不參與，也要關切這些事，我算是這一派的吧。

今天午飯時間又看到學生們跟警察衝突，催淚彈跟火焰瓶滿天飛，有人被警棍打，血還濺到我的鞋子上，我已經受夠了。

靜姬啊，我打算中秋之前去找他。

對喔？應該還在那裡，不是直系家屬的人，不是不能會面嗎？

我微微點了點頭。

嗯，但我還是打算去看看。不能會面又怎樣，至少給他一些錢和東西，看看那邊的建築跟輔導官長什麼樣。

靜姬什麼也沒說。

回家的第二天，在畫室醒來，什麼也沒吃，只是喝了一杯綠茶，電話就響了，拿起來一聽，是宋榮泰的聲音。

喂？韓姐？我是宋。

這麼早，有什麼事？

昨天不是說過了嗎？要打電話給妳。

約好的啊？我今天要出去耶，鑰匙託人給你嗎？

不用啦，今天星期一，我星期三才會去。

他掛了電話，我想到一件事，拉開了抽屜開始翻，有一次我去看你判決，跟你姊姊見過面，你姊姊給我一張名片，上面寫著她教書的大學電話號碼，找到了。

我打了研究室的電話，聽到了她低沉的聲音。

我……我是韓允姬。妳好。

韓允姬？……啊，韓老師嗎？

我結結巴巴地說出想要跟你見面，你姊姊也有一年沒去看你了，我問了她怎麼去，還有你的號碼。她也想去，可是中秋前家裡有點事，抽不出空。

我們下次再一起去吧。搞不好我們兩個都可以見到他。

謝謝。

我就這樣去找你面會，突然間我的動作快了起來。首先到附近的百貨公司買了兩三件長袖T恤，厚厚的冬季毛衣與背心。內衣也買了兩三件。毛襪還沒上市，所以打算下次再買，然後寄給你姊姊。

我搭乘高速巴士，然後換乘計程車，到達了你所在的教導所，教導所在市區外的閑靜處，田埂中有水泥路穿過，還有白楊行道樹，最先看到的是白色高牆，牆上面的監視塔有荷槍的人，有巨大的探照燈跟擴音器，白牆中央有藍色的大鐵門，我向穿軍服的警衛隊青年問會面的方法。我用身份證換了出入證，進了外牆，裡面又有一道牆，旁邊有一處寫著會客室的牌子。裡面像是一般接待室一樣，在寬闊的房間內有一個登記櫃檯，等待會面的家人們坐在椅子上，來來往往的人互相看著，我到登記櫃檯那裡排了隊。

終於輪到我了，輔導官開始問：

請把申請書給我。

我還沒寫。

我被推到旁邊去寫申請書，裡面有「關係」欄，本來想空著，還是寫了「好友」，也寫上了你的名字跟號碼。然後我又排到隊伍裡，輪到我之後，剛才那個輔導官用銳利的眼光看著我。

妳跟吳賢宇是什麼關係？

嗯……是朋友。

他笑了。

是愛人吧？

嗯……是的。

我很清楚政府機關或軍隊對所謂女性的朋友這種關係是不成立的，不是妻子就是男女朋友，此外的回答都不對，如果妳說自己是女性的朋友而來會面是個笑話，也就是說沒有女性朋友這個曖昧的名詞，輔導官說了：

妳知道除了直系家屬以外，不能會面吧？

我們……訂婚了，這也不行嗎？

嗯，這不是我管的……請妳坐在那裡等一下，負責人馬上就會出來。我坐定之後，注意起周遭的人了，有抱著小孫子哭紅了雙眼的祖母，有穿著方便又暴露的短褲及五顏六色的T恤或是迷你裙的年輕女子；有讓新生兒咬著乳房，一起睡著、曬得黑黑的鄉下婦人，幾乎都是女的。

房間右邊是出口，裡面大概是走道，門前有教導官坐在椅子上，叫到誰的名字，誰就進去裡面。門裡面出來了兩個女的，年輕的女子抓著五六歲大的小男孩的手腕出來，突然用能震倒房子的聲音哭了起來，上了年紀的女子也開始一起哭，拿手帕拭著淚，一邊拍著年輕女子的背安慰著。

韓允姬。

帶有雜音的擴音器唸出了我的名字，登記處旁邊的門開了，一個輔導官出來對我招手，我拎著帶來的紙袋走了過去。他帽子上有一圈金圈，上面一朵花代表了他的階級。

妳來跟吳賢宇會面嗎？

是的。

請進來一下。

他把我帶進辦公室旁的小房間，房間有安樂椅、桌子跟掛著一幅祈禱中的但以理布畫像，燙過之後用框框了起來。桌子前面有年輕輔導官攤著某些文件正在看，大概是要記錄我跟主任的對話。

我首先要說的是，因爲吳賢宇是重大的公共安全犯，所以除了直系親屬之外誰也不能見。

我知道……可是我們等於是已經訂婚了。

妳沒有法律上的根據吧？我們沒有接受指示說可以這樣。

那可以幫我傳信或紙條進去嗎？

對不起。

他說完，拿起來並且攤開桌上的什麼記錄文件，低下頭好像在搜尋什麼。

尤其妳是共犯涉嫌者的身分，已經被指定禁止見面了。韓允姬……在這裡，妳藏匿吳賢宇，對吧？

是的，我接受過一些調查。

受到不起訴處分。我沒什麼好說了。

我雖然沒有憤慨，也沒有被激怒，但是因爲無奈還是不自覺地掉下了眼淚，我把紙袋交給他。

這個能替我轉達嗎？

拿過來。

主任把袋子裡面的東西都倒了出來，攤開冬天內衣、背心和毛衣、長袖襯衫等等，他一件件確認，然後給了我一張送物品的申請書。

請妳填一下，寫下品名跟件數。

我好像寫信給你一樣，一一仔細地填了，寫的時候，那個人壓低聲音低頭說：

妳回去以後，我馬上叫吳賢宇來領東西，也會跟他說妳來過了。

此時被陽光照射的感受，讓我寫到一半停了下來，抬頭看他，他正溫馨地笑著，後面記錄的輔導官的位置是空的，我跟主任的接見在形式上已經結束了。我填完表，遞給他，他沒站起來，說：

吳賢宇的受刑生活過得不錯，也很健康，這一個夏天開始在監舍的後面種起菜來了。

怎麼樣的菜園？

不怎麼大，只有一點點芝麻葉、萵苣、辣椒……

他很喜歡這類的事。

我不知道他何時閉上了嘴，又問他：

都撒種子來種嗎？

萵苣跟白菜是找種子給他，其他的是春天我們到市場去買給他的。

聽說種得很好。

他很得意地接著說：

很豐收，有些囚犯也會種花草，當然要是模範囚才可以，不僅運動時間延長，也可以去做工，對健康比較好，最重要的是容易打發時間，會客的時間跟次數也會增加。

他運動時間都做什麼？

跑步或散步，因爲一直蹲坐在牢房裡，如果當模範囚，也有運動器材……

我這時才聽出他跟我說的名詞中，模範囚這一句是重點。

還要多久才能當得了模範囚呢？

一般囚犯有分等級，如果過了三分之二刑期沒受到懲戒就可以了，公共安全犯的話…………沒有分等級，重點是轉向與否。

轉向？

他慢慢地點頭，有自信地繼續說：

是的，要交出承認自己思想已經改變的文件。

我好一陣子說不出話，只是呆呆地望著他，我想起了父親不知不覺地大聲說：

誰能干涉頭腦裡的想法呢？你們這是什麼意思，是叫人承認法律上禁止的某種想法嗎？

就是一定要有自由民主的思想……

自由地行使想法和表現，不就是有自由民主、言論的自由嗎？

就這樣吧，我還很忙。

我也用跟他一樣快的速度站了起來，但是那一瞬間我才發現剛才說話太大聲了。

我必須把妳留在這裡自己回去。

我慌忙地對他深深鞠了一躬，說：

拜託你了。

主任輕輕回了個注目禮，向門伸出手來，我頭也不回地走回登記室，然後從正門出來，把證件換回來，沿著有行道樹的路走，回頭一看，白牆已經又低又遠了。

先前在近處卻看不見的房舍建築物一層層排列在山丘上。看到了來時無心錯過的房舍小窗户，以及窗前的鐵欄杆。我轉身漠然地站在那裡，想像你從其中一個窗户向外望著我，我聽到了細微的哨子聲跟口令聲，白牆配上黑窗，看來像是漂亮的口琴，但是大概只會發出低沉的聲音吧，看起來又像某種昆蟲的眼睛，但是仔細一看，窗台底下又有五顏六色的東西在飛揚。

這是……曬的衣服！

空空的白牆上，曬著的衣服就是尋常家居生活的痕跡，看來空蕩的建築物中，只有這些色彩繽紛的東西在強力飄動，傳來了清楚地哨子聲、口令聲跟鐵門開關的聲音，不久之後看到窗户裡好像有人在動，每個窗户中都會伸出一兩隻手腕掛衣服。我那時才回頭繼續走，我不想再看到那個窗户。

我到了寧靜的鎮上搭巴士，像我一樣悠閑的人正在過馬路、從商店出來、互相高興地招呼著，好像按下錄影機靜音鍵，畫面中人的動作機械化又虛妄。

我搭上高速公路的巴士回到漢城，路上又想起了你，將野尖山的日子依照順序思考著，我想從此時開始，若不能展開自己的生活是不行的，爲了我的畫，甚至要努力到手指滴血爲止，我必須果敢地走自己的路，我必須定下跟你相見時出現的輪廓。

已近中秋的月亮跟著巴士的車窗走，有時候會看到平原對面萬家燈火的窗户，月光之下，村莊的路、小山和樹叢靜靜地趴著。

我從此刻下定決心，要回歸我自己，我寫給你的這些文字也許不會再寫了，也許寫我自己吧？希望你不要病倒，哪天想起了野尖山，也許還會回來，我們大概會悽慘地敗北吧？但是這又有什麼大不了的呢？沒關係，倒下就看見天國了，在天一角有一絲晚霞就好了，那會留下小小的希望，保重，不要期待你在暗鬱孤獨中有什麼救贖會留下。

十七

我吃完晚飯休息，我放好唱片，靠在墊子上，兩腳伸直躺著，聽到了外面有人聲，因爲他先來過電話，我知道那是宋榮泰。

我以爲沒人在呢。

他伸頭到房間裡說，我坐了起來。

有什麼事？妳一副懷孕的樣子。

這是什麼話。

榮泰跨坐在門檻上問我：

聽說妳去面會了……

誰說的？

他一副不在乎地說：

靜姬啊。見到面了嗎？

他們說不是直系家屬不行。又說我是涉嫌的關係人。

他坐著好一會不說話，然後自言自語起來。

什麼了不起，我們把他弄出來吧。

無期徒刑，怎麼弄出來？

打倒獨裁政權啊。

這種話聽過幾百遍了，所以我默默不答。

所以就這樣回來了，很累吧？

不是，是因爲剛吃飯。你讓我一個人清靜一下好不好？你們那些人到底來不來？快來了。

我在這裡瞇一下，到時候叫醒我。

我把他推到門外，關上了玻璃門。八點左右吧，外面有講話聲傳了進來，又聽到拖拉椅子的聲音。大概有二十個左右吧。我聽到了互相招呼的聲音，然後宋榮泰講話了。

我們來到這裡是爲了檢討上半期鬥爭的種種問題點，還要定下下半期當務之課題。首先由預備委員會提出情勢分析。

一個快速滔滔不絕的聲音緊接著說：

去年底爲緩和屠殺及暴力的政策，出現了校園自治化的柔和局面，敵強我弱，無法冷靜分析這項政策如何形成的，我們的地下指導部很清楚這是敵人的陷阱，卻仍訂下愼重擴展活動的敗北與被動的執行目標，也就是說不能推動各界動員，而被校園自治化問題纏住，我身爲指導部的一員，我自責認爲這種系統反而隔絕各界的情勢，判斷出阻擋運動的成長和擴大，就算不被敵人承認，制度上也被阻擋，也要自主地組織學生會，當成凝聚各界力量的代表組織，進行廢止護國團鬥爭的同時，戳破自治化及柔和局面的假象，事實上現今柔和局面是軍事政權想至少恢復屠殺前的正面形象，而刻意對外擺出的姿態，高達一兆五千億的外債造成國家財政破產，和去年開放外國投資一樣，是短期的藥方。現在的局面，眞可說是不只是在校園、社會跟一般民眾之間都確保打倒軍事獨裁之橋頭堡的好機會。因此學生運動的基礎組織跟中心活動必須要強化，以對學生個人的宣傳煽動爲主，要積極張貼大字報、散發傳單。而在掌握公開的學生組織之後，透過開放的空間來進行組織的串連。大學的聯合鬥爭可以把社會中的政治鬥爭極度擴大，也可以把組織力較弱的大學群眾運動起來。

另一個粗粗的聲音接著說：

確保校園自治民主化的空間是很重要的課題，爲了要把變革運動當作動力的民眾基本力量，必須要把力量配置在外圍。爲了揭發現在的獨裁政權壓迫威脅他們生存權，擁護社會民眾的生存權，有必要建立聯合鬥爭的基礎。

另一個尖銳的聲音：

學生會一如預計許多同學參與，差不多完成了復員結構。我們從維新末期就一直爭論要走前衛路線還是大眾路線。事實上這不應該被看作一個二元化的問題，反而要看做一個硬幣的兩面。把大眾的意識水準作爲大範圍的動力雖然重要，但是不能一味掉落於大眾的水準之中。前衛路線可以做爲他們鬥爭的模範，同時將運動引至先進的方向也是必要的。這兩者不能結合的話，民主化運動的動力大概沒有辦法有效展開。

宋榮泰的聲音又傳了過來。

秘密指導部的要害應是未從小集團單位引導出校園內部的組織建設和方向，如果說代聯會應該引導學生進行日常鬥爭，那麼也有必要宣揚社會中鬥爭的理念和目標，先進前衛組織跟活動也是必要的。我在此提議成立可以進行這類任務的組織。就像上半期的運動路線顯示的，成立一個能夠將民主化鬥爭增強到政治鬥爭的組織，以及進行勞學聯合鬥爭的常設機構。

接著又傳來低沈的聲音。

以指導部的學生會自居卻被內部問題纏身，結果對民族跟整個社會的問題沒有辦法進行社會鬥爭，也不能脫離校園的侷限，是個沒有示範和犧牲的非法學生會。他們的權力是誰賦予的呢？他批判秘密指導部，又不得不思考重新運作。

沙啞的女性聲音說：

我們透過鬥爭和鍛鍊成立了組織，我們要克服長期以來的消極和派系，再重新擬定聯合基礎，還要定下短期的鬥爭對象、每一時段的分工任務。我提議把反獨裁民主化鬥爭日常化之後，發展到預備委員會、委員會，以致各校的串連。

之後還不斷地進行討論的會議，可是我當時睡著了，房門的玻璃門嘟嚕一聲地被打開，我睜開眼睛。宋榮泰就像剛才一樣跨坐在門檻上，對我說：

妳要是被綁走了都不知道。又不是春天，怎麼這麼懶散。

啊，不知道。疲勞累積啦！睡了一覺，眞舒服。

妳出來一下。

我進了亮著燈的教室裡。所有人都走了，但是天花板的日光燈統統開著，只要沒有學生，我因爲討厭那種讓人情緒不安的燈光，所以一定會關掉，只打開餐桌上的燈泡跟音響前面的檯燈。其他的日子更是很早就關了日光燈。畫室裡面很髒，但看起來整理過的樣子。我從宋榮泰的煙盒裡拿出一根煙，要找煙灰缸，結果發現煙灰缸乾乾淨淨，一點灰都沒有。好像餐桌也有人整理過了，椅子也都疊好放在角落。我點上火說：

不錯嘛！幫我整理了。

不能擾民啊。

你們又不是什麼獨立軍，説什麼擾民。

那些傢伙弄得亂七八糟就消失了。是我們整理的。

我們……？

就快來了。

説曹操，曹操到。樓梯響著腳步聲。是女生，傳來了腳跟敲在地上的聲音。門一開，有人進到通道中。接待室燈是關著的，所以一開始只看到人影。她穿著牛仔褲、長袖T恤，頭髮雖短，但很明顯是女孩子。她將一手抱著的塑膠袋放到餐桌上，用手指拍了一下淋濕的頭髮。

怎麼了，外面下雨了嗎？

她仍然拍打撥動頭髮回應宋榮泰的問話。

秋天的雨，濕答答的。

我沒説話，到房裡的櫃子拿了條新毛巾遞給她。她笑著接受了。

眞是擾民啊。謝了。

這些人的語氣怎麼這麼像。她有禮貌地點了點頭，對我說：

我叫崔美京，我是宋學長隔了好多屆的學妹。

她的皮膚有點黑，臉圓圓的，眉毛很濃，眼睛又大又黑，開玩笑地眨了眨，好像太平洋還是南方某處的少女。她一副跟我很熟的樣子，我也以微笑來回答她。我面對宋榮泰，感謝了她。

幫忙整理的嫌犯就是她吧？

嗯，她撿了煙蒂，拿掃把掃了煙灰，而且還在鍋裡放了水。

想喝什麼茶嗎？

不是，其實是要吃晚餐，想要煮點泡麵。

我那時才想起有塑膠袋，打開看了看。裡面有兩三個雞蛋，一袋下酒菜，四合燒酒兩瓶，紙杯三四個，辣泡麵五包。她撕開了塑膠袋。我有些尷尬地對她說：

要我幫妳煮嗎？

如果可以，就我來煮了，我以前在校外租房子，煮飯煮到摸通竅門了。我的手藝可以捕捉住最好吃的那一秒，榮泰學長要吃幾號的？

我一號就很感謝了。

一號是只有泡麵，二號是加雞蛋，三號再加細細的蔥。

宋榮泰從剛才就覺得崔美京講話很逗趣，不斷笑著，坐著等著她講下一句。

接下來怎麼樣，要繼續啊。

不要把我搞混，接下來不是四號，是特別的，把有點酸的泡菜切了放進去。

媽的，口水都出來了，不要光說不練，快一點做。

我站了起來，宋榮泰抓住我的手，對我使眼色。

不要管。

我想到冰箱拿泡菜給你們。

剛才我全都拿來了。

什麼時候？

允姬睡覺的時候。

天啊，還有人比宋更過分。我對她的行爲舉止像小男生一樣粗枝大葉很有好感，崔美京在廚房忙的時候，我問宋：

現在幾點了？

十二點。

她不用回家啊？父母親不會罵嗎？

她家不是在漢城，在釜山。

最近的年輕人眞讓人搞不清楚年紀。好像高中生，又像重考生，換個衣服，又變成歐巴桑了。

她幾年級啊……喂！美京，妳唸幾年級？

三年級，重考了一年。

妳是法律學院的吧？

說起來有點丟臉，沒錯。

我好像應該去幫忙，所以站起來拿碗，也端出了泡菜跟蒜苗之類的小菜。我們圍著餐桌坐，她自告奮勇幫大家盛食物。

我靜靜地拿著碗看她。

其實我也有點餓了。

還說要請我吃宵夜……用這個就打死了。外面下著雨呢。美京舀起泡麵分給每個人，然後像唱歌一樣地說：

先乾一杯，敬秋天的雨！

我們拿起酒杯，一口吞下。美京站起來走到窗邊，掀起了總是蓋著的厚厚窗簾，打開了一年也沒開幾次的窗户。鋁窗發出了嘎嘎的聲音，窗户像奇蹟一樣打開了。聽見了雨聲。雖然是市中心的髒空氣，然而被雨洗過，吹進了清新的風。美京就像這樣的風一般年輕。

這個點子眞不錯！

我眞心地感嘆說。這一段期間，我自己緊緊關著窗户，只靠燈光來照明，把自己關在裡面。換個想法之後，世界也變了。沿著水管向下流，不斷歌唱的雨聲以及吹過大樓水泥牆的雨的氣味，讓我覺得好像奇蹟發生了。你看天花板上釘死的日光燈也在風中搖曳，本來只反映出固定明暗，好幾年都在同一位置的石膏像上也晃動著樹枝陰影的猛烈搖動，一副完全不同的景象。美京一面吃光泡麵一邊說：

姊姊，我可以睡這裡嗎？

嗯？爲什麼？

我無家可歸。

宋榮泰在旁邊插嘴。

這是眞的。她租了一個小房間，可是過了十二點房東就把門鎖死。

我佯裝無奈地接受。

這樣啊？只能今天而已。不可以常常這樣搞喔。

我有預感她會常常來。

宋榮泰又插嘴了。

她說她很喜歡韓姐。

不要莫名其妙地這樣。你們以爲我不知道你們要吸收我啊？

不是早就被吸收了嗎？我也聽過吳前輩的事。

我突然厭煩了。

妳說什麼？哪裡聽來的？在我面前不要隨口亂說。一定是你姓宋的大嘴巴？

宋榮泰跟崔美京因爲我突然翻臉而慌張了起來。宋連連揮手急著說明。

不是啊，這是誤會。我們檢討從維新的時候到現在的變革運動，吳前輩的事情總是會被提出來討論。只是因爲在這裡聚會，所以提到妳。

對不起。這些人沒有一個會背後嘲笑自己所喜歡的前輩。剛好相反。姊姊不要生氣。

我一口喝乾燒酒，暫時保持沈默。宋榮泰好像酒醒了一樣，用清醒的臉看著我拋出一句話：

韓姐別生氣了。大家不會把遭受的痛苦放一邊去嘲笑別人。美京學妹這麼輕率隨便說話也不對，那是因爲剛認識不太熟的緣故。不過這樣也不錯啊。

夠了……你們知道什麼。

我一面這麼說，氣也消了。宋榮泰繼續說：

說起來雖然很好笑，我剛復學就進了研究所。但是現在能不能畢業是疑問。現在沒有一個人是自由的。不管做什麼，怎麼活，所有的事情都是牽連糾葛的。未來世界改變之後，我們這一代人的生活搞不好會被忘得一乾二淨。但是現在要讓這些小小的力量互補，形成更大的力量，引導社會變化。

宋榮泰啊，你幹得不錯。我要做我想做的事。在這種意義上我很喜歡自由。不希望被干預。

宋伸出雙手，好像要阻止我繼續講。

我知道啦。允姬的畫不錯。

哪有什麼不錯。還不就是畫。你以後給我小心。

小心什麼，夫人？

不要急著塡滿自己內心的不足，那樣就太逞強了。特別是你知道許多沒用的東西，因爲你是富家子弟，更要謹記在心。

崔美京輕輕地敲了一下餐桌，喃喃地說：

這樣說也對啦。韓姐氣消了一點了吧？

我用溫柔的聲音回答：

你也該走啦。外面計程車很多。我跟美京一起過夜。

得救了。我先走了。

宋榮泰故作輕鬆地向我們舉起兩手，拍了一下崔美京的背。

妳這小丫頭，早上乾脆幫忙做醒酒湯。賴著不走，人家印象才會深刻。

雨還是下得一樣大。大概是秋季梅雨吧。雨停之後天氣就更涼了。榮泰走了之後，我也鎖上門回到教室，想要讓崔美京心情好一點。

還要喝酒嗎？還剩一點威士忌……

已經喝夠了。姊姊要再喝嗎？

不了，還是來杯熱咖啡？

好啊。剛才嚇死我了。冷汗都流了出來。

我拿著咖啡杯回來，美京正在選LP唱片，她很小心地把唱片放到放音機上，我把兩個杯子放在餐桌上，再度關上了窗户。然後拉上窗簾。

不喜歡風嗎？

不是。早上會有噪音。光照進來也很討厭。

我們都用兩手握著杯子對坐著。我冷不防先問她：

妳在法學院唸什麼？

學習如何維持制度。那不是我的原意，只是拗不過父親。我父親是從基層幹到科長的公務員，平常一句話都不說。每件事只說：「不行！」就結束了，好像卡夫卡一樣陰森森的。我是長女，所以更不得了了。

跟宋學長怎麼認識的？

他有時會到我們社團來指導討論，夏天曾相偕去工廠。

工廠？

我在裡面幫忙，他則只是在送貨部門幹了一個月搬貨的雜事而已。

只有兩個人？

怎麼可能？超過二十個人，只不過湊巧被安排到同一個單位去。

怎麼進去的？

我們說要組勞學聯隊，已經有很多前輩先進去了。裡面也有基督教的宣教組織。

我以爲他去避暑回來。

也算是啦。他工作完之後就到海雲台海水浴場去玩，他打電話到釜山給我，我們請他吃了生魚片、排骨跟冷麵，他吃得很過癮。

應該是這樣吧……

釜美縱火事件爆發的時候我還以爲他們是瘋子。

什麼事件？

那個釜山美國文化院縱火事件啊。

那個啊。那些人眞了不起，也有我認識的人。

不就像長江後浪推前浪嗎？

該睡了吧？我們進去睡覺。我鋪好了墊褥，跟美京並肩躺下。燈關了，卻一直聽到美京在旁邊翻來覆去的聲音。

姊姊，妳已經睡了嗎？

沒有。爲什麼睡不著？

我可以偶爾來這裡嗎？

嗯，先打電話來。

其實我這學期沒註冊。

沒跟家裡商量嗎？

我不想唸了。

我也不想再說什麼。例如跟她說不要這樣啦、因爲我覺得妳會闖禍很無聊啦之類的。我一下子想到了靜姬跟她的新郎。世上住的都是這些善男善女！過了一會，我翻身聽到了美京均勻的呼吸聲。外面照進來的星光把房間照得有些朦朧，我看著她像小女孩似的散在枕頭後面的頭髮，然後幫她把落到胸部以下的棉被拉回來蓋好。

我習慣性地在中午十二點左右醒來。窗簾還是沒拉開，但房間裡已經亮了起來，身邊的位子已經空了。疊好的被子已經被放到房間角落。我走出教室，流理台上堆著的碗盤也都不見了，電鍋的燈亮著。整理得乾乾淨淨的餐桌上有一封信。打開一看，裡頭用很粗的線條寫著：

韓允姬姊姊：

我先起床等妳，但是妳還在酣夢，所以沒叫醒妳就走了。昨天好像給妳添麻煩了，今早起來非常抱歉。雨停了，我決心不管發生什麼大事，都要維持能忍受早上陽光的情緒。

還有我等妳起來的時候很無聊，所以偷看了妳的素描簿。我覺得榮泰學長很無知地自以爲是。

爲了讓妳起來以後可以煮醒酒湯，我先到下面買豆芽跟小魚乾，很快地煮好了，酸辣湯。當然煮完以後我就先喝了一碗，飯也做好了。

雖然有小菜，但還是想吃魚，所以買了魚罐頭，加點醬油與胡椒炒了一下。請慢慢享用。

如果妳快要忘記我的時候，我就會再出現的。最後洩漏一個秘密給妳，我的綽號是豆瓣醬。

過了一個星期，大概是十月初吧！宋榮泰突然冒出來找我。我正在畫畫，沒辦法跟他閒扯淡。不想讓好不容易調好的顏料乾掉，所以當他從接待室到教室裡探頭探腦的時候，就對他說：

我現在很忙。

嗯，那我在這裡寫些東西好了。

我不答腔，只專心地畫著。我想換顏色洗筆的時候，電話鈴響了。轉頭一看，宋榮泰趕忙接起電話。

應該是我的電話。喂，對，是我。請拿到那個地址來。當然一次付清。三十分鐘以後？我會等。

我好奇地走向接待室的入口。

什麼電話？聽起來不像是叫炸醬麵。

當然是訂購東西。

什麼東西呢？

等著看吧。

我又回到畫板前面繼續作畫，不知怎的他來了之後就畫不了。樓梯傳來腳步聲，門被打開了，兩個人面對面，抬著包得像是冰箱之類的東西進來了。他們都穿著一樣灰色外套的工作服。胸部繡著某個商標，大概是公司的制服。我搞不清楚狀況，問他們：

這是什麼？

您訂的影印機。

影印機？

還有電動打字機。要安裝在哪裡呢？

站在後方的宋榮泰走到前面，闊步走到教室的角落。冰箱旁邊本來放了張小椅子，上面有竹籃，裡面裝著枯掉的花、蘆葦以及附著柿子的樹枝。他毫不猶豫地把椅子連同上面的東西整個移開以後說：

放這裡。

一個人下樓去拿打字機，另外一個人拆開了包裝，宋榮泰也參一腳，兩個人把冰箱的插頭拔掉，插上預先準備好的多孔接頭，然後把冰箱跟影印機都插了上去。我覺得還不該出面，只是雙手叉腰，漠然地看著他們搞來搞去。另一人抱著尚未拆封的打字機上來，放到櫃檯上。宋榮泰付了支票，他們開了收據，然後說：

這裡有說明書，要不要教你們怎麼用？

不用了，我們會用。可以了。

好，那麼有問題的話，再聯絡我們，我們會馬上來處理。

兩人走掉之後，我才冷冷地問宋榮泰。我盡量克制不要生氣。

你是有預謀的吧？

什麼……

不是嗎？連插電的地方、放的位置都想好了。

雨，允姬，其實……

我是韓允姬，不姓雨。我不是怕衝突才不表示態度，至少也該先徵求這個空間主人的應允吧？

這個算妳的，我只是借來用而已。

我要這個幹嘛？我要影印畫嗎？

最近報名表之類的東西很貴啊，論文跟報告都可以用這個印，不是很好嗎？

我決定不要生氣。

好吧，好吧。算我輸了。你們要在這邊印批評政府的東西，我很清楚。要怎麼辦才好呢？……談個條件，你要出一半房租。

我有點委屈。

我也要收保險金。

宋榮泰一臉苦相，撕開了電動打字機的包裝，插上插頭。然後放上紙帶，雙手摩擦了幾下。

現在讓我來試試看。

他從上衣的口袋中拿出原稿，放在打字機旁，兩根手指像筷子一樣豎著一個字一個字地慢慢打，我越過他肩膀看原稿。火炬？還眞土。也不過就是野火、烽火、火花之類的變形標題罷了。

你這樣要打到什麼時候？

我看著宋榮泰把原稿拿到鼻子前面，打一個字，再拿起來，看仔細再打一個字，看的我都快悶死了，所以一把將原稿搶過來。

妳幹什麼。我一步一步地前進就行了。

讓開，我來打。

我把他推開，坐到電動打字機前面，然後就像魔法公主一樣飛快地打起字來了。到了一行的最後一個字就發出「叮」一聲，然後自動回到第一個字的位置。我不由得高興了起來，說了一句：

機器不錯！

妳什麼時候學的打字？

妳不知道我當過老師吧？不管是要寫授課計畫、還是給教育廳的報告、公文，以及給家長的公告，都是用打的。

我打到一半，手指突然停了下來。

這是什麼意思？比起從一貫的鬥爭方向出發，採取運用突發性契機的積極姿態來說，更重要的是，擴大偶然的契機顯示出了盲目的特性。

就是話本身的意思，因小失大嘍。

你們是針對誰寫這個？

當然爲了批判同志。

針對你們自己人？

所以更重要。要先建立起正確的路線，才能進行堅定的鬥爭。

你打算要不斷出這種東西嘍？

每當時局上有變化，出現重要轉機，我就想提出批判的意見。

我從位子上起來。

你來打吧？

妳打得很好啊？怎麼了？

怕你養成依賴的習慣。

既然已經開始了，就請妳打完好不好？

我故意裝作沒聽到，去坐另外一個位置。宋榮泰再度把原稿貼在厚厚的眼鏡上用一指神功慢慢打。

大家好！

這聲音一傳來，穿著裙子的崔美京就出現了。我苦笑著說：

我早知道會這樣，我還在奇怪她怎麼沒出現呢。

姊姊，這是誤會啊，我跟他沒有約好，只是想妳所以來看妳。

宋榮泰見到她像見到救兵，問崔美京：

妳會打字嗎？

我跟你實力差不多。

榮泰很努力地打了好一陣子，連一半都沒打完，就不打了。

還是不行，我打起來份量太多了。

我不得已把他推開再度坐到打字機前。

以後你的文章一定要濃縮只寫重點。

我開始快速地打字，崔美京在一旁驚嘆連連。

哇，姊姊很厲害。

《火炬》第一期就這樣在一個半小時之內完工了。宋榮泰拿著說明書跟打好的東西到影印機前面擺弄一會，便開始製作刊物了，美京接過來按順序排放並裝訂好，看起來比平常的傳單好太多了。

裝訂之後，宋榮泰把刊物都放到準備好的旅行袋裡，大概有一百多本。

好！那我先走了。

他連聽我們說再見的時間都沒有，就走出教室了。崔美京把放在袋子裡帶來的壽司拿出來，放在餐桌上說：

我還沒吃午餐，在對面市場買的，不知道好不好吃。

妳說妳的綽號是豆瓣醬？

美京俐落地把頭髮往後面一撥，笑著說：

我的臉不是很黑嗎？一開始很普通，叫做小黑，結果變成豆瓣醬了。

我覺得這個綽號不只是外表，連她精明強悍的個性都表達了出來。我問她：

那個刊物要一直做下去嗎？

妳怎麼知道？

上面寫第一期啊，那不就有第二期、第三期嗎？

嗯，希望平平安安地出個十期。

只做一百多本，所以不是給大眾閱讀的。

那是以大學社團爲單位來分配的，要從現在的民鬥委階段進入到全國性的鬥爭。

我很不經意地笑了出來。

現在不是水已經淹到脖子了嗎？

什麼意思？

不懂嗎？你們準備在這裡一直做下去，所以我也得一直幫你們打下去。

崔美京只是沒説不在這邊做了這句話。

我現在正在練習，可是速度很慢。

我很好奇地問了很多美京的事。

妳宋學長好像有約，急急忙忙走了，妳不一起走？

我們兩個是不同組織的。

怎樣不同？

他是民鬥委，我是勞學聯隊。

啊，所以妳才不唸書了，想要進那邊的工廠吧？

美京閉上了又黑又大的眼睛，再張開，一副默認的神情，我小心地說：

我認爲妳熟悉、做事又可以很有效率的地方還是學校，去工廠可以幫他們什麼大忙呢？

現在我扮演的是串連起埋伏在工廠的學長們跟學校的角色，正在打聽工作。要當一個勞工，首先要用勞工的眼睛來看世界，花一兩年拼命工作。

眞了不起……

我只講了一半。

大概是十月中旬左右吧！宋榮泰穿著不同於平日的西裝，還打了領帶突然來到教室，他沒有拿著平常好像賣債券的那個毛絨絨的皮包，也沒有旅行袋。

你怎麼搞的，要去哪？

不要提了！我最近到處去討論，舌頭都腫起來了。

來到這裡就請你安靜。

我們開始了路線鬥爭，要強行推動下去。

嗯，有很久沒看到美京了……她最近在幹嘛？

她去富川，找到工作了。

哇，那小鬼不就是一聲不響消失了嗎？

她正在學著做工，忙得頭昏眼花，搞不好下禮拜放假就會來。

他不坐椅子，大搖大擺地在畫室裡面踱步看著鐘。我推過去一把椅子，跟他說：

坐吧，你這樣子我也不舒服了。

妳吃過晚飯了嗎？

還沒，你要請我嗎？

我請妳當我的女伴，妳喜歡日本料理，那麼我們去吃生魚片好了。

很不錯嘛。

我跟著他出門，我認爲他一定另有盤算，最重要的是，他穿得整齊顯眼。我們進了離這不遠鬧區巷子裡的日本料理店，樓下是壽司吧跟放了餐桌的大廳，坐了兩桌客人，吧台上兩個人轉過頭看見我們進來。從木樓梯上到二樓，走道的兩邊有許多橫拉紙門的包廂。我們進了訂好的包廂，他把西裝上衣脫下，卻不掛上，有一點緊張，我想要坐他對面，他卻說：

坐我旁邊。

你要我幫你斟酒嗎？我坐對面也能接住你的杯子。

坐這裡。

我發現這不是開玩笑的氣氛，知道他是怎麼一回事了。

有誰會來吧？

小姐進來要我們點菜，他說還有人沒來。小姐問：

還有幾位？

兩位，先拿三瓶啤酒來。

啤酒來的時候，男服務生帶著兩個穿得也很整齊西裝的人來了，前面的那個人探頭往裡一看，對後面的人說：

宋大哥在這裡。

眞是何處不相逢。

榮泰用打招呼的語氣說，他們進來以後就用銳利的目光對著我，宋榮泰望著門外面說：

不是只有你們兩個吧？

是的，在樓下……後輩半小時之前來這裡作過安全檢查。

榮泰回頭看我。

這是我的監護人……算是你們的姊姊。

我早就料到，卻不怎麼生氣。

如果驚訝或憤怒是有階段的話，我那時已經經歷了三四次，反而變得很遲鈍地接受了。雖然我感覺像是被抓公差，事實上也是來吃晚飯的。

你們隨便坐吧。

兩個年輕人一副想問這是何方神聖的模樣，向榮泰探頭。榮泰說：

這一位是畫家，在圓環後面那邊有美術教室。

其中一個人很順從地說：

啊，有眼不識泰山，上次我也去過那裡。

說完，他小聲地向對面並肩坐著的兩人說：

就是那位吳賢宇前輩的……

短髮而眼神生硬銳利的年輕人低下了頭。眼神生硬大概因爲眉毛用力的關係，所以眉間擠出了皺紋。小姐又來要我們點東西。到食物送進來爲止，他們都沒說什麼。來過教室的那個人有點無聊，問我說：

妳平日畫什麼畫呢？

我想了一想，又覺得有點煩，就直接說：

當然不會畫什麼蘋果、花瓶嘍。

那畫什麼？

什麼也不畫，畫畫的也不是每一天都要畫。

那倒也是……

我雖然不想教訓他，可是是他先開始無聊的話題，所以想逗逗他。

韓小姐的父親是做什麼的？

咦？跟這有什麼關係？

宋榮泰笑了出來看著他，那個眉毛用力的傢伙更用力地看著我，我轉過去看宋榮泰，好像跟他講話一樣輕鬆地說：宋先生是學生吧？註冊費跟零用錢是誰給的？學生沒工作，所以斤斤計較背景很重要吧？

眉毛用力的傢伙緩緩說：我們現在當然什麼都沒有。

我沒理他的話，便扯到別的話題去了。

把這些事都當作是在世上學習就行了。我只是想畫畫的人罷了，也不想一定要畫什麼。

他們好像在思考我的話，沉默了一陣子，剛好食物來了，宋榮泰幫他們跟我都倒了啤酒，說：

對不起，這兩個人都在潛逃中，男生嘰嘰喳喳的，別人看來也不好……

我早就知道了，你說要點生魚片？再叫些鮑魚吧，各位盡量吃。

我比先前來得親切，他們也一副放心的表情。榮泰說：

組織民鬥委是從現在開始的，一定要擴展到全國，大概下個禮拜會結束，下個月初一定要組織起來。同時要開始組織的普及化作業，要組織在鬥委內可以執行作戰的行動組織。

擠眉毛那傢伙說話了。

如果是行動組織的話，就會在鬥爭中曝光，不管怎麼樣，一定要藏在鬥委指導部跟執行部幕後。

當然啦！曝光的行動組中要分爲支援組跟攻擊組，攻擊組大概會全員被逮捕拘禁吧，支援組只有運氣不好的人才會被抓。

人員預算大概要多少？

一個學校撥出五十名精銳，從裡頭選十幾個當攻擊組，剩下的組成支援組或示威隊。

宋榮泰幫擠眉毛的倒了酒，就低著頭等。擠眉毛的喝掉一半酒，又問宋：

但是爲什麼要跟我們見面？

請你們在主動示威的人中選拔鬥士，這一次的事希望由你做總指揮。

這是大家的意見嗎？

有人反對，有人贊成，反正不是全部一致。

贊成是……爲什麼呢？

在上學期鬥爭中被抓的所有人的陳述調查書中都說趙兄是主動者，沒有危害到其他的夥伴，還有經驗多、當過兵，所以不會被抓去洗腦跟社會斷絕，有很多好處。

宋兄你怎麼想？

我當然贊成。

反對的呢……

既然已經在潛逃，就不要曝光，在勞學聯隊做地下工作比較容易，因爲是復學生，應該要指導學生會的後輩。此外，還有幾條類似的意見。

擠眉毛的抬起頭好像陷入苦惱之中，然後再度皺起眉頭問：

宋前輩你直說，你說我應該站出來鬥爭然後進牢房的理由。

好，趙兄現在的角色對運動並沒有什麼直接的作用，不只太曝光，而且對潛逃也沒什麼好處。現在你參與的鬥委在宣佈組成的同時也就要開始行動了，其實這次不是正式的鬥爭，而是以煽動及宣傳爲主要工作。我想趙兄能當運動的基礎，組織就會有收穫。

你這麼想……那就這麼做吧！

擠眉毛的一回答，宋榮泰把手伸到桌上，他們握了手，擠眉毛的同伴說，來過我教室的年輕人也伸出手放到他們的手上。

我也跟趙前輩一起努力。

我對他們更抱歉了，所以獨自不發一言地喝著啤酒。

他們離開之後，宋榮泰送我回教室，我們一起過了馬路，我對他說：

我也想……幫點忙。

宋榮泰透過厚重的眼鏡看著我。他站在這鬧區，看來就像優雅的上班族。

我們不是已經開始了嗎？

我嚇了一跳，反問他：

什麼，開始什麼？

妳不是已經在宣傳部做事了嗎？

我雖然不是很大聲，但用憤慨的語氣嘀咕著：

怎麼可以這樣，你們這些可惡的傢伙！

十八

那段時間我在做什麼呢？我記不太清楚了，跟牆壁裡頭的小東西交流感情，抹掉心裡的記憶，然後漸漸習慣衣櫃大小的空間。當時我的原則是什麼呢？做事的人一定堅決想要走上自主的道路，當自己人生的主人吧！我認為自己現在只不過踏出了一小步，世界沒有我的時候，那個世界就不屬於我的，而我在這裡忍受這一切。

我想起了約三十次絕食鬥爭經驗的種種，四月十九、五月十八、光復節、什麼國保法廢止、成績優良囚犯待遇改善，每年只要到了這些紀念日，就好像例行公事一樣地絕食，長則四五天，甚至一星期，絕食前先通告大家，宣讀寫好的聲明書，對著廁所鐵窗外面像標語一樣唸完，然後叫囂或是唱鬥爭歌，等到嗓子啞了，口也乾了，就拿碗去打窗戶，讓整棟監舍都知道這裡是緊急情況，最後則是用腳踢監房的鐵門，踢到後來就改用掃把或水桶敲。

要不然就是把嘴從食物孔伸出去演說，走道上雖然很多人跑過來，但是我卻拿著筷子要刺他們眼睛或是準備好糞尿要潑，也會拿床墊擋住要開的門，最後會有五六個輔導官跑進來，把我拉出來，將我的手銬在後面，嘴巴也用木頭馬銜塞住，這樣一來，口水會一直流到下巴，就被這樣五花大綁地送到禁閉室去，六七個一般囚犯會被塞到不到一坪的小空間中，但是政治犯卻是單獨關，腳上除了皮繩之外還加上腳鐐。眼睛習慣黑暗之後，就能隱約看到光線從門底下的食物孔透進來，那邊也是暖爐的火口，如果不是送食物的時間就會鎖得緊緊的。房裡內側可以看到上大號的洞，上面的牆壁塗上了厚厚的水泥，在最高處有一個兩三個手掌長度的通風口，可以從換氣口亮度推測得知時間過了多少，要瞭解如此急速變化、外面走道跟通風口對面監舍的狀況，要花一兩個小時，嘴裡塞的東西會使得衣服前襟全被口水濕透，被弄得快瘋了，想說的話像一鍋沸騰的粥湧上喉頭與胸口，蓋子不開隨時都會爆發，不管怎麼叫都只能發出嚶嚶怪聲，頂多到達舌根，過了半天之後，鐵門上的視察口出現了禁閉室負責人的眼睛，如果囚犯還是露出憤怒的眼神，那視察口就會再度被狠狠地關上，但是通常這個時候，人早已筋疲力盡地癱在一邊了。門打開了，走道上吹來悠悠自在的風，負責人很公式化地問：

如果你不再吵鬧，就把塞你嘴巴的東西拿下來，你會安靜吧？

點了點頭，就算對方沒叫你安靜，你也會不斷點頭，那好像神的手把你解開了，囚犯會張嘴深深地呼吸，讓舌頭自由地去舔牙齒跟嘴唇，鐵門再度關了起來。現在我彎曲著被綁著的腿，挺著膝，手綁在後面倚靠著牆坐。眞怪喔！我的牢房也跟這差不多大，為什麼少了個窗戶，世界就完全縮小了呢？我好像在黑暗中被蹂躪，就像先前在隔音的地下室一樣，所有的過去都成了一片空白，現在的我是很客觀性的存在，用指尖用力按按被銬著的部分，刺痛更嚴重了，背上的某一部位奇癢、肩頭長久以來扭曲僵硬，呼吸進入口鼻的事實對我都是很深刻的痛苦。不能動彈、不能躺也不能趴，爲求解脫，就要開始試試小動作，這些動作也幫我打發了時間。首先一定要讓兩手稍微鬆開，有前科的大概都會先在禁閉室裡找一些釘子鐵絲之類的小東西，要是沒有，會拜託掃地的人，要不然就在進出管區事務室或調查室的時候提出改銬前面的妥協方案，或者苦苦哀求鬆開片刻，重新銬上的時候就是機會，把一邊手腕稍傾斜地抬高預留空間，然後回到房中，在乾手上塗滿香皂，然後把手指從手銬中抽出來，如果聽到視察口有聲音，就趕快把手套進去坐好。

我和一般的囚犯不同，沒有妥協的餘地，所以爬著用手掌在地板上摸索，角落地板如果浮起來按下去會動，我就會換腿不停踩，過了一小時之後，也許就會有釘子頭突起來然後向後躺著，用指甲夾住釘子開始拔。有時一下子就拔出來了，有時會花一整天。時間就這樣打發掉，當時拔出一根釘子對我而言是比什麼歷史大事都更重要的。啊，終於拔出來了！這小小的鐵釘眞可以說是一把鑰匙，把我從禽獸轉變爲會思考、會做事的人類。

大概是傍晚時分，通風口照進來的光線漸漸開始移動，漸漸縮短，升到通風口附近，變細了，變成一塊斑點汙塊之後不見了，這時飄來香噴噴的味噌氣味，同時聽到送飯的手推車輪聲，我的手銬還沒打開，大概到四五天後管區室叫我過去之前都不會打開了。我聽到鑰匙聲，開的不是食物孔卻是整個鐵門。負責人熟練地把飯、湯、菜裝到我面前的三個白塑膠碗裡頭，再放到合金屬餐盤舉起來，然後挖苦地說：

扒你的狗飯吧！

如果還在絕食中，就會把飯往走道一踢，如果是冬季鬥爭中，爲了維持體溫，就算忍受屈辱也得吃，兩手還綁在後面，跪著把上半身彎下去，用嘴把飯粒從碗裡夾出來，鼻子跟下巴上面到處都黏著食物，但是如此吃過幾次之後，學到了要領，就會用舌頭從碗某一邊伸進去，往上一撈，用牙齒夾住，之後再用相同辦法對付其他突起的部分，喝湯則是用牙齒用力咬住碗，然後頭稍稍一抬，細心地試探內容物的深度，小心地讓湯流進牙縫再舔，菜則是用舌頭攪動，然後用門牙尖咬住，最後總是會把下巴跟衣服都濕透，弄髒嘴再轉頭用肩膀擦拭。門再度打開，負責人看到吃光的餐盤就會確認這個人已經適應了。萬一繼續絕食，他們也有強制餵食的準備，醫務室負責的人員會帶著幾個輔導官一起開門進來。用橡膠容器裝著白稀飯，再連接一根管子，塞到嘴裡，連續擠壓容器，稀飯就流進喉嚨中。那比用胃鏡塞住鼻息還痛苦，別的不說，最重要的是被強姦一般的屈辱感和羞恥感，常弄得絕食的犯人哭出來，對方一關上門，雖然一再嘔吐，喉嚨飯粒的觸感以及舌尖的味道如此讓人忘不了，這些都超越了身體的警戒線了。

在禁閉室裡的人則連象徵人類的思考自由也被剝奪了，因爲根本不會有什麼思考。專注努力一個目標，才能確定自己具有活著的肉身。是的，我當時有工具，我一定要打開手銬，我找出珍藏在地板縫中的釘子，由於我被反綁，銬在手腕處，再用繩子綁上，直綁到手肘部位，整個手臂麻痺沒知覺，手指頭笨拙，所以我要不停地擺動握釘子的指頭，間隔或細微的移動，例如確認它的圓、直線、叉叉、上下、旁邊……同時熟悉操作它的動作。我摸索著將釘子插入另一手腕上的鑰匙洞中，再去試探內部精巧的結構，確認受阻之處，轉、插、拉起，往哪一方向用力、力道要如何，用感覺整理出種種經驗，再累積重要經驗，手指頭漸漸更精巧、更熟悉細心操作，我不停地把弄著還可以閉眼想其他事。

遼闊的平原上長出大麥，在風中如同波浪般搖曳，對面山丘上許多松樹彎彎地佇立著，我朝著小丘旁折轉，轉到越過小溪上的橋，這條路可以眺望得到山的後方，兩旁高眺的楊柳成排，樹枝搖曳生姿，柳梢迎風飄動，船隻出現之時，好像都聽得到柳梢的咯咯笑聲，我行走在石頭凹凸不平的路面，卻沒有實際的觸覺，泥路微濕、舒服、軟綿綿的觸覺搔癢了腳板，我像在夢中默默滑動地走著。

喀啦一聲，傳來清脆的鋼鐵聲，鋸齒狀的鎖扣向上打開，我把手悄悄掏了出來，接下來是要解開綁住上面的繩子。我移動手指來確認繩子的環與結，打好的結像小石子一樣搖也不動，一開始摸索著用指尖捏捏看，手指漸漸變滑了，過了好一陣子，才想到不是要找結，而是要把下面的繩子摳到上面去，扭來扭去之後便感到結有點鬆了，另一隻手試著把結拔開，第一個結被解開後其他的也會鬆掉。繩子非常長，他們亂綁一通，我不停地找繩頭拔開，解開第一個結花費一小時，到手腕鬆開爲止又花一小時。鬆開纏繞著兩手的繩子，然後手腕用力一拉就出來了，剩下的繩子還掛在手肘上，我則是累癱了，兩手試著握住放開，抓一抓發癢的鼻子，能躺著休息眞是件大快人心的事。通風口透進來的細長月光，像汙塊照在對面的水泥牆壁上。

我不知不覺地睡著了，起床之前，是夜班交班前最後的巡察，樓下傳來鐵門打開的聲音，也有負責人員「勤務中！」的小小聲音。我睜開眼睛，把手銬與繩子藏到背後，假裝睡著，腳步聲慢慢地來到房門前，喀啦一聲視察口開了，我回原樣，瞇眼看視察口，然後腳步聲又走遠了。

那時我完全醒了，又銬回手銬，只有一邊是眞的銬上，另一邊則是假裝銬起來，現在我隨時可以抽出一隻手自由擺佈，我將釘子再釘回原來的木板縫，我好像已經是勝利者了，房間黑暗窄小的水泥牆無法再壓迫我了。牢房中一開始最難過，大家都一樣，過了一個禮拜，不管多糟都會適應，但是如果被拉去外面談話，走在明亮的陽光下，會留下後遺症。首先是眼睛無法睜開。即使閉著，光也會透到眼睛底下，頭暈目眩站不穩。負責人也知道這樣，只是冷笑著在那裡等。

你去大牢的心情怎麼樣？你就在那裡好好地被操吧，兩個月就會當成模範囚出來！

我張開眼睛，繼續往前走，白光好像恢復正常漸漸褪色了。回到監舍的時候不管是圍牆上探出頭的樹木、天空、漆白的水泥牆都讓人覺得鮮豔燦爛，甚至像是黑暗中的幻燈片一樣美麗，會很害怕回到禁閉房，但是一回來，第一天在黑暗中、背後的門緊緊鎖著的那種絕望又好像都忘光了。在禁閉室中分爲好幾個階段，一開始想要適應，像禽獸一般掙扎十天，外出之後回來，再次確認自己是生活在最惡劣狀況下，之後是跟管理者交換條件，寫下悔過書或自白書，要求對方把繩子鬆開一點點。有囚犯覺得很委屈而跟對方僵持，管理者有時會更強硬地恢復到剛禁閉時的狀態，有時會用讓他出來商談或散步的懷柔策略，若兩邊起衝突的話，囚犯會瘋掉或是被移送到更糟糕的地方。不管怎樣，他一定要被馴服。長期囚犯謙遜柔和的眼神裡就融合了這所有的日子。

一般囚犯只要有機會就會試著想要老大，他們會抓負責人的弱點或把柄讓幹部們覺得很煩。有些人就是不被馴服，六個月中不斷進進出出，其中最有效的手段就是自殘，不管是刀片、指甲剪、釘子、玻璃都一股腦兒吞下去，不然就是用罐頭作成的刀割自己的肚子，說不想再看到這個世界，或用針刺自己的眼睛。有些人說不要再跟他講話，就用針縫自己的嘴，血流滿地，之後負責人都會幫他們把手解開，這些老大們如果要是在進牢初期囂張的話，門都沒有，這些耍老大的人一般會用移監或讓他們到處巡迴的手法對付，但如果是剩下不到一年就要出獄的人就會睜一隻眼閉一隻眼。如果連留頭髮的許可證都拿到，犯人就更趾高氣昂了，工作可以去比較輕鬆的部門，甚至不做，又可移到吃飯人少又寬闊的房間去睡。

禁閉期間如果換監所、換房，一切就得重新開始，再怎樣合理管理的地方，只要一換人，一切條件就又從頭來過了。

政治犯由於社會事件或政治因素進來，所以會在獄中鬥爭，即使自己的待遇變好，也要爲了其他囚犯而鬥爭，這是原則。在這裡什麼事都可能要用生命力爭，爲了一星期出現一次的豬肉份量不夠，犯人們要求道歉，得餓個幾十天。因爲所擁有的只剩下這個肉體，所以就賭上肉體來鬥爭。

我曾經絕食過，短則七天，長則二十二天。政治犯互相傳遞累積了幾十年經驗的絕食要領，比如冬天的絕食如果沒有達到成果就盡量短，或是延到天氣好一點再說，在通告絕食前先做預備節食，復食過程要仔細注意每個步驟等等，有很多原則。絕食幾乎都是在一個星期之初宣告大家，因爲過了三天獄方才會報告給上面的人知道，所以在星期四或星期五對方會提出妥協方案，如果超過了週末和假日，到了下週那下面的人就會被責罵。

那一年嚴冬的某一天我開始絕食，那是因爲書和信件檢查問題所惹起的，我在之前就準備好了鹽巴，房間裡的餐具跟買的食物全部放到配食口外面，杯子裡放一點點鹽，只喝水。第一天、第二天很快就過去了，首先內臟裡要先清乾淨，才能戒掉食慾，所以傍晚時拿來溫水，放在塑膠袋裡，插上吸管用橡皮筋綁緊當灌腸器，把水灌進去，然後躺一下，肚子就開始怪怪的了，到了忍不住的時候，就去油漆桶邊蹲著，東西嘩啦啦地出來了，弄個三四次，肚子裡很舒服，想吃東西的欲望也漸漸消失了。頭兩天會覺得監獄裡的日子特別漫長無趣，問題是從第三天到第四天的階段是最難捱的，俗話說沒有人餓個四天會不翻牆偷東西吃，第四天的晚上所有的感覺跟思想都集中到吃東西一件事情上了，拿著書也讀不下去，特別是到吃飯時間，聽到裝食物的手推車輪子所發出的聲音，聽覺與嗅覺就更爲敏銳，甚至連廚房煮飯蒸汽的那種香味聞起來都津津有味，別說是味噌湯的味道，他們做了什麼菜也是一聞就知道。

手推車終於來到我們監舍的走道，碗筷碰撞的聲音還有各房間接受食物的嘈雜人聲都開始了，我故意把配食口緊緊關著，背靠過去堵住，聽到旁邊房間的笑聲跟飲食聲，大概跟小時候經歷痛苦經驗的記憶一樣，重感冒或是拉肚子躺在床上沒辦法上學，然後吃飯時別人都圍著餐桌，只有我不行，他們好像一副跟我無關的樣子，聊著在外面發生了什麼事，不斷傳來嚼東西和碗筷碰撞的聲音，這時，配食口突然打開了，掃地的人心不在焉地說：

食物來了！

不要給我。

身體不舒服嗎？

不要給我就對了。

然後配食口就關上了，推車聲漸漸遠去。

早上起來吃一點點鹽，中午的時候把一點五公升水瓶中的水倒在碗裡，每喝一口就讓它在口中滾來滾去，再慢慢下嚥，喝個三大碗，然後虛弱的感覺就漸漸消失了。

頭上的日光燈舊到燈管兩邊都黑了，發出怪怪的「錚」的聲音，隔好久好久才會亮。深夜裡睡不著翻來覆去，那聲音就在腦海裡揮之不去，早晚都開著的日光燈那白光已經佔領了整個腦海，身體慢慢消瘦，只有意識還清楚，這是第四天到第五天的警戒線，第六天到第七天食慾就開始降下來了，排泄物也漸漸沒了，到後來只有一點點白色的水出來，這時候所有食物聞起來都是腥臭的，身體裡頭產生出小魚醬的腥味，會沾到內衣跟被褥上。

我做了夢，不知爲什麼看到了寬闊的草原與樹，我在禁閉室裡不是夢到原野之路，就是雲跟風拂過身邊，過了十五天之後，身體感到平靜一點，有些發冷，像是淋雨之後回家蓋上棉被躺著一樣，有一些快感，睡得一天比一天少。

晚上也常醒來，就這樣幾個小時過去都不自覺地發呆熬夜，像老人一樣冒出了很多回憶，坐在褥子上發楞。

有一天小弟來找我，我想起我十一歲那年的暑假，我們想去小溪抓魚，跟村子裡的調皮鬼拿著辣椒醬、鍋子跟碗，背著簸箕出發，結果五六歲大的弟弟跑來了，如果不照顧弟弟，會被媽媽罵，所以跟他說我們去禁區溪邊的這個秘密，可是他不相信，我走到半路用跑的甩掉他，回頭一看他已經打滾大哭，我在江邊抓魚的時候，看到了晚霞，才想起了弟弟的哭聲，啊！可憐的弟弟。某次到市場入口的電影院偷看西部電影，弟弟又跟來了，在黑暗的電影院中大哭，我只好到旁邊買糖給他吃，要不然就是讓他喝一口汽水，弟弟會像吸奶一樣吸汽水。他又哭，我再也受不了了，把他拉到賣票口前面叫他回家，把他趕出去，他哭得滿臉眼淚，消失在市場街的人群中，傍晚電影結束，我走到賣票口前面，想到弟弟在那個地方哭，小小的身影和聲音被人潮淹沒，突然讓我覺得心痛，到現在還記憶猶新。回到家一看，弟弟已經面向房間角落的牆壁睡著了，睡著的弟弟縮著的腳和腳踝都胖嘟嘟的，但是每一次電影總是在賣票所前面結束。

有時也搭上到國境最南端的火車，聽到拉得長長的汽笛聲，然後過鐵橋的輪子發出轟隆的聲音，我的耳邊不斷迴響著咚克隆咚的聲音，一過了鐵橋，聲音又變回平常駛在鐵軌上的聲音，聲音變低，就像死亡突然到來一樣，由貨車廂改造成的客車廂天花板非常高，兩邊的木頭椅子也很寬大，空蕩蕩的走道前後有燒煤的暖爐，錫合金煙囪是透過窗戶伸到外面，經過平原的時候有許多小站，上來的都是去趕集的農人，雞隻伸展翅膀咕咕地叫，到處都是方言的口音，戴著毛帽子，穿著染色野戰外衣軍服，他們一邊拍落外套上衣的雪，一邊上了車，暖爐上傳來烤地瓜與魷魚的香味，趕集人拿著酒瓶到處敬酒，我也接了一杯。窗戶外大雪紛飛，連小車站也停的慢車汽笛聲非常大，混著雪的煤味很嗆人，跑到暖爐旁邊烤火的老人身上發出了牛糞與乾草味，不斷前進再前進，村子、封凍市區還有低矮的丘陵從沒有斷過，每顆樹上都有黑色布塊般的烏鴉飛上飛下，越靠近終點，車上的人也越少，就像市集散去的酒館，椅子上只留下有人坐過的痕跡。橋開始連續出現，河越來越寬，河對面開始出現夜霧，雪變小了，顏色還是白的，像春天的松香粉一樣亂飛，太陽還沒完全下山，火車卻已經暗下來了，小車站的出口上方燈泡亮了起來。有人抱著包袱，上了只剩下我的客車，他坐到已經熄火的後面暖爐邊，頭上像是女孩子一樣包著毯子，不知哪裡弄來的軍隊外套披在肩上，他瞄了我這裡好幾次，好像只有眼睛發出光芒，臉不知是陰影還是眞的黑。

他要去哪裡呢？現在陸地已經快到盡頭，剩下港口，他要去哪裡呢？都市的人拖著疲勞的身軀回到長大的鄉村嗎？周圍完全黑了之後，他就開始向我說話了。

他說如果有煙，請給他一根。我翻來翻去，在口袋裡找到黃色皺掉的香菸，遞給了他。只看到他從骯髒的破布底下伸出兩根手指，鼻子扁扁的，又沒有眉毛，看來好像吃小孩的痲瘋病患。他一句話都不說地看著我，我幫他點上了煙。他只點了點頭。在沉默中，我放心了。我到了跟他有一段距離窗邊的位子，坐下把腿伸出去。火車沿著看得見海的河口一直駛向港口，抽完煙的他用幾乎聽不見的聲音哼著歌。那是什麼歌呢？搞不清是不是《牆底下的鳳仙花》那首歌，夜晚眞長，我睡了兩小時，聽到巡夜者的腳步聲便醒了，又開始聽到日光燈的聲音，清醒得就好像看到搖動的燭火火光。周圍越靜，日光燈聲音越大。不知爲什麼，心裡越空虛，周圍發生的事情越深刻。一天吃三頓的本身確實不屬於我的事了，我沒有必要等待任何東西了，腦細胞裡面像是煙油或灰塵一樣，黏在那裡很久的記憶好像徐徐溶化，散佈到全身，但是特別深刻的是犯錯的記憶。

想起了阿明的事，還有瑪莉、以及忘記名字的黑貓，還有另外幾隻狗。瑪莉是媽媽到對面月英家要來的雜種狗，應該是灰色跟白色狗生下來的。瑪莉小時候就能聽懂人話，特別是餵食牠的媽媽的話。下雨的早上發情的瑪莉會跟比牠大兩倍的小黃黏在一起，我到學校去的時候曾在巷子看到被小孩子包圍的這兩隻狗，小黃就算被包圍也是很威風，生氣地低吠，瑪莉則是夾著尾巴跑，瑪莉每次被拉走的時候都淒涼地叫，毛都濕了，耳朵大概因爲被嚇到而豎起來，四條腿不斷掙扎著。上前找牠，牠卻還是失魂落魄地連看都不看我，小孩們丟石塊，棒打兩隻黏在一起的狗尾巴。雜貨店的老闆娘會拿一盆熱水出來，邊罵邊潑，兩隻狗暫時分開了，小黃逃到一段距離外，性器還是翹著，牠一直舔紅紅的那個東西。瑪莉還是在原地一動不動汪汪地叫。小孩一散去，我撿起他們的木棒猛打瑪莉。我跟這隻小母狗的感情全都破裂了。瑪莉後腳軟了，拖著尾巴跑回家。我沒繼續去上學，回頭把瑪莉趕回家。瑪莉鑽到廚房裡的木台下。我還沒消氣，用棒子戳到木台下面。瑪莉後來只能有氣無力地叫，牠跟我們家人一起住了七八年。後來牠得了皮膚病，有人教我們用煮沸的紅豆水來燙，結果牠被燙傷，皮膚剝落。有一個來修炕的泥水匠看到狗的樣子，說牠已經活不了多久，要我們給他。媽媽說自己無法處理，要交出去，我一開始很反對，決心不讓牠被拉走。媽媽沒辦法，摸了摸瑪莉的頭說：你得了嚴重的病，我不得不把你送走。病如果好起來再回到家裡吧，牠就被拉上狗鍊，走的時候還回頭看了我家的方向幾次才被拉走。

黑毛的貓是我在上學期末得第一名，我拜託媽媽遵守約定要來的。成績單一出來，本來是纏著媽媽想要買狗，但媽媽拿個棒子出來，我就跑掉，她一回去，我又回到原地滾在地上哭著耍賴，媽媽受不了了，把我帶到永登浦市場賣小動物的地方買了一隻貓，大概活了五天吧，我那時候會欺負小貓。一拿回家就用冷水幫牠洗澡，餵牠吃蒸地瓜，到後來聽大人說牠得了致命的痔瘡，連小貓的名字都沒來得及取。我出去玩，回家之後發現貓已經在後院牆底下僵硬死掉了。我生氣了，用報紙捲起來，拿去堤防邊丟到河裡。到了開滿花的堤防中間開始往下走，噗通一聲丟到水裡，在傍晚平靜的水面掀起了陣陣波紋，但是現在還記得很清楚的是報紙跟貓身分開慢慢飄落河中的情景。

十五天之中我什麼都不吃，醫務室急急派人來量血壓，比正常的時候低很多，水變得特別好喝。鬍子長長，皮膚也粗了，眼睛卻放射出光芒。管區主任來値班時會帶個蘋果給我，有人在保溫瓶理放味噌湯讓我聞，我下午快到閉房時間的時候到管區室去找他們，他們準備要強制灌食，我說如果這樣就要告他們拷問。若不貫徹十八天或二十一天，就要得到像樣的妥協方案，這是最後一道難關。要他們完全接受我們這一邊的提案，要顯示出會絕食到倒下爲止的態度才行。這最後的關卡簡直像是走山路，下腹部的著急感一直蔓延上來，突然時間靜止了，白天很長，夜晚我就不熬夜了。我的體力因爲寒冷消耗得也更嚴重，水泥牆散發寒氣，耳朵與手指腳趾都凍傷，一開始只是微微痲癢，脫掉襪子摸腳趾，發現已經凍僵了。兩手搓一搓，不斷按摩腳趾，也不斷上下撫摸耳朵，蓋上棉花一團一團結塊的配給棉被，再加上用毯子縫成的睡袋，全身蜷縮，起床之後身體僵硬無法放鬆，全身虛弱，站到鐵門前面原地跑，跑一個小時全身才軟下來，終於貫徹了自我要求的事項，過了三個星期之後，就是在跟自己戰鬥了。絕食最困難的就是要開始復食的階段，一天兩次依據醫務室的報告，廚房的雜役煮了很稀的稀飯給我，還有浮著兩三片白菜葉的味噌湯，粥跟味噌湯聞起來都很香，一切的記憶只剩現在所有食物的味道跟香氣。

想吃的東西按照順序、再按照自己的烹調法寫在紙上，囚犯們還有輔導官都這麼說：被關的時候吃東西的重要性佔整個生活的一半，不，應該是八成以上。廚房每個月會訂菜單，公告價格與分量，政治犯們會鬥爭來取得，但其實每個犯人的伙食費很少，掌廚的也是囚犯，煮好的菜連外表都不像菜單上寫的，端出來其實都一樣，料很少湯很多。舉例來說，醃魚的只有魚刺，能裝的都是湯。老大們會到廚房把魚肉拿走自己做來吃，教務科跟圖書室裡面常有人借女性雜誌附錄的食譜，我剛被關的時候也常借來看。

要做石鍋拌飯嗎?紅蘿蔔切絲之後加上麻油跟鹽炒一下，然後拿豆芽燙一下，用麻油跟鹽混在一起，牛肉切絲之後放進去炒，絲瓜切成半月形再炒，肉跟辣椒醬、水、砂糖一起炒，快要乾的時候加上松子，熬辣椒醬。石鍋裡放上飯，然後把剛才炒好的東西除了辣椒醬都放進去，拌了以後打一個雞蛋上去，把石鍋放到火上直到飯熱起來，最後再放辣椒醬拌起來吃。

我就這樣漫無目的地一直看食譜，我因爲很冷，把棉被蓋到頭上，閉起眼睛在頭腦裡想像烹飪了。口中充滿了回憶。首先想起我的家人，我去過的村莊巷道。還有我遇過的人們。

豆芽飯要配上味噌湯才好吃。這是過世的父親在晚年最喜歡的食物。星期日的中午，爸爸會說今天要是吃豆芽飯就好了。

那就做豆芽飯吃吧。拿小瓦罐綁上白布，塞滿豆子，放在從廚房到後院通道上的菜籃底下，等豆芽長出再拿來吃。我想起媽媽掀開白布澆水的樣子。豆子長出第一片葉子，長到跟小孩手指一樣肥肥壯壯後打開，在最新鮮的時候摘下來。我跟媽媽一起坐在灶前，旁邊放著瓢子跟大碗，把根摘掉，一邊鍋子裡裝上水，煮滾之後放進頭跟內臟都已經弄掉的小魚。後來經濟情況好轉之後，就拿無脂肪的牛腿肉來熬湯，然後另外留一點肉加麻油跟調味料一起炒。鍋裡面輪流放一層米一層豆芽，有肉的時候也放肉，然後把湯加進去，比平常做飯的時候少一點，再放到爐上，再準備要拌著吃的調味醬。清醬加上麻油，蔥切細，加一點點辣椒粉跟搗碎的蒜，一點點胡椒粉還有芝麻。

接下來要做配飯吃的味噌湯了，最棒的是用蚌類煮的湯。當時貝類的東西很多，小孩子只要拿個籃子到漢江邊都可以撿一籃回來。去唐人里對面的沙灘用兩手摸索，要不然就是用腳趾頭踢來踢去，都可以找到一把指甲大的蛤類，用鹽水讓牠們吐沙之後放進熱水燙一下，水倒掉後再煮來吃。湯色有點白之後，就把篩過去皮的味噌放進去，再把切成小方塊的豆腐也放進去，再加點蔥，最後放幾根茼蒿增添香味，拿出來之前先用飯瓢打散再裝，如果壓緊就不好吃了，最後把調好的醬放一兩匙到飯邊，攪拌之後就非常美味。

現在要吃麵疙瘩嗎？剛光復常吃麵疙瘩吧？使用的是袋子上畫有美國星條旗，兩個人握手的美援握手牌麵粉，流入了鄉里事務所和市場，到鄉下避難的時候，出現了用臼搗的黑色麵粉，媽媽加一點鹽揉成麵糰，用手抓成一把把，丟到鐵鍋裡蒸，蒸得很有韌性，然後再剁成一小塊一小塊，吃起來簡直像口香糖一樣。上面常常留下媽媽所用工具的痕跡而凹陷一點點，再塞上稀稀疏疏的黑豆，就變成某一種韓國年糕了。白色的西洋麵粉做成麵糰以後很漂亮，揉好離手的時候還會覺得眞捨不得煮來吃。當時媽媽做的麵疙瘩湯頭只加幾條較大的鯷魚，再放點醬油調味，然後把麵糰一點一點拔下來放進去，就這樣而已，冬天有冬藏泡菜的話就會切細加進去。

想起高中的時候跟早逝的光吉一起去鄉下，那時要搭火車走好幾十里的山谷村莊，沿著彎彎曲曲的河邊小路走，所謂的河也只是整個冰凍的小溪，旁邊的枯樹上還蓋著殘雪。我在那裡的房子吃了第一頓晚餐。那時還沒接電，就用了光吉父親平常不用的玻璃燈罩煤油燈。那天晚上最令人印象深刻的是蘿蔔飯跟清國湯。印著漢字福壽的瓷碗裝著蘿蔔飯，不但乾乾的，又沒味道。把蘿蔔切成粗粗的一條條，跟米一起煮，如果加上麥飯，味道就變了。餐桌上擺著蘿蔔泡菜、插在辣椒醬裡弄熟的芝麻葉、黃瓜、辣椒、辣椒葉、蘿蔔乾等等的菜，還有醃海帶、醃澀柿子之類在都市連看都沒看過的醬菜。其中清國湯是黏黏的，用發酵中的黃豆混在裡面，像是臭襪子的味道，第一匙要入口眞的很困難，但是越吃越想吃。

清晨，光吉的祖父起身到後院咳了幾聲後吐了痰，我們都被吵醒了。周圍還是一片黑暗，早上不知何時起床的祖母已經用松枝在灶前燒火，煙囪裡冒出的煙氣很嗆人，冷天的夜晚，光是聞到煙味就溫暖了不少。光吉跟我拿著粗糙的軍用手電筒和夏天用的捕蟲網跑到後院過去的竹林裡面，剛醒來的麻雀像豐年的果實一樣，樹枝上到處都是。我們像抓蟬一樣小心地抓，可以抓到兩三隻，那時才發現的麻雀在網裡頭掙扎著。清晨辛苦一下，就可以抓到好幾十隻。我們把麻雀滿滿的袋子放下，鐵鍋裡煮的飯正在悶，發出了香味，我們進到廚房並肩蹲到灶前。火已經熄了，剩下發紅的松枝，我們把整隻的麻雀丟進去烤，灑點鹽就變成柔軟的烤麻雀肉，再撕開來吃。

復食期間結束之後，又恢復到監獄的日常生活。食慾還是如前旺盛，再怎麼按時吃飯還是會有不夠的感覺，監獄的生活裡最嚴酷的月份就是正月，天氣冷，肚子又餓，好像氣球洩氣一樣，體重一下子減了七八公斤，快要過年了，儲藏的那些鹹得不得了的蘿蔔泡菜也快吃光了。政治犯監舍的雜役算是我們的家人，從秋天我們就一起準備過冬。秋天在我那小菜園裡種白菜，十二月初可以採摘，收了幾十顆大白菜。我跟雜役把菜用報紙一一包好，再放到販賣部索取的塑膠飲料箱裡面，整齊地堆好，放到監舍樓梯底下的儲藏室裡。我們一天有兩餐在那裡吃，晚上因爲已經閉房，所以在自己房間吃，吃到有新鮮菜葉長出來的三月初爲止。報紙包著的白菜，放到暗暗的樓梯底下，一整個冬天都還很新鮮，我們一頓吃一顆。首先把最外面一層剝掉，然後用獄方給的辣椒醬跟麻油拌一拌，再用菜葉包起來吃，有一點苦苦的草味特別開胃。剛開始很好吃，但過了幾天之後，光是看到白菜就覺得滿嘴草味，然而爲了冬天的體力還是得吃。過了冬天，常會因爲缺乏維他命使得牙床搖晃起來，最後掉個幾顆牙。出獄的前輩們幾乎都經歷過維他命不夠，出獄之後睡一覺起來，常會推掉一兩顆牙齒，白菜的黃葉則是放上飯，加上醬，塞到嘴裡嚼，如果有其他的配料，應該會非常好吃。

雜役小鬼儘管跟我爭執、看不順眼，但也會跟我搶著夾菜，我們可以一起吃中午一餐，對我這個獨居的囚犯是很幸福的。晚餐是在閉門之後送進來吃，所以獨居囚就必須自己一個人吃。時間到了，我就會把洗乾淨的塑膠碗，跟拜託木工部囚犯做的長木筷、湯匙放在報紙上，坐在配食口等食物。手推車過來了，配食口的門開了，冒熱氣的飯菜湯進來了，就算不會再有東西進來，我也不會把洞口關起來，會等好一陣子才開始吃飯。面對牆壁舀起一匙來，塞到嘴裡，什麼都不想就開始細嚼慢嚥。牆上的塗鴉也看不見了。因爲是吃飯時間，教務科會放音樂，那是很沒誠意地把那兩三卷破帶子隨便插進去放的，所以有時候連續四五天都是一樣的音樂，沒人敢抱怨也不會有人注意聽，只是偶爾會傳來低聲談笑與吃東西的聲音。

我有一次在下雪的日子裡把飯泡到微溫的湯中吃，不知爲什麼會激動地流下眼淚，那時我看見了什麼呢？我前面的水泥牆上有宗教團體送的十二個月的月曆。牧羊的耶穌頭上頂著光環，拄著長長的手杖站在山坡上，圖畫的下面寫著：

耶和華是我的牧者，我必不致缺乏，他使我躺臥在青草地上，領我到可安歇的水邊。

我激動的原因不是上面的字或圖畫，而是上面畫著的無數個鉤，之前的月曆密密麻麻畫著叉，明年的月曆剛收到，上面還沒有標記，那些空白沒畫標記的日子跟已經畫上記號的日子都在這裡毫無意義地度過了。我到底在這裡守著什麼呢？湯裡的一點點料、不夠份量的肉丁、延長運動時間的日子，信件檢查緩和或是被禁的書沒通過正式手續就送進來的日子，向幹部抗議要施暴的輔導官受到懲戒的日子、每逢紀念日的抗議行動，這一類都只不過是要維持自我罷了。這些事，其實只要季節一改變、人一換，全部又都回到原點。

十九

那一年初冬開始到第二年，也就是八五年五月爲止。

宋榮泰按照計畫，跟同志在十一月中旬斷然衝進當權派的黨部，鐘路與仁寺洞方面由支援組封鎖，在爭取時間的同時，攻擊組從擁擠的巷道中跑出來進入他們的地方進行檢查。他們都拿著鐵管棍棒，很簡單地把屋頂都佔領了。宋榮泰坐在附近的傳統茶店裡面沒被抓，後來的通緝名單上也漏掉他，冬天他常常會出現在我的畫室，耐心地進行刊物的印刷跟影印，我漸漸產生興趣，他不在的時候我也會獨自熬夜打字，然後影印，甚至裝訂。

雖然很晚才回來唸書，但是我很誠心地想要唸完，最多再兩三學期就算是達成第一步的目標了。我的想法本來就是跟銀波獨立地過生活。第三學期開始之後，我像之前一樣常常找教授，回到家就教學生，到了三月左右，有一天宋榮泰半夜跑來找我。我一如平日在空教室餐桌前，擺一杯茶，懶散發呆。

在學校很少看到你。

對，現在是這樣。

宋榮泰走進教室東張西望。

那些東西要搬走才行……

是嗎？太好了，我現在可以兩腿一伸，輕鬆過日子了。

妳想得美，隨便妳。

我揮了揮手臂，有些誇張地說：

我現在解放了！脫離了魔掌。

樓梯傳來幾個人的腳步聲，門一打開，三個年輕人走進從接待室通到教室的通路。一個像榮泰一樣穿著大衣，身材很高大，另兩個穿著皮衣跟短大衣。他們看都不看我，照宋的話進去開始搬影印機，手動印刷機跟電動打字機也要被搬走。我問宋榮泰：

你要去哪？

一起去看看就知道了。

誰說要跟你們走的？

我一說完，他就抓著我的兩手好像要為我祈禱，裝得很誠懇的調調央求我。

韓姐這次一定要幫我們，這世界上我能依靠的只有妳了。

不……現在已經結束了，都結束了。

韓允姬，這是很重要的事，我沒有時間物色其他人選，妳算是已經通過審核了。

我這一次又心軟了。

又要搞什麼大事？

宋榮泰一緊張就會結結巴巴。

嗯嗯……要起颱風了。

那爲什麼要把我捲進去？

這是最後一次了，拜託。

我站起來披上大衣代替答話。路上有重達一噸的卡車裝著行李在等我們，其中一個人坐在司機席旁邊，其他人搭轎車。我們坐上車出發了。那時較晚開發的市中心內，辦公大樓如雨後春筍般冒出來，我們到達其中之一，把東西搬上電梯。到了十一樓，裡面有辦公桌、椅子、沙發，還有廚房，甚至廁所。我到處東看西看，然後問宋：

這有幾坪？

號稱十五坪，實際應該九坪左右。

也夠用了。

還沒搬進來，很安靜，不錯吧？

東西全放好了，接上電源之後，那個高個子年輕人問宋：

宋前輩，還有事要我們做嗎？

沒事了，辛苦了。你們可以走了。

年輕人還是沒對我說話，只微微點了一下頭，然後就靜靜地離開了。榮泰看著錶說：

已經十點了。這傢伙大概又要遲到了。

誰會來？那我要走了。

這算什麼啊？妳不是說好要幫我。

有陌生人在，你要叫我做什麼？

外面走道傳來了人聲，宋榮泰側了一下頭佇立片刻。腳步聲開始很清晰了，宋打開門，跑到走廊大叫：

前輩，在這裡！

已經來了啊。

聽到這聲音同時，兩個人走了進來。那個人穿著破舊的灰西裝，沒有打領帶，大概是三十來歲。他腋下夾著文件袋。鬍子也沒刮，鼻子底下跟下巴都有鬍渣，然而五官長得很端正。

韓姐打個招呼吧。這是我們前輩，是被解雇的記者。

他一副三十幾歲人裝出長輩的派頭，要跟我握手。

妳好，辛苦了。

我被他抓著手，只能說「是，是」。宋問他：

東西拿來了吧？

嗯，好不容易找到的。資料有好幾種，也有當時現場採訪的東西，但是更重要的是，找到了當時目擊者跟參與鬥爭者的經驗談。

我們看一下吧。

宋著急地跟他要來一疊疊的原稿，走到桌子前面坐下，也分了一部分給我。我坐到他對面，金先生在我們看原稿的時候自己坐在沙發上抽煙。

有點冷，這裡晚上沒有暖爐嗎？

啊，有的，我帶來了……

宋榮泰搬出桌子底下有兩個燈管的電熱器，插上了電源，說：

這是幾個人弄出來的，我按照日期做好了標記。

紅色原子筆寫的部分嗎？

對的。

宋榮泰跟我提議。

韓姐，我們把工作簡化一番吧！首先按順序整理。請金前輩在花絮之中找出特別的事實做標記，因爲我們不可能在刊物中反映所有的材料。

嗯，只要按照抗爭的日期順序傳達事實就行了，因爲下一個班次的工作人員會裝訂成書。

到了十二點左右，我們才抓出報導大綱。我接過榮泰手中的原稿，開始打字，剛才讀過的屠殺眞相在我手指尖下鮮活了起來。

七點左右，往柳洞方向有無數輛車同時打開前燈按喇叭衝過來，帶頭的是裝滿貨物的大韓通運所屬十二噸大型卡車與公路局巴士，郊區巴士十一輛，還有兩百輛營業用計程車跟隨在後，塞滿了錦南路。卡車上有二十多個青年揮動起國旗，巴士上也有持木棒的青年男女，車陣像憤怒的波濤湧來。他們同仇敵愾的決心是五月抗爭的起點，從二十一日晚間到第二天清晨擴散到整個市區。

這一次刊物中，最讓我感動的是五月二十日星期日晚上車隊登場的一段，我把它整理出來：

無等競技場前，計程車開始聚集，其中有頭上纏著繃帶的司機，下午六點聚集的計程車超過了兩百輛。司機們秩序井然地排好，把在市區內各處看到的殘酷景象、司機同業們受傷死亡的消息傳遞分享著，他們聲討空降部隊的惡行，擔任先鋒突破阻止線，他們用毛巾緊綁在額頭上，上了車，沿著高速公路方向的道路向錦南路進發，他們一到達錦南路，拒馬前面的市民響起了歡呼聲，留下了激動的眼淚。他們的手上都拿著鐵管、木棒、火焰瓶、鐮刀、十字鎬等等，投擲石塊，由車輛掩護進行突擊。由於事態突然轉變，戒嚴軍震驚之餘射出大量催淚彈及胡椒彈，又全力噴出瓦斯，就像要使所有的示威群眾窒息而死一樣。強力瓦斯彈打破了進擊車輛的擋風玻璃，受害的司機們在離戒嚴軍二十公尺的地方停了下來。這些司機失去了方向感，在煙霧中四處徘徊著。他們不斷流淚、咳嗽、嘔吐，一片東倒西歪。戒嚴軍趁機向前突進，用棍棒打司機們的頭部，四五個人對付一個司機，打完之後帶走。在後面一排的司機從駕駛座跑下開始逃逸，但仍有幾十個人被帶走了，有車子掩護的市民也在路邊或是汽車的縫隙中丟石頭。戒嚴軍像是特攻隊一樣躲避著石頭向前衝，受阻車輛在前面被擋住而撞成一團，造成大混亂，數百輛車輛的車窗幾乎全毀，戒嚴軍由於車燈而睜不開眼，看不見前方，所以用槍托把所有車的前燈打破，再繼續前進。市民們則不停地一面丟石頭一面後退，戒嚴軍把市民們逼到車輛示威行列以外。

等一下，這裡有資料要插進去……在後面盯我工作的金前輩說。

我沒有回答，只是停頓片刻。他遞給我剪報影印成的資料。

這是《東亞日報》五月二十二日的報導，被刪除了。

我把這段報導連上面的目擊者證言一起打字打好。

在催淚彈造成的濃煙中，示威隊以巴士爲先鋒和軍人展開了肉搏戰，全日電台附近的錦南路上慘叫與喊聲不絕於耳，衝突持續了二十餘分鐘，尚未熄火的幾十輛巴士、卡車、計程車之間都是頭破血流的傷者。兩個穿車掌制服的二十餘歲女子擁抱三十多歲身穿司機制服、頭被打破的男子痛哭：「傷患危急，救護車快來！」哽咽中訴說了流血慘劇。

看這個份量要熬兩天兩夜了……今天晚上先弄一半，休息一下，明天下午再開始好了。

宋榮泰一面整理原稿一面說。金前輩已經很累了，哈欠連連而且一直揉眼睛。

我先走了，這裡沒我的事了。

對啊，大家都會很謝謝你的。

謝什麼謝，只是把原有的資料拿出來而已，你們辛苦了。

他走了之後，宋榮泰跟我一直工作到天亮。我只要打完一個題目，宋榮泰立刻就去影印個幾十張。

加起來不可以超過二十頁，要讓學生們瞬間讀了之後全身發燙才行。我們也打算送一些到工業區，總共印製一百多本，其餘就讓他們重新印製好了。

宋榮泰整理著影印好的東西，一面數著頁數一面說：

今天眞謝謝妳了，已經一半了。

已經好了嗎？

對，都半夜了……

我請客，我們到市場一人一碗湯飯。

喂，整夜不睡，體力透支的結果，只是一碗湯飯？

幹嘛，美京搞不好在吃泡麵呢。

眞是的，最近完全沒看到她。雖然她不來，我也樂得輕鬆，但是要來要走應該講清楚嘛！怎麼連一點消息都沒有，眞是討厭。

她現在忙得暈頭轉向的，也差不多該跟我聯絡了，我們走吧！

我們關上燈，把門緊緊鎖住，從辦公大樓出來。走道暗暗的，只有電梯前面有燈，本來在房間中跟我毫無距離的榮泰，這時在窄小的電梯中，突然咬著嘴低下頭只看著地面，我感到氣氛怪怪的，於是故意跟他開玩笑。

幹什麼，在禱告啊？

宋榮泰透過厚厚的眼鏡看著我，噗哧笑了出來。

嗯……沒事。

我們搭上計程車，到了我教室附近的十字路口下車，到我們都很熟的醒酒湯店裡去。卡車司機與市場的業者或是整夜喝酒的大學生都在那裡，人聲鼎沸，但過了六點之後，就有一大堆客人走掉。我們到廚房附近最裡面的角落坐下，這家店的菜單只有豬頭肉、豬腸湯飯、或是放了骨頭跟菜的醒酒湯。榮泰把筷子湯匙放到我前面問：

我要吃豬腸湯，妳呢？

我有時候會很討厭帶毛的肉塊，所以說：

我要別的。

榮泰慢慢地跟老闆娘點餐。

嗯嗯……一個豬腸湯，一個醒酒湯，一瓶燒酒，豬腸湯裡蔥花多加一點。

到食物送過來爲止，他都像在電梯裡頭一樣默默不語，我以爲他累了，並不覺得他有點怪怪的。湯飯出來之後，小菜跟燒酒也端了上來。榮泰在我面前放下杯子，想要倒酒，我用手掌擋了酒杯。

討厭，我要回去睡覺。

一杯就好，其他我自己喝。

我沒辦法，接了杯子，他也在我的杯裡倒了酒，也不向我勸酒，一大口一大口地吞。我則是小口小口地喝，然後放下，吃一點醒酒湯。榮泰也開始吃豬腸湯的料，然後把嘴湊到碗旁邊，唏哩呼嚕地喝著湯，一面又喝著酒。我不是吃宵夜的那種體質，所以嘴裡乾乾的，飯吞不太下去，只好一直用湯匙舀湯喝。榮泰先吃完了飯，放下了湯匙筷子。他把酒一滴不剩地倒出來，這時候像是很珍惜似地小口小口地喝。我也放下了湯匙筷子，開始喝麥茶。他遞給我一根煙，幫我點上火，他自己也叼了一根。他呆呆拿著剩半杯的酒，過了好一陣子才一口氣喝下去。

這傢伙到底怎麼了。榮泰這一次眼光像是要穿過我一樣看著我開口了。

允姬，你覺得我怎麼樣？

如果是平常，我一定用粗話或是玩笑讓他閉上嘴，可是因爲他的表情太誠懇了，所以我說不出口。他微微笑了，我茫然地望著貼了菜單的骯髒牆壁，反問他說：

那你覺得我怎麼樣？

我先問的吧？

我一說，他就用力地敲桌子。

眞是氣死人，我裝做生氣的樣子，把頭轉到別處。

你已經醉了嗎？

我們認識已經一年了……

宋榮泰在嘴裡要說不說的，最後還是說了出來。

我，我很在乎韓姐。

連流行歌詞都出來啦？不能把韓姐這兩個字拿掉嗎？

我喜歡妳。

我沒辦法回答。我不能說對他沒有任何感情。如果沒有他，我升學之後生活會很單調的。我故意辜負他的期望說：

我也很喜歡你。可是我跟你不會更進一步了，你還是要兩眼像車燈一樣直瞪著我嗎？

我先走了。

榮泰說完，就站起來付了帳，慌忙地走到了外面。我坐在那裡，把剩下的煙抽完把煙蒂在瓷盤中按熄，走到外面，很多攤販已經開了。我回到了教室。

我回到了自己黑暗的空間中。我看著窗簾之間微微透進來的白光之下，像是活物屏息趴在那裡的家具和小擺設，突然覺得自己像是死去的人。煙灰缸、皺掉的空煙盒、咖啡杯都靜靜地放在桌上，前後周圍都留有人坐過的痕跡，往後拉出來的椅子放在看不到的時間中。我坐到椅子上，兩腳放到桌上。手正確地握住了茶杯的把手，茶杯拿起來聞了一下，有化妝品的香味。杯子上將留下我嘴唇碰過的痕跡。我一直呆坐到破曉，好像獨自坐在廢墟中，不知不覺睡著了。我就這樣坐在椅子上，腿彎起來，把頭埋在裡面睡了許久。大白天的陽光把葡萄酒色的窗簾照得一片深紅，鑽過縫隙間落在我的頭上。我站起來，想把窗簾綁住。兩邊都綁住之後才想到要回房間好好躺著。

周圍暗下來之後，我朦朦朧朧醒著，在棉被中靜靜躺著。喉嚨很痛，有點發燒，全身像被人打過一樣疼痛。想喝杯冷水，可是要出外走到冰箱，把門打開才行。我不自覺地流下了淚，沿著太陽穴一直流到耳朵邊。我想起了銀波，也想回家看她。我想起站在玄關裡回頭的那一幕，那時我有了會和她分離的預感。接著又想起了曬著五顏六色衣物，白色建築物的黑窗户。想起了他寫給我的只有幾行的明信片。望著外面遠處，自己會不會也變成星星？星星？什麼星星，只會變成沒有網膜瞳孔的空洞。對了，後來柏林圍牆倒塌的時候，有人在亞力山德·普拉赤街角的酒店中跟我說克莉絲蒂·拉班特的詩。是不是關於追星星的詩呢？

我因爲發燒，又打了一下瞌睡，夢裡夢到了賢宇。他在黑暗中進了我的房間，靠在牆上看著我。我橫躺著，眼睛稍微睜開看著他，不知怎的身體不能動，他對我笑了。什麼時候來的？他沒有回答。房間不知何時突然又變回了野尖山那個房間，牆壁上面是紙糊的窗户，地上有小桌子跟蠟燭。我身邊的銀波蓋著方方的小棉被，剛生出來的小孩皮膚像水一樣細嫩，用手把棉被角稍稍向外拉。看見她正在睡覺，他坐在對面低聲哼著歌，想不起是什麼歌了。房間突然又變成了他的小小牢房。啊，原來他住在這種地方，我看像是在牆上隨便打個洞做成窄小的窗户，不知爲什麼，連銀波也到了這裡，他躺在我身邊，兩腿彎著，不斷對銀波說話。騎馬的人、騎牛的人……每次說的時候，孩子都嘎嘎地笑了，他把銀波遞給我，靜靜站了起來。你去哪，等一下！我一面說，一面起身，想抓住他的褲子，可是身體一動也不能動。銀波爬向爸爸，那裡只剩下門，他連痕跡都不見地消失了，銀波也不見了，只有嗯嗯的聲音充滿耳際。我想要找小孩，翻了一個身。

我醒了，電話正在響著。我自己也搞不清楚就站了起來，全身都是汗，濕掉的頭髮黏在額頭上。我用袖子擦了下巴脖子上的汗水，推開玻璃門進了教室，這時才想起之前口很渴卻一直忍耐著，還得接電話。我接了教室桌子上吵得要命的電話。

喂……

我啦，怎麼打了好幾次電話都不接。

我原本悸動不安的一顆心靜了下來。宋榮泰低沉的聲音傳來，雖然放心了，但也是因爲不會再發生什麼事情。

妳知道現在幾點了嗎？

幾點？

過了十一點，我本來想去帶妳出來，電話又不通，所以自己先工作。

原來如此，我要休息一下。

妳聲音怪怪的，哪裡不舒服嗎？

嗯。全身痠痛。

眞糟糕，要我幫妳買藥嗎？

沒什麼，我打算回家。

那就好，我清晨可以去嗎？

不了，現在要起來了。下次再見了。

要保重，我會再聯絡。

宋榮泰的聲音越過話筒消失了。爲什麼話筒深處傳來的「嚶嚶」聲聽來這麼虛空呢？並且我就此見不到宋榮泰了。

眞的要回家嗎？我開始想喝熱綠茶，所以把水壺放到瓦斯爐上，開始獨自思索。我不想讓媽媽看到我獨居的慘狀，也不想讓銀波感冒。我關了燈，再次躺在黑暗當中。

我生病了，不，與其說是生病，不如說是二十多歲時留在身心裡面的遺毒，像帶有顏色的東西被洗脫逃去一樣。我動也不動，幾頓飯沒吃，也不絕望，就像是懸掛的空衣架，我起身到街上，那是繁花盛開的慵懶春日，木蓮已經凋落下，像屍體一樣躺著。我在社區的公共澡堂呆呆地站在蓮蓬頭前面，看著鏡中自己的裸體。腰上有生過小孩的痕跡。然後我塗香皀，淋著如雨而下的水，叫了歐巴桑來幫我搓身體，她像男子般健壯，要我換方向。之後，我還是呆呆躺在那平板塑膠床上。

那一天我做飯一個人在教室裡吃，看放在水裡泡的帶魚跟泡菜，還有媽媽寄來的兩種小菜放在桌上，又學別人家把電視機開著。泡飯很容易下嚥。電視的畫面裡有什麼呢？咦？那是什麼？記者好像浮到了畫面之外，他質疑美國在光州事件中的責任，還說青年們衝進了美國文化院，看到了畫面上的爭吵。頭上綁著帶子，拉起準備好的布條，還有剛寫好的標語，按到窗户上面搖。他們丟的傳單像落葉一樣飄落。美國必須在光州事件中負責，這是學校裡大字報上常看到的詞句，我認出畫面中幾個跟榮泰一起在我的教室出現過的青年，應該是製作刊物那時候開始的。

榮泰消失到哪裡去了呢？大約半個月之後我才知道這件事。之前雖然好一陣子斷了聯絡，但是上學之後，大概都會有人告訴我榮泰的近況。這一次學校裡頭示威不停，沒有人在說宋某人跑去哪了。

我搭公車經過麻浦附近，經過跟榮泰一起去過的辦公大樓下了車，十一樓吧，繞過走廊，找到了一家門上面用膠帶貼了一張「翻譯室」的小紙條。我遲疑了一下，然後敲了門，門開了，就是那晚見過面的金前輩。他跟我一照面，就把門完全打開了，不知爲什麼房間看來比先前小了。

請進。

他好像在等我先進去。辦公室已經重新佈置了，有兩張桌子，還放了接待的辦公家具組，金前輩的位置大概在最裡面窗邊。左邊靠牆的桌前有人趴著翻弄東西，金前輩回到自己位子上，指著旁邊的椅子說：

請坐。

我們面對著門並肩而坐。我看著那個陌生人，心不在焉地說：

變了……

咦？對啊，人家就把麻煩趁忙亂之際丟給我了。

金低頭坐著，對那個人說：

鄭兄打招呼，這位是榮泰的朋友。

他沒說話，只對我行了注目禮。金前輩開始坦承地說：

姓宋的小子不見了，把這裡丟給我，我們也不能就這樣白付房租，所以用來當賺錢吃飯的地方了。我們輪流接案子，去賺些小錢。

宋哥發生了什麼事了嗎？

妳不知道嗎？他被通緝了，包圍美國文化院示威事件之後，連在後面跑的傢伙統統都不見了。

當然沒辦法聯絡，我也沒有積極找他的念頭，他打開抽屜拿出一個信封，那不是婚喪喜慶用來裝錢的那種郵局標準信封，而是有紅藍線的航空信封。

出事前一天我在這裡見過的，現在應該藏得很隱密，那份光州的刊物傳佈到了全國各大學與勞動的現場，書也出了，這是從去年冬天開始進行的計畫。

我把好像是宋榮泰的來信放進皮包，做出起身的樣子，這時金前輩說了：

不要太擔心，姓宋的再怎麼樣也是個公子哥，應該到什麼風景好的地方讀書去了。

我不怎麼驚訝，我不搭車，開始慢慢地走。濃密茂盛的行道樹欣欣向榮，在大白天人不多的街上走著也很不錯，新蓋好的銀行建築物上面有壓克力招牌，進去之後沿著光滑的大理石階梯向地下街走。裡面是跟外表不一樣的舊式茶店，出乎我意料之外，我感覺怪怪的，但是卻放心了。如果裝潢得不上不下，我反而會覺得不舒服，裡面只有像是昔日仲介房屋的兩三位老頭子，所以看來空蕩蕩的，裡面用魚缸、塑膠花草、葡萄裝飾，沒人在看的電視裡放著香港武俠片。我坐到牆角去。叫了茶，很有耐性地等到上了年紀的女服務生把茶杯放在桌上，才從皮包裡拿出信來看。不管他說什麼廢話，還是要看一看。

給韓姐：

妳患病之時我曾考慮去看妳。

我讀了第一句就讀不下而笑了。因爲句子太古典了，好像是當年志士先烈留書去東京留學的那種語氣，就像我爸爸講的那個澀柿子的故事。

但是到了那一天早晨必須要用車把東西運回鄉下，所以沒辦法到畫室去找妳。我逞強工作了好幾天，大概會生病感冒，他們好像要開始搜捕了，我比其他人知道的事情更多，所以要躲到更隱密的地方。打電話是最危險的聯絡方式，所以我不打算用，也有很多人知道我常去那裡，所以未來一段期間之內我們不會再碰面了。

我再說一次，我很尊敬吳前輩。我們這一輩的人跟賢宇大哥相比，還算是徘徊不定的中間層，現在只不過是隱隱約約發現了地平線而已。我也想過要和妳一起養育前輩的漂亮女兒，不是靜姬說的，而是聽朴哥說的，所以我一開始就知道。過去的幾個月來，我們不是合作得很好嗎？不知何時起我們已經變成同志了，我是很誠懇地說這些話。

眞的，我誠懇地說我非常非常地喜歡妳噢，我對妳本來沒有任何感覺，妳自己更清楚吧。只有這件事最清楚，跟妳在一起的時候比起跟任何人都還要舒服，我像是你弟弟一樣，我也很喜歡妳純樸的氣質。可惜的是，對人、對自然、對美、對情緒或是感受性，就像我不會算術一樣，我一點都比不上妳，我覺得有些鬱悶，顯然那些東西其實也沒什麼了不起的。

我不想說這樣的陳腔濫調，總之跟妳在一起的時候眞的很快樂。那一天在店裡，我用了比話劇台詞更困難的表現方式，可是那只不過是像一粒灰塵一樣很小的一部分而已，我必須沉在水底，從現在開始好一陣子要屏息，閉上眼睛，跟孤獨作戰。妳也如此地想一想吧！吳前輩回來之前不能再說了，我永遠都在妳左右，以後我如果能自由地跟妳見面，也不會再這麼說了。

妳開個展的時候，我會趁沒人的上午去看看妳的手藝，吳前輩如果能出來，我也許會更問心無愧吧？爲了滿足我們這些小小的願望，也必須要推翻那些人。就像風雨交加的黑夜裡，如果黎明破曉的話，革命的那一刻會像奇蹟一樣降臨。

革命開始之後，要做什麼？那只有在沒有人的山脈或原野，或是僅容牛驢通過的偏僻山谷，武器只有步槍，頂多機關槍，像西部電影的那個年代才有可能。我想起曾看過的尼加拉瓜女戰士背著自動步槍的照片，所向披靡的正規軍衝進了波雷德廣場，武器在碼頭上堆積如山，編隊飛行、遮蓋住整片天空的超音速戰鬥機。雷達、陷阱與航空母艦的不夜城。像玻璃與鋼鐵的高塔般聳立在市中心的大樓，視察工廠的高層穿著整齊的作業服在機械間緩慢行走著。

不要說跟夥伴並肩衝到街上被威脅而射擊倒下的純眞無垢場面，連革命委員會接收行政武裝看守官署等自行制定的議決機關場面現在都不見了。在不斷的討論、隨時從頭開始的說服、溫和的協議與漫長的等待之後，得到了些微的進展，甚至連這個也會被歪曲了。所以到後來不是妥協就是選舉。就像亂成一團的線，找不到頭，剛整理出來的部分沒有亂掉就很不錯了，抓住線頭一拉，發現到處都很像，也不能回到出發點了。破壞制度的期間，要創造有破壞力的制度，不是每個人在任何時候都能留下來當戰士。革命委員會也下班回家了。有人的妻子生小孩，或是抱怨食糧配給太慢，嘮叨地問能不能早一點回家，或是訴苦說生活費用完了，家人不停地吃、喝、吵架、性交、睡覺，到了早上起來換了新衣上班，又繼續開始討論。他出發的地方，現在飛向深邃未來的天空中，無限的虛空正張開大口。所謂革命。就是靜止的閃光。只要不像吳賢宇一樣被流放或是像他的弟兄們在路障前面被連發射擊身亡，他就會像上下班一樣在討論中筋疲力盡地生活著。但就算是這樣，革命依然是這麼地美。這是我吞嚥下口水顫抖著、忍著皮膚的戰慄喃喃訴說著我還活著的事業。

我噗哧笑了出來，開始把宋榮泰的信撕碎。撕完之後握在手中，連一把都不到。我不但不會跟你們混在一起，連你們的附近也不會去。我比靜姬更單純，只喜歡靜靜做著我自己的事，打算就這樣活下去。在學校因爲催淚彈流淚也不過是一時的。我會像校園的樹一樣掉個幾片樹葉之後依然站在那裡。

二十

我被釋放已經過了二十多天。在野尖山也過了五天四夜。我看著允姬留下的那些筆記、舊畫冊跟信件，每到深夜都還是無法入眠。這部分我錯失的外面世界人生，最初幾天激烈的讓我激動，現在則有點麻痺了。心中的一陣酸楚不是痛苦或冤屈那般具體，而是類似皮膚的觸感。原先乾涸有如荒野，石頭的內心深處開始擴散潤氣。如同夏天傍晚睡午覺起來，覺得人、山、原野的風景看來太過鮮明陌生。我在鏡子以外的地方看不見自己，兩眼只不過是畫面這一邊的鏡片，世界跟我毫不相干地在另一邊流逝。靈魂像煙一樣的漂浮著看著我肉體的軀殼，以及我不能溝通的家人、感情豐富的人們和鄰居。又如感冒藥吃多了，神經像針尖一樣敏銳，手指也偶爾發抖，下腹部感到焦躁，連自己的呼吸聲和撿一個東西的動作，都感到十分敏感。

來到野尖山，接觸到允姬的呼吸，我得到了交流的對象。透過對方我才具體地存在於這裡。單人牢房裡的不是吳賢宇，而是一千四百四十四號，那是爲了維持在惡劣條件底下活下去的生命力，必須將自己過去的想法與行動，當作人的尊嚴固守下去。我現在透過相對的對象走在回到世俗之路上。在監獄裡的時候，不久前發生卻感覺像是好幾十年前發生的，而十八年又成爲瞬間的記憶。像用草繩捆綁的電影底片一樣，記憶也分成一塊一塊的，如同想要想起幼年時期的夢境。我現在像有著仙人眉毛的古代中國高僧一樣，認爲世上種種的事情都只不過是虛空。

一如平日，我吃了早飯，離開院子，走上春草剛長芽的小路，到下坡的屋子去。我晚上想了幾件事。如果回到漢城，雖然年紀大了，還是要找到工作，也要跟銀波見面，問問她具體想要知道的事項。

快進來。早餐吃過了嗎？

本來坐在木廊台上的順天嬸說。我沒穿著運動服，而是像剛來的時候一樣穿著外出服。她又問了。

你要去哪？

是的，到鎮上辦一些事。

太好了。我們也要買一些東西。

請寫下來。

嗯，等我一下。

她拿著紙條跟原子筆到木廊台上，我猶豫了一下說：

這個……妳知道靜姬的電話吧？

咦？你說什麼？

韓老師的妹妹。

啊啊，我還以爲是什麼。名字叫韓靜姬啊……不知道放在哪裡。要找一下。

她回房間裡好一陣子，才拿著厚厚的帳簿出來，指著寫在簿子後面的其中一個給我看。

這就是她家的電話，這是醫院的電話。他們來這裡的前幾天一定會打電話來。

有沒有東西讓我寫？

這邊有筆，把本子撕一角下來好了。

我抄完了才撕。順天嬸說：

快來吧，趁著還記得的時候快一點打。

不是，我稍後再打。妳要買的東西先寫給我吧。

好啊。我們老么去光州了，晚上才回來。

她仔細地想想要買的東西，竟也超過十分鐘。

還有，你搭什麼去？這邊沒車。

我走到橋頭搭公車就行了。回來的時候因爲帶東西，所以搭計程車。

待會見。就叫她妹妹把銀波帶來一次嘛！我們也很想看看她。那是我接生的，越看越喜歡。

我從坡下屋子出來，沿著果園的路往下走。茶店看起來很寂靜。只有週末會有人，平常沒有市集的日子沒什麼客人。雖然是上午，但是野尖山旅社中已經放出喧鬧的音樂。雖然餐館只有四五個地方，繽紛的大招牌弄得就像大都會似地。

我很想馬上進順天嬸房間打電話，可是忍住了，是因爲我還沒想好要講什麼。更重要的是不想給外人聽到我講的內容。我想像從話筒傳來銀波的聲音，就開始心跳。她的人生跟我坐牢期間一樣長，已經十八歲了。如果她開始上學、畢業、過生日等等事情都告訴我，牢裡的日子也不會那麼難捱了。

對在牢中遇到的前輩們而言，人生就是那麼一回事，有明有暗，每隔幾年透過家人送來的小孩相片中，會發現人就像竹子一樣，一節節地成長。骨肉之間怎麼想，我不知道，旁人看來就像少了竹節是一種喪失。爸爸被奪走的小孩的神情，不覺得楚楚可憐，旁人會覺得他是爸爸本人幸福幼年的神情。我們可能躲在相片後方某一棵樹底下的陰影中，或是躲到拿相機照相的人這一方，透過相片中的孩子讓過去的世界靜止下來。但是孩子漸漸地長大了，長成十幾歲的少年之後，就會在照片中出現了。我們已經從少年的容顏中瞭解到世界是苦海。雖然是影子，但青壯年之後的男士額頭刻劃出世俗苦惱的痕跡，可以清楚地辨認出來。從某一方面來看，長期關在牢裡的囚犯比正在衝破波濤前進的家人們容光煥發。我看過很多被骨肉之情折磨的前輩，他們會在深夜廁所窗前壓低聲音哭泣，晨間運動時間碰面時，他們都神情自若，我也偷看過他們不斷地在監舍空地走著，偶爾仰望晴空良久。我如果早知道，就算被折磨到精神極限，我會多麼地富足呢！活著不就是不怕波濤打擊的每一個日子嗎？

鎮上看起來比我前幾天來的時候大得多。有公寓進駐，市中心擠滿了汽車。茶店跟以往一樣多，在狹窄的巷道間左一家右一家地緊緊相連。我從招牌判斷內部，要找盡可能閑靜親切的店。我看到了「樂園」。名字跟屋子都是日式的，是那種兩層的低矮建築，我想應該是鎮的草創期就有的店吧。等一下，是不是我跟允姬一起去過的地方呢？我走上通往二樓的狹窄樓梯。以前會發出嘎嘎聲的木樓梯吧。現在鋪了地毯。開門進去之後，想起的確是以前的那一家。室內雖然用粗糙的合板隔間了起來，但是通向廁所的入口很眼熟，旁邊的小圓窗還在。以前那底下有一株盆栽。我想起那是老檜樹，窗還可以只是位置不對，廁所前面讓我覺得很不對勁。進去廁所裡，從洗臉台的窗戶到又小又舊的韓國式房屋庭院。我環顧好一陣子，裡面好像沒有人。不做生意嗎？我走到中間的位子坐下，抽了一根煙。往廚房裡面一看，好像有紙門隔著的房間。我故意乾咳了幾下，一個女的從房間中出來。

請進。

女的大概四十多歲，是身材很好的中年婦人。別說泡茶，更適合在湯飯店裡做飯，看來很溫和。

給我一杯茶。

她沒從裡面出來，站在廚房裡面問：

喝什麼茶？

這個嘛……

想要在這邊用電話，應該要點一個貴的吧。想起以前大人們都點雙花茶。還要幫在這邊服務的大姐點一杯。

給我雙花茶。妳也喝一杯。

說完以後婦人就爽朗地爆笑出來。

天啊，怎麼有古代那種大叔出現了。

怎麼了？

好有人情味喔。

最近都沒人買茶給妳了嗎？

婦人又笑了。

也沒人跑到這裡，都是坐在那邊角落點的。也點茶，也買票……

碰到我搞不清楚的事，長久以來的習慣都是沉默不語。雙花茶幾乎是吃一頓飯的價錢。蛋黃加上棗子、花生、芝麻等等的。婦人開始接電話了。

哪裡？農會已經去了。請等一下。

又接了電話。

是在下井里內穀還是外穀？經過內穀……到平地那裡。我們小姐騎摩托車經過的時候，你就叫她停下來。

她把電話夾在脖子上，勤快地接著寫著。先是兩個小姐，然後是戴安全帽的青年走了進來。婦人對先進來的小姐說：

農會打電話來催了。

好險！這個女生穿著短到屁股的迷你裙還有長到膝蓋的靴子、睫毛弄得很長，不樂意地回答說：

那裡不是我們負責的。我們才剛從不動產那裡回來。

她一面說一面打量我。後來對我失去了興趣，就走到廚房前面，翹著腳坐在櫃檯的椅子上。另一個女孩子穿著曲線畢露的緊身衣，胸前敞開的圓領衫外面是一件大襯衫，站在入口的鏡子前摸自己的頭髮。婦人說了：

舅舅，你知道下井里嗎？

以前的碾米廠那裡嗎？

嗯，進了那裡內穀，有在田裡工作的人。他們點了七杯咖啡。

婦人把客人點的咖啡整盤地包在包袱裡遞給他。青年嘀咕著：

要開小車去了。

你們找一個人坐後座，就可以去了。

那裡路沒鋪水泥，顛得要命。

婦人對坐在廚房櫃檯前的女生說：

妳給我快去快回。

唉唷，我穿迷你裙不能坐後座。

不然妳去。她去棋院。

媽的，我明天也要穿迷你裙出來。

起了小小的爭吵，兩個人出去之後另一個人也提著包裹出去了。我請求使用電話之前先問婦人：

生意不錯嘛！

還過得去啦。

賺了不少錢吧。

老闆很好賺。我跟他們一樣是拿薪水的。又沒有小費，比不上他們。老闆有三間這種店。晚上來轉一圈收錢就好了。

茶店在路對面不只兩三間。

這裡也要擴大開發。要蓋公寓還有工廠。

我可以打電話嗎？

長途的嗎？

對，漢城。

婦人出我意料緩緩地說：

我可以換錢給你，最後再算帳。

她從收銀箱裡拿出一把硬幣給我。

兩條兩千圓。有剩的話再跟我換回來。看到那裡的公共電話了嗎？

我接了銅板，走到電話前面。雖然在姊姊的公寓前面打過幾次，還是有點生疏。我深呼吸了一下，拿出了順天嬸給我的那張紙。開始撥醫院的號碼。聽到錢落下去的喀拉聲，話筒傳出了人聲。

是的，這是醫院。

我不知爲什麼擔心對方掛斷，又放了幾個銅幣進去。

我……我找韓靜姬女士。

找院長啊。請問你是哪一位？

我突然說不出話來，屏息停頓在那裡。

喂，請問是哪一位？

我想再這樣拖下去，電話一定會被掛斷。

跟他說是吳先生找就好了。

請等一下。

聲音消失，隨後是音樂放了出來。感覺他們好像在音樂背後討論什麼陰謀一樣，讓我感到時間過了很久。接著傳來了低沉的聲音，跟允姬的聲音有部分很相像。

喂，請問哪一位？

請問是韓靜姬老師嗎？

是的……

她說著說著，就停頓下來等待。我也在等待。靜姬發出了在電話中也聽得清楚的嘆氣，然後說：

你是吳先生……吳賢宇先生嗎？

是的……

我一說完，又不知該說什麼了。那聲音低沈地繼續說：

我雖然沒見過你，可是看報上知道你已經出來了。

她這一次毫不猶豫地繼續說：

姊姊已經過世了，三年前……因爲癌症。

我用相同的語調說：

我知道了。

啊！你已經收到信了。那時我寄到令姊的學校去。

我出獄之後才看到的。

兩個禮拜了吧？

嗯，差不多。

你現在在哪裡？

在野尖山。

她片刻沒說話。我感覺她蓋住了話筒。這一次是不安的我說話了：

喂，喂！

是的，你在野尖山。姊姊過世之後我一直沒過去，直到去年冬天才帶著銀波……

銀波……

總算開始談我想談的話題了。

你在那裡的話應該都知道了。她十八歲了，讀高三。

這樣啊。

我漫不經心地回答。

幾天之後回漢城的話，我會去看妳們……

好。可是……她現在準備考試……情緒穩定比任何時候都重要。

我啞口無言。想不出要說什麼。被禁止的事務我不會去正面衝突。回頭就可以了。

那孩子……我只是想聽聽她說話。

北上的話請你跟我聯絡。

嗯。那就這樣說定了……

道完別，電話就掛斷了。我避開茶店婦人的視線，故意不回原位坐下，走到廁所方向去。向小圓窗下面瞄了一眼。從這裡只看得見屋頂，看不見院子。可以看到整齊的黑色朝鮮屋瓦。我進了廁所，那裡有隔間，有坐式馬桶。我站到小便斗前面，正對著窗戶。看得到以前那個院子。衣服迎著三月的春日陽光曬著。屋簷底下排著一列花盆，對面牆底下有整齊的檜樹、冬柏小庭院。之前來看的時候樹還小，想不起來到底什麼樣子。但是我記得允姬上廁所回來，高興地跟我描述的神情。說看到了一個似曾相識的庭院！有茉莉、杜鵑、喇叭花，還有往上長的藤蔓。如果下雨天收起扇子，在裡面煎個餅，配上米酒一起喝就太好了。那是什麼事都沒有發生的平靜日子。

我從茶店出來，到了市場裡面買了該買的東西，進了出現沒多久的新式超級市場，把順天嬸寫的東西買了，吃過午飯又隨便逛逛。我搭上計程車，才十分鐘我就到了野尖山的路邊了。車開到有空地迴轉的土牆茶房前面，我下車走向順天嬸家。她從廚房探頭出來，跑過來接過我手上的塑膠袋。

剛才有電話來。

打給我的嗎？

嗯，靜姬打來的。

說什麼？

這個嘛……問你在這裡過得好不好，健康情形如何之類的。他說等你回到家要你打電話給銀波。

他問我能不能讓你接電話。

是的……

我回到房間，把買來的東西放進冰箱跟櫃子，什麼也不想呆呆地躺在地板上。她掛上我的電話之後大概想了很久吧。也會感覺我在壓抑自己。我對她並沒有遺憾。反而放心了。我從一開始就不打算表明我這個爸爸的身分。只是想跟她說說話，確認一下有沒有遺傳允姬的語氣和聲音。做好飯吃完，等到七點半左右，到坡下屋裡去。進到院子，發現順天孀乾脆把電話拿到木廊台上等待。

剛才電話來了，要吳先生打過去。請打吧。

我從襯衫口袋掏出紙片，唸著靜姬家的號碼，一面撥號。話筒鈴聲之後，傳來「喂」的聲音。

我是吳賢宇。

我在等你。白天在醫院接到電話之後，我想了很多。也想起姊姊。姊姊並不想跟吳先生提起銀波。大概預感到你們在世上不能見面了。銀波已經被我們認養了……是在姊姊出發到德國之前的八七年。因爲她第二年必須上學。當然長大之後，銀波很清楚誰是她媽媽。可是現在她不叫我們姨父姨媽，而是爸爸媽媽。雖然有些抱歉，希望你諒解。

靜姬停住話頭等待。我催促她。

請繼續說。

姊姊跟我們都沒有對孩子說她父親的事。只說在她很小的時候就去美國了，幾年前就過世了。剛才跟吳先生談過之後，我想過了姊姊如果碰到這個情況會怎麼做。既然她爸爸已經出獄，當然要讓她知道。但是我也認爲是不是需要一些時間。

我那時插嘴了。

我認爲妳的判斷正確，她已經要成人了。

對啊。進了大學，生活層面不是自然地寬廣起來嗎？我之前跟銀波談了一點。我說你是她父親的朋友，也是媽媽的朋友。想要跟她講講話。

我像開始一樣胸口陣陣酸楚。

不，我剛剛只是想知道她的一些消息而已。

我已經跟她說叔叔要打電話來，她也在等。現在在二樓我房間，我會叫她下來。對不起，讓你心裡慌張了。我們很愛她。雖然吳先生可能更愛她。請別掛電話，在那裡等一下。我現在去叫她。

我隱約聽到放下話筒的聲音。我把話筒換邊，剛才那些話還在我另一邊的耳朵中迴盪著。

喂，吳先生嗎？

對的，是我。

我要把電話給她了。

喂……

是她的聲音。我什麼也沒想，像錄音機一樣地說：

喂。

您好！我是朴銀波。媽媽跟我說過叔叔的事。

是嗎？我跟妳爸爸很熟。和妳媽也很熟。妳現在念高三嗎？

是的……

妳辛苦了。進了大學想讀什麼？

我是文組的，想進文學院。

書念得還好吧？

馬馬虎虎，還跟得上。叔叔到外國去了很久嗎？

嗯……對。

哪一國？

我移民去美國了。

我爸爸也是在美國過世的。您是爸爸的朋友，以前應該常跟爸爸見面吧？

對啊。

他是什麼樣的人？

他是很好的人。只是不太懂社會上的人情事故。

什麼時候來漢城？聽說叔叔在鄉下。

幾天以後吧。

來的話請您一定要打電話來。我很想見您。

會的。我也想見銀波。

那再見了。我把電話給媽媽。

銀波的聲音很清亮，下句尾有點高。不像跟父母分開的孩子，感覺很積極。又傳來靜姬低沉的聲音。

謝謝你打電話來。回漢城請先打電話到我的醫院來。

我也支支吾吾地道了別，就掛上了電話。我呆呆地坐在木廊台上。房間裡的人知道電話打完了，就打開房門，順天嬸出到了木廊台上。她用袖子擦著眼睛。

你好狠喔。哪有這樣轉著圈子打電話的。我不想聽都一直要讓我聽到。她從小就很精明，怎不會看眼色。吳先生，爲什麼不乾脆說你是她爸爸？

我乾笑了一聲，抬頭望著黑暗的虛空。我害怕順天嬸要繼續說銀波的事，所以起身告辭。

謝謝妳的電話。

這麼快就要走啦？

是的，我想早點休息。

天色已暗，我還是爬上了熟悉的幽僻小路回到上面屋子。下來的時候日光燈沒關，所以窗戶亮著。從外面看更清楚地看見格子窗框。好像有人在房間裡，有腳步聲，好像房門會隨時打開冒出個影子似的。她問「爲什麼現在來呢？」的聲音跟身影都會在木廊台上出現。我脫下鞋子，打開房門，確認了她沒有在裡面。我沒進去，無力地坐下，看著繡了春夜的天空。看，流星掉下來了。又有人離開了這世上。遠處傳來低沉狗吠聲。不管在哪裡，原本同一場所的人不在了之後，把連剩下的人也不讓他不存在了。房內所有的物件跟天上的星星都像在夢中出現一樣，馬上就會換到另一個場景然後消失。

二十一

八五年秋天吧。那之前長期政治犯也開始有回家休養跟社會參觀了。社會上的暴力高壓轉為溫和的局面，從那時悔過制度也從暴力逼迫改為懷柔了。前輩們在七〇年代被那些負責的暴力份子拷問而死，忍受過的人也有幾個後來自殺了。我從看守所移到教導所的時候，有時關禁閉，叫我像狗一樣扒飯吃，不斷被他們要求悔過的行為折磨。以前工作班只是名字改為前端班，教務科與保安科都互相競爭要取得成果，所以每個月都虐待我們。公共安全犯與時事犯、或是捏造的間諜犯和集會遊行法犯都會被不斷強迫改變頭腦裡的想法。最近觀察人肚子的X光機問世，他們也想搞一個接在頭上可以判讀藍色紅色的機械。我只是反對掌握獨裁政權屠殺良民的一部分軍部和與他們勾結取得特權的壟斷者而已。經歷了維新時代跟五月屠殺，我和一些人結識，而經過這幾次挫折他們很明顯不是北邊派來的。

在六〇年代只要持有就是死罪的那些東西從海外流進來，我們接觸到都是八〇年代初了。同志們蒐集這些資料，放在內部文件上就是左傾嗎？回想我在監獄中也翻轉了幾次，那些東西在外面世上變得很普遍，根本都不算什麼了。其實沒什麼嘛。

我都說幾遍了？我不是間諜。這個你比誰都清楚。

拿一張紙，閉上眼睛手印一蓋不就得了？馬上就幫你清除紀錄。

為什麼？我又沒有那一邊的思想，要我悔什麼過？你把我說成共黨份子，然後把獨裁政權的暴力合法化嗎？

他們發現挺身而出沒什麼成果，就開始利用外面的人。那一段期間哀求面會遭拒的家屬離去之後，就被他們找來的暴力份子騷擾，之後，動員各種宗教人士來拉交情，以前是針對政治犯，現在則由義工擔任感化一般囚犯的工作，他們還帶來親自煮好的一袋袋食物，依次把我們叫出來，叫我們吃掉，以前家屬來信被限定為數百字數，收信第三天後被收置起來。如今則是可以三天兩頭地給政治犯寫信，內容是宗教的東西，還有要你改變思想。我沒被折磨幾次就改變方針，受的痛苦比前輩們少很多，一下就挨過去了。

有一天教務科主任指定了我還有另外兩個學生，讓我們特別會面。那時我們剛換了長袖囚服，所以大概是十月初。度過了夏天地獄般蚊子蒼蠅和發燙水泥的折磨，晚上還有蟋蟀在叫，從食物孔或廁所窗戶進來的風弄得全身都癢癢的。只吃三頓，每天都餓得身體虛脫。借食譜來過乾癮，或看登山、釣魚雜誌，或是看旅遊書《臥遊》都是那時候的事。各房通行時間偶爾會聽到這樣的聲音：

誰把《雪嶽山特集》拿走了？

我還在看。

快一點好不好？

幹嘛，現在還沒過寒溪嶺呢。

你這傢伙，拖拖拉拉的，什麼時候才上山？

那個季節准許我們特別會面，隱約之中我們不知道會發生什麼事，免不了有所期待。

前輩啊！我這個月的會面結束了。一般的長期囚犯，有教會姊妹們包了很多吃的來探監。

因為組織事件進來的高瘦的年輕人說。另一個當過總學生會長、違反集會遊行法則，嘀咕說：

只要能吃到年糕，我就心滿意足了。

他摸了摸長白癬的臉上稀疏的鬍子對我說。

好像沒有特別面會的規定吧？這一定是要引誘我們蓋手印。

高個子說了：

如果他們講道，不要講東講西反駁他們。他們會打開包裹讓你吃個夠。

天下哪有白吃的午餐。至少要答應他們考慮看看吧？你等著瞧吧。之後他們就會一直纏著你了。

教務科的組長進來了。他自稱是教授，外表親切和藹，可是執意要出人頭地，是個很狡猾的人物。就是那種踩在別人頭上往上爬的人。他老是把自己當初進了教導所時的辛苦掛在嘴邊。他總是強調他不想回到先前的時節。

我有很多弟妹，爸爸躺在病床上，媽媽是流動攤販，我怎麼可能有升學夢想。國中畢業，大概學了一點法律常識猜到考題，就考進來了。好歹也算公務員。我們眞的是芥草一般的百姓。你們吃得飽，睡得好，還不讀書，跑去搞示威。我坦白說很怨恨你們。

維新時代我們也很苦啊！之前走道上沒有暖爐，我們這些管理人員也沒有桌椅。就站在那裡熬夜。監舍的走道冷得讓人發抖，你們卻在房裡，我反而羨慕起你們來了。看你們頭埋在毯子裡呼呼大睡，很想打開牢門進去一起睡。站著打了幾個瞌睡，又害怕撞破鼻子，所以我們會自己做鉤子。把鐵絲彎成S型，掛在腰帶上來上班。如果打瞌睡就鉤到鐵窗上，然後靠上去睡覺。如果聽到巡夜者的腳步聲，就把鉤子拔下來，走來走去。羨慕死教務科那些穿便服的了。上夜班的時候或有檢查的時候常可以跟民間的人見面。因爲掛著純化共黨份子的頭銜，所以走上愛國的路也特別快。之前思想是思想，教務科的所有職員都以基督教徒爲優先。所以我上了夜間函授神學院。也通過主任考試。我現在在讀神學研究所，也會去幫人上課。我把那邊的批判書讀了幾百遍，以後不要在我前面隨便寫東西。

組長把我從接待室內側叫進他的房間。

吳兄，跟我聊聊吧。

那裡是兩個組長一起用的房間，裡面是等於副所長的教務科長室。

他讓我坐在他椅子前面的安樂椅上，好像對我特別好。

好久沒來了，先喝杯茶。要喝哪一種？雜役，這裡有什麼茶？

他問從教務科出來的服務員說。中部地區，大部分都是竊盜犯做雜役，他眼色很快地說：

是的，組長。教務茶水室裡你想得到的茶都有。傳統茶有綠茶、人參茶、柚子茶、桂圓茶、麵茶，咖啡、紅茶，還有很多飲料：可樂、汽水、元秘D……

他媽的那麼多廢話。爲什麼有這麼多？

都是社會上寄來的。也有販賣部支援的。

喝什麼？咖啡很久沒喝了，來一杯吧？

就這樣辦吧。

給他一杯雙份的咖啡！

他說完，突然把上半身往我這邊側著說：

吳兄，我今天有一件事要拜託你。請好好聽一下。我們村裡有名的牧師來了，我推薦你去見他。

我馬上聽懂了。

是教養講座嗎？你是不是要把考績分數弄高，然後報告我們動向兼打發時間？

別這麼說嘛！上頭要我們實施秋季教育，連要結果報告的公文都下來了。

為什麼叫學生們去？

吳兄到時不會說什麼的。我要他們寫感想。

那些人都只會寫滿髒話而已。

沒關係，內容是我們修改了之後寫的。不要擔心，只有一件事要拜託你，就是你在牧師面前要裝作在聽。

我也用開玩笑的語氣說：

聽了都沒好處的啊？

別這麼說嘛。準備了山珍海味。最重要的是，這次教育結果很重要……這只有吳兄才知道。現在在審查中。搞不好會讓公共安全犯回家休養或是社會參觀。

我跟組長講完之後，兩個學生也被叫進去了。我們準時進到特別會面室，裡面有有扶手的軟椅子、會議桌，食物已經擺好了。紙盤上有全雞、年糕、各式米糕，還有茶果。先坐定的老人揮著手對我們說：

請進。

行禮啊！這位就是有名的……

組長介紹了這個老人是某某牧師，要我們打招呼。組長一一叫了名字，介紹違反的法律和刑期，雖然演講者跟聽眾合起來只有四個，但是組長還是一點也不尷尬地合著兩手站起來致詞。

現在秋季定期教養講座開始。牧師從戰後就在做教會的事工，讓許多公共安全犯恢復人性，功勞很大，將無血無淚的共產主義者教導爲熱血的善良國民，使他們懺悔，是一個愛國者。

組長別說了。這些人一定餓了，先讓他們吃東西吧。與其說是講座，還不如說是互相打開心房來分享對話，這樣不是很好嗎？

是的，那我先退下了。希望你們過一段氣氛和睦的時光。

然後他就有一點誇張地要學生們注意。

不要光顧著吃，要注意聽。

組長一出去，高個子就抓了一塊年糕一口放進嘴裡嚼。會長用手肘碰了他一下，牧師就說了：

沒關係。可是我們先簡單地禱告之後再開始好了。一起禱告吧。

他先合起兩手，低下頭，年輕人呆呆的表情坐著。我還是要面子的，所以眼睛睜著，只是低下了頭。也許牧師經驗很多，看也不看我們的德性便鎮定地禱告下去。

天父啊！今天您恩賜給我們好吃的食物，讓我們聚在這裡是爲了確認神對每一個家人都珍惜。這些人因爲一時的血氣跟判斷錯誤而被撒旦侵入，現在知道自己被騙了，所以有了悔改的準備。他們被騙不是他們的錯，由於陷在將被主的十字軍毀滅之撒旦的騙術之中，請您引導這些兄弟們。吃了這些東西，家裡看到飯桌空著的位子，會體會到等待孩子歸家的家人的心情。在神的恩惠下，求您讓他們刻骨地感受到國家與父母的恩惠，重生爲天父信仰的兒子。

牧師又說了幾句，然後說完阿們，就睜開眼環視了我們一下。

我還是像之前一樣低頭坐著。牧師抬起手說：

請快吃吧。我們準備了一些，雖然不夠豐盛。

牧師話還沒說完，兩個年輕人就伸手去抓雞。我也不服輸地抓了一隻雞腿開始撕。很久沒吃到的雞肉沒嚼幾下，肚子好像哀求我吞一樣就滑了下去。好像是炸過以後塗上大蒜醬，再烤熟的。兩個學生已經都在吃第二個了。吃完之後偷瞄牧師，他靜靜地在讀《聖經》。瞬間雞肉就不見了，剩下幾根骨頭，糕類卻還有很多。牧師認為我們的虛弱飢餓已經減低幾分，開口了：

請你們邊吃邊聽我說。吳先生是無期徒刑……請問你對宗教有何看法？

我想了一下，然後自嘲地喃喃自語。

現在覺得很感謝。

現在很感謝？

準備了這麼好的食物。

你本來的故鄉在南韓嗎？

是的。

那怎麼會有共產主義思想呢？

我笑臉給他看。

我什麼都不知道。

旁邊嚼著糕的學生會長用愉快的聲音說：

牧師連這個都不知道，是他們編出來的。

那不是更簡單了嗎？寫說要改變思想，當場就放你回家。

不會放的啦，那是謊話。難道要他們承認打錯抓錯人了嗎？

剛才一聽，你觸犯的也是國家保安法。北匪正在虎視眈眈，讓國家輿論分裂是一種錯誤。

高個子說了：

輿論是屠殺無辜良民的獨裁政權分裂的。他們要進來牢裡才對。

這時桌上什麼食物都不剩了。牧師說著常聽到的北邊對人民迫害彈壓，學生會長擠到中間來。

別再講別人家裡的事了。其實我們什麼都不知道，不是嗎？再怎麼罵他們也不可能清楚的。只是從現在開始要仔細看。

我再也忍受不了，就站出來講話了。

牧師，如果我有朝一日出了這圍牆，也許會到您的教會，在純粹的禮拜之處祈禱。眞的很感謝您的食物。我們現在打算回到各自的房間讀《聖經》。請您禱告結束吧。

當時這一類的會面一個月有兩次。一開始用知識來頂嘴的年輕人到了後來光是吃東西，很有耐性地聽著教養講座。

對政治犯社會參觀與歸家休養是不公平的。眞正的左翼份子完全不可能，只是從有家人、將要悔過的人當中挑選一兩個出來送回家。他們跟便服警員一起搭火車或巴士到很遠的都市去。回到家之後，吃家人準備好的食物，之後到附近的教導所住一夜，第二天再回來。只是出去兩三天，後遺症卻很大。回來的人無法忘記溫馨的飯桌和家人們的笑聲。只要有人去了回來，我們一定注意管理員的腳步聲，透過視察口跟對面房間的人說話。當時是比較放鬆的季節，這種夢幻般的經驗是強烈的誘惑，所以負責的人員也會睜一隻眼閉一隻眼，跑去走道另一邊的盡頭幫我們把風，注意巡視人員。

李先生去了哪裡？

從這裡出去搭公車。車站離這裡遠嗎？

不會，過了橋就是市郊。一下就到了，五分鐘都不到。

那時大家都沉默了。從正門坐車出去，經過白楊樹林間的小路，過了橋，就有巴士站了。

穿囚服，戴手銬，用繩子綁著嗎？

另一個房間有人插嘴了。

什麼話啊。是穿工作服、戴帽子。光是瞄一眼看不太出來。

我跟人借了外套。

他們眞丟臉……

巴士站跟以前一樣嗎？

我第一次搭。五〇年代還沒有巴士。

我在漢城暫時下了車。我家在江原道。

跟以前一樣嗎？

我搞不清楚。我知道的只有火車站跟南大門。人變得很多。我還想發生什麼動亂一樣。等火車的時候坐在候車室裡，所有的人都要去旅行，拿著行李一刻都靜不下來地走來走去……

他坐在火車窗邊。右邊有河在流，另一邊是高聳的山峰和樹林。兩個護送者中，相當於組長的主任向他說話。

看看這過起來多麼舒服的世界啊。只在於您能否下定決心了。你老婆在等你。小孩也到了要老的年紀了。在照片裡看過吧？連孫子都有五個了。

從鄉下車站下來，走出車站，看到熟悉的景象。小鎮還是跟以往一樣，只是路跟屋子有點變了。有磨坊的三叉路還是老樣子。穿著已經褪色襯衫的老婆婆一路跑過來。

老公……

他抱住不知不覺變老的妻子。妻子的白髮隨風飄到他的臉上。他們的側臉曬黑，全身菸味的怪男子與中年婦女，也一起抓住他們。

爸！

旁邊穿著西裝的男人把他們分開，主人也抓住他的手臂把他拉開。

這邊有很多人在看。先回家吧！

穿著西裝的人說了，主任把文件拿給他們確認。他踩上了木廊台，看著屋簷底下泛黃的照片，相框中年輕的自己穿著日據末的國民服，理個光頭，在太陽下瞇著眼睛。年輕的太太穿著白棉的韓服上衣，髮髻上插著簪。妻子身邊有一個穿著學生服的男孩，膝上還抱著一個剛生的嬰兒。時間對他來說是靜止的。

李先生聲音漸漸開始顫抖對同伴們訴說歸家體驗。不久之前的事，一下子整理不出順序。有人幫忙他回想。

我不是說跟家人到中華料理吃午餐嗎？

對，對。我們在老餐館山東樓吃。老闆換了。

他又無可奈何地回到了很遠的過去。跟著爸爸到鎮上趕集，然後第一次吃到炸醬麵。即使是最近的事，對關在裡面的人而言也像夢一樣模糊。完全的記憶還是要回到他自由的時候？

我們會站在感覺自己孤獨的廁所小窗前。可以看見傍晚的半月和幾點星星。殘霞還紅紅地留在天上，鳥群在這個時間飛走。我想起了他們回到河邊成排站著的那棵大樹。

我也有在教養講座之後十天社會參觀的機會。天氣有些涼，洗衣部分發棉被。由於化學棉用了兩三年就會縮成一團，到處有洞，冷風會灌進棉被套中。所以有人得到負責人的許可，要出獄囚犯的那種大房間，帶著棉被進去。把棉被鋪在地板上，用手來摸被套，把裡面的棉花一一弄平。還要用線把幾個地方縫起來。這算是開始準備過冬了。也有人棉被裡面再縫一張毯子，或是把兩張毯子縫起來變睡袋。有時托販賣部店員把泡麵的紙盒收集起來，蓋在薄薄的海綿墊下。有時地板的冷氣透上來，冬天起來掀開墊子一看，底下紙板都是濕的。會選幾雙舊毛襪做成睡覺用的帽子。睡覺的時候，如果臉在外頭，常常因為耳朵鼻子太冷而凍醒。襪子一邊剪開，好幾雙縫在一起就成了毛帽。在房內讀書的時候，因為太冷很難用手拿書，所以也做手套。不是運動時間戴的那種毛手套，而是工作用的布手套，從手指尖那裡剪開兩隻縫在一起。

我正在做這些雜七雜八的過冬準備，教務科卻派人來找我。是科長叫我。教務科有煤油暖爐，非常溫暖。教務組長已經在那裡等我了。他要我喝杯熱茶，然後說：

吳兄這次被選去社會參觀是我強力推薦你。

謝謝。

可是有條件。出去之前要寫一張約定書。回來之後要寫感想。

我覺得煩又變得很無力，所以有氣無力地喃喃說道：

那就算了。

算了啊。難得的機會，應該要出去一下。所以我已經幫你寫好約定書了。簽個名就行了。

他把打好字的約定書遞給我。內容是我參觀途中不違反規則，否則願受處罰之類的。我接過他遞來的原子筆，寫上囚犯號碼跟我陌生的名字，蓋了大拇指指印。好像我做錯了什麼事一樣。拇指沾上印泥用衛生紙擦過，沾到衣角上。組長對我點了頭，要我跟他走。科長是五十歲左右的胖子，經常給人眼睛下垂打瞌睡的印象。他聲音小，看來又很沒精神，可是厚厚的眼皮底下看著我的目光非常銳利。組長說了。

他是這一次出去參觀的人。

他把約定書遞給科長。科長好像很煩，瞄了一眼那張紙。

這段期間他受刑生活足以爲模範……我們期待一千四百四十四號有健全的國家觀念。看到發展中的社會，應該能體會自己該怎麼做。回來之後應該能寫出很不錯的心得吧？

這個嘛……太突然了……

科長看著組長問：

怎麼了……他一個人去嗎？

是的，其他人審查沒通過。

科長點了點頭又問：

時間多長？

明天九點出發，兩天一夜。總共四十二小時。

要在外面住？

歸家休養可以住三夜，所以才這樣的。一千四百四十四號是漢城人，所以這樣設計行程。

所長下了特惠令囉！那我就等你們回來有好結果嘍！

我從教務科出來，還是沒有一點眞實的感覺。就在明天，我要回到家的附近了。

心開始跳，甚至有點暈眩。沒吃過和著眼淚麵包的人不要談論人生。不要在後面追逐，要站在前頭作先鋒。今天我為家人們做了什麼好事呢？媽媽，妳的兒子們獲得重生了。

可以回家嗎？

我對身邊戒護的組長問。

社會參觀不是歸家休養。

他說完，又很好心地補充了一句：

不知道啊。你搞不好有特別會面……

一回到牢房，就聽到隔壁房間傳來聲音。對面跟兩邊房間的囚犯都開始對我說話了。

吳先生，要去參觀嗎？恭喜你。

在外面過夜嗎？

去哪裡呢？

我總覺得有些對不起他們，支吾著說：

當天來回吧。搞不好到附近轉一圈就回來了。

連行程都沒告訴你嗎？

嗯，只說明天早上出去。

大家都像洩了氣一樣問不下去了，從視察口消失。我抱著雙臂躺在那裡。不是看著地圖的觀光了，也不是透過想像回到過去的旅行。

盛著我清楚意識的肉體真的要到外面去了。但是當時我卻不瞭解這是讓人肝腸寸斷的一種拷問。關在牢裡第三年到第四年是一個關卡。超過五年，到了第十年又是一個關卡。然後間隔就漸漸拉長，到最後監獄眞的變成家了。就像貼在走道上的標語一樣，完全重生爲另外一個人了。

我之前只有出去過一次。因爲惡性中耳炎，必須到耳鼻喉科與市中心的綜合醫院去。應該是由於在狹窄的廁所裡面用瓢子舀冷水澆在頭上才得的。水進了耳朵之後，把頭頂當木魚敲，可以聽見清楚透明的聲音。這樣搞了之後，過了一小時覺得很不舒服，就用樹枝去挖，挖了好幾下。早上起來耳朵發燙，腫了起來，開始覺得痛。一開始只是微痛，後來越來越痛，連脈搏都加快了。到了後來受不了了，跑去醫務室，但他們只是在耳孔附近隨便擦點消毒藥，給幾顆抗生素，就算治療完成了，那天晚上才是惡夢的連續。第二天就得到出外診療的許可了。

出外之前，先到我被移送到這裡時辦手續的房間脫光衣服搜身，之後脫掉藍色的囚服，換上黑色的移送服。腳上穿著鋸掉鞋跟的黑色橡膠鞋。銬上手銬，再用警繩將上臂綁得緊緊貼住腋下，再由兩人一組的護送警官其中一人在後面握住。中午在所內吃過才出去，所以不用想得到什麼吃的。我那時第一次看到穿便服的主任和教師的樣子，沒戴帽子也沒掛階級章的教導官突然就變成鄰村的普通人了。

一輛已經發動的吉普車在正門外等我們。我跟教師按次序上去坐在後面，司機旁邊坐的是負責的主任。吉普車像奇蹟一樣沒受到攔阻就出了監獄的大鐵門。教師拿出兩塊口香糖，一片先塞到自己嘴裡，另一片壓在手腳不能動的我嘴上。我嘴一張，口香糖就掉了進去。所以對我而言自由的芬芳就是從薄荷香氣開始的。

我留心觀察旁邊開著新款式汽車的人，甚至到了頭轉過去看的程度。看我這邊的人連一個也沒有。他們或是兩人坐在前座談笑，或是獨自心不在焉地看著前方。只有一個老人在對面等綠燈的時候偶然跟我目光相接。他瞄了我一眼就轉開看著別的地方，又好像好奇再轉回來。他看穿了我。

燈號一變，我們的車先走了。雖然進了鬧區，可是我的存在吸引不了任何人的目光。停在這裡。

主任東張西望地說。

醫院前面不會有停車場。那邊交通更擁擠。

離這裡不遠嗎？

教師一問，主任就打開車門回答：

很近啊，不到一百公尺。

坐在旁邊的教師將警繩在我手臂的一邊纏了幾次，然後推我的背。下去。

兩手不能動的我爲了不往前面倒下，所以小心地下了吉普車，站在車門旁的主任扶持了我的上半身。下車在路上站住，主任緊貼在我身邊，教師也抓著繩子跟在後面。我環顧對街的商店、飲食店，看到遠處有一大片玻璃門的病院，大概是附近的銀樓有婦人抓著小孩的手出來。小孩哭著跟在後面。小孩一看到我，愛哭的表情立刻變成茫然。婦人也在看我。孩子搖媽媽的手問媽媽：

媽媽，那個人是誰？

女人不回答，抓緊了他的手快步走過我們身邊。我忍受不了，回頭看了一下。如此一來他們母子並肩站在那裡望著我。我對他們一笑，女的又一把抓著孩子的手腕匆忙地走開。

進到醫院裡面，見到接待室中ㄈ字形排列的沙發，以及面向受理視窗的一排椅子。主任去見指定好的醫生，我跟隨教師坐到裡面的沙發上。每張椅子上都有人坐，奇怪的是他們都假裝一副滿不在乎的神情。他們毫無表情地看著前面。間或有空的椅子，一直是空的。兩個十幾歲的女生一進大門就嘰嘰喳喳不知在講些什麼，所以我從一開始就看她們的舉動。小孩子們吵鬧專注於講自己的話，直接走向候診室前面的沙發。走到我們前面四五步才停下來。然後互相用點頭搖頭來交談溝通。那是什麼？我們去別的地方吧。我心中嘀咕了幾遍。我反抗不道德的國家權力而已，不是罪人、不是被放逐的人、而是自己站出來拒絕的人。但那也只是嘀咕，對那些無心之人的眼睛來說我只是客體而已。我不存在了。換穿的移送服上面連一千四百四十四號的標示都沒有，所以沒人認識我。被認識我的對象否定的我，並不存在於這裡。世俗的路現在在我背後被阻隔斷絕於我身後了。

即使我知道這件事，但爲了確認我不存在，所以想要再出去。她們不是想讓我確認練習回來的路。

幫他換衣服，要出發了。

和主任同行的教師也拿出了一套工作服。

這是剛從洗衣部拿來的。不知合不合身。一千四百……不是，吳賢宇先生穿中號好像太小了，穿大的吧？

這一種很多口袋的深灰色工作服在政府機關裡面常用，是給所裡面外出工作的人穿的。

這裡還有帽子。

桌上有灰色底，灰色線車繡著新鄉村字樣的帽子、腰帶跟運動鞋，還有錢。主任說了：

這三萬塊是從你進牢時留置金中領到的。帶著走吧！我們出發吧！

就像之前去醫院時一樣，吉普車已經在門口等待。戒護的人是基層主任跟兩名教師。但每個人不是穿西裝就是穿夾克。我們過了橋。到達的地方就是李先生所說的郊區新巴士站。主任用跟在牢裡不同的聲音說：

吳兄很久沒有搭公路局的車了吧？

要坐巴士到漢城？

對我們而言這是最輕鬆的。中途不停。

教師從他的夾克口袋掏出車票。

還有十分鐘。

在候車室裡沒有人注意我們。我坐在可以清楚看見電視的方向，他們也分散坐在附近。電視正在轉播職棒。我沒有在看選手比賽，卻看著球場後面的觀眾席。會不會有認識的人呢？我看著爆出喊聲、球飛過去之後站起來大喊的人們。

嚐嚐這個吧。

主任遞給我一個甜筒。我以前吃過仍然很陌生，想了好一會要如何處理。對了！要先拆開包裝紙。我繞圈撕開包裝紙就出現了甜筒，放在舌尖還眞刺激。就像刺激到腦裡一樣，從前第一口碰到的感覺很鮮明。就像李先生的山東樓炸醬麵。運動會的那一天母親在車站前面買給我的。賣霜淇淋的人轉著裝滿冰桶子裡面的小筒說：又甜又涼的霜淇淋啊！小孩子們會把裡面的霜淇淋吃光，用口水沾濕杯子，黏在別的小孩背上。不知是吃了冰的東西還是擔心要走遠路，突然尿很急。

可以去廁所嗎？

小號？大號？

他們表情緊張地皺著眉。

讓他走前面。

我小心地躲著等車的人潮慢慢地走進廁所，穿夾克的也許著急了，靠近我的背後小聲地說：

吳賢宇你小心。我有武器。

我進去之後，一個教師站在門口，只有穿夾克的跟了進來，站在我旁邊的位子。

他掀起衣角，讓我看他的腰間。

看見了吧？

用囚犯的話說，就是雞頭重重掛在皮窩裡面。他對鏡子裡的我說：

我雖然不想這麼說，但是不要有別的念頭……

我們上了巴士。帶著手槍的教師嘀咕說：

什麼？坐最後面啊。

主任說了：

對我們來說，那裡是最好的。

我會暈車。後面位子會很晃。

他的話一下子讓我有開始暈車的感覺，我被耀眼的秋陽照得頭暈目眩，還有最要命的是跟這麼多的人攪和在一起，很累。車在動了。新的馬路接連出現，進了熟悉的京釜高速公路。看見了紅紅藍藍的農家屋頂、遠山，以及浮在深藍空中的雲。秋收後的田野上，稻粒像在進行閱兵一樣排列著。樹林上掛著紅柿，像一幅畫搖曳略過，在牢房圍牆裡面看膩的烏鴉也毫無阻攔地向遠處飛去。我想學電影裡面的場面，跑下巴士，跑到遙遠的曠野，消失在紫色山影之中。他們三人都倚靠在椅子上睡了。我睡不著。我把風景一下子都吸收進來。回去以後再把這養分一點這都是我堆積的，把這畫面壓縮後存在心中，長久回味。

我回到漢城了。從遠處就可以分辨出那氣味。原野消失了，大樓像傷口瑕疵一樣的建築物在路邊、小丘上甚至半山腰上出現。車子幾乎都是往同一個方向前進。雖然不是陰天，天空還是被什麼白白的東西籠罩。飛鳥也不見了。

我看見了過街的這些女子。小腿、裙襬、臀部，支撐從頭髮往下到她整個後身的鞋跟。年輕女子就是自由，從遠處看時更如此。我看到在大樓前叼著香菸，穿著白襯衫悠閒走的男子。還有公車站前面等車的人群。那就是我被趕出的社會。回來遙遙無期。我在公車掠過的玻璃窗的這外邊，不能參與他們。

我想起了對漢城地理不熟的南洙的抱怨。那是南洙剛逃亡的時候。我在漢城一直幫到他安定下來爲止，擔任嚮導的角色，不管日夜，在接替者出現之前我無法離開他單獨行動。剛開始幾天談一些以前沒講的事，聽了一些留在鄉下的後輩的消息，不到一個禮拜所有話題統統掏光。有一天我自己有事情要辦，就帶他到我們住處附近的鄉下電影院去。我算好了時間，大概要三小時，於是用手指著招牌對南洙說：

看那裡。看個兩片打發時間，我辦完事以後在戲院前面等你。

南洙一慣地笑了，掃瞄了貼在售票口的那些明星照片。

一部是武俠，還有一部好像是愛情，今年文化活動就給你來個嚇死人的文武兼備。在漢城的生活總是這樣，一轉身，十分鐘前的事情都忘了，只會剩下眼前的事，所以回到那裡已經過了四小時。我下了公車，到了約定的地方。天色已黑，下班的人潮把街道塞滿，遠遠地看到了電影院入口，我自然停下腳步張望。南洙一個人坐在出入口玻璃門進去的階梯上。我有些抱歉，他窩囊的樣子讓我氣結。

現在幾點了，還坐在這裡？

畫面一出來，那些人就打來打去看到最後，又看另一批人抱來抱去親來親去又哭來哭去，還沒看一半就出來，大概已經過了一兩個小時。

我們住的旅館就在前面，我在這裡找不到你當然會回去那邊！

要知道路才行。

眞氣死人……你整天走的市場那條路就在旁邊。從那裡一直走不是就會看到阿里郎旅館的霓虹燈嗎？

其實我對他坐在電影院正面的樓梯上很容易被人看到，不以爲然而埋怨了幾次。

要是被要抓你的人看到怎麼辦？你的身體不只是屬於你一個人的身體。

漢城太亂了，搞不懂它的內容，根本分不出東西南北。

我冷淡地甩掉了厭煩。

搞工作的人當然要熟悉都市。這不只是在說都會而已。這複雜的裡面一定有一些東西。

搞不清楚也好。以後會全部砸掉。

巴士進入了熟悉的車站。乘客們各自從托板上收拾好皮包和行李，我們一行坐在最後，一動也不動，乘客都下了車，主任才先走出通道，我站在他後面，兩個教師緊貼我身後。我不但沒有因爲他們而煩心，還覺得如果沒有這些手中執繩的戒護者，我走路會很不安。因爲已經多年沒自己一個人走了。我在候車室轉身呆看了好一陣子。

幹嘛？

穿西裝的教師跟在後面問我，穿夾克的輕輕推了我的背。

看到前面主任的後腦勺沒有？跟著走就對了。

我環顧了四周一下，發現了主任推得很乾淨的後腦，跟了過去。穿西裝的說：

你要想這邊跟牢裡面沒什麼不同。這樣就會舒服多了。

對的，我只不過是回到巨大的監獄中。

日程表……在這裡。

主任翻開手冊，問我：

我們吃完午餐，去故宮看看，看一場電影，再去百貨公司，一天就結束了。你要先去哪一個？我想不起來他說的那些地方具體是什麼樣子。在看守所中，要接受審判坐巴士去法院的嫌疑犯們，也都爲了坐在有鐵絲網的窗邊互相爭吵。因爲能瞄一眼熟悉的街道。但把額頭埋在窗戶上，也只能把頭轉過去，腦海裡什麼也沒留下。那是他已經離開的地方，短期內再也不能置身其中了。

剩下的時間能全部看完嗎？先開始吃飯好了，到時候再看看怎麼調整行程。

穿夾克的一說，主任就像已經決定好了一樣，走在前面。

叫計程車搭吧。

我們就像一般的善良市民一樣，排隊上了車。坐在司機旁邊的主任說：

到端性寺前面。

說完之後，他就回頭看著同事們說：

我已經看好有哪些電影了。還是香港武俠片時間最合適。先買票，再到附近吃飯。

鍾路街道，車子和人熙熙攘攘，我走路的狀況比剛才在候車室好得多，穿西裝的去買了票，下一場次還要等一個鐘頭。

怎麼樣？該吃吃烤肉吧？

主任東張西望，對面是皮卡迪力戲院的巷子跟端性寺的巷子。

我被他們拉到對街，找一間不錯的韓菜館。

中午時間的餐廳沒什麼空位。其實我看到消防隊旁邊的中國料理店，很想吃炸醬麵，但是一聽到烤肉就馬上放棄這個想法。奇怪的是，不管是被關或是在軍隊裡頭，也許想像跟現實差距太大，根本想不起高級的食物。翻弄食譜「外食」過乾癮的時候，會輕易漏掉講究的菜餚，反而垂涎於家中的家常菜或者桌面髒兮兮的中國館子裡面拳頭一般大的水餃，還有蔬菜裹飯中冒出來沒除乾淨、帶毛的肥豬肉，再不然大聲地擀麵，吆喝著在火舌竄起的鍋中放進豬肉、蔬菜、韓式炸醬一起炒，香味散發了好一陣子才端出來的炸醬麵最令人想念。運動時間，只要有囚犯提起吃的，就會有很多人各自誇口自己村裡的炸醬麵最好吃，就這樣一直爭執下去。另外的情況是一個囚犯說炒綠豆粉絲好吃，另一個說糖醋肉好吃，兩個年輕的就打起來打到對方流鼻血。可是為何都沒人想起烤肉呢？

我們四個經過了大廳，脫下鞋子，上到房間地板最裡面的角落坐著。烤肉一開始滋滋作響，穿夾克的就夾了一筷子放到我盤子裡。

被關眞好……

主任向旁邊瞄一眼，皺了眉頭。

不要說這些廢話。吳兄請多吃。我們平日常常吃。

我把肉放到嘴裡嚼。柔軟的肉中有大蒜味和調味料的甜味。這一種醬料是第一次吃到。牢裡的泡菜永遠是只加鹽以及看起來很紅，吃起來一點也不辣的辣椒粉。

外面社會好是好啦。

西裝的喃喃說。我不知怎的，覺得眼睛很辣，低下頭不想讓他們知道。主任停住筷子問：

怎麼了，不合你胃口嗎？

不是……好辣。

原來如此。太久沒吃了。還有啊！你喜歡什麼？喜歡燒酒還是啤酒？

啤酒。

他點了啤酒。冰涼的啤酒被倒進杯中，冒起了泡泡，拿到我面前。

來吧，恭喜你。

穿夾克的把酒杯舉到我面前。穿西裝的忙亂地舉起酒杯。

恭喜什麼？

恭喜他釋放。現在是練習。

幾杯啤酒下肚，臉一下子就紅了起來。心情也變好了。我真的有被釋放的錯覺。

我在電影院的一片黑暗中，就有跟朋友一起過假日的感覺。和尚、軍人以及很多工作不定或失業中的年輕人唯一跟社會的接觸點就是電影院。雖然是另外一個世界的故事，另一個國家的畫面，然而也算是參與世人正在進行的感受和記憶。報紙雖然是比較不鮮明的接觸點，但是很久之後開放訂閱報紙雜誌之時的衝擊仍持續了幾個月。原來自己當時不參與的世界還是安然健在。

從電影院出來仍是大白天，大約是三點半，我被耀眼的午後秋陽照得快瞎掉了。人們的穿著很鮮豔，整條街上好像在辦喜事，他們不經意地溜過了。

主任說了：

沒什麼時間了。除了百貨公司，還有什麼地方可去？

穿西裝的說了：

市場也不錯吧？

市場？在那裡很難戒護他……

穿夾克的看著主任：

嗯，對呀。東大門市場就近在眼前。去轉一圈好了。

我呆呆地站在十字路口聽他們你一言我一語的。我什麼話都沒說，所以他們照例把我視作贊成，就開始沿著鍾路往東大門走了。途中我也漸漸覺得去市場很好。一過鍾路五街，發現他們正開市了。我們過了馬路，進了傳統市場。主任跟我走前面，兩個教師走後面，慢慢慢慢地逛著。來挑來挑，T恤一件只要一千，褲子五千。小姐來看一下。有外套，鴨毛大衣，差不多免費啦。貨要出去，借過一下。

對我而言，市場的噪音就像透過玻璃窗傳來的兒童嬉鬧聲。如同耳朵塞住之後慢慢打開一樣，原來只聽得見身旁主任的聲音，後來這聲音漸漸遠去。主任說：

吳兄，要不要買些什麼？買吧，你的留置金給你了。

對呀，我口袋裡有摺成一半的三萬圓，我摸了摸。我一手用力插在褲子口袋裡，想要買什麼？四處打量一番。主任又說了。

可是只能買可以帶進去的東西。要不然回去就被扣留了。

那時才想起我的夥伴們。我走到賣內衣的攤子前面。運動時間穿四角內褲，因爲官方給的都是白的，所以很容易髒。寒冷的冬天有所謂教導所的流行裝，就是像拳擊選手一樣把四角褲穿在厚內衣外面，有如內衣外穿；雖然看不出來，手指著彼此的蠢相取笑。我選了很大的條紋、抽象圖案、水滴圖案的內褲。然後又買了幾件穿在囚服裡面的長袖棉衫。有灰色、深藍、白色、黑色，因爲其他顏色不被允許。有字的或太過鮮豔的都絕對不准。三萬塊一下就用光了。但那是我親手給錢買的東西。

今天平安無事地結束了行程。

主任看著錶說，穿西裝的又加了一句：

快回家吧。

我今天外宿。

穿夾克的一說，主任就問了：

回到所內之前都是在值勤，你們要去哪？

我們也要跟著去過夜嗎？

去住住宿室怎麼樣……要節省出差費。到附近喝一杯是還可以。

我那時才問主任：

還要去哪裡嗎？

不知道嗎？按照規定，要睡教導所。不過可以指望明天。

明天不回去嗎？

只要閉房前回去就行了。

一行人再次搭上了計程車。坐前座的主任跟司機說：

去安養。

司機透過後視鏡瞄了我們一眼說：

安養哪裡？

穿夾克的說了：

教導所。現在我們在護送人犯中，多踩點油門。被交警抓的話我負責。

我被夾在後座兩人的中間，想起一開始去看守所的時候。那時是晚上，下著雨。那時手腕銬著手銬讓我感覺很冰涼。在正門前下了車，經過教導所的新門，進入好像漂白過一樣的白牆裡面，到處都是飯香味。擴音器正好傳來一日作息結束的聲音。

還眞準時。

經過第三道牆進入行政大樓，日勤和夜勤組吵吵鬧鬧地忙著交班，那些穿制服的人中，我們像生意人一樣站著等。

主任跟組長從裡面出來了。組長拿著文件出來，上下打量我之後問主任：

吃過晚飯了嗎？

沒時間吃。在這邊職員餐廳叫個湯飯吃就行了。

好吧。帶去接見室給他吃飯，再安置他。

股長叫一個輔導跟著我。主任對我說：

今天應該很累了，吃完晚飯早點休息。明天應該會有好事。

穿夾克跟穿西裝的坐在沙發上對我揮手。我跟著輔導上了二樓，那裡是只有桌子跟沙發的特別接見室。年輕的輔導在打完叫湯飯的電話之後問了一句：

怎麼了……歸家休養嗎？

不是，是社會參觀。

我把蘿蔔泡菜加到菜幫子湯飯裡面吃的時候，他好像是在學什麼外國話一樣，一隻手拿個小錄音機聽著耳機。有時嘴裡還喃喃唸著。吃完飯後他走在我前面。他用簡短的單字命令我：向前走，左邊！右邊！立正！我去的地方是接見室附近的滿期房。

這是滿寬大的炕房。牆壁上貼著壁紙，原先有骯髒的條紋。炕上已經生了火，房裡暖了起來。他把我推進房間，大聲關上了跟其他牢房一樣的鐵門，上了鎖。我聽到他對走道中間負責人的喊聲。

這是其他所拜託過來的。

雖然進了滿期房，總是遙遠異鄉，讓人懷念起我那小小的水泥牢房。我躺在棉被裡，看著天花板發霉的漬跡部份，想像畫上新的東西。有人在牆上塗鴉。仔細一看，是姓名、釋放日期與一行的感想。這樣的蠅頭小字在牆上寫得到處都是。他們大概想在這裡留下什麼人性痕跡。

阿淑，明天我就去找妳了。

血淚交織的十三年。

過世的老爸，孩子要回家了。

教師林甲俊一輩子只知自肥。你是我永遠的仇人！

我逝去的青春啊！

後輩們！絕對不要犯罪。這裡是人間垃圾桶。

錢是我的仇人。沒錢就是有罪。

潛到水深處的人爲了適應水壓跟氧氣的變化，從水裡出來之前要先到中間緩衝地帶去。再不然就像傳說中陰間與陽間當中有遺忘的河流或房子，據說經過那裡就回到俗世，所有的一切全都會忘掉。一般囚犯會在這裡待少則兩天多則四天。這裡已經脫離教導所裡面的圍牆，精神跟肉體都算是一半出了牆外了。幾個晚上當中，被釋放的人要遺忘所裡面所有的事情。也許回家之後，過起新的日常生活一個星期之後，他才能體會自己是跟幾年前斷絕的過去自然地連結在一起。但是世上像流水一樣流逝過去，只是錯覺雙腳所浸的水就是當年那些水。

換了地方，所以睡不著。天一亮，行程也就緊鑼密鼓地開始。交班完畢，帶我來的人開了門，我又回到接見室。不見穿夾克的，只有那個穿西裝的。

早上吃過了嗎？

牢方送來過食物。

主任馬上就來了。你猜猜看誰來見吳兄了。

我也想誰會來跟我見面。穿西裝小聲地說了：

你當初只要塡一張紙，也可以送你回家，但這次不是歸家休養，而是參觀中，讓你見家人，是特惠中的特惠了。

你說家人嗎？

我反問的時候，門開了，主任還是穿著昨天的便服，跟當班組長一起進來。主任突然聲音提高有風度地說：

吳賢宇，令姊來了。

他們的背後，門被小心翼翼地打開，出現姊姊的臉，她的身後出現了姊夫的那頂眼熟的帽子。我忙亂之中，從椅子上站了起來。

兩位怎麼來了？

姊姊抓住我的兩手搖，眼鏡框裡的眼睛已經紅了。負責組長說：

你們請坐。由於是特別接見，時間很多。放心地談吧！

組長眼睛示意，主任便坐上角落的摺椅，姊姊提了兩個大購物袋。主任問：

這些東西在正門檢查過了嗎？

是的。別擔心，只是吃的。

姊姊的表情好像是還不相信能在沒有壓克力隔間或鐵絲網的地方跟我見面。姊姊姊夫兩人春天時找過我，已經過了半年了。接見室的雜役在托盤上放了幾杯茶端進來，靜靜地放在我們位子上就走了。我沒什麼想講的，他們兩個也只是坐在那裡。拿著接見日誌的主任也停下筆等待。姊姊先開了口。

聽說你逛過漢城了……

我點了點頭。姊夫說：

昨天早上突然有人聯絡，你姊姊一晚上睡不著。

總是給你們添麻煩，眞對不起。

希望你保重身體……早點出來。

姊姊翻著購物袋。

我做了一些東西帶來。而且你也該準備過冬了。兩件毛衣，照你的話在家附近買了兩件薄的，毛襪，拜託你們了。

主任在後面好像感覺很正確無誤地說：

我們先保管。回到所內辦完手續就可以給他了。

姊姊開始從袋子裡拿出鋁箔紙包住的食物一一放在桌上。然後把鋁箔紙剝掉。

看一下這是什麼。媽媽做的那一種壽司。

我很清楚。不只是我，家中所有兄弟姊妹都曾帶這個去郊遊或運動會。我們在媽媽捲壽司的時候，會在她旁邊繞著打轉，爭著要把兩頭多出來的部份拔下來吃。所以都知道媽媽怎麼做的。把乾掉的海苔輕輕烤一下，上面用毛筆薄薄地塗一層麻油，把飯攤在上面再放料。這個料就是秘訣。絞過的肉醃得甜甜的炒過，以前那種皮皺皺的醃蘿蔔切細，雞蛋切薄。少一樣味道就不對了。媽媽把這些東西小心地捲起來，最後用抹上麻油的刀切成適當厚度。壽司旁邊放上烤牛肉片、去掉肥油的排骨、幾種香菇跟豆芽、花生糖、幾種當季水果梨與甜柿，瓶子裡也裝了蜜糯湯。

我先拿起壽司來嚐嚐。想起了永登浦的日本式住宅。我那時才遲遲地問起媽媽。

媽媽怎麼樣？

姊姊低下了頭，不抬起來。所有人都不說話。媽媽上一次隔著壓克力探監已經一年半了。姊姊眼眶泛紅地說：

快……快吃東西吧。

身體可能有些不好。沒有別的事吧？

姊姊好像不敢看我，回答說：

老樣子。快吃吧。

我把壽司塞進嘴裡，腮幫子簡直鼓得快破了。好險早上牢裡給食物的時候，我因爲昨天的大餐，提不起勁吃，好幾次拿起筷子又放下。我跟他們一直慢慢聊到午餐時間過後，內容想不起來了。只是不斷地一直吃而已。到後來吃得有點喘，甚至覺得要滿到喉嚨來了。他們起身的時候，姊姊先抓住我的手跟我道別。

下定決心吧。外面說要辦奧運，大家忙著準備。到那時候可能有些變化吧？

請保重。

現在該姊夫了，一直沉默的他脫下了帽子，用兩手抓著帽緣說：

其實呢……我有事要跟你講。其實呢，媽媽過世了。去年九月……

轉身回來的姊姊趁著這個機會一鼓作氣地全說了出來。

是骨癌。去年冬天倒在下雪的路上，就一直躺在那裡。從醫院不得已地出院之後，又活了半年……我們那時好好地照顧了她。

我呆呆地望著兩人。

你沒話要說嗎？

姊姊笑了起來。

她不斷囑咐要讓你討老婆。回去吧。我們要走了。

我覺得悶悶的。主任問我社會參觀的感想，我一點都不猶豫地回答他。

郊遊前一天晚上是最好的，不是嗎？

他聽不懂什麼意思，但我從小就這樣。不知爲什麼總是沒什麼感覺。只有出發前夜很興奮激動了一下，馬上就過去了。不管是郊遊、過年、生日，都是一樣。假日去小溪抓魚，也會想起明天下雨的星期一還要去上學，郊遊完就要考試了等等的。過年或生日過了之後，日子就會變得平淡了。在白楊樹夾道的路上看見要再度關進去的白牆，我知道這一次短暫的旅行將會在我心中造成長久的傷口。只要天氣不好，這回憶就會戳著我胸口。

二十二

那一年秋天，正確一點說是十月中旬，靜姬結婚了，對象當然是當軍醫官退伍的朴先生。跟平常一樣到她上班的大學附設醫院近處的咖啡廳。朴兄爲了學位又回到學校，跟靜姬一起工作。我準時到達，妹妹已經在那裡等了。

今天怎麼了，看起來很閒？

難得朴哥不用開刀。他叫我先出來。

靜姬跟以前比變了很多。之前都會有疲倦的眼袋，總是隨便穿著皺巴巴沾髒的袍子就出來，而且大半是穿褲子。那時是靜姬的花樣年華。女孩子到了二十七也不小了，可是靜姬還像是大學新生一樣，皮膚很細嫩。臉跟我比起來是鼓了一點，可以說更有女孩子氣。看她的眼睛跟嘴唇，好像化過妝才出來的。我跟以前一樣隨便綁了頭髮，穿著沾上顏料的牛仔褲，還有薄外套。靜姬則是穿黑色洋裝，連耳環項鍊都戴了。

我只是喝杯茶就走。

爲什麼，朴哥難得請一次晚餐。

我插在中間，好嗎？

其實我們……有話要跟姊姊說。

我那時已經有打個人戰的準備了。不知爲什麼，我如果不找可以打從心底埋頭苦幹的事做，不是會爆發就是會倒下。銀波已經長到會說一些聽不懂的話了。

我要結婚了。

靜姬一說，我也不覺得有什麼大不了的，就回答：

這是當然的。那個人退伍，也算有了工作。跟媽媽說了嗎？

媽媽早知道了。上個月兩家父母都見面定了日子。

哇，你們這些壞蛋……只有我一個被蒙在鼓裡，最後才向我通告啊。什麼時候，幾月幾號？

二月十六日。

剩兩個禮拜了。

對不起……我們先斬後奏。

我噗哧一聲笑了出來，叼起一根菸。

有什麼好對不起的……之前不是說過，我不想當水肥車擋路？不管怎麼樣，恭喜你們。

媽媽叫我告訴妳。

我一感覺她小心不想讓周圍的人聽到，自己也嚇了一跳。我本來以爲沒怎麼樣，可是意外地還是覺得心情有點受傷。

媽媽看到這件事，就有了很好的藉口。

靜姬爲了不讓口紅沾上杯子，所以小心地噘起嘴來喝。我們會互相順應對方活下去。這樣做是現在世上的原則。

姊姊，如果我結婚……請妳回家。

嗯，這樣嗎？

家裡不是只剩媽跟銀波？

到春天她就五歲了。也要送進幼稚園了。

平常去學校、去畫室，晚上應該回家三個人一起吃晚飯才對。

我眞心地想像了這樣的場景。

可能會吧。先跟媽媽討論看看。

靜姬說：

我跟銀波在一起的時間比姊姊更多。不知道這段時間培養了多深的感情。

那死丫頭。

我不經意地噘起了嘴。靜姬表情變得有些慌張。

姊姊嫉妒嗎？

不是……她一定很像他爸。該說什麼呢？總覺得讓人惋惜。

我想起上週回家的時候起了小騷動。由於是傍晚，進了玄關之後，傭人已經回家，媽媽一個人坐在電視機前。媽媽轉身跟我一相望，就把手指放到嘴上「噓」了一聲。我用唇語問她爲什麼，發現電視機的聲音也跟悄悄話差不多大。銀波睡了。這麼早？她還跟我通過電話，她說跟姨媽去了一趟，我難得回來，銀波卻像忘記似地泰然入睡。我想看看她的臉，進房間一看她踢掉棉被，已經面向旁邊弓著身睡著了。我親了她臉頰一下，要出來，腳卻好像碰到了什麼東西，發出了「鈴」一聲。那是柔軟的破布球，銀波出生滿一百天的時候靜姬買來的衣服上面附的東西。大概是日本貨，裡面有鈴噹搖動，所以會響。銀波小嬰兒時就會一面搖這個球一面喝奶，要睡覺的時候又會找這個球。現在已經五歲了，還拿著玩，球已經到處都是縫，棉花都露出來了。眞醜啊，應該買個新的。我想了以後，隨手把球丟進垃圾桶。睡到早上，銀波大哭的聲音傳來。我穿著睡衣跑了出去。銀波啊，媽媽來了。我說完，她不理睬我，只是哭著要我把她的朋友帶回來。兩腿亂蹬著。

媽媽嘀咕說：奇怪，昨天還看到的，到底跑哪去了？媽妳找什麼？唉唷，我也不知道。她整天抱著那個球。我馬上跑去玄關前面的垃圾桶把球找了回來。我也丟過一次，結果她也是鬧。好像跟那個東西有感情了。銀波把球貼在臉頰上摩擦，對我說：媽媽討厭。我自然變得眼淚汪汪。

在這裡。

靜姬搖著手，身高很高看來又心地善良的朴兄慢慢靠近了我們。他坐下之前對我打了招呼。

好久不見。一切都好嗎？

不太好。

我故意用帶刺的話來回他。靜姬對搞不清狀況的他說：

我剛才跟姊姊說過了。

什麼？

我們定了日子。

他一副吃驚的樣子。

什麼？到現在才講？

不要沒事這樣。我們不是講好的。

我假裝生氣地瞪了一眼。

反而看了今天的事，不是原諒就是撕破臉。

那就糟了。

那一天我跟著靜姬他們吃了酒飯，自己回家，又想起了銀波。那是我的錯。身爲媽媽，只有幫她過過一次生日，買過禮物嗎？上次睡在她身邊是什麼時候都想不起來了。可是我只是自責，回來之後因爲難過而更害怕見到銀波了。我永遠都是獨自一個人。

靜姬結婚前一天，我到洗衣店拿回套裝折好，還是穿沾了顏料的牛仔褲、毛衣跟外套回家。家裡面亂哄哄的。舅媽姑媽叔叔小孩的一大堆。我去找銀波，她卻每個房間到處亂跑。我跟親戚們打了招呼，就進到銀波房間鎖上門坐下抽菸。床頭的衣架上掛著新衣，我拿起衣架前後轉動大概地測量了一下。那是白色的連身洋裝，脖子、袖子、裙襬的地方都有蕾絲，前面繡著白玫瑰，是很漂亮的兒童禮服。銀波穿的話，大概會長到腳踝吧。還有小孩捧的人造花束。好像她自己要嫁人一樣。我想起了兩件事。學姊在有小孩後，卻說要遺憾，所以遲遲才辦了婚禮。她有兩個女兒，一個三歲，一個五歲。新娘化了妝之後，雖然三十幾歲，還是很美。那時他們夫婦光明正大地牽著手走在前面，後面兩個女兒蹦蹦跳跳地進來。還有一件是銀波出生的畫面。

我突然提起了精神。我想起在野尖山透過副校長太太的幫助生下了她。銀波的出生是沒有料想到、也無法抹滅的一件事。人生隨時會有意外。我還不是個母親。

我沒有時間去擁有母性。

靜姬的婚禮有留下幾張相片給我。我從那張照片中拿出家族相片，又沒放在框裡，只是用圖釘釘在教室的桌上。靜姬側著頭靠在新郎身上。大概是攝影師要他們這麼做的。在照相館裡修正之後，除了兩位主角以外，其他人看來都呆呆的。

只有站在他們兩人身前捧著花的銀波看來不亞於他們。我在後面穿著簡直是鄉下銀行制服，歪頭在看著前方。我在看什麼呢？

第二年，也就是八六年夏天，我在準備個展跟論文。我打算那一年畢業，也想找個講師職位來做，所以兩件事都想很努力地做。我在靜姬結婚後的冬天回家住了。

就像靜姬的話一樣，我們三個人彼此可以很舒適地過日子。媽媽在市場蓋了房子租給別人，又開了從衣料到製造都有的大店鋪，不像之前必須早出晚歸了。下午出去，晚上就可以回來了。銀波五歲了，比同年齡的早熟，而且很聰明，我把她送進了幼稚園。銀波上課到中午，之後是媽媽、我跟女傭輪流去接。只要一有空，我就會去畫室或學校。

學校那時有自民鬥、民民鬥，按照他們的話是在進行思想鬥爭。我像其他知識份子一樣，認爲他們將口號特殊化是不適當的。什麼反法西斯自主化、修憲、民眾問題是基本原則、我們是合一的不是分散的，按照時期改變戰術性的旗幟就行了。上學期沒有一天沒有示威和據地鬥爭。特別是仁川發生了大示威，佔據一塊地方，標語跟旗幟像洪水一樣。即使如此，一般的社會上還是有些好轉，出了幾種格裡基的書，我沒有寫地址，寄給了賢宇。當然沒辦法確定有沒有收到。

放假中，一個悶熱的日子裡，我在教室。銀波跟靜姬去海邊了，媽媽也跟朋友到廟裡去了。我在家裡跟傭人無話可說地過了幾天，就回到教室了。

那時我很晚才開始對中國透過魯迅爲中心傳開的木板畫有了興趣，開始著手於樸素的版畫工作。用刀雕著光滑的木板，順著木頭紋路雕下去時覺得聲音很柔軟，木頭也很香。突然聽到有人敲門。

誰？

門外沒有回答。我很好奇，打開了門。

這是誰啊……

姊姊是我。認不出來了嗎？

我一時認不太出來。只是覺得她的慶尚道腔調很熟悉。

等一下，是美京嗎？

妳還記得啊。

請進。

我們在門前的沙發上對坐著。我慢慢觀察崔美京的樣子。頭髮還是跟以前一樣，剪成高中生只到耳際的樣子，臉上別說化妝，連乳液也沒擦，顯得很粗糙。穿著看來很熱的深藍色T恤跟寬鬆的棉褲。太平凡了，走在路上像是會消失在人潮中。但是美京現在看來已經不像學生了。我點了點頭。

嗯，這樣看就想起來了。還在工廠上班吧？

是的，現在好不容易跟得上見習。是技能工。

眞是的。聽起來好像通過什麼考試一樣。

美京像以前一樣快活地說：

對我來說，不是新的人生嗎？

在什麼工廠上班？

一年半之中受了六個月教育，是電子技術。工作一年，還不算中等老鳥。

我想起一件事想問她，卻決定先不要問出口。

那爲什麼過了這麼久才跑來找我？

我住在仁川。見習的時候是在富川。沒有回過漢城。最近有事要來，就想起妳了。之前沒跟妳打招呼就消失，眞的很對不起。

我知道那只是應付我的話。

我還沒吃晚飯，正要出去。

我也沒吃。

太好了。我們找個地方一起吃吧。

崔美京焦急地看著手錶。

現在還不到六點半。今天沒什麼事嗎？

今天，爲什麼？

我想請妳到我住的地方去。

我也看了錶。

白天工作做了不少，天氣又熱睡不太著，所以我的心情悶悶的！

今天不做了。

有點遠，路上不會餓嗎？

餓了更好。

我們搭巴士要去坐電鐵一號線。巴士裡跟蒸籠一樣濕熱。電鐵裡的汗味跟菸味更嚴重。我開始後悔了。經過九老洞的時候美京將臉轉向車窗外對我說：

今天我見到宋學長了。

我早就知道是這樣。所以才勉強來。

居然還活著。他在哪裡，做什麼？

他也在仁川。整個人瘦了一圈。

舒服慣了的人，很辛苦吧。

我們進入了工廠地帶格成小間的住宅區，以前難民的地區附近，天那時才暗下來。我們一面走進巷子，美京一面說：

其實呢，姊姊，請妳原諒。我們想要招待姊姊才這樣的。

我們……

現在宋學長在我房間裡等。學長要我絕對不可以跟妳說，直接把妳請來。

我不怎麼驚訝，用不在乎的表情說：

等一下。那就先買東西再去。

沒必要。都準備好了。

今天是……什麼日子？

美京笑了。

沒什麼好說……是我的生日。

美京跟我走進暗暗的小巷。像舊式韓屋一樣呈匸字型，但整個是用水泥隨隨便便蓋的。一間間接連著的房間大概有十間，每個房間前面都有青年男子或女子。美京跟他們一人打了一聲招呼，好像都認識。人們斜眸打量著我。美京走在前面突然消失，我不知該怎麼走，就站在院子裡，接著高處傳來美京的聲音。

姊姊這邊。請過來。

我一看，嚇了一跳，在那裡居然也有房間。在廁所跟倉庫的磚房上面用石綿瓦搭了一個房間。看到了上去的鐵梯子。我手抓鐵欄杆，小心地上去。上面有做菜的地方，也有半坪可以放脫掉的鞋子之處。

韓姐來了啊？

熟悉的聲音。我因爲高興，心裡熱了起來。想了一下要跟榮泰開玩笑，到頭來還是直接握住他的手。

嗯……健康就好。

我跟著他進了房間。比底下看的時候想像的寬很多。房間的角落有塑膠衣架、桌椅跟小花瓶。房間裡圓圓的桌上有一個鍋子、燒酒瓶跟杯子，美京掀開鍋蓋聞。

這些人……這是什麼東西？

我也不知道，是大哥做的。他說好吃。

原來是拿我生日當藉口亂搞。

宋榮泰用他一貫優哉游哉的方式回應。

妳有什麼不滿？那是麻婆豆腐，妳知道就說。

什麼麻婆豆腐？我看到豬肉、豆腐。這個又是什麼？

買了甜不辣，不知道要放哪，就全部混在一起了。

美京瞪了他們一眼，走出廚房，我則在一旁享受這難得的小小騷動，一面在房裡踱步。院子的方向開了一扇小窗，反方向則有一扇大窗，所以房間裡滿涼的。我走到掛著曬洗衣服的大窗邊。從高處向下一看，到處都是連在一起的屋頂，遠處則是燈火輝煌的市中心。

隔著火花，看到一排的燈光了嗎？那裡是海。白天看得很清楚。身後的宋榮泰這麼說，我也嘀咕：

比想像的好。

說的也是。美京找到明堂之地了。所以我偶爾感受著壓力煩惱，跑到這邊避暑。

美京的男朋友倚牆靜坐，我轉頭看他之後問宋榮泰：

現在還不錯吧？

我現在完全是失蹤人口，姓名跟職業都換了。

好像在哪裡常聽到，我仔細聽過賢宇的逃亡經過，我對這種地方的氣氛也不陌生。

你現在做什麼？

工廠的技工。我已經有了做櫃子的資格。

以後靠這個吃飯啊。

不是，不是。不是這樣。主客不可以易位。我是勞工的朋友，用這個立場來幫助他們。我希望他們用自己主人的立場站出來。宋向我介紹坐著的青年。

這是紀憲，他跟美京在同一個工廠上班。年齡也相同，兩人是男女朋友。這是我的朋友韓允姬。

青年笑著跟我打招呼。我問宋：

過去的一年一直在這裡嗎？

不是，我去安養，透過朋友的幫忙學做櫃子。

你沒跟家裡聯絡嗎？

偶爾透過弟妹聯絡，最近沒有。他們一定知道沒有消息就是好消息。

你的身體眞的還好嗎？我望著面頰凹陷，皮膚粗糙的他。宋舉起手臂，擺出顯現肌肉的姿勢給我看。

你一定很會吃，心情很舒服，好像反而變健康了。

那就好。會在這裡住一陣子吧。

宋榮泰快活地說：

什麼一陣子……應該要住一輩子。

不知道爲什麼，他的樂觀情緒總讓我有種不祥的感覺。

之後一直到冬天我都沒機會再遇見他。分開的時候雖說會透過美京聯絡，但美京連一次電話都沒打來。他們自己會奔走的。後來才知道他們正開始辦幾個學習組跟社團。他們也在九老洞和永登浦辦了當時稱爲勞學聯合的示威。

他們不只是走在鬧區，甚至走到亂美軍部隊前面。我雖然可以再到美京家去找她，我知道在保安的緣故，如果他們沒跟我聯絡，我就不能去找他們。

八七年春天我碩士班畢業了。然後在漢城以外的地方大學獲得講師的位子，一個星期有兩天常常是在學校過的。春天各地的勞動者罷工示威開始了。到了初夏，因爲朴鍾哲拷問致死事件和虛憲撤廢引起了全國性的示威。到了六月，抗爭漸漸蔓延成爲更大的規模。我也因爲同學的關係，把社會團體當作敵人，被叫出去好幾次。從已經是白髮老人的前輩到我們這些女性爲止，許多市民示威隊都從鍾路走到明洞，從市政府前面走到漢城車站，連馬路上都塞得滿滿的各界一起前進。我也不知哪來的力氣，跑去叫喊虛憲撤廢、打倒獨裁政權。

所有人都爲了忍住催淚彈而帶著塑膠袋跟口罩。全國數百萬各階層的群眾都湧上街頭。對的，那時我們充滿希望。我們決定要趕走法西斯獨裁建立起能夠像人一般有尊嚴生活的社會。軍方在親衛隊發生政變之前先退一步，宣佈總統直選，來哄騙全國性的抗爭，我們的失敗從那時就已經開始了。對這些活著一直受到欺壓的市民而言，好像透過直選制是唯一能夠改換政權的一條路。抗爭結束之後，就是暑假的開始了。宋榮泰打了電話來。

韓姐？我啦，榮泰。

啊，好久不見。

以美京生日爲藉口見面，到現在已經一年了，我卻感覺好像已經過了十年。就像戰後倖存者互相報平安一樣。

現在還住那裡嗎？我這裡沒什麼事。

我這裡有事。這裡是醫院。

怎麼了，哪裡不舒服？

嗯，之前是……現在已經好多了。我很想知道妳好不好。

現在應該要走出社會了。書也要好好讀。告訴我哪個醫院。我馬上去。

我跑去京畿道某個天主教療養院找他。那時爲了跑學校買了車，也許是有天分吧，馬上就適應了高速公路。我很喜歡能依自己自由意志隨處跑的汽車。特別是握上了方向盤，前面一片淨空時的孤寂感最棒了。這件事讓我確認了我是多麼地個人主義，多麼討厭跟別人混在一起。在背著小山的潔淨療養院中見他不知爲什麼很奇怪。護士當中很多人穿修女的衣服。修女帶我到運動室。

宋榮泰下半身穿著病患的褲子，上身是T恤，在專心打桌球。跟其他患者你來我往之間，他一看到我就放下球拍走來。其他人都瞪著我們看，他伸出手就要跟我握手。我有點尷尬地握住。

看起來氣色不錯。我說。宋拉著我到醫院本館外面的庭院中。我知道宋榮泰在軍隊跟監獄時曾患結核，在靜姬的醫院跟他認識的時候也是在說他的肺有空洞。宋說了：

身體變差了。以後一年之內都得休養吃藥。

不錯啊。

好像只有我一個人站出來，眞受不了。

現在也差不多該告一段落了。已經改成直選制了。

其實現在才是開始。有什麼東西不一樣了？

你想要的是什麼？

民眾掌握權力。然後趕走美帝跟走狗。

你多照顧一下身體吧。我除了賢宇出來之外，就沒什麼別的願望了。

應該還要等一段時間。搞不好反動的過渡期要延長了。

朋友們怎麼樣……應該過得不錯吧。

核心份子很多都被抓了。還有很多卡在工作現場。我現在覺得工作有點勉強。

所以你從現在開始好好吃好好睡不就行了。誰敢說話。該做的不都做了嗎？

我在想要不要好好唸書。

你的才能在唸書方面，這個誰都無法否認。這樣做家裡也會安心。

宋的眼睛眨了一下，好像灰塵進去一樣，用眼角揉了揉。他突然哭了出來。

男子漢大丈夫，幹什麼這樣？

沒事……只是有點鬱悶……

我不知不覺摟住了他的肩，他身體向我一彎，把頭埋在我胸口。我們就用這種姿勢在凳子上坐了好一陣子。

我要走了。

我拍了他的背幾下，然後站起來。他好像有點尷尬，所以我不想跟他面對面，只是低頭看著地上。

暑假結束之後，我正要準備開學，有一封厚厚的信寄到我的學校來。外面寫著崔美京上。

給允姬姊姊：

姊姊，我是美京。妳過得還好吧。宋前輩……我相信妳已經知道他的消息了。他在工廠徹夜工作，結核復發昏倒了。我們在討論要如何處理之後，決定把他交給家人。我想要跟姊姊聯絡，可是他說以後自己會聯絡，叫我絕對不要講，所以我也就把這件事放著。我想你們最近應該已經聯絡上了。

這裡大家都累得要死，很多人都累倒了。但是我們相信這一個夏天是重大的關口，前幾個月紮紮實實地進行了爲了建設民主工會所做的準備。現在雖然還不是決定性的鬥爭時期，可是是以每個工廠爲單位，建立橋頭堡的時期。

去年爲止，我們棄學的勞動者們在公司裡包含我共有四人。上面決定要有一個組負責出面鬥爭。我們這一組則是決定不要曝光，只能旁觀。雖然每個地方情況不一樣，可是宋前輩的重工業那邊跟我們也差不多。今年夏天，那裡已經充分準備進行很紮實的鬥爭。現在大家都不是以前那一種乖乖順從的勞動者了。所有人都決心要找回自己的生存權，也出現了很多越過了工會主義，想要直接確保參政權，用政治意識武裝自己的人。棄學的人沒有必要像以前一樣花很長時間在意識型態工作上。

我們從辦雜誌，分送每一個親睦會開始。我們工廠總共有兩千五百人，其中女性有四百多個，我們創立了婦女會，除了中年以上的三十多個以外，幾乎都是跟我同輩二十來歲的女性。我們工廠主要生產冰箱跟洗衣機，最近也開始有冷氣了。高職畢業當完兵的人基本月薪五千三百圓，女工一律是三千七百。達成賣出目標的話，再給紅利五成，有勞傷害津貼，可是實際上從沒發過；領班等等老鳥會拿去分掉。每個月平均工作時間是一百小時，每個禮拜有兩次要加班。送貨日期快到的時候一個月也會加一兩次班。工作四個小時有麵包，晚上加班的話有飯跟牛奶。除了星期日以外，根本就沒有休假。有月休假跟生理休假，可是不能去申請。所以假日是按時薪給錢，根本沒有休息。

因爲是電子產業，所以受傷的不是那麼多。如果是鋼鐵或化學工廠，一個禮拜總要出點大大小小的事故。但是灰塵很多，通風設備不良。有淋浴室，可是用工業用水，所以我一次也沒用過。親睦會裡面有早起足球會、棒球會、登山會、釣魚會、婦女會。其中還有另外的救援隊。過去的工會是清一色御用人馬，大部份都沒見過面，工廠發生事故他們一定站在資方壓制我們。

去年離開學校的人會在親睦會中尋找想法跟我們相同、經驗多又老練的先覺型勞工者。以他們爲核心，要他們指導我們。我們對他們介紹要瞭解社會政治現狀與勞動法規必須讀的書，他們則教我們一般勞工如何生活、如何組織他們。跟前輩們四五年前孤獨地工作、想採取行動一兩次就馬上被解雇逮捕的情況不可同日而語。

姊姊記得上一次來我們住處的時候看過的鄭紀憲嗎？他跟我一樣大，也是同志。他國小沒讀完。媽媽很早就過世，所以在中國料理店當過外賣跑腿的、在小工廠當過雜工，沒什麼事沒做過。十六歲的時候發生小案件，進了少年感化院，在那裡拿到了高中同等學歷。這是不幸中的大幸。大概再牽涉怎麼樣慘的環境，只要想努力好好生活以及求知，就能使得每個人的結果有所不同。他進工廠已經三年，現在是有名的熟工，你不知我們多用功讀過《全泰一的生涯》這本書！讓我發現無數個全泰一，這些人已經不是過去的勞動者了。

他是我剛進公司時的組長，有一天我想測試一下結果如何，便把我們的《新道路》刊物給了他一本，第二天中午他就傳了一張紙條給我，寫下了讀刊物的心得，他說他們使用了很多一般勞工難懂的術語，不能反映生活，例如勞動時間和工資的解說，沒有反映最新的現實問題，以直接方式談論政治性問題，一般勞工會起疑，所以最好避開。我對這些指摘，嚇了一跳，再要求他介紹可以給刊物的一些人時，他說他會直接給。一開始給他所屬的登山會三十本，然後他又安排我們這些被棄學的份子一起爬山，爬上了適當的行程後，一邊吃午餐，一邊聊各種話題，凝聚力很強，我跟紀憲漸漸親密，然後經他介紹的信子姊姊也是可以交心相談的。信子唸的是幾個企業保障雇用和就學的夜校，她在女工中工廠經驗最多，技能也好，受到女工們信賴。

我們聯誼會也辦刊物反映廠內輿論了。去年春天勞學聯陣營討論要找兩個進行先導先鬥的人，我和另外一個女學生沒有被逮捕過，所以是用自己的身份證來找工作，另外兩人用流行語說就是偽裝就業，不知何時會被發現。我們負責從後面支援他們的鬥爭。首先準備好幾千張傳單，一捆捆地放在工廠的每個地方，一方面在餐廳門口散發給進進出出的勞工，午飯時間人最多的十二點半，她們就拿著手提麥克風到前面朗讀傳單的內容。我們在每個地方拍手，跟著她們喊口號，可是大家都鼓噪取笑，並且吹口哨。一般的勞工不敢再更進一步行動，工廠資方在現場把她們說成是僞裝成勞工的共黨分子的職業學生示威者。

當時我們一度低調活動，但那件事卻予人印象深刻；我們透過刊物公布權小姐性騷擾拷問事件，結果勞工不分男女都用露骨字眼謾罵政府，表示他們的厭惡。姊姊，我們生活的地方有很多壓制與不自由，爲了面子裝成市民社會的模式；等於是被枷鎖封閉的地方，如果外面一絲陽光照得進來，這裡的一片漆黑頂多是灰矇矇的程度啦。

去年六月份雖然很燦爛，對我來說也不過是雨季中的一日晴天而已，市民抗爭的力量成爲我們鬥爭的堅實基礎，我們開始準備七月要罷工，勞工在全國各地爲自己爭取權益蠢蠢欲動。

我們工廠人員表現了各種形態的變化，首先是婦女會的變化，只當一個領班便比總務、課長、襄理等更擺官僚架子，在作業線對女性勞工，不論年齡，用不敬或謾罵方式說話，尤其是基層技工出身的這些管理人員，隨便對待同事。

下午兩三點是工廠中最累的時間，吃完午飯之後身體變懶，工作效率開始降低。有一個中年女工大概是生理期吧。去了一次廁所，第二次又要去，就被嘀嘀咕咕地唸。但還是忍不住，第三次又要去，一離開工作檯，領班就開始吼叫。

妳這賤婊子，中午就乾脆不要喝水，明天開始不要來上班了。

那女工聽著八股老套，低頭無回應地佇立。信子姊姊抓住領班的後頸。

喂！你沒爸沒媽嗎？人家幾歲要讓你這樣罵的啊？你還是人嗎？

這麼一來，就成了作賊喊捉賊，那傢伙打了信子姊姊一巴掌，女工們都膽小如鼠靜靜地觀望，原先一動也不動的中年女工拿著一根長銅管衝向領班，喊著要殺他，那傢伙開始跑。女工們紛紛鼓譟喊著：教訓他！揍他。領班在作業現場裡穿梭逃避，好不容易跑到外面，我們關掉機器開始鬧場。後來的結局是：領班要道歉，老闆以下管理人員不得恣意辱罵暴行，這一項要列入制度規則。常務董事跟副董也被驚動跑出來，不斷道歉、解釋，但我們的憤恨也沒消除。

而且沒過多久，熬夜加班的時候又出事了。那是計畫中沒有的加班，由於夏天要賣冷氣機，所以從春天開始趕工，有人工作中打瞌睡，手被輸送帶割到了。男工們中斷工作，要求終止週末熬夜工作之類瑣碎小事，促使我們幾次凝聚力量。

美京啊！妳消失在工廠前的水泥十字路口上，化成了火花，但妳留下最後一封信。美京啊，現在我遠路回來，在此給妳延誤的回信。

人活著是怎麼一回事呢？結果生活的一半就是從一日三餐開始的吧？眞是輕而易舉的吧？最初都穿草裙的吧！太陽落下後又升起前，大部份的時間什麼都不做，不是玩就是相愛吧！傍晚時分草叢裡蟲聲唧唧，他們就去對看或是去找睡覺的地方。早上起來伸伸懶腰，到水邊撿撿貝殼或是到樹林裡摘摘果實。都是爲了一天中最短暫的用餐時間做準備。男女間應該沒有極端的佔有慾，所有小孩都是共同體一起養育的生命，後來從混沌大地森林外出現闖進了邪惡的影子；那就是地平線另一邊出現了生活條件惡劣的另一個共同體，最初是以交易來開始，世上的所有壞事都是從商人開始的，就像陰險兇猛、長了翅膀的蛇。

美京！我想過藝術跟革命走的是什麼路，用盡所有的力氣要回到混沌大地初始的生活，爲了回到地上黎明的生活，要把地上日正當中時的一切垃圾制度都毀掉。

再回頭說說吃的東西。耶穌剛開始的理想路是怎麼出發的？就是回復地球上最樸素的生活跟沒有貪慾的飲食，利用衍生成血肉的大地糧食，瀕死前的最後晚餐其實是新的出發點，死亡是存活之物的重新誕生，所以祂告別了，並相約再見，據說那些畫匠畫祂的這一幕，就畫了幾千幅之多，其實晚餐的全部內容就是硬梆梆的黑麵包和粗糙的葡萄酒。

永別的美京啊！妳這死丫頭！愛情並不是口紅或用說的喝的、抽象的、驚人之舉的把戲，妳說要我們並肩走到終老死別，這是一段有一點點小刺激，卻不會讓人訝異的歲月，所以要講一些讓人激動的話，愛是……一半是食物份量的身體，一半的一半是有如呼吸一般的日常作息，一半中剩餘的一半是由周遭的鄰居們來完成，如此終老的話該多好呢！大多的人過不了一半階段就失敗了，所以老的時候有各自的孤獨，能走到四分之一已經是萬幸了，未完成的事要下一輩子再做嗎？

現在再談吃的。我認識的人跟我說父親的故事。戰爭剛一結束，夏天下冰雹，又有旱災，初冬之時糧食就吃光了，全家人睡在燒炕的房間中，白天受不了，突然爸爸搖晃不穩地去稻田裡，竟然說要拿著鋤頭挖地，然後就像狗跟馬餓慌了就會挖地，他拼命地用盡全身力氣，淌著汗挖地，飢餓要用什麼去克服？要用凝聚的力量去克服；物質產生之後，以完成所有事物的勞力克服。

姊姊，距離我們罷工的日子還剩下五天，首先對傳單內容進行最後的檢討，再決定怎樣行動。

罷工開始的兩天前爲了確保正當性與大眾支持，我們準備衝進御用工會的辦公室，促請他們進行正當鬥爭，爲了建設民主工會而進行會員總會連署簽名，然後由被解雇者散佈傳單，讓一般勞工知道這是屬於他們自己的目標與意義。因此讓聯合的勞工當這次的主角，計畫進入大眾動員；我們過於愼重，眞的不知道勞工已經到了一觸即發的地步。

有四個解雇者跟我們當中負責的七個人在公司的各部門穿梭分送傳單。然後在早上十點的休息時間，信子姊姊拿起擴音器，站在工廠正中間，宣讀傳單以及解釋罷工的必要性，然而所有人一致反應當場罷工。所以我們緊急召開內部會議，決定午飯就發動。吃過午飯，差不多十二點半，餐廳前面的院子聚集了五十多個人。紀憲用擴音器說著：

「集合吧！集合吧！給他們看看我們鐵桶般的堅決力量！」

管理階層們一臉慌張地跑出來，不能直接攔阻，追著我們訴苦：

「大概做個樣子就解散吧！」

我們一到達運動場前的休息室，裡面的人都跑出來，又增加了一百一十多人，加入的人一增多，原先看熱鬧的勞工有若增加了自信，插入隊伍中，變成了一百五十多名，唱起《老工人之歌》、《眞正的男子漢》、《活下去》等等的歌，一點鐘左右到達大門口時，已經壯大爲一千多人的群眾，紀憲手持擴音器，神色自若地主持活動，他提議先組成罷工代表部，要求按照職種別推薦代表，只是這一項不在計畫之中，人潮某一角落中喊著某某，便把他推到前面，用這種方式出來的人排成一列，雖然知道要討論如何罷工、是否承認代表，可是面面相覷，沒有人發言。主持人貼近擴音器說：

「各位，各位如果贊同傳單上的宣言就請拍手。」

這麼一說，哇——的歡呼聲都出來了，大家拍手回應，也許由此生信心，主持人順勢說了：

「各位如果承認前面這幾位當罷工代表，就請拍手。」

又是熱烈掌聲，我們就當場組織了協商部、警備部、膳食部、文化部，宣告正式進入罷工。有人做好送來懸掛用的布條、頭帶、影印鬧場途中需要的歌譜，依據代表部的決定衝進去，把管理職員趕出工廠外，把小貨車開到大門前當作拒馬，警備部派出人員守護。那時大約三點半，直接進入了討論要求事項的議程。

後來口號一一編好，練習領呼與隨呼：

歸還流汗工作代價！

建設民主工會，爭取勞動解放！

千萬勞工者團結鬥爭勝利萬歲！

眞怨恨時間的飛快消逝，當年才眞正感受到沒有時間這句話，罷工要求一經制定完畢，代表部順勢便在現場進入民主工會的發起大會，雖然有一點點人反對，仍在幾乎一致的同意下通過票選：委員長一人、副委員長、監事各兩人，並沿用罷工代表部的部門，感覺得到老天在幫助我們。

由於不知鬥爭是否會長期化，所以有人說要設立規則，先規定不准喝酒、禁止隨意離開這一類大眾性的約定。定下就寢跟起床時間，三頓飯的時間和小組討論、總集會、示威、娛樂，有組織地來進行。萬一對手沒有策動妨害，就如此進行，如果狀況緊急，採取非常對應，準備了以各部門爲單位的行動方針。進入協商階段，則跟協商部對應，代表由罷工主動策派兩個人，加上「民工推」的委員長。我們將餐廳佔領當作會議場，晚餐時女性自動出來做菜，八點半才能按照次序吃飯。我們收了罷工費，買了材料，無法回家，就這樣圍著一起吃，雖然沒什麼好菜，可是男人們說第一湯匙吃進去的時候幾乎要哽到了。

第二天進行第一次協商，副董事長跟幾個管理階層的人從正門出現了。警備部擋住了他們，在大門前擺好桌椅，當作協商桌。我們讓他們坐下，所有人團團圍在正門前，呼著口號，唱著歌，氣勢一下子就起來了。他們看來比剛來的時候洩氣很多。我們協商代表出去跟他們談，可是結果離目標太遠，所以宣告決裂之後退場。我們那一天立起了新的方針。每一天派四五百個人佔領餐廳不是件容易的事，早上雖然是罷工，機器停擺，可是還是有人跟廠方同一步調來上班，所以決定佔領各廠房。那眞是做得對。我們睡在各廠房，早上起來編成示威隊，出到正門外面。可以到公車站激勵想要參加罷工的同事們，把他們帶來。如果聚集了適當的人數，一部份跟他們一起回來再出去，使得不只對我們，甚至對周邊市民都有效果。

第二天晚上起了騷動，那時餐廳有兩百多個人，分散成每群四五十個，正準備要就寢。突然傳來高喊的聲音，玻璃窗打破的聲音，以及吵鬧的皮鞋聲。女工們也開始尖叫。救援隊來了，快集合！男人們用沙啞的聲音喊叫著。

我們跑出了工廠，不管碰到什麼東西，示威的木牌、工廠的鐵管，都拿起來往餐廳方向跑，那邊燈已經關了，是一片黑暗。大門前用來阻擋的東西已經被打開。

看見了跑向餐廳那些傢伙的影子，大概有七八十人。他們好像以爲全部示威者都聚集在餐廳。我們這邊的反擊很強，人數也多，他們逃到正門外，完全消失在黑暗中。我們到餐廳開了燈，已經有十幾個人被打了。許多人逃到外面，如果被抓就是一頓猛打。我們急救了以後，叫救護車送去醫院。

次日晚上，佔據工廠示威的人以及上班的人都在大門前面開暴力譴責大會。御用工會利用麥克風不斷鬧場，妨害我們集會。不斷說著不要參與不純份子煽動的罷工。我們「民工推」人比平常更多，超過了一千五百人。雖然不屬於「民工推」的執行部，但是發動抗爭的紀憲還是站出來大喊。

他們用暴力踐踏我們，將幾百人關進牢房，所以我們認爲決斷與鬥爭可能會停止，但那是很大的錯覺。星星之火，可以燎原，在千萬勞工的心中，我們民主工會的火花是不會熄滅的，在鬥爭持續的過程中將會像活火山一樣爆發。各位「勞動者」弟兄們，我們的鬥爭是不會終止的。應該說無法終止。爭取成立民主工會，直到找回我們的權利爲止，必須繼續鬥爭。

你們在那之後又堅持了兩天。妳的夥伴們到了後來進入總公司，把電腦、辦公設備、沙發之類都丟下樓去，玻璃窗全都打破。那是年輕工人們不聽代表部的勸做出的事。這是因爲比起環境十分惡劣的工廠，你們第一次看到這裡有冷氣、淨水器、自動販賣機，氣不過。協商的時候，跟著資方來的工作監督官員向「民工推」通報了在支部中，要通過對既存工會的不信任案是不可能的。一開始並肩作戰的階層消失了。一周的佔領過程中，協商了三次，最後協議達成了一半以上的條件，於是聚集力量的推進委員會就降下了旗幟。

之後警察與政府官員十餘人跟管理階層一同衝進工廠，把發動罷工的棄學者包括妳帶走了。他們被自然解雇，妳由於之前沒有僞裝就業，所以只被關了一個月就放了出來。妳的信末是這樣寫的。

姊姊，我跟紀憲與信子姊姊，還有登山會的夥伴們組成了簡陋卻美麗的隊伍，每天早上爲了讓他們收回解雇而繼續上班來進行鬥爭。這一段時間把如同小米般大的積蓄也用盡了，下班路上的同事們會拿各種東西來給我。有整箱的泡麵，煤球也堆得很高。我死也不走。我要回到已經打破皮殼逃出的又厚又蠢的殼中美夢嗎？

我到很後來才知道妳已經不在人生苦海的世界了，政府宣佈直選之後，以往聚在一起抗爭，眼睛晶亮的青年人、握著拳頭的市民、飄著白髮的老人都走上了各自的道路。我們那時不是全都瘋了。就像很久以前，沸騰的血液在血管中冷卻了。然後只有低頭苦笑，也不覺憎惡地分散到各自的路上，也不想再見面了。因爲選舉，冰冷的路上，夜間結的霜上頭蓋滿了傳單。我們得到的只是這個。

我見了妳跟過的宋榮泰。雖然是過去的事，但是要說清楚。我其實跟宋榮泰什麼也不是。只是朋友，覺得跟他在一起很舒服。就像青梅竹馬長大的人一樣。而且宋跟我當時都很寂寞。都已經幾歲了，還激烈地恨爸爸，難道不純眞嗎？我因爲他的引誘，開始寫他的刊物內容，但是那一段時間過得不錯。因爲是回頭看年輕時期的爸爸。可以說產生了適當的距離感。

宋榮泰提起妳的死之時，我沒辦法相信。我算是第二次看到他把頭埋在我膝上哭。他在醫院裡身體好了很多。美京啊，我想到了妳來不及展現的青春。我想起了妳在驕傲地訴說這件事的時候，眼睛瞇著笑的溫暖表情。

我去那個地方看過了。我上到妳被潑了硫酸、全身變成火團墜下的工廠正門對面建築物的屋頂。一樓是飯館，二樓是茶店，再上面是撞球場。我不想讓人看見，悄悄溜過撞球場的門，走上了很陡的水泥階梯，到達一個小鐵門。推開生鏽的門，小門像有魔法一樣開了。踏出一步，就站在石綿瓦屋頂上頭了。有空酒瓶跟尿騷味，可以正面看見工廠大門的就是這裡。那大概是滿街勞動者的下班時段吧。妳看起來像什麼呢？大概不像花吧。可能看來就像妳散發的傳單。妳就像燒著的物體，啪噠一聲落在地面上。

我那時如果在妳身邊，一樣是人家女兒，我的年紀大概可以當妳母親了，我會用手撫摸妳，妳燒焦的頭髮會軟綿綿地碎掉，手指也會像燒剩下來的枯枝吧！

我下樓梯，到樓下有鋁窗的飯館點了東西，一個人喝燒酒。因爲是冬天，天馬上就黑了，工廠前面亮起了淺藍色的路燈。那裡出現了暗暗的人影，漸漸充滿了道路。這種照明之下，穿著深色工作服的他們看來像是流進黑暗中的水。

他們會到達哪裡呢？流多遠呢？

二十三

喂，我是韓允姬。

我剛剛回來野尖山。

好像已經過了一千年。

一回來，我就買了我們的房子；外觀還是沒變，只是殘破了很多。廢料袋堆著，壁紙跟地板油紙霉跡斑駁，卻不像以前故事中說的一樣，只有艾草茂盛。抽水機生了紅鏽。順天嬸要我把它拆掉，蓋成簡單的組合屋，可是我想把它保存到你回來之時爲止。只有重鋪地板與壁紙而已。

是我一個人來，打算下一次寒假帶銀波來。現在是一九九三年，銀波十二歲了，明年就該上國中了。她的胸部微微隆起，開始散發小女人的韻味。她很像你，雖然是我的女兒，但另一方面又不算我的女兒。八八年辦奧運那一年，銀波的户籍歸給了靜姬。因爲銀波必須上小學。我其實是未婚媽媽。她當然叫我媽媽，可是把姨媽叫媽媽的時候好像更自然。

當時是我最辛苦的時期。爲什麼這樣說？回頭看，雖然後來痛苦的時間更多，回顧的話，那時是最痛苦的。你被釋回來的希望漸漸渺茫，我所有過去的價值觀也都正在褪色了。我感覺緊緊抓住畫還是什麼的，靜靜的畫面悄悄從心底慢慢擴散。

我不是跟你說我現在回來了。睽違五年了。來到這裡，打算記錄之前的五年。在我以前丟在這裡的素描簿上寫了幾個字。

路是爲了回頭而鋪的，沒有一個人走到終點。我又回到原來離開的位子上。我已經是他了。我跟他現在見面了。沒有一件事改變，這是從一開始就定好的路。

我以前想離開這裡，春天把銀波送給靜姬之後更想離開。靜姬那時也生了兒子，已經三歲了，我打算留學或走出去，也許我想從外面觀察人在外面的我。紐約好像不適合我，太複雜了，吃跟穿都不方便；巴黎雖然後來確定了，但在巴黎，自由像慶典時空中飄揚掉落的萬國旗。我毫不考慮地去了柏林，去了間諜片中常出現的陰濕城市。

我對德國的印象只有啤酒跟黑麵包。一開始只是去旅行，不知怎的喜歡上了柏林。那裡又濕又冷。下雨時濃霧瀰漫，有時也會下幾天霧。天上常打著不得了的雷撕裂天空，下午三點天就黑了，六點鐘路上就沒有行人了。我坐上火車從西德進入東德，但在這方面受過一些鍛鍊的我，直覺想到可能久居禁地了，一顆心忐忑不安。

柏林跟一座島沒兩樣，透過火車車窗看到白樺樹枝，不見人跡的小麥田邊，有丟在戰場廢墟上變成廢鐵的耕耘機。配戴紅色肩章、肩上掛著皮帶，穿著及膝長靴的警備兵們上到火車來調查護照。我進入了圍著城牆的都市。

年輕人嬉鬧的情況只在庫丹的市中心區還見到，稍微僻遠的小街巷道都是空盪盪的，一些老舊公寓的牆壁斑駁掉漆，東德那一邊有若煙霧陰霾擴散過來。我很喜歡這樣中立格調的都市。柏林就像是我國的非武裝地帶，再不然就像是不同建築物中間連結的緩衝迴廊。我很喜歡這樣中立格調的都市。南與北如同我的正面與背部的相反方向，然而東與西卻都是側面。轉個頭，太陽升起，再轉個頭，太陽就落下了。但是早晚的彩霞又是完全不同的，不是嗎？

我一開始下到市中心，連一個認識的人也沒有，也不想像其他的旅行者一樣焦躁地尋找美術館、博物館，只在滿街都有的義大利餐館或角落的咖啡廳中俯望窗外的行人。

緊張氣氛籠罩在布蘭登堡門前，那份寂靜，比起我們下了戒嚴令的市政府廣場，籠罩的沉默更深邃。那窗口通往另一個世界，在我們出生前被封閉，我卻是在圍牆被打破之後才知道。

我住的地方原是圍牆附近的小套房，房東大概是阿拉伯人。牆上有阿拉伯花紋的織錦畫，客廳裡放著原色的巨大陶瓷器。沒什麼客人。想吃早餐，出到大廳，只有幾個自助旅行的英國學生跟中年的土耳其夫婦。我進了房間，打開窗戶，我想起在瞬間曾被驚嚇，掀起厚厚的窗簾，打開暗暗的窗戶一看，外面還用木板門關住。推開木板門，濕冷的風吹了進來。眼前是巨大的灰色圍牆。從左到右轉了轉頭，俯望看不見圍牆的盡頭。無法忘卻心中的鬱悶和無奈。兩邊人的不同想法在現實世界中被具體化了。我雖然沒去過自己國家休戰線的附近，可是想起了每當演習的日子武裝的士兵上到公車來檢查的無力感。

牆壁看來好像在頑強地主張自己是無機物。沒有一點隙縫與洞隙，表情呆板地站在那裡，灰色的石壁沒有任何裝飾擋住了街道，壁身上到處是突出的鋼筋。我從住處出來，繞過巷子，想趨前靠近看看。進到陰影很深，甚至建築物都長了青苔的街道上。只有垃圾桶排在街口，人已經不用這些以前的玄關與通路，而是從房子的另一面出入。

牆壁那一邊連個天竺葵小花盆都沒擺。從遠處看只是整片灰色的牆，到處都是噴漆塗鴉、圖畫與壁報。也有用油漆誠心畫的畫。我面對這另類的展示會，夢、希望、記憶與生活的所有感情都冷酷地重疊畫在水泥上，留下了點點滴滴憤世嫉俗的氣息痕跡。水泥縫中積了灰塵，奇蹟般地冒出土壤，更長出了小花小草。那時我眼眶中充滿淚水，其實是隔了很久又想起你。

我的德語還不夠流暢，可是我想留下來，這個都市的年輕人和醞釀的氣氛，就是恨透佔領軍的西洋佬和俄國佬。可以說從禁欲之地搖身一變成了明亮邪惡的繁華街市。其實更有如來到了墓園外圍的教會和老校園附近，也有助於精神健康的提昇，柏林，讓我想起跟你會面時，遠眺到你的黑窗，以及曬洗的衣物回來時的印象，可以說我希望被放逐在這裡。

在動物園站前面換錢的地方遇到了一個人，她是小我兩三屆的學妹，她對畫不是那麼在行，可是沒有偏見，心地很好，是朋友很多的女孩子。畢業後很久沒見了，聽說她也正在這裡留學，並且和德國人結婚了，用她的話來形容，她的丈夫是幸運的，她的名字隱隱約約好像記得，卻就是想不起來。在那裡的期間遇到了三次，總之是由於她流暢的德語，我拜訪了藝術學院的教授，準備好資料約定再度拜訪。我要朋友們與靜姬幫我準備好必要的資料寄來，收集了一箱我所做的東西。最後的面談通過之後得到了入學許可。當時柏林的房子比波昂或法蘭克福便宜很多，所以很容易找到大房子。

你聽了可能會不舒服，可是除了跟你之間的緣份之外，我可以說是運氣很好的。我在本德斯普拉蚩的一角找了很便宜的房子。那裡坐地下鐵三站就可以到市中心，走不到一站就可以到達有湖有樹林跟草地的公園。好幾條地下鐵在此交會，五條道路呈放射狀延伸出去。週末廣場就變成民俗市場。我在此買到新鮮的蔬菜水果，也有家庭自製的餅乾、香腸與火腿。

我住的房子超過一百年，是普魯士時代的建築，以前是工廠。戰後改造成爲住宅，當作勞工們的住所。所以一層樓的高度抵別人兩層。入口有可供貨車出入的大鐵門，那裡貼著寫上居住者名字和號碼的牌子，旁邊是每一家的門鈴。

按下門鈴，用對講機表明身份，主人按鈕，附在大鐵門上的小門就開了。門旁邊有開燈的老舊鐵裝飾按鈕。按下去之後，黑暗的通道跟從中庭到玄關整排的燈都亮起，慢慢地走過去打開玄關門之後，燈就自然漸漸熄滅。進了玄關，從四面可以看見一樓所有的房門，中間的空間已被穿透到三樓屋頂，空間中豎立了圓圓支柱，螺旋形的鐵製階梯有若葛藤般蔓延。即使只有三樓，由於每層都是別的建築兩倍高，所以等於是六樓高。我按下在樓梯旁的按鈕向上走，如果是空手的時候，一身輕巧地走進房間燈還開著，如果上完市場，只是稍微延遲一下就會發現燈已經熄了。所以就要摸索著上到下一個有按鈕的地方再按一下。因爲很省電，才會做出這麼煩人的設計。

打開我的房門會看到一塊布幔，也許是先前的主人討厭一抬頭就看到天花板，便掛上了這一塊白底刻了海鷗的畫布，玄關前有一個壁櫥收納箱，可以擺放鞋子、雨傘或大衣，進房間沒有木板門，而以門簾左右兩分，這也是先前主人留下的，天花板看起來陰暗，落地窗被安上了棉布窗簾，靠下方的一些小窗則向外突出，可以向外推開，上端部位的幾個窗子又大又長，是安上去的壁櫥。

我打開房門，有H型樑柱的天花板很值得一看。附有具燈罩的工作室用電燈。夾層樓中樓佔據了房間的三分之一，中間放了很陡直的樓梯。爬到上面去算是我的寢室，上面只放著一張低矮的床以及小檯燈、一個放內衣的小櫃子。我又搬了一個矮櫃子上去，放了一些值得讀的書。我睡前趴在床上，常會看看書。夾層下面放了一張長椅子、在避暑地用的那種折疊椅兩張、沙發床一張。房間左邊有圓的餐桌跟兩張木頭椅子，書桌椅，還有大中型的畫板。窗戶那一邊的牆中間有瓦斯暖爐。裡面永遠有燭火大小的火焰，打開安全閥的話，火花就會長長地噴出來，熱板就會發熱。右邊牆上有固定的大櫃子，左邊是進廚房的門。廚房門一打開，有附電熱水器的衛浴設備，有一個小小窗戶。從窗戶往下望，可以看到有松樹以及小木棉、銀杏樹的內庭。窗前是枝葉繁茂的七葉樹及櫻花，開的時候花瓣常飛進我房中。這個小窗前面有一人用的石板桌跟凳子，我會在這裡吃一些簡單的東西，跟西方話叫做馬洛尼的七葉樹變得很親近。外出回來，全身濕透的我常把身體弄熱，慢慢喝紅茶加酒。

講這麼多房間的事是因爲這裡是我的世界。在這裡才能脫離被壓抑之自我意識。我很努力地工作。我躲在沒有人認識我的地方。

我用很便宜價錢租的，是戰後勞工們當住家，暫時變成倉庫，最後改造成給貧困藝術家用的工作室。之前住在這裡的捷克音樂家朋友介紹的。有時會接到打給她的電話。那我就只會說：「請打到布拉格去。」我有她用過的桌巾跟掛在廚房的小畫框。桌巾材質是常見的棉布，上面繡著小花圖案，大概是她私人的物品。可能是收行李時不小心漏掉了。如果坐在矮桌子前面，畫框掛的高度剛好跟頭一樣，裡面是克特・科爾必茨托著下巴的石板自畫像。光是因爲這一張畫就讓我很喜歡之前的主人。一九二〇年代的克特已經是個老女人了，引人憐憫的眼底盡是苦惱的皺紋，就像媽媽在故鄉擔心著遊子而向著畫面之外翹首盼望。我原先在牆上沒懸掛什麼，後來我在門旁貼了在凱澤・伯利恆教會裡買的第三世界紀念品海報：那是美國印地安戰士的照片。大概照片經過加深對比的處理，要不然就是從很老的照片複製下來，變得好像是炭筆畫的。印地安戰士站在陡峭的斷崖上，下面是荒野，抓著一把東西在撒。從他頭上的羽毛、腰間插的箭筒、一手握的斧頭……等等判斷，他一定是剛從戰場歸來的戰士，他撒下的東西不像是種子或泥土，也許是火葬某人之後的骨灰，相片的下方用印刷體的德語寫著「大地母親是神聖的！」

我很喜歡柏林的冬天。雖然也有很冷的日子，大部份都會下毛毛雨。脖子上圍了厚厚的圍巾，嫌煩的話用不著雨傘，戴個帽子就可以了。不像夏天的傾盆大雨，而是會綿綿不斷下的雨。霧會籠罩到路燈附近也是一片灰白。冷冷的寒氣會透進脖子附近、袖口、腳跟。我常背著袋子到廣場對面洗衣處去，在那裡認識了朋友。我投了幾個硬幣，那個地方便可以完成泡洗衣粉、洗衣、脱水、烘乾燙平的一套程序，還播放著音樂，另一角落書桌上有雜誌和書，還有飲料、咖啡的販賣機，所以洗衣的時間裡坐著也不會無聊，我那次等著洗衣時間是晚上了，沒有其他的人。

門開了，一個濃妝的老太太走了進來，穿著黑色的套裝，好像是剛出門回來，胸前別著銀色別針，還戴了項鍊耳環，她一手拿著很大的袋子。褐色的皮上有黃色的金屬裝飾，是很具古風的旅行袋。她掏出的都是一些內衣之類的東西。我很有興趣地一直看著她。老太太把銅板丟進洗衣機，打開圓形的玻璃門，把衣服一股腦丟進去，就在我對面坐下。她跟我四目相交跟我招呼了一聲：「Guten Tag！」我也向她點頭示意。坐了一會，老太太的肩膀就開始抖，從袋子裡拿出了小的不鏽鋼酒瓶。說得好聽是好酒之徒，說得難聽是酒精中毒，永遠在上衣口袋放一瓶酒。把便宜的威士忌或白蘭地倒在酒瓶隨身攜帶。她轉開蓋子，把酒喝了一大口下去。然後咂著嘴舉著酒瓶讓我看：

要不要喝一杯？

我打算搖頭，但是決定要參與分享她的孤獨，所以伸出手，說了一聲「Danke!」跟她道謝，答應要喝。酒杯碰到嘴唇的瞬間我就知道是跟Cognac一樣的德國白蘭地。味道香味很不錯。我問她：

還可以再喝一杯嗎？

也許她聽懂了，回答我說當然，我就又倒了一杯喝。她也又喝一杯。

我是瑪莉・克萊恩夫人。就住妳隔壁。

眞的嗎？我姓韓。

早知道了。門邊不是有名牌。

我不知她住我對門，大概她從我來第一天就在暗地觀察我。

我的丈夫也是畫家。已經死了。他很喜歡東方。我房裡還有他很喜歡的中國陶瓷器……妳想看的話下次給妳看。

留學生朋友跟我說過要小心獨自住在隔壁的老人，可是我卻不在乎。他們幾乎都是跟一隻狗或一隻貓一起生活。他們把寵物當作家人從早到晚跟牠們說話，對別人的事有病態般的好奇心，鑽進你的生活裡。但其實我也想要鄰居想到快瘋的地步。我們有時聽不懂彼此的話，就參雜著英語使用，快洗完衣服時，她的小酒瓶空了，我先跟她說話了：

可以讓我看看妳家的瓷器嗎？

噢，當然可以。

我們像老朋友一樣，拿著洗好的衣服回到公寓。上了螺旋型階梯，那一樓的右邊是我家，左邊是她家。她打開門，先進去開燈。

首先四面的牆上和我房間一樣，都掛了畫。小木櫃上面放了十幾個陶瓷器。家具只有幾樣。房間靠裡面放著一張大雙人床，中間有餐桌跟兩張木頭椅，還有一張安樂椅。她打開兩個檯燈，好像點了許多根蠟燭一樣，房內馬上溫暖明亮了起來。但是遮掩不住那是孤獨可憐老婆婆的房間。我走近櫃子前，仔細地將陶瓷器一一看了。其中有兩三個是日本的，大概是有人去旅行買回當紀念品送的普通酒瓶。有兩個大口甕跟一個長頸瓶是中國東西，大概要將近百年了。大概那就是她口中的陶瓷器，也不過是日用品而已。相同樣式與圖案的瓶子大概在原來的地方非常多。全都是觀光地的產物。克萊恩夫人對我悄悄說：

怎樣，不錯吧？這些都是丈夫買給我的。這個是去日本的時候我們夫婦一起買的。

我正看著中國長頸瓶上的山水畫，她對我說：

如果妳要買，我可以賣給妳。

嗯……

我故意笑給她看。

要多少？

克萊恩夫人想了一下。

雖然價格超過五百馬克，我算妳三百就行了……

我點了一下頭。我雖然沒有進房間旁邊的廚房，但碗櫃與冰箱搞不好是空的。看光景、看她生活的景況，她大概是靠生活保護年金在過活。大概只要有個幾瓶酒就可以過好幾天了。她雖然沒要我坐下，我還是坐在飯桌前的椅子上。

克萊恩夫人問我：

我有茶，要不要加威士忌喝？

我要直接喝威士忌。

那很好。

她進廚房後，拿出剩了一半的小瓶威士忌和兩個酒杯，她在兩酒杯中斟了半杯酒，之後坐到我對面的安樂椅上。克萊恩夫人向中國長頸瓶舉起酒杯，喃喃地說：

你慢走。

妳很珍惜這個東西嗎？

我雖然知道那是便宜東西，還是爲了迎合她的心情這樣問。

我丈夫是很有名的畫家。

什麼時候過世的呢？

十年前。

牆上掛的畫是他畫的嗎？

其他東西都去美術館跟博物館了，剩下的才留在這。

我從椅子上起來，從門邊的入口開始沿牆看貼滿牆壁的畫。夫人還是坐在沙發上說：

其實他等於是已經死了二十年。

我回頭去看她。

他從五〇年代到六〇年代努力地畫了八年，然後就進了醫院。

我看作品看得出抽象表現主義的顏料痕跡，以及原先被設定的觀念或客觀世界的理性。小刀跟粗糙的油漆刷的痕跡在畫面上從上往下畫，像是小孩的塗鴉。那是我在大學的畢業展中常看見的東西。第二幅的顏料比第一幅厚，隨意讓顏料散開的部份彼此重疊或是分開。第三幅在牆面中間，是在簡單的抽象線條之上用力碰觸。最後是這個房間中最大的一幅，佔滿了後面的空間。那是將散開的顏料用手指畫成無數個圓或直線的作品。光與色並不強烈，是用中間色調，就像不會畫畫的初學者用不同顏色重疊畫上去，結果原來的顏色漸漸消失。但是畫者從一開始就想要迴避想法、構成、計畫的努力，到了最後變成在畫面上留下了無數的手指痕跡。我的心情非常好，所以拿起了酒杯慢慢地喝，站在那幅畫前面好一陣子。

最喜歡那一幅吧？

克萊恩夫人說。我反問她：

爲什麼夫人這麼想？

叫我瑪莉就可以了。

是的。

他很認眞卻浪費了自己的才華。我們只能那樣。戰爭結束的時候剩下的東西只有磚塊堆跟老鼠。我們兩人都厭煩了這國家。

戰爭的時候在做什麼？

希特勒青年隊。知道嗎？到現在這個國家還是全國皆兵。守秩序很會排隊。

那離開不就好了。

太窮了，只能繼續住下來。

我跟瑪莉婆婆又聊了一個小時，多喝了兩杯酒，就起身了。

要不要去我的房間一下？

可以嗎？

要給妳瓷器的錢。

即使走個三四步就可以到我房間，她還是在肩上披了紅披肩。一感覺身後有她的眼睛在，我的房間立刻變得陌生。瑪莉看著門上貼的海報，把下面印的字唸出來。大地母親是神聖的。

這張照片眞像那一回事。可是歐洲以前並不注重母性文化。

我假裝沒聽到，從桌子上拿起袋子，從裡面拿出皮夾，瑪莉又跑到桌前看著克特的自畫像。

很久沒看到這張臉了。現在我們沒辦法搞這種作業了。

啊，那不是我的。是上一個房客留下來的。

妳去科隆看過這幅畫嗎？

還沒有……我又跟瑪莉說：

一方面覺得人太多，一方面找來找去又很麻煩。

瑪莉好像不只是個酒精中毒的老太太。她嘴角微微一揚地微笑。

好像在哪裡常聽到這句話。死在國立療養院裡頭。他不知道自己是誰，他住了二十年。

我從皮夾裡掏出錢來。

給妳的三百馬克。

她收了錢，像是要辨認眞僞的雜貨店老闆娘一樣，貼到眼前細看，然後放到上衣的口袋裡。我把瑪莉送到門口，然後把她留下的簡陋中國瓶子放在桌上，茫然地坐在那裡。我想應該要在那裡頭插一兩朵黑玫瑰，對著吃飯。

瑪莉跟史蒂芬正是在那裡相遇。他們應該不是從東德過來，也不是會去東德的青年人。但是要適應充滿幻滅氣氛的戰後東德是很辛苦的。後來東德的許多藝術家落入宣傳的樣板中，自我變得曖昧模糊，最後終於厭煩了。也許一脫離象徵德意志第三帝國的記號之利牙，年輕的史蒂芬就被美國野蠻的自由天眞迷住了。所有的傾向都是從反動開始的。所以他的那個異國情調花瓶是買來給瑪莉當禮物的，花瓶上的春日晏起圖，回到柏林的陋室之時就失去了出口。

我應該從哪裡開始講呢？又不能像二十年前的瑪莉老婆婆一樣開始自我麻醉。按照她的話，後來變爲既存世代的史蒂芬朋友們開始買他的作品，也介紹給公立美術館，漸漸小有名氣。但是我看了房間內的那幾張遺作，感覺到所謂人的理想、工作、生涯之類都只不過是一個小泡沫。後來到瑪莉的房間看最後一張作品，但那才是他的開始。

我詳細地寫下瑪莉·克萊恩夫人的故事，是因爲她在那一段時間是我最親近的朋友之一，也是唯一知道我所經歷的刻骨之愛的人。

眞是的，我漏寫了一件事。他們就像你我一樣，沒有通過社會認定的結婚儀式，就在一起同居了。他們住在克羅思比魯克的倉庫，住了十年，就是現在淪爲土耳其人的地區。瑪莉把連話都說不清的男人送到療養院去，一個月見一次面。她也不畫畫了，中年時期當老人的看護，老了以後當鐘點傭人來過活。

很久之後，我才見到她穿著整齊跑到動物園站附近的提爾加登公園去，在手掌大的畫冊上用鉛筆速寫。無數條線重疊，好不容易看出她在畫什麼。腳踏車啦、房屋啦、浴缸跟鞋子啦、大概是許多和自己的模樣相似的人、那很明顯是女人後腦圓圓的加上幾根有如頭髮的鉛筆線。我有一次問她：

這是……什麼？

我用手指著畫面上的一團毛問她。

啊，那是漢斯。

誰？

史蒂芬的狗。

這有什麼故事呢？

瑪麗手指指著看起來像出水的蓮蓬頭，她說：

這是打掃房間的拖把。我用拖把的桿子打漢斯。

妳房間裡又沒有狗。

死了很久。

啊。原來妳坐在公園裡頭畫的是以前的事情。畫妳的記憶。

瑪莉像是爆出重要秘密的小女孩一樣，舌頭伸出皺皺的嘴中。

那妳爲何要打漢斯呢？

因爲討厭史蒂芬。那是他的狗。這大概是一九七〇年的事了。他從那時候開始一幅畫都沒辦法畫了。我去找了看護的事做。清晨回來的時候，他通常都喝完了便宜的烈酒，倒頭大睡了。當然也沒有餵狗。反正牠很賴皮地跑來跑去，我就狠打了牠一頓。後來漢斯都不跟我了。優妮妳大概不知道六八年對我們是怎麼樣的一年。

原來她把我的「允」字叫做優妮。

現在知道了。

這裡比巴黎更誇張。年輕人破壞一切東西，認爲要重新開始。全部結束之後只剩下兩條路。回到鄉下過原始生活，要不然就是變成恐怖份子。

是把時間看得很多或沒時間的分歧點。認爲生產跟消費的方式必須改變。

戰爭結束之後的日本跟我們都像史蒂芬一樣徬徨。不知怎麼的，兩國連畫出來的畫都很像。勇敢無雙的先驅者。現在我們比這裡好太多了。

瑪莉眼眶紅了起來。

我最近在想她想做什麼事。只不過是想起零碎的回憶在過活。八〇年代怎麼如此快地過了？上了年紀的留學生們常在一起喝酒的時候，想起過去十年不知道爲何過得這麼快。好像想上大號去個廁所就過了十年。我從瑪莉的角度來看我，從消失的史蒂芬聯想起你——宋榮泰，更重要的是美京。

我們一起嬉鬧地堆起的雪人到哪裡去了呢？在白天的陽光中融掉，我們貼上去當眉毛睫毛的碳塊跟插上去當紅鼻子的辣椒都掉了下來，帽子被風吹走。頭融掉之後往下流，變成小雪堆，蓋著紅紅黃黃的灰塵。小孩的笑聲消失了，被車輪與鞋子弄髒的日常生活就這樣無心地留在街上。

二十四

那時如此，現在我也不覺得對你抱歉。

突然我愛上了某一個男人，你從很久以前對我而言就不是實體了，甚至銀波對我也是一樣。就像監獄是你人生的一部份，在異國遠處的愛也是我人生貴重的一部份。

八九年五月。五月在這裡似乎是最燦爛的祝福季節。陰冷的天氣隨烏雲消失，天氣晴朗而有陽光。花一下子都開了，患花粉過敏的人們像初秋的感冒患者，眼睛充血戴著口罩在街上連連打噴嚏。

我搭上從舒特克拉赤出發的地下鐵九號線，我打算在提爾加登下車。沿著有羅莎與力普克尼希紀念碑的蘭特貝爾運河走著，看一下鴨子與天鵝，再繞湖一圈到市中心去。我常在附近買了放香腸的麵包充當便宜的午餐。紀念銅盤最初有如火燙的感受，現在也對我而言變得跟招牌上的字沒兩樣了。這是殺害他們的布爾喬亞政黨政府設置的紀念物吧。越過橫跨運河的虹狀小橋，再沿著僻靜小路的話可以到達人跡罕至的叢林。

總之，在地下鐵發生了一件事。柏林市區內的鐵道車站沒有剪票員也沒有檢查的機器。但還是要買票或拿月票。如果以爲可以不用買，就隨便搭上地鐵，被神出鬼沒的稽查人員發現的話，不但丟臉，還會按照你以前到現在全都坐霸王車計算，要付很恐怖的罰金。

我是學生，所以有月票。因爲有打折，對我們很有利。我都放在皮包裡，沒被抓過，所以到後來出門都不記得有沒有帶。也聽過幾個留學生講起自己丟臉的經驗，所以頗有警覺心！有時走到外面才「啊！眞是的，居然忘了帶。」說完之後嚇一跳跑回家去拿。那一天柏林史特拉瑟站上來了四個穿制服的人。

他們走到兩邊開始檢查車票。我並不怎麼驚訝地打開包包找月票。天啊，月票不見了，我臉上發燙，不知所措。穿制服的人來到我身邊，已經察覺我的態度正視著我，伸出手來，而我結巴地說：

月票……沒有帶來。

請妳下一站跟我們下車。

同一車廂除了我以外，還有兩個年輕人跟一個老人都被抓了。我還是覺得也許有可能找到，把包包翻了又翻。我擔心罰金擔心得要命。打開皮夾，只有二十馬克跟幾個銅板。車進了柏林史特拉瑟的月台，站務員把舉發的人都集合到一處門前，要我們下車。那時他向我的背後靠過來。

沒什麼大不了，不要擔心。

我回頭瞄了他一眼，沒有時間仔細看他是怎樣的人。流程是先拿出身份證，然後交罰金、拿收據，沒錢的話就確認地址之後要你匯錢過去，條件是要在違規乘車確認書上簽名。輪到我的時候，我當然沒錢。我背後那個聲音又傳來了。

妳有錢交嗎？

我那時才全身轉過去看他。他明明講了兩次韓國話。是一個看來比我年紀大很多的男子。大概過四十歲了。他披著灰色大衣，幾天沒刮鬍子了，下巴上長了一些。但是他笑的表情非常溫暖。我從皮夾裡拿出一張十馬克、兩張五馬克給他看。

他在我身邊問站務員要多少，付了錢，在收據上簽了名，然後推了一下我的背。

快走。那些人也很忙。

我們快步走上月台，他在前面走上通往地面的樓梯，我在忙亂之中跟著他上去。他身高很高，走路時會搖擺有點彎曲的肩膀。上到地面，發現我們身處在汽車飛奔的本德司・阿列大道上。

那個……

我一說，他就轉身了。

對啊。妳欠我吧？

對不起。我把月票放在家就出門了。

我也有過這種經驗，所以很清楚。運氣不好的話，有時一個月還連續被抓到兩次。

啊，收據在這裡。

他從大衣口袋拿出收據遞給了我。

學生嗎，在讀什麼？

藝術學院。

我收下收據之後，也沒離開，跟他並肩走著。他很勤快地走著，不給我離開的機會。他又問了。

來這裡多久了？

去年。可是……你在這裡做什麼？

我也問他了。

我是研究員。在這裡的工業學院研究機構裡做事。妳現在要回家嗎？

不是，我出來散步。

那就好。有人請我吃晚飯，一起去吧。

那有一點……

我說著，腳步自然慢了下來，他還是繼續往前走，豎起手指搖了搖。

你是不給還債的機會嘍。

我又快步跟了上去。

你去哪裡？

留學生學弟那裡。不要緊的，妳不想去吃味噌湯嗎？

不知是想起了味噌的味道，還是被他神情自若的邀請所吸引，我跟他一起走向羅曾海默街。他跟我說了他的名字。他叫李熙洙，是某個大學的助理教授。在國內拿到學位之後，出國看看，順便蒐集資料、增加經歷見聞那類模式的人。

我有些尷尬地跟他到了某位留學生的家中訪問。那一家沒有小孩，只有夫婦倆，丈夫看來忠厚又沉默寡言，太太好像是有攻擊性的神經敏感型，大概酒意上來，對我們講話也不用敬語，有時還發酒瘋罵丈夫，但是不會讓人覺得不快。她也許對內助的工作厭煩了，也不會擺架子。我們吃到泡菜、味噌湯、萵苣包五花肉、燒酒加大蒜，猛吃了一頓。

晚上十點多從那裡出來，我跟李先生就像已經認識很久的人一樣親近了。他雖然是搞科學的人，又屬於環境工學的系統，看起來像是很有智慧的機器玩家，很懂人際知識。他在這裡研究垃圾和產業廢棄物的處理過程之類的，但是不像我在韓國認識的那些朋友一樣激進。他講話慢條斯理又很幽默，感覺很有知性。我從小到大第一次看到這種男人。當然他的情緒很穩定，明顯地是在中上階層的家庭中，像是擺放窗邊的觀葉植物，沒照過烈日沒吹過寒風地長大的。

用還債爲藉口，五月中旬又見了一面。我在家附近廣場對面的羅馬義大利餐廳請他客。我忘了我們都講些什麼話，很久以前，爸爸、你、榮泰、美京和我在什麼場合聊過什麼，我都記得一清二楚，怎麼就想不起和他講的話呢？他也談到一些私人事情，例如他三年前離婚了，上中學的兒子跟母親住。我不想說我自己的事。他對我比隔壁的瑪莉婆婆更無從知悉。雖然到後來還是都知道了。

我請他客的第二天下午，李先生就打電話來了。他說要在自己家裡做晚餐請我客。那一天天氣非常好，去公園曬太陽的青年男女跟遛狗的老人，還有小孩與全家人都在青草地上，顯得五彩繽紛。我的心情也浮動起來，穿著短袖跟棉褲出去了兩次。打開窗子放下來，聽得到七葉樹枝被風吹動的纖細聲響，對面樓上也許有人在練長笛，聲音清脆停了又響起，李先生打了好幾次電話來。我寫下他的地址，雖然前一天見過面，還是很高興地跑去找他。來到德國之後雖然沒穿過幾次，但那天我又穿裙子去了。大概那件裙子現在還在家中的衣櫃裡。那是軟木塞顏色、長到膝蓋的單純連身洋裝。腰部鬆鬆地，附有腰帶，我隨便一綁很舒服，衣料大概是一般細的印度棉，你會奇怪我爲何會講到衣服吧！這一件是我在市政大樓前空地或廣場的衣服市場裡挑選的。

不知何時，我家院子裡種的玫瑰長出一大堆蚜蟲，所以全砍掉了。只有深褐色的枯短樹枝突出地面一點點。想要播草杜鵑、草茉莉以及百日紅的種子。嫩芽冒出來之後一片淺綠色，茂盛的花園，但是有天早上，在競相開放的花當中發現了幾個很小的美麗花苞，那就是玫瑰。

外出之前，在玄關前垂著海鷗花紋布簾的半身鏡照了照。發現眼眶中閃亮了起來。我的心在跳。好像連續喝許多濃咖啡的時候一樣。走出屋外，籠罩著一片朦朧的黑暗，柏林古色古香的街燈在傍晚的濕氣中發光。我把手上的薄毛衣披到肩上。

他家位於威莫史多普的三層公寓，也是天花板很高的舊式建築物。有一張床，客廳跟廚房空間很大。巨大的書桌兼飯桌立在前頭。有電腦跟書櫃，家具不多。李先生穿著襯衫，圍裙圍到胸部，站在烤箱前面忙。

你在做什麼？

我靠近他背後一問，他輕輕地推了一下我。

嗯，女孩子不可以進廚房……

你是在說反話嗎？

這個叫新儒學，妳知道嗎？

他對我指了一下餐桌。

去那裡。今天的菜單是……吃過羊肉嗎？

有啊，要加很多香料配料才行。

李先生把準備好冰鎮過的酒倒了一杯給我。

請妳在東西出來之前先喝些開胃酒。

我拿起冰涼的杯子碰到嘴唇，小口小口地啜飲。然後拿起酒杯在房內踱過來踱過去，環視了一下，看到掛了彌勒盤跏思維像的黑白相框。又仔細看過窗邊一掌大小的銅佛像。廁所門旁掛著絨布，上面也繡著佛像。

這裡有好幾位佛祖呢。

他便如此這般地說明。

嗯，我很喜歡佛教。那是飛機裡頭宣傳用雜誌上剪下來的。銅佛是我來的時候放在書堆中間帶來的。那一張洋毯是我們研究機關裡面的朋友馬丁送我的。

他把肉插在竹籤上，再放上青椒、茄子、洋蔥，放在盤子裡上桌。也有黑麵包跟一瓶酒。

眞是秀色可餐。

我跟朋友學的。

眞的很好吃。火腿跟哈蜜瓜的西班牙式開胃菜也很不錯。我們吃完了飯，喝著澀澀的白酒，李先生給了我一根用葉子捲起來，然後用線綁成圓錐型的香菸。吸了一口，味道雖然很嗆人，可是葉子原有的香味，跟酒的澀味很合。

這是菸吧？

土耳其的商店在賣，說是巴基斯坦的東西。

比雪茄更道地。

這光景只在電影裡的情節中出現，一到明天所有的絢爛都將歸於平淡，無論如何太陽依然會升起。

爲什麼喜歡那一張？

我拿菸指著掛在牆上的佛像。

眾生一體這句話沒有暴力，不是很好嗎？

單純地解釋世界對任何人都是件簡單的事。

誰在解釋？人們在生活的過程中，加上每一季的意義。世界是跟誰都無關，單獨存在的。

應該要努力去改變世界。

我學那些朋友的語氣對他說。平靜的他把眼睛瞪得大大地，然後用憤慨的表情反問：

改變？爲了什麼改變？那都只不過是大海的小波罷了。個人的一生是很短暫的。爲什麼沒辦法丟棄人主宰世界的想法？表面上這一區裡都用物質來對應的，透過冥想來節制欲望，讓自己到達空的境界，謙虛地消失。不會再度出現或是留下什麼樣的世界這回事。用這一區的話來說那是從輪迴的網中永遠脫掉了，這是對應世界的存在方式。

我並沒有問他如此這般之後，那麼戰爭饑荒是怎麼回事之類的。李先生繼續說：

夫妻成佛之後不會回到輪迴之中。我想妳也認爲輪迴是不錯的。每個人都堅信，只有自己會再度誕生爲人。可以被比喻爲通過數百萬劫的偶然，才會發生的事。那麼不也有可能變成蟲身體的一部份，或是山丘上的松樹在風中搖曳。不管是東是西，這地方就是人所造出來的產業化地獄。

我們出現在地球上沒多久。可是我現在……是人啊。

我們就算知道技術跟成長的流向是錯誤的，也無奈地繼續往自我毀滅的瀑布前進。人本來是最高等的創造物，但如果什麼都不期望，不是變得比小東西更無責任感嗎？

我漸漸覺得鬱悶，還是很有耐心地說：

首先要修正人與人的關係。

用像現在一樣的方式，人的關係是不會變的。先要轉變生活本身。

我的聲音提高了。

那怎麼可能？生產關係跟現實的權力，都被掌握在別人手上。誰？至少要弄個新心靈運動來改造吧？

所謂系統跟文明之類的話題，今晚是講不完的。

我激烈地提出個話題。

我看了這裡綠黨的旗幟，原來是紫色的，不是在紅旗之上加上藍的嗎？那不是改良主義是什麼？革命是不可能的。所以要長久試行新生活運動，不是嗎？這種事是誰定義的……被吸收的攻擊力。大資本可以計畫實踐與操縱。

夏天樹林的繁茂如果帶來過度的成長與密度，就會有風雨跟洪水侵襲，將過剩的營養與腐敗的要素除去，這是自然循環的道理。之後秋天有稻穀跟果實。文明是透過自然跟人的努力而轉換的。核心如果改變，皮殼不是崩潰，就是變成新的樣子。只注重這一方面，定下數據統一處理的話，便無法預先察覺造物毀物的最重要的眞的一方面，可以串連到專注物質效率的概念：所謂規模經濟的神話。生產越是專門化、分工化，便越走向劃一性，如果缺乏關懷，生產規模越來越大也越複雜，資本集中不就越暴力傾向了嗎？不管社會主義或資本主義，被生產的神話緊抓不放的話，到頭來通通一樣了。豐裕的社會，將豐裕浪費在一瞬間的社會是不可能成爲世界全體的模範的。

豐裕的社會規範會傳到世界，按照我們的技術跟我們的開發方式，我們也可以過好生活。這是大家的災難，我們需要另外的模範。謙虛單純有生命力的主體沒有具體變化的話，系統也不會有變化。我們長久以來勞動跟資本的人文呼籲結果是停在系統內部，不具有改變的力量。

我雖然沒辦法完全同意他的話，但是受到他要有一番作爲的熱情吸引。他跟我們不一樣，對現實狀況有某種程度的距離。所以當時他的話聽起來眞的很抽象。不管怎樣，他也成了在異國跟我最親近的朋友之一。

六月之後，天氣開始忽冷忽熱，總覺得我病得嚴重。不知爲何有不太好的預感。過去的歲月之中，每當周圍的環境變化，我就會突然得病，四肢無力。小孩子每次生病的時候身心都漸趨成熟，我這個大人總不會走向老化與衰弱吧，就像春雨甘美地滋養著新芽跟秋雨把土地打結實的差異吧？我想雨如果降臨到我內心更深處就好了。

下不了床，在睡袋之上加上兩張毯子，還是牙齒打顫地發抖，鄰居瑪莉看出來之後，煮了洋蔥湯給我，也在茶中加威士忌。她用毛圍巾圍住我伸到外頭的脖子說：

現在大概優妮也想當柏林人了。

人們說在這裡五月因花粉過敏，六月因雨而得感冒，天氣反覆無常，早上下雨，中午出太陽，下午下冰雹或雨，傍晚雷聲大作。電話響了幾次，我因爲沒辦法下去，所以只聽到答錄機響，然後傳來了李先生的聲音。

是我，李熙洙。我打了幾次電話，妳都沒跟我聯絡，所以我很想知道妳怎麼樣。是不是去旅行了呢？回來的話請妳打電話給我。

電話又打來的時候，瑪莉在旁邊，我跟她說：

瑪莉，能不能幫我接一下電話？

她拿起話筒問我：

優妮，他說他姓李……

請跟他說我身體不方便接電話。

瑪莉用德語跟他說完，就掛上了電話。

這個人是誰？

瑪莉煮完茶，上到夾層問我。

最近認識的男性朋友。

我接過瑪莉遞來的茶，因爲很重，感覺手腕快斷了。喝了一口，好像要卡在喉嚨，還是吞下去了。

四十三歲，離過婚。有一個男孩。

喔，這是官方紀錄上寫的嗎？

我也無氣無力地笑了。

妳要說什麼？

我覺得你們互相有好感。

瑪莉怎麼會知道？

她用拇指戳著滿是皺紋的鼻樑說：

用這裡就知道了。我半夜一聞就知道酒瓶裡是伏特加是威士忌。愛情像酒一樣有特別的香味。

瑪莉在史蒂芬到療養院之後，沒有別的男人嗎？

怎麼會……當然有幾個。可是那完全是另一回事。優妮現在會想念監獄裡那個男的。想想看睡覺的時候，不會整夜都夢相同的夢的，然而醒來之後只會記得幾個場景。我們不知人生會有何結局，如果沒有混雜一些其他的東西，也許不知道哪一件事對自己最重要就死了。

也許是那種茶成分的關係，我的眼皮開始重了，打起了瞌睡。瑪莉幫我蓋好棉被。

不可能夢一樣的夢，連那個也不是全部。好好睡吧。

不知過了多久，我聽到遠處有氣喘聲，接著是門鈴聲。然後傳來人聲。

優妮起來開門。有人來了！

門鈴又長長響了一聲，我搖搖晃晃地忍著下了樓梯。先打開門前的燈。

瑪莉嗎？

結果傳來的不是外國話。

是我。

我開了門。那裡有披著披肩的瑪莉跟李先生。

什麼事嗎？

我一面問，一面像是被嚇到的小孩一樣，身體的半邊躲到門後面喃喃地說。我穿著男人的寬大睡衣，頭髮被枕頭壓得往四方伸出，蠟黃的面容大概愁眉苦臉的。

一聽到瑪莉道別的聲音，李先生馬上把房門關上。他一隻手不知道拿什麼東西。他毫不猶豫地把手放到我肩上。

快上去躺著。重感冒沒有什麼特效藥。要暖暖地睡才會好。

好奇怪，聽到一個男人說的我國話，居然眼淚就滾了下來。我沒有把他留在那裡自己上去的想法。所以我拿捷克花紋毯子圍在身上，他打開廚房門進去。

嗯，我到韓國食品店買了幾樣東西……我們用我們的處方來治療吧。有辣豆芽湯，因爲沒有鮑魚，所以就做個松子粥。

我小聲笑了出來。他就像在地下鐵相遇時一樣，伸出一根手指搖了搖。

如果妳妨礙我的嗜好，我不會放過妳的。躺在那裡別動。

廚房門關上了，我從門縫看到亮光。然後是食器碰撞聲、還有剁東西的聲音。我陷入已經回到家的想像中。然後是水龍頭出水聲。香味從廚房傳來。那種從老式的灶裡面傳出的香味。

我受不了那香味，圍著毯子滾到餐桌前面去了。

他打開鍋蓋，用大湯匙把湯盛進碗裡。那眞是奇蹟般的豆芽湯。還有白色的松子粥跟不知哪裡冒出來的蘿蔔泡菜。那是調味料用得很適當的小魚湯，底下沈澱著紅紅的胡椒粉。他坐在我對面，像是我的家長一樣對我笑著。

妳的重感冒前面應該要再加一個字。

什麼？

孤獨的孤。

對是對啦……

這一類的病吃完家鄉的菜就好了一半。

我喝光了一碗湯，粥也配上蘿蔔泡菜，又吃完了一碗。

到底變什麼魔術啊？泡菜哪來的？

如果在食品店裡買，一定會很失望吧！

不管怎樣，這豆芽湯眞的很棒。

我身體溫熱放鬆下來，就這樣不小心睡著。眼睛睜開之後，天花板上的燈已經關了，聽到了細細的呼吸聲，環顧四周一看，李先生正伸長了腿在長椅上睡覺。很好笑地將我的醜抱枕抱在肚子上，兩手合在一起睡。我拿起我蓋的毯子，偷偷走過去蓋在他身上。

他大概因爲我先睡著了，所以打算自己整理廚房之後回家。出來之後關了燈，想休息一下結果睡著了。我沒吵醒他，自己回到夾層去睡。他雖然沒有打呼，可是像小孩一樣偶爾會不知不覺咂嘴。到了夏天，白晝漸漸長了，有時要晚上十點才能看到晚霞。覺得好像是傍晚，一看錶才知是深夜。我說過我跟七葉樹變得很親近。枝頭伸到我廚房的窗邊，風吹的日子，碰著窗玻璃的枝葉好似在訴說什麼。那時李先生大概在計畫要做什麼好吃的東西，寫了清單上市場了吧。他帶了一些泡菜跟素麵來。他在肥大的果醬瓶中裝了滿滿的蘿蔔泡菜，怎麼會有蘿蔔眞讓我嚇了一跳。我一問，他說有一位來挖礦的人在近郊租了一塊地種東西，全都是我們吃的菜。夏天主要賣的東西就是蘿蔔。在聽得見七葉樹聲音的廚房窗前我們幾乎頭碰在一起地對坐著吃麵。那年夏天我們不斷發出吸麵的聲音。樹在風中搖曳的聲音，聽來就像是笑聲一樣。

那年夏天要結束的時候，我從公園去他家，卻因爲突來的暴雨而在他家避雨過夜。雷雨聲非常大，到了窗戶都喀啦響的地步。我們兩人都沒辦法，縮著頭大喊：盡量嚇我們吧！

天氣冷了，我穿上他給的大運動服。水槽的水通過水管流出去好像小溪的聲音。我穿的運動服前胸後背有他刮鬍子之後的體味跟雪茄味，這些味道對我而言已經不陌生了。很享受這種漸漸放鬆的滋味。一小口一小口地喝酒，舌尖覺得有些酸酸澀澀的，在整個口中散開，身體好像醒來了。我長久以來都是中性的，雖然一年也會有幾次那種欲望，但是晚上躺在床上，就像恢復期的患者想吃東西一樣，喝一杯水翻個身就入睡了。

洗完澡，將沾滿水氣的白色鏡子用手一擦，在再度沾上霧之前的短暫時間中像小孩一樣看著我發熱的身體。我沒有再穿上運動服，而是穿了掛在門上的白浴袍。

我暫時躺在椅子上，用嗅覺聞出他靠近我。我們一句話也沒有，撫摸了對方好一陣子來彼此確認，然後做愛。

我們像是沿著沒有盡頭的圍牆徘徊的人一樣開始。

第一次跟他睡的時候，先小睡了一下，然後意識模糊地醒來，一點一點地進行，起來之後一看，已經過了一兩個小時。我的頭在他臂彎中轉來轉去，看到他肩膀後面晨光透進窗户，才驚覺到我是多麼地想要他。我們在各自的家中過不了一天，就急著要相見，彼此都出門找對方，結果錯過了，透過他家的燈確認他在不在之後，又走上來時路。

十月吧。現在回頭想是在圍牆倒塌大事件的前幾個禮拜。我外出之後回家，有好幾通電話錄音。突然一個熟到會穿過耳朵的聲音冒了出來。

韓姐是我，我是宋榮泰。今年夏天我到德國來了。我在哥廷根，想要跟妳聯絡，可是住處一直沒有安定下來，所以一直拖。我想在這裡讀幾年書。我從靜姬那裡聽說妳過得很不錯。我會再跟妳聯絡。

我走到電話前面，又再一次確認了他的聲音。聽到「韓姐是我」，眼淚就在眼眶中打轉。那時也才想起一兩個月間完全沒想到的你、美京消失的工廠對面建築物，還有漢城。那是在長久的旅行之後回到家中，看到自己常用的物品動都沒動，透過這些東西的存在，來確認自己不在此地是一樣的。所愛的人們之空間時間感消失其實是錯覺，要不然就跟死亡沒兩樣了。所有人都還在那裡，缺席的只有我們。

電話來的那一天，我跟李熙洙到庫丹去了。因爲是申永浩太太的生日，我們要請他們吃晚餐。我們坐在可以下望廣場的窗邊。李先生問申太太：

妳要吃什麼？

可以點貴的嗎？

好啊，我們除了馬克什麼都沒有。

那好。想吃的東西都一一點吧。排骨，炒章魚，蔥油餅，還有燒酒，不要賣給你。

論文都好了嗎？

現在還在找資料。

怎麼還在門檻上。已經過了兩年了。

不想拿學位了。

怎麼說這種絕望的話。回韓國要怎麼過日子？我也想當教授夫人。

已經老了還說什麼。

說起來是老了。

我眞的想馬上放棄回去。

好像很認眞呢？

我不想欠西洋鬼子人情，回去又有很多事要做。

你是搞運動的吧？

李先生一問，夫人就代替他回答了。

八〇年代哪有不搞運動的學生？這傢伙在朋友眼中是很有擔當的，常陷在沒用的自我意識中。

我總是會想起進監獄的朋友們。我離開的時候進監獄的佔一半以上。

別想其他的事了，好好唸書。妳算是特別被選中要妳做得更好的。不可能每個人都走一樣的路。

我們眞的喝了很多酒。因爲剛接過宋榮泰的電話，我總感覺這裡不是柏林，是漢城。我拿起酒杯，茫然地想起新村、新林洞、九老洞跟仁川附近。到了快十點的時候，餐館裡除了我們只剩下一桌客人。有人開始用酒瓶敲著桌子叫道：

給我拿酒來。你們不做生意了嗎？

我們轉過去看。兩個人坐著，其中一個穿著破舊合成皮夾克的大鬍子中年男子開始發酒瘋了。老闆好像認識他們，就過去對他們說：

今天別再喝了。我們也要打烊了。

男人還是敲著桌子大喊：

你看不起我嗎？馬上給我拿來！

眞是的……能不能請你把這一位帶出去。

老闆不想再跟他們講話，就用拜託的口氣跟他們說。對面的男子比較沒那麼醉，戴著眼鏡，白皙的臉龐五官很端正。他拉起那個發酒瘋的人。

前輩，我們走吧。

那個人把他推開，兩手揮來揮去，然後一腳把椅子踢倒。

給我放下。你們都是王八蛋。

廚房中跑出一個女人，老闆把妻子擋住，妻子還是把老闆推開站到前面。

哪來的傢伙鬧事。想喝酒就節制地喝，每次來都給我發酒瘋。給我出去！

她一說，那個男的就意外地跌坐下去開始哭。

放下我太太。放下我孩子。我叫你放下。

我快瘋了。要發洩去其他地方發洩，爲什麼來這裡鬧？

女子雙手抱胸，諷刺的話一出口，那個男的就拿起桌上的碗跟酒瓶開始丟。我們這裡也有東西飛過來落在地板碎掉。李先生跟我好險坐在對面，趕忙趴下，可是申氏夫婦被飛來的鍋子砸到，湯水跟食物濺了滿身。

到底這算什麼……

申先生叫喊著起身，李先生抓住了他的手。

跟喝醉的人計較什麼。趕快拿紙擦一擦。

跟發酒瘋的人一夥的戴眼鏡男子跑來鄭重地道歉。

眞的很對不起。

還幹什麼，快把他拉出去。

女人跟老闆一說，就跟戴眼鏡的人一起抓著那個人手臂出去了。他一面被拉出去一面喊著：

你們這些賤貨，快放下我的家人！

但是餐館的人好像都知道他的事。老闆娘在這個人後腦勺捶了一下，高聲叫喊著說：

你捫心自問一下，這是誰的錯？

今天運氣眞不好。

老闆進來之後才遲遲地拿著抹布到我們這邊來。比我們早來這裡幾年的申先生問他：

你認識那個人嗎？

何止認識？他在我們這邊已經是好幾年的常客了。

老闆向妻子那邊瞄了一眼，然後壓低聲音說：

那個人怎麼看也是讀很多書的人。在這裡的書也唸完了。他帶家人到北韓去，過了幾個月就一個人逃出來。他太太很漂亮，跟我內人也很熟。

申先生點了點頭。

我好像也有聽過。去到那邊一看，跟想像的完全不同。知識份子太單純了，自己想要好好過就跑去，結果出不來了。不知死了多少人……

李先生喃喃自語道。從餐館出來之後，我們跟申氏夫婦在庫丹分開，一起走回本德司亞勒。

要我送妳回家嗎？

不用了。我自己坐車就行了。

他猶豫了一下，還是跟我一起上了地下鐵。他先下車時說：

明天我再打電話給妳。

八九年十一月九日，柏林。

自己在吃著晚餐。因爲不想做飯，就買了香腸來燙，隨便煮了馬鈴薯撒上一點鹽跟芥末就吃了。電話鈴響了。我以爲是跟馬丁到法蘭克福出差的李先生打來的。我拿起話筒。

喂？是我……

韓姐嗎？

你是……

妳以爲是誰？我是榮泰啊。

唉唷，只打來一通。你說你在哥廷根？到底在那裡做什麼？

讀書啊，還能幹嘛。我有事要到柏林去，妳要幫我準備吃住嗎？

當然。我們家還過得去。可是你有什麼事呢？

不知道嗎？看一下電視吧！

我沒有電視。發生了什麼事？

現在德國全國大騷動啊！東德政府宣佈拆除圍牆，可以自由往來。其實就是統一的開始。牆壁已經是無用之物了。

眞的嗎？

當然。快代替我到街上看看。我想要明天馬上去。

我們互相給了地址電話，就掛了話筒。我那時才覺得窗外好像有什麼聲音，到了窗邊卻看不見街道。這時門鈴響了。瑪莉婆婆過來了。

優妮，我看電視上說牆折了。市民一股腦跑到東邊去了。

我剛剛聽說。我們去布蘭登堡門或是亞力山德廣場吧。

我也是這樣想。

電話鈴又響了。這次是李先生的聲音。

允姬，聽到新聞了嗎？

剛聽到。

這是非常大的變化。我已經快到了。這裡是高速公路，一個小時可以到市區。車站前的咖啡廳見吧。

好。我正準備要出去。

掛上電話，我準備外出的東西。瑪莉問我：

有帶錢嗎？

要做什麼？

要買一瓶香檳。

香檳嗎？

對的，這大概是我這輩子最後一次慶典了。

我披上大衣，又戴上厚厚的冬帽，跟瑪莉一起出門。到便利商店買了一瓶香檳，要去地鐵站，道路上已經亂成一團，汽車互按喇叭，年輕人吹著慶典時用的號角嬉鬧著。越靠近市中心人越多，很多人都歌唱著、笑著，互相擁抱，發出怪聲，不管怎樣，好像是全體柏林的市民都湧上了街頭。他們都往東柏林的方向快步走著。

去年夏天有很多東德人民往西德跑，經過匈牙利的流亡者集團也來到西德。秋天萊比錫主張旅行移動自由化的市民示威，上星期有百萬名東柏林市民示威。但是波昂也曾有幾百萬人進行反核示威，在西柏林天天有示威，根本不算什麼。

計程車一來，我們說要去圍牆邊，司機就說了：

我只能到普茨達莫或是普拉赤附近。布蘭登堡門的方向整個塞住了。車跟人都太多了，如果你們要在畢哈莫尼前面下我就去。

我們經過提爾加登，汽車從四方湧來，走走停停的。好不容易下了車，開始在人潮中走。普茨達莫廣場的路完全被群眾塞滿，要靠近圍牆邊，突然東德的汽車跟民眾湧進來，跟開出一條路的西德人拍手，互相歡呼。性急的西德青年人開始拿鐵鎚在敲牆壁，也有人爬到牆上。出到圍牆外面，到處都是互相擁抱的青年男女，載著家人的男子向車窗外的人招手，慢慢從牆壁被破壞的地方出來。穿著制服皮靴、佩戴著手槍的警備隊員和穿大衣的軍官都只是默默地看著。

到處都是鼎沸的人聲。瑪莉開了香檳，整瓶喝了幾口，又遞給我。我也拿起來整瓶喝。人們的擁抱與招呼無休無盡。我感到一股激烈的感情，就這樣哭了出來。頭髮已經被小雨淋濕，臉上也濕濕的，可是感覺到我眼淚的溫熱。

爲什麼哭呢？

瑪莉問我。仔細一看，她也在哭。

想到我自己的國家。妳爲什麼哭？

我沒什麼感覺……

哪有這種事。再給我酒。

我接過她遞來的瓶子，喝了一大口。舌尖麻麻甜甜的感覺。瑪莉搶過去也喝了一大口，擦擦嘴說：

那些人不知道這種狂歡慶典何時會結束。但是讓限制人的東西消失的場面永遠是很美的。

人們各自拿了酒瓶香檳來，互相倒酒，或是灑在牆上，又大叫或唱歌。回頭一看，只有我是外國人，其他人看來都是西方人。別人高興的時候自己特別鬱悶地哭。我們站了一個小時，人還是無止境地從牆內走出來。

看一下那條路。

瑪莉抓著我的手說。看路的對面有頭髮剪得很短的青年男女穿著皮衣，還有中年男子排成一排，舉起手做著電影上看得很眼熟的動作。那是從羅馬軍隊學來的納粹式敬禮。他們開始唱著進行曲。另一邊的人喊著嘲笑他們的聲音，他們的歌聲也更大聲了。

趕快離開這裡。

瑪莉用拜託的語氣拉著我的手說。我跟她一起穿過人群，越過了普莰達莫廣場。街上到處都在放年底用的鞭炮或煙火。

東邊雖然不是完美的社會，但也不過是西邊的倒影。現在起可以不用害怕，按照心意做事了。

妳覺得社會主義好嗎？

舒塔吉很討厭，可是那一邊的藝術有很多優點。布萊希特到不久前爲止也都住在那邊。

舒塔吉？

監視反革命的秘密警察。但是那毫無關係……對我而言。

瑪莉說完就拿出手帕擤鼻涕，然後又擦眼淚。

人做出的行爲都是這樣的。

快走吧。我跟李約好要見面了。

她跟我沿著俾斯麥街走，走了好一陣子才又搭上計程車，到歐羅巴中心所在的布達佩斯路去。路的對面就是跟李先生一起去過好幾次的咖啡廳。

我東張西望，看到李熙洙與馬丁已經先來了，坐在窗邊。他對我招手，我們一過去坐下他就問：

妳從哪裡來？

到了普莰達莫廣場附近又過來了。

我們從檢查點到布蘭登堡門前繞了一圈。

心情怎麼樣？

我想一下要怎麼說。

嗯，還不知道。心情很奇妙，連眼淚都掉了下來。

世上是沒有烏托邦的。現在等著看吧。天平的一邊消失之後就失去平衡要倒了。雖然要花時間，可是還是得改變這個狀況。

李先生對馬丁說：

優妮說她哭了。你怎麼樣？

我嚇了一跳。歷史就像小孩玩遊戲。到昨天爲止都不知道會就這樣像沙一樣消失。

我們喝著生啤酒直到凌晨三點。馬丁又點了另外的酒，喝了一點點，什麼話也不說。一旦張口就是克麗斯汀・拉凡特的詩。我們不要馬丁一起走，扶著瑪莉回家。把瑪莉帶到她自己房間之後，現在只剩他跟我兩人了。李先生跟我互相靠著坐在長椅上。

彼方的山谷開花的話，這邊的雪也該融了……

不會的。我很堅決地說：

反而會變得更僵硬。這不是解答。最小的出發要從那邊開始，不是嗎？

雙方都是我們造成的。形成了這樣的結局，雙方再相互堅持也很無聊。一定會產生某種變化的。吳先生一定會出來的。

啊，不要談到他。

我眞的一副厭煩的表情。聲音也高了起來。他靜靜地說：

對不起……

我雖然喝了許多酒，可是那時正清醒，也想發發乾酒瘋。

我又不是在這裡外遇。李熙洙先生，你未來打算怎麼活？

嗯……現在正在煩惱。我不想再回到學校裡，想要到偏僻的地方蓋一座小的學校。好好養我的母親孩子，還有妳也一起。

你說了就算啊。我搞不好想留在這裡呢。

妳快上去睡吧。我在這裡瞇一下，天亮就要回去了。

我拉住了他的衣領。

不可以。你要哄我睡著。

我拉他上夾層，差一點從樓梯上滑了下去，他在後撐住，把我往上推。他脫下了我的鞋子跟大衣，躺在我身邊。

我跟他睡了好幾次。他的聲音跟刮過鬍子的粗糙之處，都還印象鮮明。他的富有常識、安定的情緒不知道讓我多舒服。而且感覺很溫暖。

熱情到底是怎樣的病，現在已經不記得了，但是風吹的日子能倚靠小丘上的樹木是很好的。離別時遺憾的血淚也沒有套住我，像是靜靜退後一步的影子。想要當成爸爸的柿子故事中出現的一樣，站在沒有表現出來的線上，用悠遠的視線望著一個方向的婦人。雖然如此，但是不要分開，能長久在一起是更好的。

宋榮泰在李先生回去之後的下午來了。每次只要有人從其他都市來，我就會跟他們約在車站裡的餐廳，比較方便。

我從車站建築物外頭的鐵樓梯上去，遠處能看到他的後腦勺，我馬上認出了他。

宋兄……

我小小聲地叫他。不知爲何我喊不出「榮泰啊！」不知是不是因爲我從跟他一起擁有的親密感向外跨了一步。他慢慢轉頭，向上望著我。

啊，從那邊過來。

我坐在他的面前。然後好像互相確認一樣看了對方一陣子。榮泰變了很多。穿著在這裡買的褐色皮大衣，眼鏡也不是戴以前那種很大的塑膠框，而是小小的圓形金屬框眼鏡。說起來他也是富家公子。他總算在韓國的夥伴之間，那種很有負擔的歸屬感中釋放出來了。他面前的桌上放著柏林街道圖以及相機，可是沒看到行李。

他的車停在車站前的停車場，是卡其色很像樣的一部車。

什麼，這不是BMW嗎？今天可以耍闊了。

只有外表豪華而已。已經進兩次修車場了。

宋榮泰我跟坐前座。他一面發動車子一面說：

在無速限公路上幾乎用飛的。油門踩多少就跑多少。

妳這裡的路很熟吧？

平常都在地底下跑，只知道幾條大路。

這裡最近的……我們去布蘭登堡門吧。

從這裡到庫丹跟布達佩斯街爲止，所有的路跟廣場都充滿了東柏林以及其他都市來的人，西柏林人也混在裡面，人聲鼎沸。

我們在電視畫面上或是國外的機場，憑感覺跟氣質就可以看出北韓人，東德人也是一看就知道。他們好像從遠處山溝裡出來的人一樣，不知道有哪裡就是不對勁。因爲才過一天，所以他們鬼鬼祟祟地環顧著四周，只會走在繁華的街道上。

西邊的市民出來透氣，用笑臉歡迎東邊的市民。後來過了不到一個月，西邊市民就開始蔑視他們，覺得不耐煩了，結果東邊的市民就會轉而瞪著更好欺負的外國人。

布蘭登堡門前還是有東德警備隊在站崗，可是群眾在圍牆的各處拍紀念照，也有人爬到上面去。東柏林的人雖然可以通過幾個崗哨或是電鐵站隨意走到西邊，可是外國人跟西柏林市民要在普里德利希街車站經過通關手續才能到東德去。開車的人要經過美軍跟西德軍守衛的檢查點。

我們到門前的小公園去，之前就像板門店一樣是觀光勝地，有鐵梯跟展望台。現在展望台上連一個人也沒有。投錢的望遠鏡已經變成廢物了。展望台近處的綠地上有鐵絲網像牆一樣整個圍住，上面有用白漆漆的許多十字架。很大的十字架中間寫著人的姓名與日期。

那是什麼？

想要越過牆壁而死的犧牲者。

是挖地道啊。

我的想法……好像有點不同？

有什麼不同？在自由世界的對立面傳來了指責的高喊聲。

不管是人或禽獸，只要是會動的東西，都會移動到活起來比較適合的地方，不是嗎？

不要把自由抽象化。從手頭很緊的時候開始我就被束縛了。沒有錢哪找得到什麼自由。

就像這邊不是樂園一樣，那邊也不是樂園。現在我們要用雙眼看清楚。我們應該要把持這一世紀的約定。

宋榮泰跟我一直談這些無關緊要的話，我們離開了還是一片慶祝氣氛的市中心。平常到了晚上六點，商店跟百貨公司都關上了門，只有商品櫥窗的燈還亮著，假模特兒也還留在物品之間，人則都消失了。我們稱人跡罕至的商品堆跟照明燦爛的櫥窗爲資本主義之窗。現在一看這句話是多麼地正確。

東邊出來的人，就像圍在市場賣菜攤前的人一樣圍在櫥窗前，噘著嘴、抱著胸、抓著小孩的手腕，不停地在那邊一直看。按李先生的話說，非必要的東西製造越多，人的福祉也消失越多。他有提過牙齒的事。以前的人如果復活，會驚訝於現在牙醫的技術非常好呢？還是驚訝於我們的牙齒怎麼這麼糟了？我們沒有去找維持牙齒健康的生活方式，卻只是不斷提昇牙醫的技術。所以以前完全沒有必要的牙醫，到了現在反而很受我們感謝。女孩子的內衣商店、各種名牌精品店、飾品店跟小東西的店、化妝品、電子製品店櫥窗內的電視畫面中，新的東西一再被生產。

他們還很害羞地把新世界的商品當作美術品或風景在欣賞。後來西德政府決定只要東德人拿出身分證，銀行就無條件給他們一百馬克。一個人一百馬克。結果東德人就全家跟所有親友總動員跑來西德。一家五個人就有五百馬克了，就算在西德也可以大肆採購一番。沒過幾天，柏林的市中心就變成一個超大型市場。連東德遠處的人也湧向柏林。他們最先會買的就是電子產品。兩手抱著的不是電視機就是手提收錄音機。如果想要好好研究西方，電視是最先進的學校。接著買的是水果。社會主義計畫經濟下不進口水果，一年中只有一小段時間有草莓跟蘋果，他們買最多的是加州生產、蓋著德蒙特商標的柳橙。可是很可笑，西德的窮人跟外國留學生之類的反而都湧向東德的超市去買肉、麵包跟乳製品，買到一點都不剩。東德食品價格，只有西德的三分之一，還有書也便宜得不得了，這種奇妙的角色轉換，到了兩個月之後，不用護照也可以自由通行才結束。爲了統合經濟，西德政府在有限條件下，決定跟東德貨幣用一比一的比率交換，黑市自然盛行。東南亞人跟土耳其人跑到東柏林去，用賤價買東德人沒申告的貨幣，然後跑到西德換。這些事持續了幾個月，到後來的結果大家都知道，就是西德把東德吸收掉了。

我決定帶宋榮泰到李熙洙的家去。我在外面用電話跟他大致說明了。李先生痛快地說要接待客人，叫我帶他過去。

首先我帶榮泰到賣德國傳統食物的餐廳，喝加糖漿的柏林式啤酒，一面吃晚餐。我那時才說：

吃完飯之後帶你去今晚住的地方。

這是什麼話，我不是去妳家嗎？

其實我那裡是只有工作室的一個房間，沒有你可以睡的地方。

上一次電話裡妳還誇口說可以供我吃住，妳還眞是男女有別。

還是什麼啊？

我故意輕描淡寫地跟他說：

我在這裡已經有要好的朋友了。

宋一時愣住不說話，後來才小聲地喃喃說：

原來妳有男朋友了……那很好。

他連續用叉子叉了幾個紐倫堡香腸放進嘴裡嚼，低著頭好一陣子。我也靜靜地等。

他是做什麼的，學生？

不是，是大學教師。在研究機構上班。

妳喜歡他嗎？

我沒說話，只是點了點頭。宋榮泰用餐巾擦了擦嘴，說：

那就去他家看看。妳喜歡的話，一定是不錯的人吧？

你在這裡要待幾天？

不要擔心。我明天去東柏林買一些書，下午就走。

那是宋榮泰第一次，也是最後一次跟李熙洙見面。李先生還是照自己的性格，溫柔又慈祥地對待他。反而是榮泰僵著一張臉。第二天我們三個人一起到東柏林去逛逛。他把車放在李先生家的停車場，然後我們坐上電鐵，在普里德利希街車站下車，然後進行通關手續。我是第一次這樣走，李先生說他已經去過兩次了。把護照遞交給窗口之後，夾上一張滯留三十六小時的通行證。聽說觀光客比之前少了很多，很寂靜，先前我去過高速公路上東德區的休息站；沒打掃過，服務也差勁，公廁很髒，因爲不是自己的店。難怪在東柏林國營大飯店之外，沒有賣咖啡的。宋榮泰也許先打聽過，所以去了洪坡大學門口方向的書店，買了馬克思和黑格爾的全集。在市中心，我們看到圓形中間有星星的熟悉旗幟，走近一看，上面掛出來的牌子上寫著朝鮮人民共和國代表部，一方面高興一方面又不安，於是在圍牆外的市區到處逛逛。繞了一圈，又退了回去，公寓都很破舊，也許人們都去西柏林了，街上很清靜。宋榮泰落在後面慢慢地走近，對我喃喃地說：

要不要進去一次看看，至少拿一些資料也好。

大學圖書館裡不是有很多了。

韓姐，妳知道我出來之後第一次碰到的衝擊是什麼？

不是圍牆倒塌嗎？

我們好像被包在鐵筒般的袋子中，北韓其實離我們比歐洲或美國更近，這讓我嚇了一跳。

這不是理所當然的嗎？

李先生微微笑著。他不輕易吐露自己的想法。不管怎樣，再次回到西柏林之後，我才感覺我們稍微脫離了軌道。吃了一頓很長的午餐之後，他說要回去了，上車之前我對他說：

對不起，你難得來我卻沒有好好招待你。

他沒有看我，轉移視線。

我想念妳。請多保重。

榮泰跟李先生握了手，對我則揮了一下手，就開車走了。現在我才又跟李先生兩人獨處。我把手放到他的大衣口袋，緊緊地握著他溫暖的手。他問了：

要去哪裡？

今天到我家去好了。

二十五

十二月初，西柏林熙來攘往的人潮已經司空見慣了。地下鐵裡都是觀光客跟東德人，甚至波蘭、捷克的人，變成跟漢城或東京上班時間的電車沒兩樣了。

那時我們無法忘懷的事情發生了。

有一個下著冬雨的夜晚，一個年輕人越過了圍牆。不，更應該說是偷偷溜過了圍牆縫。他一個人跑到動物園站去。他買了夾香腸的麵包，只拿著一把舊雨傘，跑到櫥窗前面觀賞，又不斷偷看脫衣舞秀場前面貼著的照片。他擠在市中心的人潮中漫無目的地走。東德人後來漸漸知道要如何看脫衣舞了，那時都跑去排隊把身上的銅板全用光才出來。那裡挖了洞，像觀光地的望遠鏡一樣需要投錢，還有計時器在轉動。可以看見裡面是一個小房間跟對面的門，門打開之後，女人就出來把衣服一件件脫掉。時間一到，喀啦一聲，看的洞就被遮住了，要再投錢才能看見。他丟了一個銅板，一看很火大，就轉身出來。他走進燈火通明的地下鐵，不知道地鐵已經收班了，就這樣走來走去。他走回動物園站，裡頭只有流浪漢，他很慌張地從不同的出口上上下下。最後確認了鐵道已空，只好回到地面，才知道已經找不到回去的出口了。他不知道方向，走過了十字路口，看到了站在街角的女子。

穿著短裙、濃妝豔抹的女子站在街燈底下觀察過往的車輛。車停下來，她就湊上去借火。他用生疏的德語向女子問路。請問東柏林的方向是哪一邊。女子嘲笑似地回答：地鐵已經沒了，你在這邊過夜，我找地方讓你住。他沒辦法瞭解這是什麼情況，就問睡一晚要多少。女子說便宜的話一百馬克。他嚇了一跳，馬上跑走。天啊！哪有睡一覺就要一百馬克的。他摸了摸折好放在口袋的四十馬克。年輕人又回到有像夢土一般聖誕樹以及小燈閃亮著的歐羅巴中心前廣場。走到冬天沒水的噴水池附近長椅上坐著。有兩個東方人經過，他立刻起身跟他們借火點菸。那個男人用德語問他是不是中國人。他一說我是柯利安，那個人就大聲笑著用韓國話說我也是柯利安。他們之間流過一陣微妙的沉默。這兩個男女就是申氏夫婦。年輕人停了一下，然後打破沉默，先開口了：

沒有回東柏林的地鐵了嗎？

申太太已經看出是怎麼回事了。

現在沒辦法回去。要早上才行……你願意的話，可以到我們家住一晚。

年輕人看來像高中生一樣孩子氣。申先生又說了：

離這不遠。去休息一下，早上我們帶你去車站。

說完他就乖乖地跟著來了，到了羅曾海莫街的住宅。到了門前，年輕人沒有爬上樓梯，問他們：

這裡是哪裡？

我們家。

雖然大家都已經明白情況，但年輕人還是說：

我是北朝鮮留學生。

是嗎？我們也是學生。請進。

我聽到這個故事是在事情發生三天以後。申氏夫婦說要把他帶到李先生家去。其實他們第二晚就覺得很不便了。他們家只有一個房間，寢室、廚房、客廳都是同一間。所以若有其他地方的朋友來，只能讓他們睡沙發，自己的床前拉上布簾。

年輕人的名字叫趙永洙，年紀是二十歲，家在平壤市普通江區，來到東柏林工業技術學院留學只不過八個月。申氏夫婦給他吃過早餐，帶他到湖邊、博物館、植物園，參觀了西柏林的許多地方。晚上他說不要回到東柏林的宿舍了。一開始把事情想得很單純的他們也開始慌張了。這樣算是發生了重大的政治問題。他們沒辦法解決，最後帶去找李熙洙。

我到了李先生家的時候，那個北韓青年已經在家裡過了一夜起來，所以已經不太緊張了。李先生向我介紹他。我是用看小弟弟的心情來看他。永洙穿著李先生的條紋絨布褲子跟毛衣。我在餐桌上打開帶去的麵包、火腿、起司，想要跟他表示親近，所以故意開玩笑。

沒有角耶。

嗯？

他眼睛張得大大的，我把兩根手指豎起來放到頭上，對他說：

你不知道角嗎？南邊的人常開玩笑說北邊的人長角。

我們學校也是教我們南朝鮮的人都是特務。

李先生對我說：

趙小弟說他不回東柏林了。

我對永洙說：

不回去的話，你打算做什麼？

我想要在西德過活。

西德不接受的話呢？

那再找第三個國家。

這樣的話，很多人都從此就見不到了。第一個就是媽媽。

站在他後面廚房邊的李先生不斷用眼色和手勢要我別說。他把碟子放到餐桌上，對永洙說：

這種事慢慢決定也不遲。我們吃完飯去逛百貨公司吧。

李先生那一天帶著永洙到百貨公司跟大型量販店去。我在逛的時候偷問李先生：

到底你打算怎麼辦？

他就簡單地說：

當然要送他回去。

爲什麼？

要不然你要我向德國移民局還是我國領事館報告嗎？

就放著吧。讓他照自己的意思決定。

李先生說了：

雨下多了才會決堤。各種垃圾沿著水溝流到其他池塘，也把小魚沖走。那裡環境完全不同，有許多大魚，要生活下去不是件容易的事。

搞不好反而水草食物多的地方比較容易過活。人生不管在哪裡都是冒險。

妳也說過他見不到母親了吧？他現在只有二十歲。說起來跟茫然上京的情況是一樣的。

李先生幫永洙買了有帽子的厚重風衣、內衣跟襪子。因爲是聖誕季節，百貨公司用各種裝飾品跟燈光佈置得跟宮殿一樣。當永洙看到紅衣紅帽白鬍鬚，駕著馴鹿雪橇的假聖誕老公公，以及玩具專櫃人扮的聖誕老公公，問李先生那是什麼東西之時，他的回答既簡短又有趣。他說什麼你知道嗎？他說那是百貨公司裡的妖怪。回到家吃過晚飯，李先生對永洙說：

永洙啊，你好像要跟我一起過好一陣子的樣子，來到這裡最先想做的是什麼事？

我想要搭著地鐵，隨心所欲去自己想去的地方……也想去歐洲其他國家旅行。

什麼時候要回去呢？

雖然已經過了一星期，可是我還是無法決定。每天晚上都想明天要回宿舍，一到早上想法就變了。

是不是因爲回去會被處罰？

我想要在新世界裡按照心意來生活。

世界上哪有這麼容易的事。這樣你就再也見不到爸爸媽媽跟姊姊了。因爲有一千萬人半世紀中沒見到面。我雖然不瞭解你所長大的社會，可是你身邊的人都相信你出來回去後會成爲一個偉大的工程師，用新創意跟新技術報效國家。你們那裡外匯不足，正在困難當中，想想看你必須去教導的許許多多勞動者。

但是每個人都有選擇自我幸福的權利啊！

有時候人會喜歡陌生的東西。但是自己家的問題解決不掉的人不可能解決別人家的問題。你就像小孩子離家出走一樣。我很想把你送回家人的身邊。當然這是要由你自己決定的。不是要你馬上決定，你想深一點。平常是不是有什麼不滿？

之前沒有一件事按照我的意思成的。我也不是自己想要讀機械。

那是錯的。可是其他想出來留學的人也很多啊！

對呀。我沒去當兵，這是幾十個人才有一個的待遇。考試難得不得了。

我雖然不懂政治，可是我擔心的就是有人利用你。不管在北方南方，人的一生對任何人而言都是貴重的。你如果說自己的處境很不利，過得很辛苦，因爲這裡是先進國家，誰都可以在這裡亡命。但是跟家人一起經歷辛苦，到後來才會是最幸福的，不是嗎？

總之，李先生很誠懇地跟永洙說話。我雖然知道他是很誠懇的人，但是看到他努力公平處理這種棘手問題的態度，我又更信賴他了。我想我的人生也是南韓社會的產物，所以要在那個社會裡盡力做到最好。你不也是這樣嗎？北邊的人民也是這樣的。我認爲不管是哪一邊的人都要努力讓自己所處的地方改變。這是我們分裂的條件。

第二天開始我們沒跟著永洙，給了他一張地圖跟一些零用錢就讓他出去了。永洙四天當中坐著地鐵逛來逛去，來到西柏林第十天的晚上氣氛好像完全變了。李先生對我使眼色，小聲地對我說：

去找他看看。他鑽到房間裡一動也不動。

搞不好因爲太累睡著了。

好像不是。進來的時候就已經是低氣壓了。

我悄悄打開房門，永洙坐在床上，低著頭。

可以進來嗎？

嗯，沒事兒。

進去之後，我坐在床對面一瞄，永洙想要掩藏住眼角，轉了過去。枕頭底下好像有些濕濕的。

發生了什麼事嗎？

他猶豫了一下，才把相片遞給我。

那是背景上長著柳樹，五個人站在一起的家族相片。有穿著很緊的衣服、扣子扣到脖子上的爸爸，穿著韓服、燙了頭髮的媽媽，中間穿著白襯衫跟短褲，脖子上圍著紅領巾、就讀人民學校的小孩，看輪廓分明就是永洙。旁邊站著的兩個穿中學校服的少女就是姊姊。

嗯……我明天想要回去。

不錯的想法。

我今天打電話回學校宿舍了。

給誰？

給一起來留學的同學。他說現在回去還不會有事，要我快一點。

做錯了雖然要受罰，但是坦承認錯，堂堂正正地生活是很好的。

我也這樣想。

出去吃飯吧。

永洙對李先生說：

如果想在這裡流亡要怎麼做？

嗯，首先要去請律師，再跟當局報告。通過審查之後，一定的期間要住在流亡者收容所裡面。你會說德語，應該很快就可以找到工作……就這樣了。

在這裡過也不見得那麼好。很多西德人也過得很寂寞。

都是自己的責任。在世界的每個地方都一樣，不是嗎？

漫無目標地工作、賺錢、買東西……

我們早上一起來，就到附近的打折商店買了幾個禮物給永洙。我買了貼著英國商標的毛圍巾跟手套，李先生買了鞋子。永洙都當場戴上穿上。

還是把他送回去好。

想起了我要住的地方。一百五十五哩警戒線內側是生態界的樂園。

你是說非武裝地帶嗎？

所有愛好和平的青春男女都進入建造國際的和平共同體。這樣的話，警戒線就會自然崩潰了。

之後東歐急速地變化。非洲跟南美的不結盟國家更誇張。匈牙利的社會黨、波蘭的團結工聯、捷克的市民論壇先後掌握政權，保加利亞、羅馬尼亞、南斯拉夫、阿爾巴尼亞、克羅埃西亞也跟進。在歐洲開始的現實社會主義展露了敗象。不得不從國家社會主義向資本主義市場經濟移動。以一九八九年爲起點開始了世界歷史的反動。

爸爸跟你夢想的，還有我也深深贊同的，希望回到全世界從頭開始的出發點。就算知道現在的生活方式是錯的，也要在這變動的世界中跟無數可憐的人一起重新實踐。

九〇年夏天，李熙洙回去漢城，我則是留在柏林，我本也想回去看看，但一想到會被老媽餵得肥肥的，又要去靜姬家看銀波，覺得俗務纏身，於是就打消這個念頭。我如果要回去到大學當教師，至少也要弄塊招牌才回去，這裡的美術學院裡面沒有學位之類的東西。如果要拿到相同於碩士的文憑，就要去拿Meister Schüler才行。有一點很值得慶幸的，就是指導教授很喜歡傾向自由構想的我的畫。我打算不把這些事弄完不回漢城了。

八月底的事情吧。那時是傍晚。柏林的夏天到了晚上十點天空還是濛濛的。跟過了下午三點就天黑的冬天剛好相反。黃昏的時候打開窗户享受幾個小時的晚霞，感覺也很不錯。門旁的對講機響了。我問是誰，他說是宋榮泰。我按下按鈕開門。不久之後門鈴響了，宋榮泰出現在家門前。他兩手都拿著旅行箱，裡面塞滿了東西，就像是第一次來都市的鄉巴佬，穿著黑西裝、白襯衫，甚至還打了紅領帶，渾身是汗地站在那裡。我忍不住，瞬間笑了出來，用手遮住嘴巴在笑。

幹嘛啊，今天討老婆啊？

先給我一杯水。

他一進房間，就放下行李說。我打開冰箱倒了水給他，他一口氣喝光後跌坐在沙發上。

到底你從哪裡來？

看了還不知道嗎？從很遠的地方來。

很遠的地方？

橫度歐亞大陸。

怎麼有人不坐飛機的？

過烏拉山脈跟興安嶺的時候最辛苦。

他解開領帶，打開領子的扣子。他提起行李箱旁邊的購物袋跟盒子放到桌上。

這什麼？

他不說話，扯開箱子，裡面有人參酒、白頭山酒、榮光香菸、樟腦參等等。我才看出他從哪裡回來。

你這是什麼意思？

我從平壤回來。

爲什麼跑去那邊？

大家都不能去，所以我去看看，又怎麼了……

但是透過前幾個月發生的事情看，我一點也不驚訝。只是覺得來得太快了。

你當一個放浪的無法無天者要到什麼時候？

他好像是去參加什麼南北韓與海外同胞的慶典活動。他大概是跟著住德國的僑胞一起去的。

我帶著他到羅馬義大利餐館去。我慢慢問榮泰：

怎麼樣？

好複雜。無法用一句話形容。感動跟絕望各佔一半。

哪有這麼投機的回答？

雖然事先就想到了，他們好像沒什麼新的觀念。他們就像對帝國主義豎起針的刺蝟一樣。

好像在說別人的話一樣。他們在我們吃得好過得好的期間把我們的份也給做了。

這什麼話。我們也沒有沉默啊。雖然動作慢，還是像烏龜一樣爬了過來。

我們也會改變的。但改變期可能還要好幾十年。

未來要怎麼辦？又惹禍了。你這樣回不了國了。在這樣產生大變化的時刻……

你怎麼不站在我這一邊？像我一樣的無名小卒能有什麼幫助？

我把趙永洙的故事跟他說了。榮泰沒有插嘴，耐心地聽完了。我說：

當然不會就這樣結束。也許要花時間，但絕不能跟越南一樣。開港以來已經打了一百年仗。

宋榮泰雖然沒有像以前一樣爆發，卻突然灑下了大顆的眼淚，用手帕擦了之後，用手指揉眼睛。

我最近對於住在這裡已經感到厭煩了。好像雖然做好菜端到桌上，可是燈卻熄滅了。那種飢餓到現在還鮮明地殘留著。

到了這個時候應該知道人本來就是這樣。不管怎麼樣，男子漢居然流淚……

之後兩人都沉默了。我也沒辦法把他帶去李先生家，只好帶到自己家，我睡夾層，請他睡底下沙發。他突然從下面問：

記得崔美京嗎？

偶爾……

我的聲音提高了。

你這笨蛋，她喜歡你。我從一開始就知道了。

他沒有回答。過了好一陣子，他才又靜靜地問：

韓姐……妳眞的愛李熙洙嗎？

又來了，快受不了了。想起了以前在市場賣豬腸湯的小店裡面像拍電影一般的往事。但是不知怎的心裡有點難過。我突然有一個想法，也許生活都是這樣不順利的吧。我沒有回答。但是他還是問出了讓我感到煎熬的話。

吳前輩怎麼辦？

你爲什麼問這個？

結果我從床上坐了起來。

你算什麼，可以這樣問？你瞭解他們嗎？

我心中激烈的話在沸騰上湧。十年前爸爸年輕時的某個影子需要我的保護而出現了。後來因爲那時候所有年輕人必須負起的自責感而開始想要互相倚靠。他消失在黑暗的窗户裡面，像是用鉛筆畫在牆上的畫一樣，因爲時間的風塵而漸漸消失。他在那裡。但是那裡只是讓他變得不存在的場所。世上沒有不屈的信念這種東西。那只是爲了活下去的一條生命線。我很想奪回自己的私生活。沒有人能干涉的平靜生活。明天要打電話到漢城給他。我內心中沸騰的話沒辦法直接從黑暗的喉頭出來，於是慢慢下沉到胸口。就像馬桶的水被沖下去一樣。然後被壓抑的聲音就漏出去了。

我錯了，對不起……

宋榮泰用幾乎聽不見的聲音喃喃地說。我躺在床上，那時才發現你又來找我了。雖然已經想不太起來你臉的細節，但是我好像能再度描繪出在野尖山畫的那一張你年輕時的臉，還有我的筆觸跟小刀刮出的眼珠中的亮光。現在從全世界被流放的你。

第二天我送宋榮泰到中央車站，回來之後胸中一片空虛，在房間裡踱了一下，就跑去瑪莉老婆婆的房間找她了。我按了好幾次門鈴，都沒人應門。門開了一點點。我把門抓住一拉。穿著浴袍的瑪莉站在那裡，好像一個鬼。白髮像四面八方散開，也沒化妝，正因爲酒醉搖搖擺擺的。因爲情況好像不太適合開玩笑，我不知不覺扶著她的腰往裡面走，讓她坐在沙發上，我也坐下了。桌上有半空的酒瓶跟還沒喝乾的酒杯，還有骯髒的水杯。我決定以後不再因爲酒而責怪她了。只是吸了一口氣。

瑪莉，又沒吃飯嗎？

吃了。吃很多。

整夜自己一個人喝酒嗎？

不……我……畫了一些。

我很晚才發現她放在沙發上的小素描簿。之前看過的圖畫後面空了幾頁，然後又用德語亂寫了幾行。

人的生活一方面與詩很相像，有開始，有結束，所愛的人在死者面前害怕嗎？死亡的人啊，讓她安息吧。

看完這些東西之後，後面接著是用鉛筆或原子筆畫的畫。我看過她的畫好幾次，瞭解一些重要的記號。圓形後面有幾條線的就是瑪莉自己，就像小孩的畫一樣，底下有一個三角形，大概是裙子。史蒂芬則是圓形底下有長方形的東西，應該是褲子。男人躺在底下的斜線下面。那不是史蒂芬埋在地下嗎？瑪莉站在上面，跟毛球在一起。還被狗鏈綁著，那是漢斯。她帶著漢斯到史蒂芬的墓前。但是毛球上面浮著像雲一樣的東西。我用手指著問瑪莉：

瑪莉，這是什麼？

她用不太合氣氛的聲音笑著說：

那是漢斯的帽子。死掉的東西頭上都有……

我心中嘀咕：原來是光環。那就是帶著死掉的漢斯到死掉的史蒂芬墓前了。結果畫的是孤獨的瑪莉一人。瑪莉呆呆地看著自己的畫。

漢斯活了很久。活到十五歲，我連一次都沒辦法帶牠到療養院去。史蒂芬連我都認不出來了，而且還要坐火車才能去。漢斯比史蒂芬還早死。看看下一張吧。

穿著三角形裙子的瑪莉用箭頭指著一條直線。直線是地，旁邊有很多像蝌蚪一樣圓圓又帶尾巴的東西聚在一起，又有長方形。我很努力地看來看去，想要看懂，但還是搞不懂。

這是什麼？

瑪莉跟一開始不一樣，粗魯地接了過去。

就是線嘛。

箭頭是什麼？

她沒說話，拿酒杯倒了酒。我看出苗頭，一把搶過杯子握在手裡頭。

別喝了。這是給我喝的。

優妮如果也跟我一樣醉的話，我們搞不好就可以溝通了。

不要期待。妳的酒跟我的酒是不同的。

我喝了一口遞給她，她一口氣喝乾了。瑪莉看著我身後的素描簿說：

箭頭是鏟子。漢斯在箱子裡頭。我把牠埋在開滿花的庭院底下。

妳最近只想著漢斯嗎？

我想著孩子。

那不是狗嗎？

算了啦。那是沒辦法的事。妳打算每天講一隻已經死掉的狗的故事嗎？

我跟史蒂芬曾經有過小孩。雖然流產了……

我看下一張，長方形跟三角形重疊在一起的身體上有一個圓圓的東西。瑪莉的裙子上面重疊了一個盒子。那可能不是漢斯的箱子，而是死掉的孩子。但是我沒問。只是這樣說：

老年時期雖然寂寞，可是也很平靜。

瑪莉又笑了。

那是謊言。都是裝出來的。只是樣子不一樣，心還是一樣的。有時也想跟男人睡。只是多知道了一件事。

什麼事？

最喜歡的事情，還有愛。

妳在說史蒂芬嗎？

我在說小孩。我是沒有當成母親的祖母。史蒂芬有時也是我的孩子。

那時我全身像通過電流一樣麻麻的。我想起了野尖山陰暗的地板角落裡積了厚厚灰塵，那年夏天我畫的你年輕時的肖像畫。那一瞬間雖然沒有想起來，但是回到九〇年代最後將我的臉畫在你後方的時候，我知道我是失敗的母親。因爲這個因果所以我將會漸漸走向死亡。

秋天又來了，李先生跟我沒有像之前一樣穿過公園去找對方，而是改用更生活的方式，埋頭於一個星期畫出一件作品。我雖然沒對他表現出來，但是我又開始想你了。我坐在廚房的小桌子前喝茶，看著變成褐色掉落的七葉樹樹葉，有時會低頭看你在下面庭院中走。當然那不是現實，只是迷惘。如果說我有帶著任何罪惡感，那不是對你，而是對李熙洙。因爲他能讓我感覺安心，我才愛他。

大靠近我他像是擺在床頭邊的一杯水一樣地。但很奇妙的是，你再度來找我的時候他離開了我。大概是我得到懲罰吧。

德國在十月按照預定計畫完成了統一。李先生的滯留期限也到了，開始回國的準備。我也在考慮不要拿到Meister Schüler就回去。離打破圍牆的時候已經過了一年。

李熙洙跟馬丁到法蘭克福附近出差。他們要去訪問那附近的鄰近小都市。他的夢想就是回家鄉蓋一間小小的學校，他非常懷念小時離開的故鄉。他離開一個星期之後，連一通聯絡的電話都沒有，我又很擔心。

早上去學校之後，打了電話去工業學院的研究機構。我找馬丁，過了很久才有人接電話，問我的地址。我雖然訝異，還是說了地址，然後問他爲何要問。他是德國研究員，他說有人要來找我。第二天完全沒人聯絡我。我早上一直在家裡，我爲了買顏料跟畫具出去，又看了一部我們國家的電影。回到家附近的時候天色已暗了。我慢慢上樓梯，插上鑰匙，門一開，背後的瑪莉也打開房門跟我說：

優妮，有客人來了。

我慌張地看著她們。跟我同輩的女人問我：

妳就是韓允姬小姐嗎？

是的……

我是李熙洙的妹妹。我從哥哥那邊久仰妳的大名。這是我媽媽。

我彎腰跟她們打招呼，講她們兩人到我的房間去。老夫人像是要昏倒一樣地跌坐在沙發上，喃喃說：

對不起。我要伸開手腳坐。

我馬上把把手邊的墊子遞給她。

請靠著這個。

夫人將手撐在臉上躺著，妹妹好一陣子不說話，只是低頭坐著。氣氛很不尋常。

請問……有什麼事嗎？

我一問，妹妹就兩手掩著臉叫道：

哥哥過世了。

我只是遠遠地望著她們。一開始聽不太懂怎麼回事。

他去法蘭克福還沒回來。

話一出口，我才發現我說錯話了。

妹妹好像想把什麼甩掉，搖著頭深呼吸了一下。

我不怎麼驚訝，只是腦中一片空白。好像什麼事都沒有就這樣過去了。我早就知道會這樣。微微的冷笑從下巴擴散開，像風一樣拂了過去。

什麼時候……怎麼發生的？

去出差的第一天，在高速公路上出事的，一起去的人也重傷了。我們遇到了他，他跟我們講妳的事情。從昨天開始就一直打電話，可是打不通，今天就直接跑來了。

我聽到他妹妹冷靜而沉著的聲音，沒有感覺地流出了眼淚，在面頰上淌著兩行。後來從馬丁那裡聽到了詳細的經過。從離開柏林之後，他們就幾乎是用飛的，道路情況是很不錯的。每個地方都有路可走，只是快到法蘭克福的時候不斷下雪，車子塞住了。在哈惱附近的交流道對面有一輛貨櫃車撞到分隔島翻覆了。翻倒的貨櫃車變成鐵牆滑了過來，造成連環大車禍。有五輛車完全毀壞，死了好幾個人。馬丁也昏了過去，救護車跑來，好不容易把撞凹的車前座的人都弄出去。我過了好幾個月還是不敢問馬丁他最後的樣子。

淚水濕了我的面頰，我直接望著他妹妹。

他……現在在哪裡？

昨天入殮送到機場了……對不起，如果可以的話能不能帶我們到哥哥的房子去？

媽媽連一下都沒有睡。去那裡休息一下，明天整理完行李就要走了。

我呆呆地喃喃說：

那就這樣吧。我有鑰匙。

我又橫越了常走的福克司公園，那兩個女子也不跟我說話，只是低頭跟著。那一天非常冷，公園的街燈上好像附著淺藍色的冰一樣。李先生房間的窗户暗暗的沒開燈。他不會再回來了。我們互相打過電話，我等他從附近的酒館或是公園散步的路回來時，都會含情望著那暗暗的窗户。要不然就是他已經睡了，我按下對講機的鈕，等了一陣子就可以聽到他的聲音，看到房間開了燈。

進了房間之後，我很輕鬆地就摸到了熟悉的電燈開關，一眼看盡他那些我熟知得不得了的東西。我謙虛地站在門邊，他的媽媽跟妹妹在房內轉了一圈，在她們望著摸著他用過東西的期間，我很有耐心地等待。

我不想把這種故事拖得很長。我沒辦法參與那房間中的悲傷。李熙洙已經像過去的日子一樣消失了。我低著頭，對分開坐著的她們點了點頭，出來之前跟妹妹說了：

我可以拿那個走嗎？

她沿著我手指的方向將頭轉了過去。她雖然來不及看清楚那是放在窗檯上的銅佛像，還是旁邊的德語西藏經典，還是點了點頭。

當然。請便吧。

我努力不看別的地方，走向手掌大的銅佛像，把它拿起，轉身走了出來。

回到家中，在沙發上坐下，我才開始大聲盡情地哭。瑪莉說她那天晚上也聽到了。但是她一動也不動地被固定在自己房間裡。西方人本來就很小心不去介入別人的感情事件。簡直是自掃門前雪。第二天下午，我因爲知道時間，就去了機場。兩個女人就像互相不認識似地在候機室中離得遠遠地坐著。我先去找他妹妹，坐在她身邊。她跟昨天不同，化了妝，衣服也換過，好像變了一個人。

我們把行李都整理好了。研究機構說以後會幫我們寄過去。

我想起每一件家具都蓋上白布的他的房間。她問了：

妳本來會跟我哥哥結婚嗎？

坦白講，我對於跟他在柏林相遇很滿足，以後會變得怎樣完全沒有想過。但是我不能這樣回答。所以我這樣說：

我正在想要不要跟他一起回國。

我哥眞沒有福氣。

她說著說著，打開了手提袋，拿出手帕擦著眼角。她們走向出口的時候，到這時爲止一句話都沒有跟我說的他母親想要出去，又突然回頭走過來幾步，對我說：

我代替兒子向妳道歉……對不起。請保重。

二十六

又過了一年。九一年八月蘇聯因爲政變而完全解體，讓全世界看到了國家社會主義從出生到死亡的過程。

李熙洙的死亡，意外地像是小事一樁過去了。我回想跟他在一起的時光，很虛幻，根本不眞實。不像最近的事情。跟小時候到河堤旁摘兔子草花和燕子花來編手環項鍊，躺在草地咬著小狗草的童年往事閃過腦海。有一部份很清楚，有些則是再怎麼努力想也很模糊。反而是那些瑣碎的小事可以記得很久。是啊，現在全都剩些小事了。從他房裡拿來手掌般大的佛像一如往昔地擺在我的書桌上。

現在到了該跟宋榮泰道別的時候了。

他偶爾打電話給我，有時擺擺架子，有時用好像自己在做什麼重要的事的口氣說話，有時也會生氣。但是他跟瑪莉是我在這裡僅有的幾位好朋友。我有一次去哥廷根找他。跟他的朋友們一起喝酒，到郊外烤肉，整夜大聲唱歌吵得鄰居跑來抗議。

我看起來一點都不意志消沉。在那一段時間我努力地畫畫，畫出了四十幾幅作品，超大型作品也有八件。我在提爾加登附近的畫廊開了個人展。那對我完成Meister Schüler也有很大的幫助。

從入口開始就擺上草圖，小型作品跟大型作品適當地穿插排列，把表現出我最近新畫風的作品排到最後。坦白說我也受到瑪莉那小孩塗鴉般含蓄的線條和表達手法的影響，我想把它更具體化，活用民間繪畫的單純簡約，並非把過去的痕跡當作出發點，而是想要開始畫我自己樣式的畫。就是主觀隱藏在現象裡面，客觀性則通過式樣化以一種記號表現出來的方式。因爲看到記號的人會依著自己的感受再次構成並且詮釋這作品。形狀不管是放在歪的、重疊的、扁的、幾何形的製圖原則裡都是一樣的。我大件的作品裡面更嚴格地帶有這種製圖原則，那裡面單純形狀的物質在其中喧嘩熙攘地像爆炸似的，是很豐富的那種畫。

展覽會辦得很不錯。有好幾個媒體都做了介紹，也準備到其他都市去開展。我每天被陌生的人包圍。最後一天在收畫的時候，和申先生夫婦一起留在展示會場到很晚，大約是七點半左右吃晚飯的時候吧，有一個戴眼鏡男人大步靠近，他白襯衫不扣，套件鬆鬆的圓領衫，出現在門口。他拖著大型的行李箱。我不經意地回頭一看，然後又用兩手把畫拿下來放到牆邊，這時背後傳來了聲音。

不能等我看完了以後再收嗎?

回頭仔細一看，原來是宋榮泰。

什麼呀，這麼晚才來……

我很高興地說。不知爲什麼，每次快要忘記他，他就會在我很重要的時刻出現。然後把一個問題丟給我，讓我很有負擔。我往後退一步，等他把我的畫看完一遍。他跟申先生打了招呼，然後就來幫我整理。我們把畫都放到畫廊的倉庫裡，然後到附近的希臘餐館吃晚餐。我們談論著蘇聯政變的失敗以及資本主義世界化的黯淡未來。那些話題是當時所有學生餐廳裡都在談的，也沒有什麼新鮮的。與申先生夫婦告別後，榮泰和我因爲他那笨重的行李只好搭計程車回去。

這是什麼啊……你又要去哪了？

看著他把行李放進計程車的後車箱，我嘟囔地說。

他就一副沒什麼大不了的樣子說：

我想回國。

書不唸了嗎？

韓姐，今天妳展覽也結束了，我請妳喝一杯吧。我們回去放完行李就出來。

沒必要吧。家裡也很多酒。啤酒有一箱，葡萄酒也有幾瓶。你覺得好的話，我們在家喝就算了。

我說要請客耶？

下次再請。

我故意把他拖到我房裡。我敲了敲瑪莉的房門叫了她，三個人一起開了小小的酒宴。

我們偶爾用德語說話，但大部份是用國語。瑪莉舉起杯子說：

恭喜妳開個展。

榮泰也舉起酒杯，我不好意思地跟著舉起酒杯。瑪莉又說：

優妮的畫裡頭有我很喜歡的部分。

什麼呢？

從很長的四角盒子裡溢出奶油流到很多三角形那……那幅。最後一個角落第一張大型畫。

在四角形牆壁內有一個軟軟口香糖捏成的人形，伸出一隻手，想抓住用三角形重疊形態摺成的蝴蝶，框中非幾何線條的就是被捶成的人形。瑪莉好像把那個東西看成是一團奶油。我跟她不同的是沒有把圖畫解釋出來。

那些畫都非常絕望呢。

宋榮泰用他那一貫正經的語氣喃喃地說。

是嗎？從哪一點上……

在拒絕溝通的這一點上太個人化，好像確定世界已經無法改變的樣子。

我現在的狀態就是這樣。

跟我一起去旅行吧！

他突然冒出這一句話，我有點警戒地反問他：

去哪裡，回漢城嗎？

他從後面的口袋掏出一個東西。

這是橫越西伯利亞火車的預售票。我從爺爺那裡聽過好幾次了。爲了紀念冷戰時代結束……走吧！

哪裡買的？

最近很多旅行社都一片忙亂。我在日本旅行社買的。只要跟大家走就行了。

奇怪的是，到目前爲止宋榮泰的提議我一次都沒拒絕過。他對我而言也許是我想留下自己與時代的腳印。我從他手裡接過票和介紹西伯利亞風景的小冊子仔細地看。瑪莉聽了我們的對話，也說：

我們年輕的時候整個大陸被分成好幾塊。連天空也被分成兩個世界。

我不得不喃喃說：

好像很不錯。

宋榮泰跟我在九月初離開了柏林。我們要在旅行社指定的日期到達莫斯科，依據旅遊資訊，準備各項事宜，就是說西伯利亞八月底就已經結束了短暫的夏季，下了初雪。已買了杯麵，在貝爾里那修特拉塞的終點搭上往機場的公車，謝內貝爾特機場是前東德的國際機場，主要航線是飛往東歐、蘇聯、以及亞洲社會主要國家，當然也飛北韓。

我們搭俄航到達在莫斯科的謝瑞梅奇耶沃機場時，正下著雨，機場很空曠，可能旅行季已過的緣故，旅客稀稀落落很冷清。再搭機場巴士到紅場和莫斯科的俄國大飯店，天色早早地暗下來了，雨中的街燈朦朧地亮著。

那一個下雨的夜晚，我們到街上逛了逛，吃過晚餐在咖啡廳裡喝了很久的啤酒。桌上有兩根紅燭插在燭台上，我沒看出榮泰已經很醉了。雖然他也一樣，我從出發的時候就沒說什麼話。其實因爲在無垠的大陸上奔馳是我平生的宿願，所以沒問前因後果就跟著跑來了。雖然不如想像中的冷清可怕，但就連現代式的大飯店看來都有些陰鬱。流出紅色鏽水的水龍頭以及巷道內搖搖晃晃的酒鬼、表情生硬傲慢的機場管理人員、肥胖的空服員，感覺之中進了老大帝國的政府機關。宋榮泰用顫抖的手倒了酒，一面喝一面說：

眞是令人寒心。佔有世界六分之一土地的國家居然這麼可憐。就像倒下的牆一樣。老舊的建築物很久沒修理，角落已成斷垣殘壁了。因爲沒有好的管理人員的關係。

你現在到底是在說建築物，還是在說人？

所有東西都是人造的，最後結論當然是人的問題了。

我和你在一起的幾個月時光如梭飛逝，李熙洙說過可愛的開放學校再次從我腦中掠過。我看到模糊地照亮小餐桌的燭光。

我喃喃自語地說：

好像想念夢中的女人，最後讓你看到她的內衣一樣。

哪裡有那種地方呢？進了岩石縫中有另外一個世界……好像某個經典中出來的一樣，沒有歲月、沒有歷史、沒有固定的義務、沒有權利的地方。

我心中突然想起跟你在一起的幾個月，還有李熙洙說的美麗共同體。我看見了餐桌上朦朧的燭光。

從現在開始世界要被物質之神支配了。就會有人強力主張市場將會強迫全世界的人用同樣的方式生產，如果不想滅亡就要把這個當作文明來接受。也許所有人都會成爲光滑的水晶眼球，再度誕生爲毫無想像力、只對錢有反應的商品。

我想起我一聽到李熙洙過世的消息，嘴邊就泛起微微冷笑的鮮明記憶。我帶著同樣的感覺不在乎地對宋榮泰說：

不管怎樣，這就是我們遇到的世界。我不會再有所期待。

妳好像不太愛李先生。

這裡是陌生的地方，所以放心地說吧。也不可能拋下你走掉。

韓姐，妳也像現在的我一樣想逃到別的地方去吧。

嗯……

我只是有氣無力地說。

在只剩下外殼的西伯利亞大陸上，另一個日子又破曉了。早上在飯店大廳透過日本旅行社導遊的指引，團員點了名也聽取了注意事項。大部份團員都是日本人而且是年輕人，還有一對老夫婦。下午兩點我們到了康斯莫廣場前面的亞羅斯拉夫斯基車站。到海參崴橫越西伯利亞的列車在下午三點出發，出發在即，榮泰和我依據導遊的忠告到廣場對面的商店去買菸、伏特加酒、香腸、漢堡肉、即溶咖啡等類的食品三大袋。外國觀光客那時橫越大陸還是不能變更路線或中途下車，但旅行團則是容許的。坐橫越西伯利亞的俄羅斯號要花一星期，我們預定在依庫茨克與伯力各住一天飯店，在海參崴解散。火車是上面有紅星的綠色火車，只有頭等車廂跟二等車廂。外國人全部坐頭等的。穿著天藍色襯衫打著黑領帶穿黑裙子的女乘務員站在月台引導我們。那裡有像歐洲一樣隔出來的客室，裡面兩側是可當床鋪用的沙發，窗上掛有窗簾，窗邊連著簡易桌子，地上鋪了地毯，女乘務員分送毯子枕頭被單和毛巾到各房間。

火車開始出發了，一到郊外到處都看得到樺樹林。黑暗中也看到斑白的樹木向後移動，別的地方還是初秋，這裡的樹葉卻已經都褪成褐色了。過了莫斯科河之後，火車向基輔前進。過烏拉山脈之前都不算是西伯利亞。在黑暗中像深色鋸齒狀矗立的樹林，如同牆壁一般沿著曠野永不間斷地綿延下去。

降了霜的大平原上日出的場面不知有多壯麗。火車不停地跑，所以在樹林的枝椏間升起的太陽看來忽隱忽現。無盡的平原偶爾會看見村莊的屋頂跟木板牆，看來像是大地上的小斑點。

黃色褐色深褐色的樺樹葉在陽光照射下像金箔一樣飄落，赤木也開始變黃，草原跟濕地過去有檜木、杉樹跟松樹等常青樹樹林接連不斷。這種樹林一直連到跑了一整天還不見邊界的大平原那遙遠的地平線上去了。一開始的一兩天，我們看著這令人讚嘆的景色，都不說一句話地盯著窗外。

早上太陽升起會看到河面跟濕地上像是銀色的網一般閃閃發亮或是鳥群從樹林裡飛起來。草之間露出黑黑的是俄羅斯平原肥沃的黑土，小溪沿著鐵路流下去。還沒收割，在風中如波浪的麥田邊上沒有人，只有一台收割機在那裡。在火車越過的曠野中有一個小站，是一座褪了色的灰色木造房屋，穿著黑色制服戴著紅色線條帽子的站務員拿著旗子望著遠方。鐵道員工穿著橘色背心背著枕木搖搖晃晃地排著隊向前走。

走到位於車廂兩側盡頭的沖澡間洗臉，轉開熱水，稍微地沖沖身體，之後吃漢堡肉跟黑麵包，再買一份列車販賣員放在手推車架子裡現場沖泡的熱牛奶當早餐，中餐是到餐車吃一天只供應一次的正餐，湯裡放了很多的紅蘿蔔、馬鈴薯、洋白菜，還加了像美奶滋的奶油，配上酸酸的硬硬的小麥麵包，最後是放了肉和碗豆的燉菜。我們一邊吃一邊開玩笑著說是在吃炸醬麵，感覺眞是不錯。啤酒貼有莫斯科的標籤，嚐起來很甜，發酵的味道很濃；我們就戲稱爲馬格利酒。而且如果火車在岔路稍事休息的話，就可暫時下車到鄉間小站的鐵軌邊，那有賣東西的婦人。從溫暖的客室到外面，冷風咻一下好像是打在背上一樣，耀眼的陽光深藍的天空一如我故鄉的天氣，婦人們頭上圍著圍巾，穿著背心或毛衣叫賣著，她們賣的東西有在家裡烤的麵包或零食、油炸食品、蒸蛋，還有放在鍋裡噗嗤噗嗤地冒著煙的蒸馬鈴薯、炒葵瓜子、長得小小醜醜的蘋果跟洋蔥等之類的。榮泰和我買了熱熱的蒸馬鈴薯當作點心，婦人用報紙把馬鈴薯包起來另外給了我們一把蔥，我們後來才知道這把蔥是在吃馬鈴薯時沾醬一起配著吃的，負責我們房間的乘務員是一位金髮碧眼名叫托尼雅的胖小姐，我們總是比手畫腳地來溝通，她雖然一句英文或德文都不會說，但榮泰就翻找字典說一些俄語的單字，她聽了也就瞭解我們的意思了，她會用壺煮熱水給我們，所以晚餐時我們就常用那熱水泡杯麵來吃，當然也有分給托尼雅，雖然辣得直流眼淚，但仍直說很好很好。

平原落日的景象非常壯觀。鳥往高聳的樺樹上飛，大地的溫度開始降低，空中滿佈從地下冒出的濕氣，陽光如同褪了色一般，太陽看來就像潑了水的水彩畫一樣紅紅皺皺的，大地、樹林、天空，甚至火車、客室還有我們望向窗外的臉與衣角，也都像潑了水一樣，看到周圍的山丘與高地，遠處像白色牙齒一樣積雪的連綿高山。托尼雅經過走道的時候，指著外面的山對我們叫著：烏拉，烏拉！我們那天晚上越過烏拉山脈向歐洲告別進入了亞洲。西伯利亞又是另外一個世界，是偉大的大地。

跑了三天三夜之後，經過了厄畢河抵達了新西伯利亞市。時間是晚上八點。在車站要停靠一小時左右，我便搖醒了傍晚就睡著的榮泰，要他跟我一起出去散散心。因爲乘客們都坐太久了，所以只要車一停，就會不理會乘務員的勸告，甚至吵嚷也要下到地上去走一走。我們離開車站庫房區域，發現在下方的貨物進出口前面有不少人聚集。走近一看，原來有比別的車站大的攤販，還有跑來要跟我們換美金的男人。有賣放滿了燻鮭魚的熱麵包、放了有手指般粗的麵條雞湯，讓我想起以前大田車站賣的麵，所以就買了一碗來吃。

第二天下午到達了依庫茨克，我們按照預定時間表把行李都從車上拿了下來。在那裡住一夜，參觀市區跟貝加爾湖，然後要換搭一班列車。我們在可以俯望昂卡拉河的因突里斯特飯店過夜，我回憶起進了房間一開窗户，滿天的晚霞、河水，以及河畔樹林，好像也充斥整個房間。第二天晚上搭火車之前，搭觀光巴士到市區去逛了逛，也去了貝加爾湖，可是現在只記得飯店前的河邊步道以及德卡普里斯特紀念館而已。因爲湖面上吹來的冷風，我坐在巴士裡不想出去。

這些人就是戰爭與和平的主角。

經過西歐式木造屋的迴廊時，宋榮泰説，被稱做十二月黨的德卡普里斯特身爲貴族，卻率先反對沙皇體制。拿破崙橫掃歐洲的時候，共和主義就像蒲公英種子一般到處散播。五名主謀者被處決，活下來的一百多個貴族成爲政治犯被判無期徒刑並發配到這個都市附近的伐木場或礦山。他們的妻子跟未婚妻會冒著幾個月的風雪到這裡來找他們。有些人相會了，但有些男的已經死了，也有些女孩子在路上就病死。她們被小吏跟審判官侮辱輕蔑，並在那裡當傭人或雜役等待丈夫的刑期結束。公爵夫人特路妮茲卡雅來到依庫茨克，但是沒有多做停留，就到更遠的尼爾欽斯克山谷裡去找丈夫。普爾堅斯卡雅夫人甚至到礦山的坑中找丈夫，找到他後她沒有靠在他胸膛上，卻親吻了他腳上鎖的鐵鍊。之後有無數的革命家都來過這裡。列寧跟柴尼瑟夫斯基都是如此。他們從重勞動刑中被赦免則是三十年後的事。就算活下來，也很少人能再回到聖彼得堡或是莫斯科。

我想起我們聊著這些故事，沿著昂卡拉河邊落葉凋零的步道向前走。我穿著風衣，榮泰則是穿著薄大衣，戴著毛帽。在河邊有推著嬰兒車的母親跟出來郊遊的情侶。

那麼多的努力與犧牲，到頭來只維持了七十年反體制的拒馬。但是布爾喬亞階級又把它奪了回來。這裡都在全世界的殖民化過程之中。

榮泰像是在柏林一樣又談時代的主題，我卻不想讓這種很個人的、抒情的旅程受到妨礙。我已經累了。在德卡埔里司特紀念館中看到那些簡陋留有手垢的生活器具、從刑罰中被釋放的流放者孤寂生活痕跡，掠過我去探監回頭看到的黑窗。眼眶一陣辛辣。我抬頭看紀念館院子中高大的白樺樹，就把這記憶甩掉了。最讓我後悔的是當時太不想要去瞭解宋榮泰這一點。

我們應該稱之爲要變化。不管是誰，只要在陽光下，都會變化。

看看大鼻子西方人在波斯灣聯合起來打人的樣子。現在只剩下北韓跟古巴了。要不要去加勒比海看看？那裡太遠了。

你看那嬰兒！

我走近那個兩三歲大坐嬰兒車的嬰兒，看見媽媽的手勢就咯咯地笑。媽媽解下頭上的緞帶，拿到前面晃，緞帶在風中一搖盪就笑了。榮泰坐在河邊懸崖上的水泥欄杆前。我握住孩子細小的手指搖，媽媽也對我做出愉快的表情。我親了孩子的面頰一下，回到榮泰的身邊。

到處都有媽媽帶小孩出來玩。

在柏林的公園還看不夠嗎？有什麼好大驚小怪的。

沒什麼……你大概討厭家人吧。

我恨死我爸爸。

你爸爸怎麼了？

我很憎惡法西斯跟布爾喬亞。

你說完你又要躲著父親到哪邊去，以前不都是以父親爲中心忍受過來的嗎？

他長久以來都是侍奉獨裁的執政黨國會議員。妳不知道嗎？

我到現在才開始諒解父親。我一面說一面想著其他事情。結果不知道他的憎惡跟我的諒解哪一個才是對的。出發點是天壤之別。我自言自語地說：

在世界的每個角落都有芸芸眾生，從現在開始要由誰來保護呢？

不是會說討厭保護，反而回到過去嗎？市場會把他們吞掉。

當然競爭是不好的。但是控制也一樣不好。

不要想像地球上沒有的東西。

我們往後的旅行過程，回歸爲日常生活了。旅行是一件多麼不負責任的事？一陣風掃過大地跟人們的家居中間。但是這條路橫越大陸，漸漸接近我家的圍籬，無數的人爲了夢想被腰斬而受傷、獻出了一生，我的國家面對現在的巨大變化，不經意地暴露滿身的傷痕。

過了貝加爾湖進入東西伯利亞，大平原的遠處出現山脈，可以看見長長延伸的河水跟小丘。七葉樹林鬱鬱蒼蒼覆蓋著的山接連不斷。很有品格的褐色落葉樹、世界上所有的檜木、杉樹跟松樹好像都聚在這邊一樣沿著鐵道無窮盡地生長。我們沿著大陸的臍帶雅穆爾河迎向升起的太陽，黃昏時太陽則往車尾巴的方向落下。第二天跑了一天一夜，到達伯力的前一晚我跟榮泰都對坐火車感到極度地厭煩。我們把睡前小酌剩下的伏特加對飲了一番。最初只覺得微醺，爲了托尼雅，我們便適可而止。因爲他發現泡菜可下酒，還從德國帶來了俄國大白菜和豬肉。前一天我還給了她絲襪，我們喝得很痛快。晚風有些涼，卻也還可以開窗，吹進了清淡的樹香、以及可稱之爲江水的腥味。我們大聲喧嘩、唱歌、閒聊，托尼雅說她正在上班時段，只喝幾杯便離開，宋榮泰跟我雖然非神智不清，卻已無話不談了。

妳爲什麼哭？

榮泰用手指著一問，我才知道我望向窗外的黑暗中時眼淚流了下來。我好希望李先生在這個地方，那跟活著的你卻不在又是完全不同的一回事了。我說出來了。

我想起了李先生。

個人主義者……

我才不是個人主義者。

妳只知道妳自己。畫也難看得要命。

你以爲自己很好噢？整天講一些有的沒的。別無病呻吟，要幹就放手去幹嘛！要不然就別再搞那些了，找一樣事情好好做吧！

宋聽了我的話，不以爲然地轉過頭去，假裝嘲笑。

妳已經無可救藥了。妳從來沒有愛過人。連妳自己也沒有……

我的眼淚流了下來。大概半混著酒瘋。我雖然在哭，但是並沒有悲哀的感覺，也沒發出聲音。我不在乎地對他說：

你這爛傢伙，你什麼都知道。你是怎麼對待美京的？

那時候是那樣的時代。

榮泰喃喃說完，我喊著說：

你不要認爲不是你的錯，什麼都怪罪給時代！

他突然奇怪地歪起嘴開始哭了。

靜靜地……消失……就可以了吧？

我突然覺得更討厭了，就爬到我的床上，把布簾拉了起來。車輪聲規則地傳來。我們是誰都不愛嗎？還是不知道愛的方法呢？我突然有些睡著了。布簾悄悄地打開了。隔間中的燈雖然關上了，但我看得出來站在我頭上方的是榮泰黴黑的上半身。他低下頭吻了我的面頰。我在那一瞬間不知道該怎麼辦，心亂如麻，他很快退了回去，布簾又闔上了。我轉過去向著牆壁躺。車輪的聲音又開始繼續不斷地傳來。

進入伯力的時候，雅穆爾河的上方正飄著白白的初雪。奇怪的是如同夏天的太陽雨一樣，一面下著雪一面出太陽。我們在列寧廣場的附近卸下行李，這是最後一次過夜的地方。第二天在海參崴就要結束團體觀光的旅程了。在大廳有雅穆爾河遊覽船的旅程接受報名。我們一行人按照行程也打算在日落之時去河邊遊覽。

榮泰的臉因爲太乾而腫了起來，從早上開始就沒說過話。從飯店可以一眼望盡廣場跟前面直線形的卡爾・馬克斯大道。在旅館玄關前面搭上開到大道盡頭的上船地方的巴士。我們到達的時候，太陽已經西斜，但還是發著白熱的光芒，有點太早到了。船的一樓是美式自助餐，二樓是甲板，所有人都跑到甲板上。我們夾在觀光客中間，靠在船右弦的欄杆上，望著河對面。遠處是中國微黑的山與樹林。

對面的人就是用我們所熟知的名字把這條河叫做黑龍江。這條壯麗的江河幾乎流過整個東西伯利亞大地，然後流進庫頁島北邊的鄂霍次克海。遊覽船在河中慢慢地航行，經過伯力鐵橋的時候就折返了，大概要一個半小時。太陽在河的另一邊開始落下了，天上出現了一條紅黃色的彩帶。

它像著火的樹枝一樣蔓延開來，而彩帶像一塊巨大的布幕展開著，太陽火紅地灼熱著轟隆一聲墜落，然後慢慢落下。江水也被染紅了，近處的藍色也變深了，越到遠處越褪色，遇上更多天空的深紅，最後跟天之間的界線都消失了。

太陽又下山了。

他喃喃地說。我站在旁邊觀察看著河水的他的臉龐。

現在好一點了吧？

什麼……

你不是心裡難過嗎？

嗯，到了肚子痛的地步。不管怎麼樣，謝謝妳。

我無言地望著他。宋榮泰用我熟稔的那種一貫的低沉聲調說：

妳願意跟我一起來旅行……我很高興。

我也很高興。

我認爲用幾句這種話轉變一下氣氛會很好。我們遊覽完畢，在終點站下車眾人離去後，走進一家中國飯館；那是搭車來的路上預先相中的，點了四盤菜，吃到睽違已久的菜飯之後，我們去咖啡館。他就是在那裡消失，他點了咖啡擱著，悄悄起身好像要去化妝室地走掉。我一面喝茶，一面等了他好一陣子，他還是沒回來。我覺得他大概又在生什麼悶氣，先回飯店了，所以我故意點了雞尾酒，坐在這裡聽室內樂團演奏。如果跟某個人無可奈何地黏在一起一星期以上，那剩下自己一個人的時候就會突然覺得很悠閒自由，會覺得好舒爽。就算我當時在他身邊，我攔得住他嗎？過了兩個小時之後，我沿著兩邊佈滿行道樹的街道慢慢走回飯店。一進房間就發現他的行李跟掛著的衣服都不見了。我不知怎的那時還很沉著。我環顧了一下，發現化妝台鏡子上貼著一張便條紙。那是他用原子筆寫的潦草字跡。

我本來想一到這裡就分手，可是後來改變心意決定跟妳一起吃晚飯。我去回不來的遙遠山谷了。那個地方將會是世界上最艱困最偏僻的地方。很無奈的是，我無法什麼都不做……也不是沒有自殺的可能吧？我不會忘記這次旅行的。多斯比達尼亞！（譯註：俄語再見）

他這些突如其來的行動代表什麼意思，我一開始完全不知道。所以第二天跟導遊說我們在這裡要脫隊了，然後我又在飯店多留了一天。他還是沒回來。我整天一個人在陌生的城市中，後來才突然想到怎麼回事。很明顯他一開始就有目的地了。

二十七

回國後每逢寒暑假我都來這裡，這裡改變很多，一擲千金，揮霍無度，充斥著卡拉OK、酒廊擴音器的嘈雜聲音；烤肉的撲鼻香味打倒了蔬菜果香、溪水潺潺、清爽的風。

現在我在遠離首都的某個大學任教，一個人住在學校附近的公寓裡。世界全變了，可是我國沒什麼變，人們則像彈片一樣被拆散了。現在看起來好像一切都達成了。對於錢齷齪和自私的本能更讓人厚顏無恥。不只是朋友，連家人、父母兄弟之間，財物都變成最重要親疏的標準了。如果突然變窮，或是喪失了物質基礎，就怎麼樣也沒辦法了。這樣下去的話，有一天一定會很慘。陷入了惰性的大眾，失去了理想主義只一味追求快樂的年輕人；政治是僞善與機會主義變成無法抗拒的目的，輿論的露骨造作與歪曲使大眾墮落，這應該是過去暴力性支配的傷口吧。在自由長久被限制的社會中，害怕創造的力量或是精神上的豐盛，會厭惡變革。路還很長，你還在自己的位置，可是所有的價值觀都被搞得亂七八糟，首先取得權力的人還是一樣擁有強大的力量。

但我卻很愛這裡，爲這裡感到驕傲。我跟完成了這麼多事的人活在同一個時代。在這些破爛堆中找出寶石，可以再度編織出發光的新衣。

前年回來之後，我把這棟房子跟前面的園子，用你跟我的名義買了下來。到了今年九五年才修理。一開始我想把記憶保存到你回來的時候，不想有所毀損，所以不敢動，但後來因爲實在破壞得不像樣所以必須整修屋頂跟房間，其他地方也動了幾處。我寫這些字的現在，就像以前一樣聽著貓頭鷹叫，也聽到了傍晚時的山鴿聲。這些鳥就是以前的那一些嗎？還是跟我們所失去的東西合而爲一的死鳥之靈魂呢？

我有一次批判我朋友說，我們在那個時代誰都不愛，我們都不懂愛的方法，絕望地叫喊著。但是到了最近我打算修正這些話。在地上不管什麼時候，人都會相愛。在世上每個時代顯露的面貌都不同。就像在溪中被洗磨的石頭，看著在日常生活中受折磨的朋友們，我希望他們不要沉溺在悔恨中。我尊重留在他們心中的人生深度，用更成熟的愛來看往日與期待未來。

最近身體變得不好了，大概太操勞了。

後來在澡堂也發生過類似的事。我坐著拿蓮蓬頭沖背，結果下腹部一陣刺痛，好像被針刺一樣。我體重也減輕了很多，就算不是這樣，顴骨也凸了出來，面頰凹陷了。

到了最近幾年，我開始思考一直是我話題主角的母親。生養了所有人的人。羅莎批判權力的絕對化跟官僚主義的根據，就是針對大眾的母性。近代是雄性傢伙造成的茫然、衝突與苦悶的時代。就像秘密警察出身的老人在密閉的房中過日子荒廢而寂寞。她叫我們看，決心找回失去的權力、保持有失去危險的領導權的陰森眼神、用愛來僞裝的假笑、想要奪取所有東西；讓別人服從的陰險，而溫柔的表情之上窮凶惡極的陰森眼神，銳利無比無從隱藏。

我正在看一度遺忘的克特的最後一張石版畫。我從學生時代開始就常看她的自畫像，尤其是那一幅：用粗糙的刀法表現出的老女人引人憐憫的臉龐。從一次大戰中兒子的戰死到對窮人不幸的喟嘆、自己跟同志遭受到的迫害、甚至二次大戰中在俄羅斯戰線戰死的孫子，她的臉上反映了漫長的苦惱旅程。在柏林的時候，瑪莉．克萊恩夫人說過我們活在做不出克特作品的時代。我當時大概是這樣說的：我們這裡的人厭煩得想逃跑，另一邊的人卻努力找人想跑到我們這邊來。現在這裡卻變成克萊恩夫人說的這一邊。嗯，我想起了跟瑪莉道別的那一天。我一個人過完在柏林的最後一個冬天，九二年冬，她被移到國立養老院去了。公寓的管理員也覺得她是嚴重酒精中毒。

再回來說克特的最後一張畫，如同她的遺言般最有名的石版畫。是一個母親用外套衣角遮蔽三個孩子。媽媽的臉看起來像是中性的，強韌有力的表情。頭髮隨便向後梳，嘴緊閉著。因爲面頰凹陷，顴骨突了出來。她兩臂抬得高高爲了保護孩子，頭好像要跟肩膀貼在一起。媽媽的兩眼是堅決的，一副你想怎麼樣的表情，什麼都不害怕地向上望。

抬起的臂膀底下有兩個孩子看著左邊，另一個從右邊看著正面。右邊的小孩掀起媽媽的衣角，淘氣地向外張望，左邊比較大的小孩則是驚訝的表情，踮腳往上看著媽媽視線的方向，另一個小的則是快哭的表情。畫的題目是歌德的一句詩「種子不可以被踐踏」。不像是七十六歲的老婆婆畫作的力道，非常生動，是最近的畫家看了會說無趣的單純圖畫。哼，要畫出這樣小小一張畫是多麼複雜的過程啊。我現在四十歲，才正開始要體會人生。我想要寫下她日記裡的幾句話。

「爲某個人哀悼的時候卻不會悲痛地哭，我內心中總是有要活下去的感情在支撐著我。明天就不會有這種感情了。那麼好好過今天吧。」

媽媽因爲什麼都不再想了，人生就統一了。年紀很大的人是很內向又無奈的，是很純粹而達成了調和的。媽媽的存在總是這樣。

男人們度過殺掉同爲男人的戰爭世紀，會想到跟他一起殺害的母性。我自己也把內心中的母性殺掉了。剝削掠奪你的傢伙們激起我如此的行爲，我一定要恢復這項偉大的自然本能。

現在室外大雪紛飛，靜姬送我去野尖山，一年又過去了。我上個月寫了第一封給你的信。當然沒辦法寄到監獄裡，也不知道你什麼時候出來，還是寄給了你姊姊。因爲當有一天你重獲自由的時候我大概也不在人世了。

就像信裡寫的，我生病了。也去過醫院，總覺得身體狀況詭異，皮膚很像乾的魚皮。坐在馬桶上小便的時候，卻有熱的東西湧出來。向下一看整個都是紅色的。不怎麼痛，大量流血，我打電話跟靜姬一問，她馬上跑來要我跟她去大學附設醫院。檢查結果出來了，我經歷過太多心驚肉跳的事情，對此反而平淡處之，辦住院手續、進了個人病房躺下之前，我向靜姬不帶火氣地沉著詢問。我說如果我得了重病或是絕症，我比誰都更有權利知道，那樣才能夠守住人的尊嚴，把內心整理一遍。她說我得了子宮頸癌。接受了放射線治療，吃了抗癌劑，後來沒那麼痛了，可是不知爲何就是有不祥的預感。

我的體重日漸減輕，容貌日漸憔悴。我在這裡大概只住三天就要走了。如果去那個空氣清新的地方，連病也會好。我說這是我一生的願望，哭嚷著要他們帶我下來的。所以這可能是最後的文字了。回到醫院之後，如果想要寫信就會寄到你姊那裡。

我未盡到爲人妻爲人母的本分，四十歲才有心當一個母親。我身爲一個失敗藝術家，現在才能稍稍地把握母性跟世界觀，但卻得了剝奪母性的病，人生還眞是奇妙！

我要託付你一件事，如果你什麼時候讀到我野尖山的筆記，便會知道我們的小孩銀波了。你在牢裡的時候，我雖然希望你不知道，但有時卻很想立刻跑去，把小孩塞進鐵窗邊，讓你看看她的笑容，有時又會想要拆散她跟你。你想要卻不及教我的、給我的，未來的事物希望你全留給你的女兒。

你現在年紀也不小了，我們用盡全力堅持過的那些價值觀雖然都被粉碎了，但在俗世的塵土中仍閃閃發光，只要活著，我們就會從頭再開始一次。你在寂寞黑暗的牆中尋找什麼呢？踏上岩石縫中鑿透的路，不是會見到陽光燦爛，繁花似錦的地方嗎？你在找尋我們的家園嗎？

允姬的記錄在這裡結束了。姊姊拿給我的那一封信上面寫著九六年夏。我還記得她最後的一句話。

你在裡面，我在這外面度過了同一個世界。很多辛酸的時候，但是我們跟這所有的日子都和解了。再見，親愛的。

一個時代宣告落幕之後的是什麼呢？我在牢房裡花了幾年時間思考一個時代終焉是什麼，想要掌握國家權力的企圖不是老舊了就是變得不必要了。上一個世紀透過資本與物質的體制，批判性地透過反體制觀點來看世界，在付諸實行的過程中被扭曲。搞不好現在像倒塌大樓中的鋼筋一樣所留下的命題，才是最珍貴的。民主主義跟集團民主原則，被確認爲數百年以來最有生命力的遺產。就像從失火的家中救出的生活用品一樣。有必要脫離黨跟工會的摩擦，回到古典的方式，就像小孩玩的搶地盤遊戲，一步一步地找回資本所留下的東西，再把領域擴大才行。

一個夏日的運動時間裡，因爲新聞廣播媒體的報導使得監獄裡熱鬧滾滾。在維新時代之後，江南區大肆開發，使得中產階層勃興，開發過度而相繼發生了橋跟百貨公司坍塌的事件。外形雖然是民主政府，其實只不過是脫離了國家法西斯而已，頂多算是終結三十多年近代化的歷程。死裡逃生的人，與在倒塌的水泥堆底下撐到最後而被救活的故事，被報導了一個星期以上。

媒體抨擊企業負責人非法變更建築結構，罔顧危險評估，到建築物倒塌爲止仍強行營業未讓顧客逃生，之後光怪陸離的陳年往事都一一曝光。這個人在日據時代本來是日本人的密探。雖然不知道具體上他從事過哪些活動。後來他當了日本滿州領事館的文官。光復之後他回國，在防諜隊工作，戰爭中他跟著美軍，當過審問中國戰俘的軍官，他發揮了精通中國語以及瞭解滿州抗日軍的專長，使他在南韓社會得以呼風喚雨，他也參與了情報部的創立，當過美軍的聯絡官，得到美軍補給廠舊址的一塊黃金地段，搖身一變爲不動產財閥，蓋了公寓、蓋了百貨公司，被報紙大肆宣傳。南韓開發獨裁與近代化時代落幕宣告終焉，北韓卻鬧大饑荒，許多人逃到國外。倒塌的分裂時代的最後一個單元就這樣開始了。周圍的混亂與變化也許會把這段期間拖得更深更久。還有剩下要我去做的事嗎？

如果說還有的話，那就是跟日常生活的搏鬥。然後回到某一年夏天互相痛罵的六月重新出發。我們本來很有希望，後來絕望了，所有人都變得偏頗了。勞工、農民、學生、知識份子、宗教人、失業者……連部隊都加入了，好像還沒完全結束一樣互相照顧。那時我們沒有發現自己。雖然那是市民意識的誕生。

現在從牢裡出來還不到一個月，世上卻發生了國際金融風暴。我只有從牢裡帶出來的幾件內衣。對於變窮這件事沒有什麼實際的感覺。就像有人說的，電線上的麻雀當別的鳥群飛過來的時候會先飛走，再用適當的距離再站回去。回來搶不到位子的就只有飛到別的地方去了。我不是獨自一個人。

在野尖山的第六天，天破曉了。我收拾好行李，把我讀過的允姬的筆記放到袋子裡。我做了一頓早飯，吃完後，如同在牢裡的作息，洗好碗，用抹布把房間地上擦乾淨，並且出門前，去觀看時間交錯而過的兩個人肖像。我閉上眼睛，過往季節的花草從我眼瞼裡掠過，我的腳踝被冷冷晨露沾濕，走過田埂小路，粉紅色鼓子花好不容易從一片綠草中探頭碰到我的腳後跟，再往前走兩三步，野紅花開又謝了，在風中抖動像毛一般的花蕊，苜蓿則以藍天爲背景，在丘陵上東倒西歪，而一隻喜鵲鼓翼從樹枝隙中飛起來，而另外一隻玩弄著尾巴不時地打開，棲息在搖動的樹枝上。鼓子花一掌距離處擺放著她白色膠鞋，看到她摘野紅花的長長手指。她走在苜蓿之中，她的衣角在花中若隱若現後消失了，喜鵲棲息在柿子樹，允姬倚靠樹幹站著，突然天色暗下來，眼前灑下了鐵絲網。

鐵絲網圍繞著白牆，牆頂探照燈光亮有力，越過牆可以見到路邊的柿子樹，起初看不見，後來看見允姬站在樹下，有一個人走到廁所窗邊站著，唱了數十次的同一首歌，荒腔走調，歌詞也亂編的，他沉住氣輕聲緩緩地唱，停息之後重複再唱，清晨時刻，某個窗邊傳來單句聲音：啊，下雪了，走道上來往的規律皮鞋聲，而我一睜開眼，黑白照片消逝無蹤，你找得到那地方？允姬問我，我在回家的路上，我要如此回答她的，我要翻山越嶺下來了，也看到遠處村莊的燈光，炊煙裊裊的煙囱，我追隨你走過的腳步，我開步走，我年輕臉部的後面浮現出她的眼神，喃喃自語，「再見」。

我像遠走他鄉的人，繞行院子一圈之後出門了。我也向順天嬸、他小兒子夫婦辭行，走果園那一條路。再去橋頭搭計程車，走上來時路離開野尖山。

銀波穿棋盤紋的裙子配上短上衣制服，中分的長髮，髮梢翹起，很像她媽媽。我推開玻璃門一進去，她恭正地站起來，等待我趨前，我記住韓靜姬的囑咐，盡量不要表露感情。

我爸爸是怎樣的人呢？

妳喜歡媽媽吧？

兩個人幾乎同時間問對方，之後微微一笑，稍顯尷尬而沉默著，銀波像乖小孩般，謙讓便先行回答：

喜歡，可是不瞭解。

什麼意思呢？

媽媽不是只懂得一件事嗎？

銀波大概在斟酌怎麼用詞，視線轉一旁想了片刻。

我是說有那種人嗎，常常要收集什麼，常常走同一條路，好像很入迷的那一種。

那她就不是我瞭解的人了，只是她愛這世界的方式和銀波想的方式不同罷了。

小時候很多不喜歡的，長大了自然會喜歡，現在您要回答我的問題。

什麼問題？

有關爸爸的。您說在美國是跟他在一起的？

他也是如同妳所說的「只懂一件事的人」。

這小孩給了我一個乖小孩方式的肯定：

只要是喜歡的事業那就不要緊。

銀波和我坐在公園長椅上。

我和她望著小孩子們溜滑梯，或在鞦韆的沙灘上嬉戲、跳躍，還有一個老人站在小女孩身邊，幫她推鞦韆，用力一推，她便盪得高一點，小女孩搖著腿咯咯發笑，鐵鍊摩擦碰撞的聲音繼續傳來。我們並肩坐著吃棉花糖，舌尖接觸到鬆軟的纖維質，把舌頭弄得甜甜黏黏的，我掏出手帕擦拭銀波面頰上沾到的粉紅染料，她已經察覺到我就是他爸爸了。

我小時候，還期待爸爸能和我在一起這樣玩耍。

妳和媽媽不親嗎？

心裡不如此，怎麼說呢？彼此……我們的時機不合。

那麼以前都怎麼過的？

我就自己玩嘛，媽媽也一個人過，最後發現反而是什麼節日要去個遊樂園遠足的話，彼此為了要配合，弄得很累。

怎麼還會這樣呢？

彼此都很惋惜，然後覺得抱歉，要花心思對對方好一點。雙方都察覺到那種反覆循環。銀波接了電話，然後猶豫地站起來。

我要走了，爸爸，我們要常常聚聚。

哇嗚一聲地，所有場面消失了，高速巴士，車窗之外，春天原野移走過去，迎春花盛開的丘陵緩緩地過去了，也許萌生新葉、新芽，大地被草綠一色渲染。

我走向電話中約好的地點，她會和她阿姨一同出來的那茶館位於市中心，看得見廣場噴水台，正值午餐時間，從附近辦公室出來的上班族坐在長椅或階梯上。廣場的一角正在《演奏藍色多瑙河》，噴水池的水柱升上來了，我在步道上張探。看到通往建築物玄關的大理石階梯上，坐滿了人潮，我才不自覺地鬆了一口氣。我要經過他們，越過廣場，突然不久前，我在大學病院前的那一幕又重演了，滿身冒汗，雙腿抖個不停，我把手扶靠在大理石支柱上，避開來往的行人，低頭鎮靜，繞過支柱走下，允姬站在階梯口。我搞不清楚她衣服是白色還是天藍色，她對我微笑著。

我東倒西歪地走下階梯，她和迎接的人們碰撞、摔脫雙手，急忙地停下來。先前我分明看清她的身影，也許被人潮淹沒消失了。先前的足跡會再出現嗎？如果我把膠卷倒轉的話。我掏出手帕擦拭額頭的汗，深深地喘了兩三口氣。茶館的招牌小小格子窗的玻璃門就在對面。到有鋪地板的房間看她畫的那幅我的肖像。我不是要看年輕的我，是看她後來畫在我身後，上了年紀的媽媽允姬。

再會了。我會再回來。

我像是出發去他鄉的人一樣如此喃喃地說。我跟順天嬸的家人打過招呼，從果園的路出來，在橋頭搭上巴士，按照第一次來的時候的樣子，離開了野尖山。

你們飛往何處呢？
到一個什麼都不是的地方。
你們離開了誰呢？
離開了所有。
和他們在一起多久了？
剛剛才開始。
那什麼時候分開呢？
現在。

黃晳暎作品出版年表

小說集

《客地》 一九七四年
《北邙，孤寂遙遠》 一九七五年
《審判之家》 一九七七年
《歌客》 一九七八年
《張吉山》 一九八四年
《武器的陰影》 一九八八年
《悠悠家園》 二〇〇〇年

戲曲集

《長山串》 一九八〇年
光州抗爭記錄《越過死亡、越過時代的黑暗》 一九八五年

散文集

《寫給兒子》 二〇〇〇年

國家圖書館出版品預行編目資料

悠悠家園／黃皙暎著；陳寧寧譯 －－臺北縣
中和市 ： INK印刻， 2002〔民91〕
面 ；　 公分. －－(文學叢書 ；8)

ISBN 986-80301-5-3(平裝)

862.57　　　　　　　　91008093

作　　者	黃晳暎
譯　　者	陳寧寧
發 行 人	張書銘
社　　長	初安民
責任編輯	陳嬿文
校　　對	陳嬿文、張淑芬、陳寧寧、楊宗潤
出　　版	INK印刻出版有限公司 台北縣中和市中正路800號13樓之3 電話：02-22281626 傳真：02-22281598 e-mail：ink.book@msa.hinet.net
法律顧問	現代法律事務所 郭惠吉律師　林春金律師
總 經 銷	成陽出版股份有限公司 訂購電話：02-26688242 訂購傳真：02-26688743
郵政劃撥	19000691　成陽出版股份有限公司
印　　刷	海王印刷事業股份有限公司
出版日期	2002年7月　初版一刷
定　　價	450元

ISBN 986-80301-5-3